गौतम चौबे

झारखंड के एक गाँव भोजूडीह में 1986 में जन्म। दिल्ली विश्वविद्यालय के अंग्रेज़ी विभाग से पी-एच.डी.। अपने अंग्रेज़ी अनुवादों और संसद टीवी के साहित्य-केन्द्रित कार्यक्रम 'लिखावट' के संचालन को लेकर चर्चित। भोजपुरी उपन्यास 'फूलसुँघी' (2020), ट्वेल्थ फेल (2021) और आन्द्रे बेते (2022) का अनुवाद। निराला के गद्य साहित्य का अंग्रेज़ी अनुवाद 'ए पोर्ट्रेट ऑफ़ लव' (2024) हाल ही में प्रकाशित। अख़बारों और पत्रिकाओं में लेखन। 'चक्का जाम' पहला उपन्यास है।

वर्तमान में दिल्ली विश्वविद्यालय के आत्मा राम सनातन धर्म कॉलेज में अंग्रेज़ी के सहायक प्राध्यापक।

ई-मेल : gautam.choubey922@gmail.com

X : @GautamChoubey9

चक्का जाम

गौतम चौबे

राधाकृष्ण पेपरबैक्स

राधाकृष्ण पेपरबैक्स में
पहला संस्करण : 2024
दूसरा संस्करण : 2025

राधाकृष्ण पेपरबैक्स : उत्कृष्ट साहित्य के जनसुलभ संस्करण

राधाकृष्ण प्रकाशन प्राइवेट लिमिटेड
जी-17, जगतपुरी, दिल्ली-110 051
द्वारा प्रकाशित

शाखाएँ : अशोक राजपथ, साइंस कॉलेज के सामने, पटना-800 006
पहली मंजिल, दरबारी बिल्डिंग, महात्मा गांधी मार्ग, प्रयागराज-211 001
1, अनमोल सोराबजी सन्तुक लेन, धोबी तलाव, मरीन लाइंस, मुम्बई-400 002

वेबसाइट : www.radhakrishnaprakashan.com
ई-मेल : info@radhakrishnaprakashan.com

विकास कम्प्यूटर एंड प्रिंटर्स
ट्रोनिका सिटी-201 102
द्वारा मुद्रित

मूल्य : ₹350

CHAKKA JAAM
Novel by Gautam Choubey

ISBN : 978-93-48157-65-2

माँ कान्ति चौबे
और उन अनाम गृहिणियों के लिए
जो हर सुबह टिफ़िन का डब्बा सजाती हैं
ताकि देश का चक्का चलता रहे।

सफ़र से पहले

दुविधा

देवानन्द दूबे पैदा होते ही दुविधा का सबब बन गया। दुविधा ने सहज ही देव का वरण कर लिया था, उसके प्रति ताउम्र वफ़ादारी का इरादा बना लिया था।

वह शुक्रवार का दिन था। दूबे परिवार में एक और सन्तान आने वाली थी। वरीयता में नम्बर दो। पिता जी छुट्टी पर थे। ख़ुशख़बरी के इन्तज़ार में वे बेचैन क़दमों से अपने क्वार्टर की छोटी-सी फुलवारी में चहलक़दमी कर रहे थे। हरे रंग के शाल में लिपटी छत्तीस साल की छरहरी लम्बी काया, ऊँची नाक, घनी काली मूँछें, जिनके नीचे छिपे पतले होंठ। माथे पर चिन्ता वाली स्थायी लकीरें खिंची थीं, जो इस वक़्त और भी साफ़ नज़र आ रही थीं।

सूरज ढल रहा था, हवा तेज़ थी। फुलवारी में गेंदे और गुलदाउदी की हल्की ख़ुशबू बिखरी थी। दूर काली टॉकीज के लाउडस्पीकर पर देवानन्द की फ़िल्म 'आगे बढ़ो' का एक गीत बज रहा था, जो बहती-थमती हवा के साथ रुक-रुक कर सुनाई दे रहा था—

झूम रहा है मेरा मन, आज झूम रहा, झूम रहा।

बाग़ान में हरीश भी मौजूद था। बारह वर्ष का वह दुबला-सा लड़का तुलसी-चौरा के पास घास पर बैठा जुगनू उड़ा रहा था। बेफ़िक्री में टाँगें फैलाए, बीच-बीच में अपने पिता जी की बेचैनी पर वह मुस्करा भी देता था। चेहरा बिलकुल पिता जी जैसा। बस ऊँचाई थोड़ी कम। मूँछें और चिन्ता वाली लकीरें अभी लापता थीं।

आने वाले उत्सव की तैयारियाँ पूरी हो चुकी थीं। बच्चे की कुंडली बनाने के लिए पंडित भट्टाचार्य को कह दिया गया था। हलवाई को लड्डू और खाजे की पेशगी सौंप दी गई थी। मुहल्ले की महिलाएँ क्वार्टर के तीनों कमरों में खचाखच भर चुकी थीं।

"जरा अन्दर से टाइम देखकर आओ तो," अपनी छह फुटिया काया से फिसलती शाल को सँभालते हुए पिता जी ने हरीश को निर्देश दिया। पिछले आधे घंटे में ठंड अचानक से बढ़ गई थी। आसमान तारों से भरने लगा था। दीया-बाती की बेला हो चली थी। स्टेशन वाले शिव-मन्दिर का घंटा अपनी पुरानी, लड़खड़ाती लय में टनटना रहा था।

तभी रामजीवन गेट पर पहुँचे। सुस्त लटके कन्धे, आँखों में उदासी, चेहरे पर लापरवाह दाढ़ी। हुलिया ऐसा मानो कोई लम्बा कारावास खटकर अभी-अभी छूटा हो, फिर भी ख़ुश न हो। बरामदे में लटकती लालटेन की मद्धिम रौशनी उनकी मलिन मुखाकृति से टपकती हताशा को और भी गाढ़ी कर रही थी।

"का हो, रामजीवन, सब ठीक?" पिता जी ने बाग़ान का गेट खोलते हुए पूछा।

रामजीवन ने अपने दोनों हाथ पिता जी के बाएँ कन्धे पर जमाए, जैसे सहारा ले रहे हों, एक गहरी साँस छोड़ी और फिर उनकी तरफ़ देखकर बोले, "गांधी जी मरा गए।"

"अरि तेरी।" ख़बर सुनते ही हरीश झटके में खड़ा हुआ और पतलून पर सटी घास झाड़कर गेट की तरफ़ लपका। कुछ इस रफ़्तार से मानो तीर-सी बढ़ती किसी चुनौती के लिए ख़ुद को तैयार कर रहा हो। पिता जी ने उसे बाँह पकड़कर पीछे खींचा और बाहर नज़रें दौड़ाईं। धीरे-धीरे कॉलोनी के बाक़ी क्वार्टरों के दरवाज़े भी खुलने लगे थे। अलग-अलग सुर में किकियाती चिटकिनियों की आवाज़ें आ रही थीं। टॉर्च और लालटेन की रौशनी में लोग बाहर निकल रहे थे। सहमे-से। दबी आवाज़ में बतियाते हुए। ख़बर फैल रही थी।

"कैसे मरा गए जी?" पिता जी का सवाल तो सहज-स्वाभाविक ही था, पर उनके स्वर में शोक से ज़्यादा जिज्ञासा थी। बड़े भाई की इस शुष्क प्रतिक्रिया से रामजीवन थोड़े निराश थे। "हमेशा अपने तक सिमटे, गजब के इंडिफ्रेंट," रामजीवन ने मन ही मन भाई को धिक्कारा। लेकिन इससे पहले कि वे कुछ कह पाते, अन्दर से एक आह्लादित चीत्कार निकली। फिर पिटती थालियों के शोर में फूल कुमारी बुआ दौड़ती हुई बाहर आई और लगभग चीख़ते हुए घोषणा की, "ए हरीश बाबू, तहार छोटका भाई आया है," और फिर उसी रफ़्तार से धम-धम करती लौट गई।

जिस वक़्त पूरा देश रो रहा था, भला दूबे-परिवार उत्सव कैसे मनाता? पर बारह साल बाद कुल में बेटा पैदा हुआ था, कोई लड्डू कैसे न बाँटे? तो इस तरह दुनिया में आते ही देव दुविधा का कारण बन गया। और समय के साथ यही दुविधा उसकी क़िस्मत बन गई।

उस शाम जब छब्बीस वर्षीय देव कोयलाडीह जाने के लिए ट्रेन में बैठा, अपने कन्धों पर पूरे परिवार का बोझ लिये, तब भी उसने ख़ुद को दुविधाओं से घिरा पाया। हालाँकि उसे उम्मीद थी कि कोयलाडीह पहुँचते ही उसकी तात्कालिक चिन्ताएँ मिट जाएँगी—नौकरी कैज़ुअल से परमानेंट हो जाएगी, रहने को क्वार्टर

मिल जाएगा, माधवी को साथ रखने की हैसियत बन जाएगी, पिता की नज़रों में उसकी थोड़ी इज़्ज़त बढ़ जाएगी। पिछले कुछ सालों से घर पर पसरी दरिद्रता दूर हो जाएगी। और क्या पता, अगर कालचक्र का रथ ठीक चला, तो आठ सालों से लापता हरीश भी मिल जाए।

लेकिन उस दोपहर माधवी ने जो धमकी दी थी, उसकी कल्पना मात्र से वह अब तक बेचैन था। अगर उसे थोड़ा और समय मिल पाता, अगर उस वक़्त पिता जी न टोकते, तो शायद अपने मन की सारी बातें वह माधवी को बता पाता। उसे अपनी लाचारी और खुलकर समझा पाता।

वैसे दुविधा की एक वजह और भी थी। कुछ ही दिनों पहले उसे लाल नेपाल की चिट्ठी मिली थी। चिट्ठी में दोस्त ने मिलने का आग्रह किया था। लिखा था, "इस बार गाँव पहुँचे तो पटना ज़रूर आना। तुमको कुछ दिखाना भी है।" पिछले छह सालों से दोनों की बातचीत बन्द थी। पहले मनमुटाव हुआ, फिर लाल नेपाल कॉलेज की पढ़ाई करने पटना चला गया, और उसके बाद वह ख़ुद गाँव छोड़ कोयलाडीह निकल आया, रेलवे की नौकरी करने। अपने गौने के तीन महीने बाद ही। पूरा कालक्रम देव के मन में कौंध उठा।

पर पिछले एक साल से वे एक-दूसरे को चिट्ठियाँ लिख रहे थे; मित्रता के मुरझाये पौधे को संवाद की खाद दे रहे थे। नेपाल का अनुरोध स्नेहिल था। बक्सर से कोयलाडीह का रास्ता पटना होकर ही गुज़रता था। इसलिए आग्रह तकलीफ़देह भी नहीं था। बस एक दुविधा थी—उसकी छुट्टी पूरी होने में सिर्फ़ तीन दिन बचे थे। अगर ज्वाइनिंग में देर हो जाती, तो परमानेंट नौकरी के सपने पर नंगी तलवार लटक जाती। और अगर ऐसा हो गया तो माधवी से किये उसके वादे का क्या होता? "निकाल ले जाएँगे आपको गाँव से," उसी ने तो माधवी को भरोसा दिलाया था।

कुछ उन्नीस महीने पहले देव की कोयलाडीह के बिजली विभाग में नौकरी लगी थी। बतौर लाइनमैन। पिता जी के एक पुराने अफ़सर मित्र की सिफ़ारिश से। पर नियुक्ति कैजुअल थी। परमानेंट होने की उम्मीद में देव अपना सर्वस्व झोंककर काम कर रहा था। धूप हो या बरसात, दिन हो या रात, कन्धे पर सीढ़ी फँसाए इधर-उधर दौड़ रहा था। जिस काम में चार लाइनमैन लगते हैं, उसे अकेले ही निपटा रहा था। छुट्टियों पर भी ऑफ़िस आ रहा था। परमानेंट सहकर्मियों की ड्यूटी बजा रहा था। कम खा रहा था, कम सो रहा था। पर और कितने दिन? अब तो बस स्थायी होकर गंगा नहाना था। और इस बार कोयलाडीह पहुँचते ही, यह सपना भी पूरा होने वाला था। उम्मीद तो ऐसी ही थी।

वैसे कोयलाडीह लौटने का यह उसका 'सेकंड अटेम्प्ट' था। पहले प्रयास में जब वह ट्रेन पर चढ़ा, तो बक्सर से ही एक बाबा पीछे पड़ गए। कड़क धोती-कुर्ता, अधकट्टी जूते, उम्र बेहिसाब। बाबा लगातार उसकी तरफ़ देखकर मुस्कराते और

हर दस मिनट में खिड़की से बाहर उँगली दिखाकर पूछते, "आ गइल कलकत्ता?" उनसे पीछा छुड़ाने की देव ने कई कोशिशें कीं; सीट बदली, आँखें मूँदी, बोगी के दरवाज़े पर समय बिताया। एक-दो बार बेवजह बाथरूम तक हो आया। लेकिन देव डाल-डाल, तो बाबा पात-पात।

कुछ घंटे बाद ट्रेन दानापुर पहुँची और देव अख़बार ख़रीदने उतरा। तो बाबा भी उतर गए। मौक़ा अच्छा था। देव ने सोचा इन्हें यहीं छोड़कर भागते हैं। लेकिन फिर मन में दुविधा ने अँगड़ाई ली और वह उन्हें फुसलाकर जी.आर.पी. थाने ले गया। 'भूले-भटके' फ़ाइल में नाम लिखवाने। पर थानेदार मुसीबत मोल लेने के मिज़ाज में नहीं था। उसने दुत्कार कर दोनों को भगा दिया।

तो मजबूर होकर देव ख़ुद ही बाबा को उनके घर छोड़ने निकल पड़ा। बहुत पूछने पर पता चला कि उनका गाँव इलाहीपुर है, बक्सर स्टेशन के उस पार। बाबा अपने बेटे की बदसलूकियों से तंग आकर कलकत्ता लौटना चाहते थे, जॉर्ज पंचम की नौकरी पर। बाबा की घर वापसी पर उनके घर वाले भले ही आनन्दित नहीं थे, पर देव ज़रूर ख़ुश था। उसकी ट्रेन की अगली चक्कर दो दिनों बाद थी। लिहाज़ा वह अपने गाँव लौट आया। माधवी के साथ दो दिन और बिताने।

उसके औचक आगमन से माधवी झूम उठी थी। हाँ पिता जी थोड़े निराश ज़रूर हुए। अगर ऐसे ही लुंजपुंज चलता रहा, अगर छोटा बेटा भी बड़े की राह पर निकल पड़ा, तो घर का क्या ही भविष्य होगा?

धमकी

उस शाम पिता जी भी एक्के पर बैठकर बक्सर स्टेशन आए थे। यह सुनिश्चित करने कि देव ट्रेन पर ढंग से बैठ जाए। नौकरी पर कोयलाडीह निकल जाए। वीलर बुकस्टॉल के पास खड़े वे चुपचाप ट्रेन का निरीक्षण कर रहे थे। स्टेशन, इंजन, रेलगाड़ी का निरीक्षण—रंगून से लौटने के बाद बस यही तो थी उनकी पूरी ज़िन्दगी। उन्हें रिटायर हुए सात साल हो गए थे, लेकिन स्टेशन आने का कोई भी अवसर वे आज भी नहीं चूकते थे।

"रेलवे खाली लोहा–मशीन का जंजाल नहीं है। ई एकठो जागृत आत्मा है। घर-समाज सब बदलने का ताकत रखता है। लेकिन बदले में पूर्ण समर्पण खोजता है," पिता जी सालों से कहते आ रहे थे। रेल की इस व्याख्या पर हरीश हँसा करता था और देव "जी पिता जी" कहकर सर हिलाता था। आज प्लेटफ़ॉर्म पर भी यही व्याख्या हुई, और देव का सर हामी में हिला। "जी पिता जी।"

सिग्नल के इन्तज़ार में ट्रेन काफ़ी देर से खड़ी थी। ख़ाकी निक्कर और मटमैली फटी बनियान पहने 'चाई-चाई' करता चायवाला ट्रेन की चौथी फेरी लगा रहा था। नल के पास लगी प्यासों की भीड़ छँट चुकी थी। उसी प्लेटफ़ॉर्म पर लगने वाली अगली ट्रेन के 'लाइन क्लीयर' की सूचना लाउडस्पीकर पर प्रसारित की जा चुकी थी। कुछ उतावले यात्री अख़बार से पंखा झलते हुए गार्ड वाली बोगी की तरफ़ नज़रें जमाये खड़े थे। और देव खिड़की वाली सीट पर बैठकर इत्मीनान से पिता जी को देखे जा रहा था।

पिता जी के ऊपर टिमटिमाते ट्यूबलाइट की रौशनी उनके सन से सफ़ेद बालों के छिटककर एक धुँधली सी, आती-जाती, आभामंडल बना रही थी। नील चढ़ा उनका कुर्ता दमक रहा था। लेकिन उनकी आँखें अँधेरे में डूबी थीं। शायद वे देव को टटोल रही थीं। शायद वे नम थीं।

पर इसमें नया क्या था? पिता जी हर छोटी-बड़ी बात पर रोते थे। जब उनके बाबूजी परलोक सिधारे, वे हफ़्ते भर सुबकते रहे थे। जब बहन ससुराल से नाता तोड़कर आई थी, उन्होंने तीन दिन उपवास रखा। जब हरीश की पड़ताल में पहली बार पुलिस आई थी, वे कुर्सी पर निढाल होकर घंटों सिसके थे। और इन दिनों... अगर किसी ने हरीश का प्रसंग छेड़ा, तो पहले तुनककर बड़बड़ाने लगते, फिर चुप होकर आँसू बहाते।

लेकिन घर पर तो कुछ भी चलता है। यहाँ प्लेटफ़ॉर्म पर सबके सामने... कल्पना मात्र से ही देव झेंप गया। उसके पेट में हलचल सी हुई। बोगी में बैठे कुछ सहयात्री पिता-पुत्र के इस विदाई-संस्कार को बड़े चाव से देख रहे थे। इस बात का देव को भी अहसास था। वह चाहता था ट्रेन जल्दी खुले, ताकि पिता जी के सार्वजनिक रुदन के कारण हो रही बेइज़्ज़ती थम जाए।

देव जब भी परेशान होता, उसकी अँतड़ियाँ कुलबुलाने लगतीं। उस सुबह भी ऐसा ही हुआ। कुछ भी नहीं भाता था—न रेडियो पर बजते गाने, न माधवी का बनाया मालपुआ। छुट्टी सबको अच्छी लगती है। पर वापस काम पर लौटना, अपने गाँव से दूर किसी पराये शहर के लिए ट्रेन पकड़ना—सोचकर ही मन बैठ जाता है। दिन निष्ठुर था और माधवी की धमकी ने उसे और भी मनहूस बना दिया था।

"और जो अगला साल हमको साथ लेकर नहीं गए, तो किरासन में नहाके दियासलाई बार लेंगे।" ठीक यही धमकी दी थी माधवी ने।

देव जानता था कि वह खोखली धमकी देने वालों में से नहीं थी। लेकिन पति को डराने के तरीक़े और भी होते हैं। जैसे भाग जाऊँगी, अन्न-जल त्याग दूँगी। इनमें जान का ख़तरा थोड़ा कम होता है। या फिर उस बार की तरह गंगाजी में कूद जाऊँगी। डूबते आदमी को भी बचाया जा सकता है। वैसे माधवी भी यह ख़ूब जानती थी कि देव को विचलित करने के लिए नइहर लौटने की धमकी ही काफ़ी है। फिर जलने-मरने की बात क्यों?

माधवी की अपेक्षाएँ तो जायज़ थीं, लेकिन उसकी लालसा सर्वथा अनुचित थी। हर सुहागिन चाहेगी कि वह पति के साथ रहे। उसकी स्वतंत्र गृहस्थी जमे, जहाँ खिड़की-दरवाज़ों पर उसकी मर्ज़ी के पर्दे टँगें। जहाँ उसके माँ-बाप स्वेच्छा से हफ़्ते भर रुक सकें। लेकिन हावड़ा से दिल्ली यात्रा की ज़िद, वह भी राजधानी एक्सप्रेस से, यह कैसे सम्भव होगा? एक बार पहले भी देव ने माधवी को उस पर्यटन का अर्थशास्त्र समझाया था।

"देखिए जी, मई से फरवरी तक हर महीने हम पाँच रुपया बचाए। मार्च और अप्रैल में दस रुपये का कर्जा लेना पड़ा। पिता जी का कुर्ता, आपकी साड़ी और आने-जाने का खर्चा के लिए। माने साल में..."

"चालीस रुपया का बचत," माधवी तपाक से बोली।

"हाँ, ठीक। ऐसे ही बचत करते रहे तो कितना साल में पान सौ बीस रुपया जुटेगा?"

"तेरह साल में," माधवी ने तुरन्त हिसाब लगा लिया।

"तो इस स्पीड से तेरह साल में सिर्फ एक आदमी का टिकट का पैसा जुटेगा। और साथ चलने के लिए तेरह-दूनी-छब्बीस साल लगेगा। आप ही बताइए, एक सौ सत्तर रुपया पाने वाला आदमी दिल्ली कैसे देखेगा?"

"आदमी सिर्फ पैसा से नहीं घूमता-फिरता है। उसके लिए करेजा में ताकत चाहिए। जो आपके पास छब्बीस-दूनी-बावन साल में भी नहीं आएगा।"

देव का गणित, और देव के विषय में माधवी का मूल्यांकन, दोनों सही थे। जो 'करेजा' आदमी को मर्द और मर्द को हीरो बनाता है, शायद वह उसमें नहीं था। पर लालसा की गाड़ी तर्क या गणित से नहीं, कल्पना के ईंधन से चलती है। और यह बात देव से बेहतर कौन जाने? बचपन से लेकर आज-तक, उसकी हर छोटी-बड़ी इच्छा के पीछे कोई न कोई कल्पना रही थी—कभी चमकदार शहरी जीवन की, कभी जादुई अतीत की, तो कभी किसी अजब-ग़ज़ब देश की। और हर कल्पना को पंख देती किसी फ़िल्म की कहानी, कोई किताब, सिपाही बाबा का कोई क़िस्सा या हरीश की कोई चिट्ठी।

माधवी के साथ भी कुछ ऐसा ही हुआ था। सालों पहले उसने भी एक फ़िल्म देखी थी—किशोर कुमार की 'नई दिल्ली'। बस, तभी से दिल्ली दर्शन की लालसा हिलोरें मार रही थी।

अपनी बेचैनी को छुपाते हुए देव ने धीरे से माधवी का हाथ पकड़ा और धीरे से हँसकर कान में फुसफुसाया, "किरासन महँगा हो गया है। पैसा कहाँ से आएगा? कहाँ चुरा के रखा है?"

"रखा है, बहुत सारा रखा है जी। मेरे बाबूजी दिये थे। लेकिन किरासन के लिए तुम्हारे पिता जी का रंगून वाला बक्सा बेचकर पैसा जुटाएँगे," इतना कहकर उसने अपना हाथ छुड़ाया और अन्दर भाग गई।

'उफ़! काश थोड़ी देर और रुक पाता। उसे थोड़ा और फुसला लेता। कहीं वो कुछ...?'

माधवी का ससुराल

"तुम लोग के पास कितना जमीन है जी?" माधवी ने मुँह बिदकाकर पूछा।

"नौ बीघा। पहले थोड़ा ज्यादा था।" बताते हुए देव कसमसाया।

"और आम-कटहल का बगइचा?"

"कटहल का है, आम का गंगाजी में कटा गया।"

"गाय-गोरू? कितना ठो है?"

"गाय है लेकिन अभी गाभिन है। दो ठो भईंस थी, लेकिन अगला साल बेचा गई।"

"अगला साल या पिछला साल?

"हाँ, वही। पिछला साल।"

"घर में नौकर-चाकर?"

"नहीं"

"कब रखेंगे?"

"क्या जरूरत है?"

"हाँ, अब काहे जरूरत होगा? अब तो बियाह करके नौकरानी आईये गई है।"

"ऐसा बात नहीं है।"

"तो कैसा बात है?"

कौन मानेगा कि माधवी का ससुराल में वह पहला ही दिन था? अपने नये घर में आए उसे दो ही घंटे हुए थे लेकिन उसने सवालों की झड़ी लगा दी थी। हर सवाल बेलगाम, हर टिप्पणी बेझिझक। देव भी हर सवाल का तटस्थता से जवाब दे रहा था। उसे उम्मीद थी कि माधवी को उसकी दिलेर ईमानदारी पसन्द आएगी। शायद आई भी, लेकिन हर जवाब के साथ माधवी का चेहरा मुरझाता जा रहा था।

पहले तो देव को लगा कि थकान का असर है। विवाह की रस्मों ने उन्हें रातभर जगाए रखा था। सुबह हुई तो फिर विदाई का रोना-धोना। उसके बाद बैलगाड़ी पर हिचकोले खाते दो घंटे की यात्रा। और फिर दोपहर से मुँहदेखाई का संस्कार, आँगन में भीड़। गाँव-भर की महिलाएँ और लड़कियाँ आई थीं। बिना सास वाले उस घर में माधवी को मेहमानों की आवभगत भी करनी थी, और नववधू की तरह लजाना भी था। हो सकता है वह इस थकाऊ दोहरी भूमिका से चिढ़ रही हो।

देव ने उससे कई बार पूछना भी चाहा; कभी बोलकर, कभी इशारों में। कई बार उससे बतियाने की कोशिश की; जब भी मेहमानों से बचकर वह कमरे में अकेली आती, उसकी बाँह पकड़कर अपने पास बिठाना भी चाहा। लेकिन या तो वह चुपचाप हाथ छुड़ाकर फिसल जाती, या जवाब देने के बजाय उलटे सवाल दागने लगती। यही सिलसिला शाम तक चलता रहा। फिर जब अँधेरा बढ़ा, आगन्तुकों का जत्था चला गया, और आँगन का दरवाज़ा बन्द हुआ, तब कहीं जाकर वह कमरे में लौटी।

"तुम लोग साफ कंगाल हो का जी?" बिस्तर पर लेटते हुए माधवी ने पूछा। उसने अपना मासूम गोल मुखड़ा बिहौती पीली साड़ी के आँचल से ढक लिया था। माथे पर लाल चूड़ियों से भरी दुर्बल सी कलाई टिकी थी। लालटेन की रौशनी में उसका वो स्वरूप—कुछ छिपा, कुछ प्रकट—दमक रहा था।

उस छवि को देख देव को 'मुग़ल-ए-आज़म' की अनारकली याद आ गई। बाग़ में लेटी। आँखें बन्द, चेहरे पर झीनी सी ओढ़नी। उस फ़िल्म का आधा हिस्सा उसने काली टॉकीज़ में ही देखा था। हरीश और जिया के साथ। फिर अगले दिन उस आधे हिस्से की पूरी कहानी अपने दोस्त फ्रेंकलिन को सुनाई थी। देव ये सारी बातें माधवी को बताना चाहता था। दिलीप कुमार उर्फ़ सलीम की तरह, इत्मीनान से कोहनी टिकाकर, उसके चेहरे से आँचल हटाना चाहता था। लेकिन माधवी के उस सवाल से वह थोड़ा खीझ गया था।

"मतलब?" देव ने भी झुँझलाकर पूछा।

"मतलब कि हम तुम्हारा इन्सल्टिंग नहीं कर रहे हैं; अब तो मेरा भी यही घर है। लेकिन यहाँ बियाह में दान-दक्षिणा देने का रिवाज नहीं है का?"

"क्यों नहीं है। बिलकुल है।"

"तो ये क्या है?" माधवी ने अपनी मुट्ठी में पड़े एक-दो नोट और कुछ सिक्कों को दिखलाते हुए पूछा।

"हम समझे नहीं।"

"सुबह से सबको लड्डू-पानी खिला रहे हैं, बुढ़िया सबको चाय पिला रहे हैं, घूँघट उठाके अपना मुँह दिखा रहे हैं, लेकिन मिला सिर्फ तीस रुपया। अगर तुम लोग भी दूसरे घर की कनिया को ठीक से मुँहदेखाई देते, तो आज हमको भी कुछ मिलता न?"

इस पर देव को हँसी आ गई। “अब इसमें हम क्या कर सकते हैं?”

“हँसने की बात नहीं है। हर औरत का दिल में कुछ अरमान होता है। अब हम ऐसे घर में कैसे जियेंगे,” कहकर माधवी सिसकने लगी।

“आपके बाबूजी आए थे, घर-दुवार देख के गए थे। हमसे बात भी किये थे। लगता है लड़की देखने में हमसे ही गलती हो गया है।” देव ने झूठा ग़ुस्सा दिखलाया।

“हम भी तो वही कह रहे हैं। ठीक से देख लेना था न। काहे नहीं देखे?” माधवी ने चेहरे से आँचल झटकते हुए पूछा। उन भूरी गोल आँखों से टघरकर काजल की धार नथुनों तक बह आई थी। छोटी सी नाक का सिरा लाल हो चला था। गोरा स्वाभिमानी मुखड़ा आहत था।

“देखे थे। बहुत पास से। पकड़कर। मुँह में मुँह सटाकर।” देव के चेहरे पर शरारती मुस्कान खिल गई और उसने माधवी को प्यार से जकड़ लिया।

“छी। सही में?” माधवी ने आँसू पोंछते हुए हैरानी से पूछा।

“बंगाली माई का कसम।”

“आही दादा़ ! कब?” मारे लाज वह लाल पड़ने लगी थी।

“बताएँगे। जिस दिन आप सवाल-जवाब थोड़ा कम करिएगा। उस दिन आपसे फर्स्ट मुलाकात का पूरा स्टोरी फरिया के बताएँगे,” माधवी की नाक पकड़ते हुए देव ने अपनी शर्त रखी।

“ऐसा क्यों?”

“उफ़, फिर सवाल।”

लेकिन माधवी के सवालों का पिटारा कुबेर का अक्षयपात्र था। शादी को अठारह महीने बीत गए थे। इस दौरान माधवी तीन बार अहिला आई थी और ससुराल में कुल मिलाकर बत्तीस दिन बिताए थे। फिर भी, इन थोड़े दिनों में ही वह अपनी धाक जमा चुकी थी। नववधुओं से लेकर बूढ़ी विधवाओं तक, आस-पड़ोस में कइयों की वह सखी बन चुकी थी।

यद्यपि प्रकट रूप से कई औरतें उसकी मुँहफट तेवर और उसके दुस्साहस के क़िस्सों की निंदा करती थीं, पति के सामने उसके चाल-चलन को सन्दिग्ध बताती थीं, लेकिन गुप्त रूप से वह बहुतों की आदर्श थी। वे सभी किसी-न-किसी बहाने से उससे मिलना चाहती थीं। फलस्वरूप, हर दोपहर उसके आँगन में महिलाओं

की मंडली जमा होती और घर-परिवार के सुख-दुख बाँचे जाते। माधवी बड़े ध्यान से हरेक की बातें सुनती, फिर उन्हें सांत्वना देती, समझाती। ज़रूरत पड़ने पर थोड़ा भड़काती भी। कभी-कभार देश-दुनिया की चर्चा भी होती थी। किसी पत्रिका में छपी स्वच्छंद शहरी औरत की कहानी पर बहस भी छिड़ती।

बैठकी का यह दस्तूर माधवी ने अपनी माँ से सीख रखा था। वह भी सखी-सहेलियों की गोष्ठियाँ आयोजित-प्रायोजित करती थी। उनकी मंडली का एक अंग्रेजी नाम भी था—'विलेज वुमन क्लब'। 1942 के सत्याग्रह में उन्हीं के नेतृत्व में गाँव की महिलाओं ने थाने पर धावा बोला था और फिर गिरफ़्तारी भी दी थी। सिलाई-कढ़ाई, भजन-कीर्तन, स्वास्थ्य-सफ़ाई, सास-ससुर—'विलेज वुमन क्लब' की बैठकों में इन सभी विषयों पर खुलकर चर्चा होती थी। हँसी-ठिठोली भी होती थी, प्यार-मोहब्बत की वर्जित बातें भी।

एक बार ऐसी ही एक बैठक में माधवी की माँ ने राजकपूर संग बंबई भागने की इच्छा जताई थी। "जैसे नर्गिस 'चोरी-चोरी' में भागी थी, वैसे ही," माधवी ने माँ को कहते सुना था। तब वह सात साल की थी। बिलकुल अबोध। पर उस बात पर वह तब भी हँसी थी और आज भी हँसती है। तब इस कल्पना पर कि चोटी से भागती हुई माँ कैसी दिखेगी, और आज यह सोचकर कि किसी ज़माने में महिलाएँ राजकपूर के साथ भी भागना चाहती थीं।

नेताजी

जैसे ही सिग्नल हरा हुआ, मूर्ति की तरह शान्त खड़े पिता जी में प्राण-प्रतिष्ठा हुई। वे तेज़ क़दमों से खिड़की की तरफ़ लपके। बेटा जा रहा था। उससे कुछ और बातें करनी थीं, थोड़ी और नसीहत देनी थी। अभी दो घंटे पहले ही तो, जब देव रूठी माधवी को मना रहा था, पिता जी ने खखारकर जोर से गला साफ़ किया था। यह इशारा था कि देव अपनी पत्नी को छोड़ उनके दरबार में हाज़िरी लगाए।

शाम के साढ़े चार बजे थे। बाहर हुल्लड़ मचा था। कोई फेरीवाला अपनी पिपिहिरी पर फ़िल्मी धुन बजाते जा रहा था। 'मन डोले, मेरा तन डोले।' उसके पीछे टोले के पगलाए बच्चे 'हो हो' करते दौड़ रहे थे। पड़ोस में झगड़े-झंझट भी शुरू हो चुके थे, हवा में उस ख़ास ग्रामीण संगीत की छटा बिखेरते हुए।

लेकिन घर के अन्दर सन्नाटा था। थोड़ा तनाव भी। बन्द खिड़की के सूराखों से फिसलती धूप फ़र्श पर गोल-गोल सफ़ेद धब्बे बना रही थी। पिता जी अपनी चौकी पर लेटे अख़बार पढ़ रहे थे। जैसे ही देव दालान में दाख़िल हुआ,

उन्होंने अख़बार समेटकर रख दिया, अपनी हथेलियाँ बिस्तर पर टिकाई और पैर लटकाकर बैठ गए। उनकी मंशा भाँपकर देव भी सामने पड़ी कुर्सी पर चुपचाप बैठ गया। सत्र लम्बा चलने वाला था। रंगून से जुड़ी कोई शिक्षाप्रद कहानी शुरू होने वाली थी।

"जिस टाइम हम रंगून में थे, नेताजी भी वहीं जेल में बन्द थे। सब लोग उनका दर्शन करने जा रहे थे। एक दिन हम भी पहुँचे। क्या प्रसनाल्टी था उनका! साफ चमक रहे थे। कुर्सी पर शाल लपेटे बैठे थे। ऐसे एकदम टाइट," पिता जी ने देह अकड़ाकर नेताजी की नक़ल उतारी। "अंग्रेज उनको छोड़ने को तैयार था। उनको खाली एक ठो शर्त मानना था—इंडिया नहीं फिरना था। बाकी नेताजी तो नेतेजी थे। बोले कि जितना दम है उतना दिन जेल में रख लो, लेकिन अपना देश नहीं छोड़ेंगे।"

"आप नेताजी से जेल में मिले थे?" देव ने आँखें चौड़ी कर पूछा। पर पिता जी अपनी ही धुन में बोलते गए।

"उस दिन वो हमको आँख में ताककर बोले कि मजदूरी करना है तो भारत में जाकर करो। देश लौट जाओ। अपना गाँव-जवार का सेवा करो। समझे?"

नसीहत की ऐसी ऐतिहासिक भूमिका सुन देव तनाव में आ गया था। सिर्फ सर हिलाकर कहा, "जी पिता जी।"

"तो नेताजी का बात मानकर हम घर आ गए। अब गंगा किनार का गाँव किसको अच्छा नहीं लगेगा? हमको भी लगता था। लेकिन घर का सेवा करने में पैसा-कौड़ी लगता है। तो हम फिर भद्रा जाकर रेलवे में मजदूरी किये। घाम में दिन-दिन भर लोहा उठाए, लहकते इंजन में कोयला झोंके, फिर जाके ड्राइवर बने। धीरे-धीरे जमीन खरीदे, गाँव में अपना अलग कोठरी-दालान बनाए। किये की नहीं?"

"जी पिता जी।"

"खाली 'जी-जी' कहके बैल जैसा मूँड़ी डोलाने से काम नहीं चलेगा। सारा कष्ट सहकर, हुमचकर खटना पड़ता है। अफसर का गारी सुनना पड़ता है। समझे? दूबे परिवार का हर आदमी पर फोकटिया नेतागिरी का भूत नाचता है। तुम ई भूत माथा से उतार लो नहीं तो कैज़ुअल का कैज़ुअले रह जाओगे।"

"जी पिता जी।"

"समय खराब चल रहा है। देश का गरह-दशा भी ठीक नहीं है। इस बार 'कालचक्र' से बच गए, तो घर-परिवार सब सरिया लोगे।

'कालचक्र' इस शब्द से अहिला वालों को ख़ास लगाव था। नेपाल, हरीश, बुआ, पिता जी—सब इसकी व्याख्या करते रहते, इसका विज्ञान समझाते रहते। पर सबसे रोचक व्याख्या सिपाही बाबा की थी। "'कालचक्र' के रथ में छे ठो चक्का है—जंगल, नदी, समाज, सरकार, हिस्ट्री और क्रान्ति। बस एक चक्का का जगह

खाली है। पीछे की तरफ। इसी में आदमी को अपना चक्का फिट करना पड़ता है। गॉड की कसम, जो ऐसा कर लिया, वो कालजयी हो गया। सफल हो गया, अपना इतिहास रच लिया। और जो नहीं कर पाया, वो रथ के नीचे पिसा जाता है।"

अब देव भी अपना चक्का लेकर तैयार था, काल के रथ में अपना स्थान ढूँढ़ने।

पिछले विश्वकर्मा पूजा पर कोयलाडीह के कैज़ुअल कर्मचारियों ने अधिकारियों का घेराव किया था। थोड़ी नारेबाज़ी के बाद मेमोरेंडम भी दिया था। ठीक वैसे ही जैसा स्थानीय यूनियनवीर सुदर्शन ने समझाया था। नौकरी मार्च-अप्रैल तक परमानेंट हो जाएगी, ऐसा आश्वासन भी मिला था। लेकिन अफ़सरों और नेताओं का क्या भरोसा?

वैसे जबसे उसने नौकरी पकड़ी थी, यूनियन के नेताओं ने बवाल मचा रखा था। हर हफ़्ते प्रोटेस्ट, हर महीने टोकन हड़ताल, हर चार महीने पर चक्का जाम। स्विचमैन बैनर्जी बाबू का कहना था कि इन्हीं हड़तालों के कारण उसके 'परमानेंट' होने में देरी हो रही थी। "अगर ऑफिसर लोग पूरा टाइम यूनियन से माथा फोड़ेगा, तो तुम्हारा 'परमानेंट' वाला फाइल कब देखेगा?"

रोजगार और कठिनाइयों के जिस रिश्ते को पिता जी ने रेखांकित किया था—रंगून कथा के नेताजी उपाख्यान में—देव उसे ख़ूब समझता था। नेतागिरी वाली बात भी ठीक ही थी। लेकिन अफसर की गाली? वह क्यों सही जाए?

वायरमैन मुकेश कर्मकार बॉस की गाली को 'पैसिव मर्डर' बतलाता था। वह एक ऐसे समाज की कल्पना करता जहाँ एक सौ-सत्तर रुपये की नौकरी करने वाले कैज़ुअल लाइनमैन भी सर उठाकर जी सके। मुकेश और देव सहकर्मी थे और कोयलाडीह में एक ही क्वार्टर में रहते थे।

अभी देव कुछ कहने की हिम्मत जुटा ही रहा था कि पिता जी ने पुराने अख़बार में लिपटा पत्रिकाओं का एक बंडल मेज़ पर पटक दिया। थोड़ी धूल उड़ी और पुनः मेज़ के सतह पर पसरकर अदृश्य हो गई। बंडल से एक अंक निकालकर पिता जी ने देव की तरफ़ बढ़ा दिया। 'अहिला दर्पण' वर्ष 3, खंड 4। आवरण पर बहती नदी, नदी बीच नाव, नाव पर चरखे वाला झंडा लिये कुछ क्रान्तिकारी। सम्पादक—रामजीवन दूबे। देव सर उठाकर भौचक्का सा पिता जी की ओर देखने लगा।

"देख रहे हो न? तुम्हारे परतापी चाचा का मैगज़ीन है। समाजवादी दल का बड़का नेता बनते थे। स्कूल-कॉलेज में मन नहीं लगता था, पर पंडिज्जी को

संपादक बनना था। समाज बदलना था। खानदान का नाम लसार दिये। फोकटिया नेतागिरी में बह गए।"

"कैसे पिता जी?" देव का सवाल स्वाभाविक था। कहानी की सीख तो वह जान चुका था, लेकिन कहानी सुनना अभी बाक़ी था।

पिता जी कहानियाँ तो ख़ूब सुनाते थे, पर हमेशा टुकड़ों में। बिना किसी क्रम के। जब जहाँ जो प्रासंगिक लगी, बाँच दिया। अपने मन अनुसार। आगे पूछने पर टाल देते, डाँट देते। और यह ठीक भी था। देव का अनुभव भी तो यही कहता था। कहानियाँ ऐसे ही उजागर होती हैं। धीरे-धीरे, टुकड़ों में।

उस दिन भी यही हुआ। पिता जी ने कहानी का एक टुकड़ा दिखाया और बाक़ी हिस्से छिपा लिये। देव से पत्रिका वापस ली, बंडल में डाला और अलमारी में रखकर ताला लटका दिया। फिर देव की तरफ़ मुड़कर बोले, "रेलवे जागृत आत्मा है। उसको तुम्हारा समर्पण चाहिए। भाषण नहीं। बस वही देना।"

अचानक गड़गड़ाहट हुई, एक झटका सा लगा, और ट्रेन चल पड़ी। प्लेटफ़ॉर्म पर खड़े यात्री दरवाज़े की तरफ़ लपके। "सुनो, एक भेली गुड़ रोज खाना है। कोलफील्ड है। फेफड़ा साफ रहेगा" पिता जी खिड़की पर हाथ रखते हुए बोले।

"जी पिता जी," देव ने उनकी उँगलियाँ छूकर उन्हें आश्वस्त करना चाहा। पर पिता जी ऐसे दिखावे के आदी नहीं थे। वे धीरे से अपना हाथ खींचते हुए बोले, "और नेतागिरी नहीं करना है। यूनियनबाज़ी सिनेमा-उपन्यास में ठीक है। असल जीवन में नहीं।"

"जी पिता जी।"

"और इस बार किसी बूढ़-पुरनिया को घर पहुँचाने मत चले जाना। बीच में उतरना नहीं है। सीधे कोयलाडीह निकलना है।"

"जी पिता जी।"

"और दाढ़ी क्यूँ बढ़ा रखे हो? पहुँचते ही कटवाओ।"

दूबे परिवार के पुरुष दाढ़ी नहीं रखते थे। ज़रूरत ही नहीं थी। अपनी मर्दानगी की धौंस जताने के लिए उनके पास लम्बाई, सुडौल ऊँची नाक और गोरी चमड़ी थी। रंग-रूप ऐसा कि पूरे गाँव-जवार में चर्चा होती। लेकिन इनमें से कुछ भी देव के हिस्से नहीं आया था। उच्चता पाँच फ़ीट पाँच इंच, रंग गेहुँआ और नाक बाईं ओर हल्की मुड़ी हुई। दुबला इतना कि चाहो तो पसलियाँ गिन लो।

अपने रंग-रूप को लेकर वह बचपन से ही मायूस रहता था। जब भी आईने में ख़ुद को देखकर वह दुखी होता, बुआ ममहर की छाया को दोष देती और कहती, "पच्चीस पार करते ही रंग झर-झर गोर हो जाएगा।" वही हैंडसम हरीश कहता, "साँवले लोग गणित में जन्मजात तेज होते हैं। बस इंग्लिश थोड़ा ठीक कर लो, सक्सेसफुल मैन बन जाओगे।"

पर देव में न तो 'पच्चीस पार' तक इन्तज़ार का धैर्य था, न ही अंग्रेज़ी-गणित से कोई लगाव। उसे तो सिर्फ़ हीरो-टाइप दिखना था, वह भी तुरन्त। पर यह कैसे सम्भव हो?

"एक काम करो देवानन्द, तुम सही का देवानन्द बन जाओ। उसी की तरह ब्लैक ड्रेस पहन लो, स्टाइल मारो। फिर देखना, तुम्हारे लिए लन्दन से कनिया आएगी," एक बार भाई को निराश देख हरीश ने सुझाया था। और देव ने गाँठ बाँध ली।

फिर तो देव भी देवानन्द की तरह ललाट पर जुल्फ़ें सजाने लगा, जेब में हाथ डालकर, कन्धे झुकाकर चलने लगा। काली क़मीज़ की ज़िद करने लगा, गले वाला बटन बन्द रखने लगा। और इस तरह ख़ुद को 'हीरो टाइप' महसूस करने लगा।

इस बात को इतने साल बीत गए। इस बीच धर्मेन्द्र, शम्मी कपूर, जितेन्द्र, राजेश खन्ना—कितने ही नये सजीले बाँकुरे आए। देव भद्रा से अहिला, और फिर अहिला से कोयलाडीह आ बसा। निरे बालक से त्रस्त गृहस्थ हो गया। पर देव का फ़ैशन नहीं बदला। देवानन्द की तरह वह भी सदाबहार था।

रही दाढ़ी की बात तो वह उसने माधवी के कहने पर बढ़ाई थी। "इतने दूबर-पातर हो, तुम पर जमेगा। और तुम्हारा कानफ़िडेंस भी बढ़ेगा," ऐसा उसी ने कहा था। हालाँकि ख़ुद अभिनेता देवानन्द दाढ़ी नहीं रखता था। पर माधवी का कहा वह कैसे टालता। ख़ासकर तब जब बढ़ी दाढ़ी आत्मविश्वास को बढ़ाती हो।

पर अब पितृभक्ति और पत्नी-प्रेम में चुनना ही पड़ेगा। शायद दाढ़ी छिलवानी ही पड़ेगी। लेकिन इससे पहले कि देव एक बार और 'जी पिता जी' कह पाता, ट्रेन ने रफ़्तार पकड़ ली। पिता जी झट से मुड़े और ट्रेन की तरफ़ पीठ घुमाकर खड़े हो गए।

नाम देवानन्द

ट्रेन कुछ आगे बढ़ी तो देव ने अपने जूते सीट के नीचे धकेले, बैग से एक पुरानी पत्रिका निकाली और पालथी मारकर पढ़ने को तैयार हुआ।

"बाप रोते जा रहे हैं, लेकिन मजाल है कि लड़का को कोई फर्क पड़े," पिता-पुत्र वियोग का वह दृश्य देख रहे एक बूढ़े सहयात्री ने टिप्पणी की।

“गंगा-जमुना पिक्चर में भी अईसने हुआ था। दिलीप कुमार उर्फ गंगा अपना छोटा भाई जमुना को स्टेशन छोड़ने आए थे। जमुना पढ़ाई करने सहर जा रहा था और गंगा लोर चुआ रहे थे,” एक दूसरे यात्री ने खैनी रगड़ते हुए बात आगे बढ़ाई। प्रसंग छिड़ते ही आस-पास बैठे लोग सतर्क होकर सुनने लगे।

“फिर?” पहले यात्री ने आगे का किस्सा जानना चाहा।

“फिर क्या? जमुना पढ़-लिखकर, पुलिस बनकर लौटे, और अपना भाई गंगा को गोली मार दिया।”

“ला मजा! और बहाइए कलजुगी सरवन कुमार के लिए आँसू,” पहले यात्री ने फ़िल्म के बहाने देव और पिता जी पर चुटकी ली।

लेकिन देव पर तल्ख़ टिप्पणी का कोई असर नहीं हुआ; ख़ुद पर कटाक्ष सुन-सुनकर वह पकठा चुका था। उसकी चिन्ता तो फ़िल्म की कहानी थी। क्या वाक़ई जमुना ने भाई को गोली मारी थी? वैसे देव ने ‘गंगा-जमुना’ देखी ज़रूर थी, पर आधी से भी कम। उसके बाद कभी सिनेमा देखने का सुयोग नहीं बना। पिछले बारह सालों से वह सिनेमाघर जाने को तरस रहा था। कितनी कोशिशें कीं, कितने मौक़े मिले, कितनी योजनाएँ बनीं, लेकिन हर बार ‘देश की गरह-दशा’ उसकी इस अदनी सी लालसा को फुस्स कर देती। ‘कालचक्र’ का रथ उसे कुचल देता। कोई ऐसी ‘बड़ी’ घटना घटती कि उसके सारे ‘छोटे’ मनसूबे मटियामेट हो जाते हैं।

सिपाही बाबा मसखरी में इसे ‘कुंडली दोष’ बताते थे। कहते, “30 जनवरी को पैदा होने वाला आदमी पर गांधी बाबा का सराप रहता है। जैसे गांधी बाबा सिनेमा से दूर रहे, वैसे ही तुमको भी रहना पड़ेगा।” पर इस ‘सराप’ का असर देव के गाँव आने पर ही क्यों दिखने लगा, यह न सिपाही बाबा समझा सके, और न देव कभी जान सका।

पंडित भट्टाचार्य के अनुसार देव की कुंडली में और भी कई दोष थे। ऐसा देव ने भी सुन रखा था। शायद इसीलिए, कभी-कभी, वह भी गांधी बाबा के सराप पर विचार करने को मजबूर हो जाता। गांधी जैसे महापुरुष से उसका रिश्ता तो था पर शोक का। जो देश का दुर्भाग्य ओढ़कर पैदा हुआ था, उसे सराप तो लगना ही था।

पर जहाँ तक उसे पता था, गांधी बाबा ने तो परमानेंट नौकरी भी नहीं की? क्या उसकी नौकरी भी...? अभी वह इस ‘सराप’ के प्रकोप को आँक ही रहा था कि

सामने वाली बोगी में तीन-चार धमाके हुए और एकाएक हल्ला उठा। बच्चे रोने लगे, औरतें चीख़ने लगीं। पुरुष उन्हें डाँटकर चुप कराने लगे।

थर्राए यात्रियों ने आशंका जताई कि ट्रेन में डाका पड़ा है। कुछ लोग दरवाज़े की तरफ़ दौड़े और उसे मज़बूती से ढकेलकर बन्द किया। कुछ लोग हड़बड़ाकर खिड़कियाँ बन्द करने लगे। अपना क़ीमती सामान यहाँ-वहाँ छुपाने लगे—सीट के नीचे, जूते में, ऐशट्रे में। एक नववधू—रुआँसे सुर 'बजरंग बाण' पढ़ने लगी। उस पर नज़र पड़ते ही देव को माधवी की याद आ गई। पर डकैती की आसन्न आशंका ने तुरन्त उधर से ध्यान खींचकर बोगी में टिका दिया।

"ले हलुवा," देव के मुँह से बस यही शब्द निकले। हालाँकि रामजीवन चाचा की रेडियम-वाली घड़ी और कुछ पैसे के अलावा उसके पास ऐसी कोई कीमती चीज़ नहीं थी जिसमें डकैतों को दिलचस्पी हो, लेकिन वह फिर भी अन्दर से हिला हुआ था। डकैत बेवजह ख़ूँख़ार हो जाते हैं, निहत्थों को, और ख़ासकर उस जैसे कंगालों को मारते हैं—ऐसा उसने पढ़ा भी था और सिपाही बाबा से सुना भी था।

बचपन में वह 'डाकू मोहन' उर्फ़ 'भारत के रॉबिन हुड' शृंखला के उपन्यास बड़े चाव से पढ़ता था। "मैं सबल के अत्याचार और दुखी की आह सहन नहीं कर सकता। इसलिए मैं विद्रोही हूँ। मैं डकैत हूँ। हा हा हा।" डाकू मोहन की यह घोषणा फ्रैंकलिन को ख़ूब भाती थी। उसकी ज़िद पर देव अक्सर इसे दोहराया करता था। छाती फुलाकर, दोनों हाथ कमर पर टिकाकर।

पर वह तो बचपन की बात थी। अभी जिन डकैतों का डर था वे कोमल-हृदय रॉबिन हुड नहीं बल्कि पत्थर-दिल राक्षस थे। मन में कई भयावह विचारों ने एक साथ धावा बोला। कहीं डाकुओं ने उसके हाथ-पैर काट डाले तो उसकी नौकरी का क्या होगा? और कहीं उसे गोली मार दी तो माधवी का क्या होगा? गोली लगने पर इनसान तड़पता है या झट से मर जाता है?

इन सवालों को टटोलते उसके पेट में ज़बरदस्त ऐंठन मची। मन ऊभ-चूभ हो गया। लगा कि दिन का खाया मालपुआ वहीं उगल देगा। उसने लगेज-रैक के लोहे को कसकर पकड़ लिया। लोहा ठंडा था। तभी ट्रेन रुक गई। शायद किसी डाकू ने चेन खींची थी। यात्री साँस रोके खड़े थे, डर और पसीने से तरबतर। किसी भी समय दरवाज़े पर लात पड़ सकती थी, गोली चल सकती थी, डकैत आ सकते थे। हर सेकंड तनाव बढ़ रहा था। लेकिन जब कुछ मिनट बाद ट्रेन दोबारा चल पड़ी, तो सबको साँस मिली।

यात्री दबी आवाज़ में बोलने-बतियाने लगे। बन्द खिड़कियाँ खुलने लगीं। देव ने भी पसीना पोंछा, बैग से पानी निकालकर गला तर किया और फिर खिड़की से बाहर देखने लगा। दूर तक अँधेरा पसरा था। ट्रैक के किनारे उगे सफ़ेद-लम्बे कास के झुरमुट ट्रेन से उठती हवा में भूत की तरह लहरा रहे थे। खिड़कियों से निकलती

रौशनी के चौकोर चकत्ते बाहर झूमते सरकंडों पर नाच रहे थे। हवा में जंगली झाड़ों की ख़ुशबू थी। उस सन्नाटे से उलझ रही थी सिर्फ़ रफ़्तार पकड़ती ट्रेन की आवाज़। तड़-तड़, तड़-तड़, तड़-तड़।

पिछले पन्द्रह मिनट के घटनाक्रम ने देव को झकझोर दिया था। उसे लगा कि उसकी क़िस्मत पर सिर्फ़ 'गांधी जी का सराप' और दुविधा ही नहीं, प्रचंड अनिश्चितता का फन्दा भी है। शायद उसकी अपनी मनमानी ही क़िस्मत की मनमानी को चुनौती दे सकती है। शायद इस 'सराप' को नेपाल का हस्तक्षेप ही मिटा सकता है। पहले भी, न जाने कितनी बार, उसी के हस्तक्षेप से देव को हिम्मत मिली थी। ठीक उसी वक़्त देव ने तय किया कि वह पटना उतरेगा और नेपाल से मिलकर ही आगे बढ़ेगा।

वैसे भी, अभी छुट्टी के तीन दिन बचे थे। देव जानता था कि वह अपने हरीश दादा जैसा तेज़-तर्रार नहीं है। न ही उसमें पिता जी वाला जुझारूपन है। लेकिन वह इतना भी फिसड्डी नहीं है कि ट्रेन पर बैठकर कोयलाडीह भी न पहुँच सके। चौदह साल की उम्र से ही वह गाँव आकर अकेले रहने लगा था। अपने अनुभवों से उसने भी बहुत कुछ सीखा था : भद्रा के संथालों से, स्काउट्स एंड गाइड्ज़ की कार्यशालाओं से, अहिला के खेतों से, गंगाजी के घाट से, नाटक-रामलीला से, किताबों-कहानियों से, देवानन्द की फ़िल्मों से। और फिर ग़लती बार-बार थोड़ी न होती है।

उसने नेपाल की चिट्ठी निकाली और बोगी की हल्की-पीली रौशनी में उसके आग्रह को फिर से पढ़ने लगा : "बंगाली माई चाहेगी तो इस बार दोनों साथ बैठकर फिल्म देखेंगे। तुमको देवानन्द का कसम है।"

देवानन्द के देवानन्द प्रेम को नेपाल ख़ूब जानता था। 'बाज़ी,' से लेकर 'टैक्सी ड्राइवर' तक, देवानन्द की कितनी ही फ़िल्में उसने देख रखी थी। इन फ़िल्मों के दृश्य, गाने, डायलॉग—उसे सभी कंठस्थ थे। देव के लिए ये उस मायावी दुनिया की तसवीरें थीं जहाँ ऊँचे-ऊँचे भवन थे, दौड़ती कारें थीं, जगर-मगर करते क्लब थे, चमचमाती नृत्यांगनाएँ थीं, सिगरेट सुलगाती विदेशी सुन्दरियाँ थीं, पार्क में प्रेमी थे, आदमी आज़ाद था। कुछ-कुछ फ्रैंकलिन के लन्दन जैसा। और इस रंगीन शहर का नायक था दुबला सा देवानन्द। कभी चोर, कभी पॉकेटमार, कभी जुआरी, कभी भूखा, लेकिन दिल का भला। हमेशा हँसता-मुस्कराता। लड़कपन में उसे भी ऐसा ही हीरो बनना था। रूप से, गुण से, मिज़ाज से।

वैसे देवानन्द दूबे का नाम रामकृपा भी हो सकता था। जैसे पिता जी का नाम रामदर्शन था। पिता जी यही चाहते थे क्योंकि दूबे परिवार में कइयों के नाम में राम थे। माँ 'प' से परीक्षित चाहती थी, क्यूँकि बेटा कन्या राशि में पैदा हुआ था। ठीक वैसे ही जैसे कर्क राशि वाले ज्येष्ठ पुत्र का नाम 'ह' से हरिश्चन्द्र था। रामजीवन 'राघव' नाम पर अड़े थे क्योंकि उन दिनों वे रांगेय राघव के प्रभाव में थे। लेकिन सहमति नहीं बन पाई, और बच्चे ने कुछ साल बिना किसी 'शुभ नाम' के ही काट दिये। कोई बाबू कहता, तो कोई छोटका, तो कोई सुखड़ा। बुआ तो गुस्से में करियट्ठा भी कह बैठती थी। काम चलता रहा।

फिर एक शाम—तब बच्चा छह साल का था—पड़ोस में रहने वाले दत्ता मास्टर पुआ खाने पहुँचे। उस दिन होली थी। आते ही कहने लगे, "दूबे दा, देवानन्द पर ध्यान दीजिए। लेखा-पोढ़ा में एकदम गोल है।" उस दिन पिता जी को दो बातें मालूम पड़ीं। पहली बात कि छोटे सुपुत्र का नाम देवानन्द है और दूसरी बात कि बड़े बेटे की तरह उसे भी पढ़ाई नीम लगती है। पिता जी ने सर हिलाकर अपनी चिन्ता जताई और दत्ता मास्टर के जाते की देव को दबोचा।

"यह नाम कौन दिया?" आँखें तरेरकर पिता जी ने पूछा।

"हम, अपने," नन्हे देव ने लजाते हुए उत्तर दिया।

दरअसल कुछ महीने पहले—नये सत्र के दूसरे दिन—देव को पड़ोस के बच्चों के साथ पहली बार रेलवे स्कूल भेजा गया था। दाख़िले का दायित्व ख़ुद दत्ता बाबू ने लिया था। "हम देख लेगा," ऐसा उन्होंने ही कहा था। लेकिन जब 'देखने' का समय आया, वे ग़ायब थे। क्लर्क बच्चे का नाम जानना चाहता था, लेकिन दत्ता बाबू बाहर चाय पीने निकल गए थे। बच्चे से पूछने पर उसने अपना नाम 'बाबू' बताया।

"ये कैसा नाम है? शुभ नाम बोलो, डाक नाम नहीं," क्लर्क ने दोबारा पूछा।

इस बार बच्चे ने थोड़ा समय लिया, कुछ विचार किया और फिर बोला, "देवानन्द दूबे।"

वृत्तान्त सुने पिता जी हँसने लगे। उन्होंने देव को प्यार से गोद में उठाया और पूछा, "दिलीप कुमार अच्छा नहीं लगता है?"

"ना।"

"और राजकपूर?"

"उसका मोछ है।"

"मोछ तो हमारा भी है।" इस पर देव झेंप गया।

"तो देवानन्द पसन्द है?"

"हरीश दादा को भी वही अच्छा लगता है।"

"ओह, तो ई मामला है। देवानन्द हरीश दादा का पिछलग्गू है।"

बुलाकी की बोरियाँ

देव पुरुलिया जिले के भद्रा में पैदा हुआ था। फिर चौदह वर्ष की उम्र में वहाँ से अपने पैतृक गाँव अहिला आ बसा और अब अहिला से कोयलाडीह जा रहा था। नौकरी करने। यानी शुद्ध बंगाल से शुद्ध बिहार, और अब मिश्रित संस्कृति वाला सीमावर्ती क्षेत्र।

उसकी अब तक की जीवन यात्रा किसी भी मायने में असाधारण नहीं थी। न उपलब्धियों के मायने में, और न ही नाकामियों के हिसाब से। उसकी लालसा भी उतनी ही साधारण थी—सिनेमाघर जाकर फ़िल्म देखना। हाँ शादी के बाद इसमें एक कड़ी और जुड़ गई थी—परमानेंट नौकरी। पर किसी लालसा का पूरा होना तो क़िस्मत की बात होती है। और देव को अपनी कुंडली से ज़्यादा उम्मीद नहीं थी। नैराश्य उसका स्थायी भाव था और दुविधा स्थायी मित्र।

पंडित भट्टाचार्या के हिसाब से देव पैदाइशी अशुभ था। हालाँकि ज्योतिषाचार्य की इस बात पर किसी ने ज़्यादा ध्यान नहीं दिया, पर कुछ बातें रह-रहकर ज़ाहिर हो ही जाती हैं। लोग कुंडली का सच ढूँढ़ ही लेते हैं। जब देव की माँ का स्वर्गवास हुआ, बुआ से रहा नहीं गया। "लील लिया; जनमते गांधी बाबा को, और दू बरिस में अपना महतारी को। सीरी राम जाने आगे का लीलेगा।"

बुआ के इस निष्कर्ष पर हरीश आगबबूला हो गया था। "हमारा ब्रदर को कुछ बोलिएगा तो आपको फिर से ससुराल भगा देंगे।"

"भगा देना। लेकिन भुला गए, जिस साल ई मलेच्छ जनमा था, सब कैसे खाए बिना मर रहे थे। कैसे दोकान पर लउर चल रहा था," बुआ भी अपने निष्कर्ष पर दृढ़ थी।

बात हवाई नहीं थी। जिस साल देव जनमा था, भद्रा में अनाज की मारामारी मची थी। मालगाड़ियों पर लदे सामान चिप्पी मारकर लूटे जा रहे थे, राशन की दुकानों पर चोरियाँ हो रही थीं। हालाँकि रेलवे कर्मचारियों के पास 'ग्रीन शॉप' की सुविधा थी, जहाँ किफ़ायती तेल-साबुन आराम से मिल जाता था, लेकिन उस साल वहाँ भी क़िल्लत पसरी थी।

जैसे ही राशन के आने की आहट मिलती, ग्रीन शॉप पर कोहराम मच जाता। लोग बवाल काटने लगते—कोई तेलुगु में, कोई बांग्ला में, कोई भोजपुरी में। उस साल तो अंग्रेज़ी बोलने वाले भी उस भीड़ में शामिल थे। रंग-रूप और बोली की ऐसी विविधता मानो दुकान के इर्द-गिर्द पूरा हिन्दुस्तान सिमट आया हो। अतीत का भी, भविष्य का भी। मैनेजर भीड़ से घबराकर भाग न जाए, इसलिए पुरुष घेरा बनाकर बैठ जाते। क़तार में खड़ी महिलाएँ लोक-लाज तजकर गुत्थम-गुत्थी करने लगतीं। और मैनेजर का ध्यान ज़रा भी भटकता, तो आवारा लड़के सामान झपटकर फुर्र हो जाते।

एक समय था जब ग्रीन शॉप का संचालन ख़ुद कड़क अंग्रेज़ अफ़सर ग्रीन साहब करते थे। वे रेलवे के बड़े अधिकारी थे। रिश्ते में इंग्लैंड की रानी के फुफेरे

भाई। ऐसा भद्रा में सब कहते थे। उनके रहते क्या मजाल कि कोई हुल्लड़बाज़ी करे? ज़रा सी बात हुई कि उनका हंटर हवा में लहराने लगता। और अगर किसी ने ज़्यादा आँय-बाँय किया तो सालभर के लिए ब्लैकलिस्ट।

लेकिन अब देश आज़ाद था। नागरिकों को उनका हक़ पाने से कोई हंटर या रजिस्टर नहीं रोक सकता था। उस साल हरीश भी दो-एक चीज़ें उड़ा लाया था : एक किलो मसूर की दाल, आधा किलो चीनी, आधा किलो सूजी। दौड़ने के कारण काग़ज़ के ठोंगे फट गए थे और थैले में चीनी-मसूर की खिचड़ी पक गई थी। घर पहुँचा तो माँ ने ग़ुस्से में थैला छीनते हुए पूछा, "रहर दाल नहीं था का?"

लेकिन अगले ही दिन अरहर की दो बोरियाँ लेकर गाँव से बुलाकीदास चला आया। साथ में गेहूँ, जोन्हरी और चने की एक-एक बोरी भी। पाँच फ़ीट दो इंच का बुलाकी दूबे परिवार की चौबीस बीघा ज़मीन पर किसानी करता था, और हर साल पिता जी और रामजीवन चाचा का हिस्सा लेकर ट्रेन से भद्रा चला आता था। फिर एक-आध हफ़्ते रुककर, छककर बंगाली मिठाई डकारकर, मनसा पूजा का प्रसाद खाकर, बाँकुरा का गमछा ख़रीदकर, आसनसोल में अपने रिश्तेदारों से मिलकर और हावड़ा-दिल्ली ग्रैंड कॉर्ड की किसी ट्रेन पर लटककर, गाँव लौट जाता था।

यह सिलसिला उन्नीस सौ अड़तीस से चला आ रहा था। उस साल बाबा का स्वर्गवास हुआ था जिसके बाद खेती-बाड़ी का ज़िम्मा कुशल गृहस्थ रामजी दुबे ने उठाना स्वीकार किया। रामजी पिता जी के चचेरे भाई थे—बाबा के स्वर्गवासी अनुज के इकलौते पुत्र। भाइयों का जायज़ हिस्सा हर हाल उन तक पहुँचे, रामजी इसकी ईमानदारी से व्यवस्था करते थे। बोरियों की संख्या कम-ज़्यादा होती रही, बुलाकी के आने का समय आगे-पीछे होता रहा, लेकिन यह वार्षिक रिवाज कभी नहीं थमा। न चालीस के सूखे में, न बयालीस के घनघोर आन्दोलन के समय और न चौवालीस में, जब एक ही रात में बुलाकी के तीनों बेटों को हैजा ने लील लिया था। यह रामजी का विश्वास और बुलाकी की निष्ठा ही थी कि दूबे-परिवार को खाने-पीने की कभी कोई कमी नहीं हुई।

लेकिन साठ में यह कड़ी भी टूटी। पिता जी ने रामजी को चिट्ठी लिखकर बुलाकी का हाल जानना चाहा। कहीं वो परलोक तो नहीं सिधार गया? जवाब में पाँच लाइन की चिट्ठी आई जिसमें कुशलक्षेम पूछा और बताया गया, और बुलाकी के स्वस्थ होने का आश्वासन मिला। अगले साल भी यही हुआ। चिट्ठी गई, चिट्ठी

आई, पर बुलाकी नहीं आए। लेकिन जब लगातार तीसरे साल भी बुलाकी की बोरियाँ नहीं पहुँचीं, तो दूबे परिवार की चिन्ताएँ बढ़ने लगीं। इतने सालों में पहली बार रसद की कमी महसूस हुई।

घर और देश, दोनों के हालात नाज़ुक थे। स्टेशन पर, इंस्टिट्यूट में, काली बाज़ार में, उस्मान होटल में—हर तरफ़ सिर्फ़ चीन से लड़ाई के चर्चे। युद्ध के शुरुआती दिन थे। लोगों में कई तरह की भ्रांतियाँ थीं। युद्ध के परिणाम को लेकर, बंगाल के भविष्य को लेकर, चीनी सिपाहियों की हाइट को लेकर। एक हफ़्ते से भद्रा के कम्युनिस्ट घरों में बन्द थे। अफ़वाह थी कि पुरुलिया और बाँकुरा में उन पर हमले हो रहे थे। उड़ती ख़बर यह भी थी कि सारे रेलवे कर्मचारी चीनी सीमा पर जाकर श्रमदान देंगे।

लेकिन इन तमाम अनिश्चितताओं के बीच एक भ्रान्ति तो ज़रूर दूर हुई। रविवार का दिन था। सिग्नल विभाग की एक-दिवसीय हड़ताल के कारण पिता जी की ट्रेन रद्द हो गई थी। वे सुबह ग्यारह बजे ही घर लौट आए थे। तभी आसनसोल से बुलाकी का भतीजा दिनेश आ पहुँचा और उसने वही सूचना दी जिसकी सबको आशंका थी—बुलाकी विदा हो चुके थे। वह दूसरी बरसी पर भात खाने गाँव जा रहा था।

भतीजे से यह भी पता चला कि पिछले कुछ सालों से रामजी को शराब और जुए की लत लग गई थी—ऐसी बुरी लत कि उन्होंने चार बीघा ज़मीन और आम के आठ पेड़ बेच दिये थे। एक बीघा ज़मीन तो वह पहले ही बेच चुके थे। पर तब रामजी यह कहकर बच निकले थे कि विनोबा बाबा को भूदान कर दिया है। लेकिन अब मामला गम्भीर हो चला था। सिर्फ़ पुराना पुश्तैनी मकान ही नहीं, पिता जी का बनवाया नया पक्का घर भी टूट रहा था। चीज़ें बिक रही थीं, खेत सूखे पड़े थे।

"बिलाई और दूध का रखवाली? ना, अब और नहीं चलेगा" पिता जी को स्पष्ट आभास हुआ कि अब केवल कहने-चेताने से बात नहीं बनेगी। गाँव जाकर रहना पड़ेगा, निगरानी करनी पड़ेगी। पिता जी को जब भी स्पष्ट आभास होता, वे तत्काल कार्रवाई भी करते थे। जब आरा में ख़तरा लगा तो रातो-रात रंगून निकल गए, जब रंगून में संकट मँडराया तो सब छोड़कर तुरन्त गाँव लौट आए। उस दोपहर भी उन्होंने ऐसी ही मुस्तैदी दिखाई।

यह तय हुआ कि देव गाँव जाएगा, और वह भी अविलम्ब। उसी रात की ट्रेन से, दिनेश के साथ ही। अब बोरियों की व्यवस्था देव करेगा। स्कूल का स्वाँग

अब और नहीं। पढ़ाई-लिखाई उसे काटने दौड़ती थी। रो-गाकर चौथी का बोर्ड पास किया था और दो सालों से सातवीं में अटका था। सिनेमा और पत्रिकाओं के अलावा कहीं उसका मन नहीं रमता था। पहले फ्रैंकलिन के साथ आवारागर्दी करता था, अब स्काउट्स एंड गाइड के नाम पर घर से फ़रार रहता था।

"गाँव जाकर कम से कम खेतीये सीख जाएगा। गहुँ-दाल उपजाएगा। खाने-कमाने का जोगाड़ तो हो जाएगा। नहीं तो ई जीवन में का करेगा? और मान लीजिए अगर चीनी सेना सही में यहाँ पहुँच गया तो? घर का एक ठो आदमी तो बच जाएगा न।" बुआ की उपस्थिति में पिता जी ने अपना फ़ैसला सुनाया।

लेकिन वह 'एक ठो आदमी' था कहाँ?

तो तो तो

बुआ को धमकाने पर भेद खुला कि देव हरीश के साथ काली टॉकीज गया है। हरीश पिछले शाम ही कलकत्ता से लौटा था। उसकी गलती मामूली थी लेकिन न जाने क्यों पिता जी का पारा चढ़ता ही जा रहा था। वे तमतमाते हुए लुंगी-बनियान में ही बाज़ार की ओर निकले। गुस्सा इतना कि हर साँस नाग की फुफकार मालूम पड़ रही थी।

वहाँ पहुँचे तो पाया कि हरीश बाहर खड़ा अपनी मंडली के साथ सिगरेट पी रहा था। पीछे दीवार पर 'गंगा जमुना' का पोस्टर लगा था। सफ़ेद घोड़े पर सवार दिलीप कुमार, आँखों में अंगार, हाथ में बन्दूक़।

"लगता है श्री हरिश्चन्द्र दूबे यह फ़िल्म कलकत्ता में ही निपटा दिये हैं," पिता जी ने दूर से ही कटाक्ष की गोली दाग़ी। उन्हें देखते ही जिया और नरेश भाग चले। हतप्रभ हरीश की बुद्धि बैठ गई। जिन उँगलियों में सिगरेट अटकी थी, वे अकड़ गईं।

"नहीं पिता जी, हम तो बस..."

"श्री देवानन्द दूबे कहाँ हैं?" पिता जी ने बात काटते हुए पूछा।

सिगरेट पर सुनवाई का अभी वक़्त नहीं था। हरीश की करतूतों पर सुनवाइयाँ करते-करते वे त्रस्त हो चुके थे। वैसे तो पिछले एक साल से वह कलकत्ता में रहकर रेलवे की नौकरी कर रहा था, लेकिन उससे पहले उसने पूरे भद्रा में घमासान मचा रखा था। अक्सर कोई न कोई पीड़ित उसकी शिकायत लेकर घर पर चला आता। कई बार पुलिस भी दबिश दी। कभी मारपीट, कभी चोरी, तो कभी किसी अंग्रेज़ साहब को धमकी। कितनी दफ़ा तो वह शराब के नशे में झूमता हुआ घर लौटता। फिर पिटता, रोता, माफ़ी माँगता।

"कसम खाते हैं पिता जी। यही लास्ट गलती है," हर बार यही वादा करता।

"तुम्हारी माँ होती तो मारकर बोखार छोड़ा देती," हर बार पिता जी यही कल्पना करते।

पर अगली सुबह साइकिल पर बैठते ही हरीश सब कुछ भूल जाता। आज तो उसने सिर्फ़ सिगरेट की कश लगाई थी। वह भी शान्ति से, सिनेमाघर के बाहर।

सिनेमाघर के अन्दर का माहौल तनावपूर्ण था। पर्दे पर कबड्डी का रोमांचक मुक़ाबला चल रहा था। हीरापुर का गंगा उर्फ़ दिलीप कुमार ज़मीन पर छितराया पड़ा था, तुनकपुर के मुस्टंडे खिलाड़ियों के नीचे दबा। साँस टूट रही थी पर वह पूरी ताक़त से 'तो तो तो' रट रहा था। उसका दाहिना हाथ सीमा रेखा की ओर सरक रहा था। इसी हाथ पर हीरापुर की इज़्ज़त टिकी थी। दर्शक साँसें रोके बैठे थे। एक पल के लिए पिता जी भी मंत्रमुग्ध खड़े हो गए।

कुछ सेकंड के तनाव के बाद वही हुआ जो होना था—दिलीप कुमार का हाथ लाइन को छू गया। पर्दे पर हीरापुर वाले और हॉल के अन्दर दर्शक, दोनों झूम उठे। देव भी अपनी सीट पर कूद गया और हवा में रूमाल घुमाने लगा। लेकिन इससे पहले कि वह दोबारा बैठ पाता, पिता जी ने उसे ललाट पर छितरी जुल्फ़ें पकड़कर झकझोर दिया और बोले, "हो गया न खेला? अब चला जाए?"

"पिता जी जाने दीजिए न। चिल्ड्रेन है," उनके पीछे खड़े हरीश ने देव का बचाव करना चाहा। पर पिता जी उसे अनसुना करके, देव को घसीटते हुए बाहर निकालने लगे। पर्दे पर दिलीप कुमार की जीत में लोग इतने रमे थे कि देवानन्द की दुर्दशा पर किसी का भी ध्यान नहीं गया। सिर्फ़ हरीश आहत था। चेहरे पर दर्द लिये वह भी पीछे-पीछे बाहर चला आया।

"जाने दीजिए न पिता जी। अब नहीं आएगा। यही लास्ट गलती है," पिता जी की जकड़ से देव के बालों को छुड़ाते हुए हरीश ने अपनी अर्ज़ी दोहराई।

लेकिन पिता जी के सर पर जो अँगीठी सुलग रही थी, जिसकी आँच बढ़ती ही जा रही थी। उन्होंने हरीश का हाथ इतनी ज़ोर से झटका कि वह फिसलकर कचरे के ढेर पर गिर पड़ा। फिर वे देव की तरफ़ मुड़े, दोबारा उसके बाल पकड़े और बाएँ हाथ से हरीश की ओर इशारा करते हुए बोले, "देख रहो हो न, तुम्हारा भइया घूरा पर कैसे लसराया है। हम भी ऐसे ही बचाते थे। अपना छोटका भाई रामजीवना को। उसका सारा गलती बाबूजी से छिपाते रहते थे। हमको भी हमारा भाई बहुत प्यारा था। पर का मिला? इज्जत भी गया, भाई भी गया। और हम भी घूरा पर फेंका गए।"

हालाँकि देव घनघोर पीड़ा में था, लेकिन मन में वही पुराने सवाल उठ रहे थे। रामजीवन चाचा ने ऐसा कौन सा अपराध किया था, जो बार-बार उन्हें उदाहरण बनाया जाता है? कोई कुछ बताता क्यों नहीं है? उसकी आँखों के सामने चाचा की वह पुरानी फ़ोटो तैर गई जिसे बुआ ने रामायण में छिपा रखा था। तसवीर में

रामजीवन किताबों से घिरे बैठे थे, कैमरे की तरफ़ देखकर मुस्कराते। उनके बाईं ओर एक महिला खड़ी थी, छींटदार साड़ी पहने, रामजीवन के कन्धे पर कोहनी टिकाए। महिला का चेहरा किसी ने खुरचकर हटा दिया था। सामने मेज़ पर फ्रॉक पहने एक छोटी सी बच्ची थी, हाथ में कपड़े की गुड़िया लिये। वह भी भौंहें सिकोड़कर कैमरे को घूर रही थी। नीचे सफ़ेद पट्‌टी पर काले इंक से लिखा था, "माई फैमिली।"

शाम ढलने तक देव का सारा सामान बँध चुका था। चीनी हमले के डर से बिजली गुल थी। स्ट्रीट-लाइटें बन्द थीं। लालटेन की हल्की पीली रौशनी घर के बोझिल माहौल को और भी रुआँसा बना रही थी। बुआ रोए जा रही थी, हरीश पिता जी से विनती कर रहा था। "फ़र्गिव कीजिए पिता जी। लास्ट गलती है।" एक बार हिम्मत जुटाकर दिनेश ने भी निवेदन किया। "जाने दीजिए न बाबा। अभी का उमिरे है? गाँव का जिन्दगी में बहुत कष्ट है।"

पर रामदर्शन दूबे अपनी बात पर अड़े थे। "कष्ट है तो झेलेगा। हम भी तो इसी उमिर में रंगून गए थे। और अब केतना दिन बच्चा बना रहेगा, एक-दो बरिस में मोछ-दाढ़ी सब आ जाएगा," बुआ की तरफ़ देखते हुए पिता जी ने समझाया, जैसे उनसे समर्थन की उम्मीद कर रहे हों।

देव दूसरे कमरे में था। उसका मुखमंडल, जो मौलिक रूप से ही मलिन था, इस त्रासदी की मार से और भी झुलसा, सूखा लग रहा था। बाल तो देवानन्द की तरह ही कटे थे, पर पिता जी ने उन्हें नोचकर बेतरतीब कर दिया था। एक जूट के थैले में वह सारी किताबें, पत्रिकाएँ समेट रहा था जो हरीश और फ्रैंकलिन से मिली थी।

कुत्ते वाली उस घटना को डेढ़ साल हो चुके थे। उसी दिन वह फ्रैंकलिन से आख़िरी बार मिला था। तभी से दोनों परिवारों में बातचीत भी बन्द थी। उस घटना के अगले ही दिन फ्रैंकलिन और उसकी बहन मार्था कलकत्ता किसी रिश्तेदार के यहाँ चले गए थे। ख़बर थी कि अब दोनों वहीं रहकर पढ़ेंगे और फिर वहाँ से इंग्लैंड चले जाएँगे। इस बीच फ्रैंकलिन दो बार भद्रा आया था, पर देव उससे मिलने की हिम्मत नहीं जुटा पाया।

लेकिन आज उसका मन हो रहा था कि वह एक बार उसके घर जाए। हो सके तो उसकी माँ से ही मिलकर आए। माफ़ी माँगे। क्या पता शायद फिर कभी मिलना न हो पाए। लेकिन बाहर अँधेरा हो चला था। वैसे भी, वह किस बहाने से घर से निकलता?

देशान्तर सट्टे की तरह होता है। घर छोड़ने के सम्भावित फ़ायदों का सिर्फ़ अनुमान लगाया जा सकता है। लेकिन नुक़सान का यथार्थ अपनी चुभन तुरन्त महसूस करवाता है। उस शाम देव भी उस तकलीफ़ को महसूस कर था। तभी पिता जी कमरे में दाख़िल हुए और कहा, "चलिए, श्री देवानन्द, निकलना है। बहुत कर लिए भद्रा में लहेंड़ई। अब गाँव में कबड्डी खेलिएगा। तो तो तो।"

लेट्स गो, साथी

भद्रा में दो भद्रा बसते थे। एक ऐंग्लो-इंडियन समुदाय का और दूसरा विशुद्ध भारतीयों का। दोनों के मकान आस-पास थे, दोनों की रोज़ी-रोटी रेलवे पर टिकी थी, और दोनों ही समुदाय के पुरुष इंग्लैंड जाने का सपना देखते थे। फिर भी इनमें फ़ासला बना रहता। इनके बच्चे अलग-अलग स्कूलों में पढ़ते। और इनकी महिलाएँ एक-दूसरे के तीज-त्यौहारों से परस्पर दूर रहतीं। न मैडम स्मिथ फ्रैंकलिन को होली खेलने की इजाज़त देती, न बुआ देव को क्रिसमस वाले केक छूने देती थी। "केकवा में मीट-मछरी होता है," बुआ तर्क देती। हालाँकि रेलवे इंस्टिट्यूट के सालाना जलसों में दोनों समुदाय बढ़-चढ़कर हिस्सा लेते, लेकिन यहाँ भी दूरियाँ बनी रहतीं; जहाँ ऐंग्लो-इंडियन आगे सजी कुर्सियों पर विराजते, वहीं ज़्यादातर भारतीय खड़े-खड़े ही तालियाँ बजाते।

सन् सैंतालीस के पहले यह खाई और भी गहरी थी। पूरे भद्रा पर ऐंग्लो-इंडियन लोगों का दबदबा था। वे या तो ठाठ से बँगले में रहते या चार कमरे वाले बड़े क्वार्टर में। रेलवे के सभी रसूखदार ओहदों पर इन्हीं का क़ब्ज़ा था। यहाँ तक कि ड्राइवरी भी भारतीयों के लिए दुष्प्राप्य थी। ट्रेन पर लदे जान-माल की सुरक्षा ड्राइवर के हवाले होती है। भला ऐसी नाज़ुक ज़िम्मेदारी देशी क़ौम को कैसे दी जा सकती थी?

आज़ादी के बाद स्थिति थोड़ी बदली, फिर भी अन्तर ख़त्म नहीं हुआ। अब इंस्टिट्यूट में अंग्रेज़ी फ़िल्में यदा-कदा ही चलतीं। क्रिसमस के साथ होली और दीवाली महोत्सव भी मनाया जाने लगा। इंस्टिट्यूट की लाइब्रेरी में हिन्दी और बांग्ला की किताबें भी मिलने लगीं। दूसरे माले पर स्थित कैंटीन में भारतीयों की भीड़ बढ़ने लगी। और वह भीड़ अंग्रेज़ों को शक की निगाह से देखने लगे। आज़ादी के बाद भी उनका यूँ टिके रहना कइयों को षड्यंत्र लगता था। कहीं ये ब्रिटिश सरकार के गुप्तचर तो नहीं, जो देश को दोबारा ग़ुलाम बनाने की ताक में लगे थे।

ऐसा नहीं है कि ऐंग्लो-इंडियन समुदाय ने इस सुलगती शंका को बुझाने की कोशिश नहीं की। अब देश के पुराने तीज-त्योहारों और नये सुख-दुख में वे भी

शामिल होने लगे। अड़तालीस की काली पूजा में स्मिथ साहब ने इजरी नदी वाले मन्दिर को पीतल का पचास किलो वज़नी घंटा भेंट किया। भद्रा क्रिकेट क्लब ने दीवाली पर ग़रीबों में कपड़े बाँटे और गांधी जी की शोक सभा भी आयोजित की। लेकिन बैर की जड़ें गहरी थीं। कल तक जिन हाथों में हंटर मचलती थी, आज उसका दोस्ती के लिए बढ़ना किसे स्वाभाविक लगता? इसके बावजूद दोनों समुदायों के बीच आत्मीयता की सम्भावनाएँ बनती-बिगड़ती रहीं। इसी समय, देश की इस बदलती फ़िज़ा से बेख़बर, भूरे बालों वाले फ्रैंकलिन और साँवले रंग वाले देव की दोस्ती मज़बूत हो रही थी।

फ्रैंकलिन स्मिथ साहब का इकलौता लड़का था। उसे इंग्लिश स्कूल के लड़के पसन्द नहीं थे और देव को रेलवे स्कूल से जुड़ी कोई भी बात रास नहीं आती थी—न सहपाठी, न पढ़ाई। दोनों बालक 'साधारण' शब्द के सभी प्रकट और सूक्ष्म संकेतों को चरितार्थ करते थे। न इनका कोई दोस्त था, न इनकी किसी से रार होती। न फ़ुटबॉल में रुचि, न चित्रकला का शौक़। न भोजन के नख़रे, न कोई पसन्दीदा पकवान। ये न तो शरारती थे, न ही बाल-अनुशासन के उत्तम आदर्श। बस एक दिन, अपनी-अपनी तन्हाई के बोझ से व्याकुल ये दोनों बच्चे इंस्टिट्यूट के जलसे में मिले, और हो गई दोस्ती।

हर शाम ठीक चार बजे फ्रैंकलिन देव के क्वार्टर पर चला आता। कैनवस के सफ़ेद जूते, ब्रेस वाली निक्कर और आधे बाज़ू की शर्ट पहनकर। फिर बाहर से ही आवाज़ देता, "लेट्स गो, साथी।" पुकार सुनते ही देव दौड़ते हुए निकल आता और फिर दोनों दोस्त पार्क में चले जाते, अंग्रेज़ी-मिश्रित हिन्दी में छह बजे तक खेलते-बतियाते। कहानियों और कल्पना से गढ़ी दुनिया में उड़ते-विचरते। एक फ़िल्मी कहानियाँ सुनाता, और दूसरा किताबी कथाएँ।

देव ने काली टॉकीज में कितनी ही फ़िल्में देखी थीं। अपने हरीश दादा के संरक्षण में। फ्रैंकलिन को भी फ़िल्में लुभाती थीं, पर उसके लिए सिनेमाघर वर्जित था। इसलिए देव ही उसे उस मायालोक की सैर करवाता। फ़िल्मी दृश्यों का पूरा-पूरा ब्योरा देता, गीतों का यथाशक्ति मतलब समझाता। काली टॉकीज लाउडस्पीकर से दिन-रात रिसते गाने फ्रैंकलिन को ख़ूब लुभाया करते थे। समझ न आने पर भी वह उन्हें गुनगुनाता—अक्सर ऊट-पटाँग शब्दों को जोड़कर। उनके चित्रण की कल्पना करता। लेकिन अब उसकी अतृप्त जिज्ञासा देव के विवरणों से

शान्त होने लगी। ठीक वैसे ही जैसे सालों बाद लाल नेपाल की फ़िल्मी कथाओं में देव सुकून ढूँढ़ने लगा था।

फ़िल्म चाहे जैसी भी हो, फ़्रैंकलिन उसकी कहानी बार-बार सुनने की ज़िद करता। वैसे तो छह साल की दोस्ती में फ़्रैंकलिन ने तीस-चालीस फ़िल्मों की कहानी सुन डाली—कुछ रूमानी, कुछ पौराणिक, कुछ जासूसी—लेकिन 'हम पंछी एक डाल के' उसकी सबसे पसन्दीदा फ़िल्म थी। महल के रईसज़ादे राजन और ग़रीब नन्दू की दोस्ती में दोनों को अपनी मित्रता की झलक दिखती थी। "हम इंगलिश हैं तो क्या हुआ? हम तुम्हारा बेस्ट फ्रैंड बनेगा। और हमेशा साथ खेलेगा।"

इन फ़िल्मी कहानियों के बदले फ़्रैंकलिन देव को इंग्लैंड-यूरोप की बातें बताता, उस अनोखी दुनिया से उसका परिचय कराता। बर्फ़ीले पहाड़ों वाला स्विट्ज़रलैंड, आइफ़ल टॉवर वाला फ्रांस और महारानी एलिज़ाबेथ वाला इंग्लैंड, सभी भद्रा से कितने अलग थे। हालाँकि फ़्रैंकलिन ख़ुद कभी भारत के बाहर नहीं गया था, लेकिन पिता की अलमारी में पड़ी किताबें फ़्रैंकलिन की बाल कल्पना को पंख देने के लिए पर्याप्त थीं। 'कैप्टन करेजियस', 'ट्रेजर आइलैंड', 'ईसॅप फ़ेबल्ज़', 'एलिस इन वंडरलैंड'—हर विषय-शैली की किताबों से फ़्रैंकलिन का परिचय हो चुका था। कुछ वैसी किताबों से भी जो उसके लिए वर्जित थीं।

वह जब भी कोई नई किताब पढ़ता, उसका पूरा मज़मून देव को कह सुनाता। किताब में छपी हर तसवीर के बारे में बताता, हर नक़्शे को लकड़ी से धूल में उकेरता। कभी-कभी उसे फटी-पुरानी पत्रिकाएँ भी देता। इस तरह देव भी किताबों की हैरतअंगेज़ दुनिया में गोते लगाता रहा। उसका पुस्तक-प्रेम फ़्रैंकलिन की दी हुई सबसे बड़ी सौग़ात थी। देव ने कभी सोचा भी नहीं होगा कि इन्हीं किताबों के भरोसे उसे एकाकी के कई साल काटने थे।

दोस्ती की इस टॉनिक से दोनों तन्दुरुस्त हुए। देव फ़िल्मों को गम्भीरता से लेने लगा। हीरो बनने की उसकी हसरत और भी हिलोरें मारने लगी। पार्क, दोस्ती, काली टॉकीज की फ़िल्में, उस्मान होटल का सिंघाड़ा और रंग-बिरंगी किताबें-पत्रिकाएँ—दुनिया अब पहले जितनी उबाऊ न थी। दोनों बच्चों का आत्मविश्वास ऐसा बढ़ा कि अब वे यदा-कदा धृष्टता भी करने लगे। चोरी-छिपे वे जंगल के दूसरे छोर पर बहती इज़री नदी की ओर भी भागने लगे।

कुछ ही दिनों में नदी किनारे रहने वाले संथाल बच्चों से उनकी बनने लगी। उन बच्चों की सोहबत में दोनों ने तैरना, आग में मछली भूनना, कुत्तों से खरहे का शिकार करना, पेड़ पर चढ़ना—बहुत कुछ सीखा। साथ में यह भी जाना कि हर जंगल डरावना नहीं होता, जैसा कि बड़े लोग कहते हैं। यहाँ न तो ख़ूँख़ार बाघ-भालू थे, न ही बरगद पर लटके पुरातन पिशाच। सर्दी में खट्टे-मीठे बेर थे तो बरसात में खजूर, और गर्मियों में बेल और रसीले तरकुल। कभी सेमल और पलाश की लाली, तो कभी बन तुलसी की सुगंध। हर तरफ़ पुटूस के पीले-गुलाबी फूल और एक बरमसिया बहार।

फ्रैंकलिन के लिए जंगल का एक और आकर्षण था। यहाँ संथाल बाला चम्पा भी रहती थी, जिससे वह प्रेम कर बैठा था। साँवली चम्पा अपने तेलौंस बालों में हमेशा पुटुस के फूल खोंसे रहती थी। बदन पर मटमैली धोती, हाँथों में मछली की टोकरी, और चेहरे पर उन्मुक्त आत्मविश्वास। वह जब भी फ्रैंकलिन को देखती, हथेली से मुँह छुपाकर हँसने लगती।

चम्पा से मिलने के बाद फ्रैंकलिन ने यह तय कर लिया था कि वह कभी इंग्लैंड नहीं जाएगा। कहानियों और फ़िल्मों में हर जगह दिखने वाला 'लव' क्या होता है, इसका ज्ञान उसे हो चुका था। लेकिन इस ज्ञान की क़ीमत देव को चुकानी पड़ती थी। क्योंकि उसके हिस्से की केक-बिस्कुट अब चम्पा खाती थी।

"लेट हर ईट समटाइम्ज़। तुम्हारा आंट तो वैसे भी मना करता है," ऐसा कहकर फ्रैंकलिन देव को फुसलाता था।

फिर बात आगे बढ़ी और तय हुआ कि भविष्य में दोनों नदी किनारे एक सिनेमाघर बनाएँगे—फ्रेंड्स फ़िल्म पैलेस। और उसका उद्घाटन हीरो देवानन्द करेगा। "उसी का फ्रंट में मेरा और चम्पा का बँगलो होगा। और बँगलो में एक रूम तेरा भी होगा," फ्रैंकलिन अक्सर देव को आश्वस्त करता था।

जब फ्रैंकलिन ऐसी बातें करता, देव को बड़ी तक़लीफ़ पहुँचती! पर कुछ ही महीनों की व्यथा के बाद उसने भी सोच लिया कि वह भी प्रेमी बनेगा। उसने अपने आस-पास नज़रें दौड़ाईं और तय किया कि दत्ता मास्टर की बेटी टुम्पा से प्रेम करेगा। इसके बाद उसने एक कॉपी के पीछे टुम्पा की स्केच बनाई और स्केच की माँग में लाल स्याही लगाकर उसे अपनी पत्नी बना डाला। फिर शान से इसकी जानकारी फ्रैंकलिन को भी दी।

"आस्क हर आउट फ़र्स्ट तुमको पहले प्रपोज़ करना चाहिए," फ्रैंकलिन ने सुझाया।

"ज़रूरत नहीं है। हीरो जिसको चाहता है, उसको वाइफ़ बना लेता है," देव आत्मविश्वास में चूर था। वैसे भी, 'प्रपोज़' शब्द का अर्थ उसे कहाँ पता था।

"बट तुम फ़िल्म का हीरो नहीं है।"

इस पर देव ने गले का बटन लगाते हुए गर्दन ऊँची करके घोषणा की, "आई ऐम देवानन्द।"

वाइफ़ के अपने चुनाव से देव गद्गद था। उसे यह भी शक था कि फ्रैंकलिन उससे जलने लगा था। टुम्पा चम्पा से ज़्यादा गोरी थी, खो-खो चैम्पियन थी और वसन्त पंचमी पर हारमोनियम बजाती थी, लाल पाढ़ वाली सफ़ेद साड़ी पहनकर।

लेकिन अफ़सोस कि वह देव से चार साल बड़ी थी और मुहल्ले के एक तेलुगु बाँके से प्रेम करती थी। कुछ महीने बाद जब देव को इस बात का पता चला तो उसने स्केच फाड़ दी, दत्ता मास्टर को गालियाँ दी और टुम्पा से सारे रिश्ते तोड़ दिये।

"हम वार्न किया था। आस्क हर फ़र्स्ट," फ्रैंकलिन ने शिकायत के स्वर में सांत्वना दी।

उस दिन के बाद देव के मन में प्रेमी बनने का विचार फिर कभी नहीं आया। उस रात तक नहीं, जिस रात उसे गंगाजी में माधवी मिली थी।

चलते-चलते

देव गाँव जा रहा था, खेती सँभालने। उसे छोड़ने समस्त दूबे परिवार स्टेशन आया था। प्लेटफ़ॉर्म लगभग ख़ाली था। कुछ दूरी पर टिकटघर की पीली दीवार से पीठ सटाकर बैठा एक बुड्ढा बीड़ी सुलगा रहा था।

स्टेशन पहुँचते ही पिता जी ट्रेन-तालिका पढ़ने दूसरी ओर चले गए। शायद वे देव से कन्नी काट रहे थे। हरीश सिंघाड़ा ख़रीदने कैंटीन की तरफ़ निकल गया। उसे पता था कि कैंटीन में मिलने वाली हर चीज़ देव को पसन्द है। ख़ासकर सिंघाड़ा। बस बुआ उसके पास बैठी रही। वह उसकी बाँह पकड़े सिसक रही थी। "मोर बबुआ के करम कोईला हो गईल।"

क़रीब बीस मिनट के बाद सीटी बजाती ट्रेन प्लेटफ़ॉर्म पर आ लगी। पिता जी और हरीश भी लौट आए। अचानक भीड़ भी उमड़ आई। न जाने कहाँ से। ट्रेन को चमचमाते सितारे वाली डब्ल्यू.पी. इंजन खींच रही थी। देव को रेलवे इंजनों से बड़ा प्रेम था। महीन सीटी वाली एच.एक्स. इंजन, चपटी नाक वाली डब्लू.टी. इंजन, और उसकी पसन्दीदा गैरट इंजन, हाथी जैसी चिंघाड़ती, विशालकाय। इंजन से जुड़ी हर बात उसे करिश्माई लगती थी। यहाँ तक कि उनसे निकलता काला धुआँ भी। फर्नेस में आग कैसे सुलगाते हैं, बॉयलर में प्रेशर कैसे मापते हैं, उसे सब पता था। आख़िर उसे भी तो ड्राइवर ही बनना था, गाँव का किसान नहीं। पिता जी की तरह ही इन नायाब इंजनों की सवारी करनी थी।

लेकिन आज वही जादुई डब्लू.पी. इंजन किसी दैत्याकार साँप की तरह डरावना लग रही थी। उसका मन घबराने लगा, अँतड़ियों खदबदाई और दिल ज़ोर से धड़कने लगा। लेकिन उसने ख़ुद को सँभाला, झट से सबके पैर छुए, फिर लड़खड़ाते, अपना सामान सँभालते, बोगी की तरफ़ बढ़ा।

दिनेश पहले ही सीट पकड़ चुका था। भद्रा में ट्रेन का स्टॉपेज लम्बा था। लेकिन उस दिन ट्रेन भी जल्दी में थी; बैठते ही खुल गई। हरीश ने सिंघाड़े का ठोंगा पकड़ाया और बोगी के साथ-साथ तेज़ क़दमों से चलने लगा। खिड़की पर हाथ रखे, देव के चेहरे पर आँखें जमाए, अपनी मुस्कराहट से उसे आश्वस्त करता। "गाँव में मज़ा आएगा," ऐसा उसने दोपहर से बीसियों बार दोहराया था। "हर महीना कलकत्ता से चिट्ठी लिखेंगे," यह विश्वास भी दिलाया था। "देवानन्द वाला स्टाइल कंटिन्यू रखना और जो इंग्लिश डिक्शनरी दिए हैं, पढ़ते रहना; गाँव में जलवा जमेगा," यह तरकीब सुझाई थी। यह सिलसिला जारी रहता मगर कुछ ही क्षणों में ट्रेन ने रफ़्तार पकड़ ली और हरीश पीछे छूट गया।

देव झट से खिड़की से सर निकालकर उसे देखने लगा। कुछ घबराया सा। हरीश प्लेटफ़ॉर्म के छोर पर लगे साइनबोर्ड के पास खड़ा था। ट्रेन से उठती हवा से उसके बाल बिखर गए थे। कपड़ा बदन से चिपक गया था। उसकी सुडौल काया किसी रेखाचित्र की तरह उभरती जा रही थी। पर उसका चेहरा कुछ-कुछ अँधेरे में डूबता जा रहा था।

"अब तो न फ्रैंकलिन की दोस्ती बची, न हरीश दादा का संरक्षण। किसके दम पर हिम्मत होगी? फ़िल्में कौन दिखलाएगा? पत्रिकाएँ कौन दिलवाएगा? कैसे होगा गुज़ारा?"

अभी देव इन भयंकर सवालों को टटोल ही रहा था कि इतने में हरीश ने अपने दोनों हाथ सामने की तरफ़ उठाए—हथेली नीचे, कलाई ढीली—और उन्हें लहराने लगा। नायिका को रिझाते देवानन्द के हाथों की तरह। कैसा अद्‌भुत संकेत था! देवानन्द को देवानन्द की याद दिलाता। दोपहर से छायी मनहूसियत एक झटके में ग़ायब हो गई। देव खिलखिलाकर हँसने लगा।

"सामान चेक कर लीजिए बबुआ," दिनेश ने आगाह किया तो देव की तन्द्रा टूटी। उसने सीट के नीचे नज़र दौड़ाई। पत्रिका वाला थैला छूट गया था। उसमें रखी भार्गव इंग्लिश डिक्शनरी भी। देव दरवाज़े की तरफ़ लपका। गाड़ी स्टेशन से निकल चुकी

थी। दूर से बस पिता जी की एक झलक दिखी; वे गुज़रती ट्रेन की तरफ़ पीठ घुमाए खड़े थे। शायद ख़ुद से रूठे। शायद ट्रेन को विदा करना उनके लिए मुश्किल था।

पिता जी अल्पभाषी थे, गम्भीर मुख-मुद्रा वाले। उनके मन में झाँकने के मौक़े कम ही मिलते थे। जब भी उनके पतले होंठ हिलते, शुरुआत किसी न किसी सवाल से ही होती—ये कैसे हुआ? अब तक कहाँ थे? कितना रुपया लगेगा? कब तक लौटना होगा? हमसे बहस करोगे?

लेकिन अगर किसी रविवार की दोपहर, ख़ासकर भर प्लेट दही-चूड़ा के बाद, उनकी बातें 'जिस टाइम हम रंगून में थे' से शुरू होतीं, उस दिन उनका एक अलग ही अवतार नज़र आता। उस दिन पिता जी अव्वल दर्जे का हँसोड़ और बातूनी बन जाते, जो हरीश के कन्धे पर किसी हमउम्र दोस्त की तरह हाथ रखते, जो प्यार से देव के गाल थपथपाते, और जो बुआ से साड़ी में उसकी पसन्द पूछते। किसी तजुर्बेकार क़िस्सागो की तरह वे हर दृश्य का जीवन्त यथार्थ सामने रखते, हर पात्र के कई रंग दिखलाते, हर विचार में छिपे रहस्य समझाते।

पिता जी की कहानियों पर सवार, समस्त दूबे-परिवार, कई रविवार, उनके अतीत में यायावरी करने निकल पड़ता। सैर ज़्यादातर रंगून में ही होती थी। स्टीमरों से ठचा-ठच बन्दरगाह, साफ़-सुथरी सड़कें, दनादन भागते मोटर, सारी रात जगमगाते बाज़ार, सफ़ेद हाथी वाला चिड़ियाघर, सुनहरे पगोडे वाले विहार, वह बिना दरवाज़े वाला मन्दिर, और उसमें उकेरा निद्रामग्न कुम्भकरन का विशाल चित्र। अब तक दूबे-परिवार ने रंगून का पूरा कलेवर देख लिया था। ठीक उसी आश्चर्य और उत्साह के साथ जिससे पिता जी ने रंगून को देखा था।

घूमन और चरणदास

सन् छब्बीस में पिता जी आठवीं क्लास में थे। आरा के जैन धर्मशाला में कमरा लेकर रहते थे। वहाँ के मारवाड़ी स्कूल में उनकी धूम थी। मन लगाकर पढ़ते, सालाना जलसे में स्वागत-गीत गाते, महापुरुषों के पोर्ट्रेट बनाते और ठीक-ठाक फ़ुटबॉल खेलते। शादी हो चुकी थी, गौने का इन्तज़ार था। यहीं उनकी घूमन से दोस्ती हुई। वह अहिला के फ़ौजदार माँझी का ममेरा भाई था।

"मेरा सबसे पक्का संघतिया। घुँघराले बाल, चौड़ा बदन, साँवला रंग। बदन पर बिना पॉकेट वाला सफ़ेद बुशर्ट, पाँव ऐनीटाइम नंगा। उसको सब मानते थे—हिन्दी के कबीर हुसैन उसे मानते क्योंकि वह अच्छी कविता लिखता था; संस्कृत के विसंभर पंडित मानते क्योंकि उसको एक सौ आठ श्लोक कंठस्थ था; प्रिंसिपल शिवपुराण

राय मानते क्योंकि वह उनके लिए गंगाजी से ताज़ा रोहू लाता था। लेकिन गणित वाला चरणदास पाठक उर्फ़ लँगड़ा मास्टर उसको देखते ही फ़ायर हो जाता।"

"काहे पिता जी?" देव ने अचरज से पूछा। घूमन से जुड़ी कहानियाँ वह बड़े ग़ौर से सुनता था। पिता जी और घूमन की यारी में उसे फ्रैंकलिन और अपनी दोस्ती नज़र आती थी।

उस साल महासभा के पटना अधिवेशन में छुआछूत मिटाने पर ख़ूब चर्चा हुई थी। बिहार के सभी बड़े नेता—राजेन्द्र बाबू, सच्चिदानन्द बाबू, अनुग्रह बाबू—अछूतोद्धार पर खुलकर बोले। राहुल सांकृत्यायन ने तो भोजपुरी में ही ज़ोरदार भाषण दिया। कई आरावासी भी वहाँ मौजूद थे। पूरे शहर में अस्पृश्यता पर बहस छिड़ी थी। आर्यसमाजी ख़ुश थे। जनता खेमों में बँटी थी। चरणदास बिफरा हुआ था। उसके गुस्से की तोप घूमन पर तनी थी।

"क्योंकि वो मल्लाह था। लँगड़ा मास्टर बोलता, 'सब गदहा बनारसे जाई, त बोझा के उठाई?' हमको भी गरियाता था। कहता, 'घूमना के संघत में जल्दिये मछरी खाओगे; बाबाजी से निषादराज बन जाओगे।'"

"बड़ा हरामी था," भावावेश में की गई अभद्र टिप्पणी धुलाई का कारण बन सकती थी। लज्जित हरीश ने तुरन्त जीभ निकालकर अफ़सोस जताया। इतवार था, इसलिए पिता जी सिर्फ़ आँखें तरेरकर रह गए और कहानी आगे बढ़ाई।

पर घूमन कहाँ कम था? लँगड़ा घरजमाई था। स्कूल के बाद ख़ूब पीता और हर शाम अपने ससुर से पिटता। उसका यह हाल पूरे आरा को मालूम था। इसी पर घूमन ने एक तुकबन्दी फेंक मारी—चरणदास को अगर पीने की आदत न होती, तो मियाँ बाहर, बीवी अन्दर न सोती।

पर बात तुकबन्दी पर ख़त्म नहीं हुई। जल्द ही यह गीत बनकर स्कूल भर में घूमने लगा—अन्य मास्टरों के बीच भी। जहाँ सुनो यही गीत। ब्लैकबोर्ड पर, शौचालय की झड़ती दीवार पर, स्टाफ़रूम के दरकते दरवाज़े पर, जालीदार नोटिस बोर्ड के ऊपर। चरणदास आगे-आगे, छिपकर गाते-चिढ़ाते छात्र पीछे-पीछे। कभी इत्मीनान से टहलने वाला आदमी अब तेज़ क़दमों से, सबसे नज़रें बचाकर, भागता फिरता। पर वह गीत उसका पीछा ना छोड़ता। बाज़ार में, रमना मैदान में, मौलाबाग़ मस्जिद के पास—चरणदास जहाँ से गुज़रता, उसे सिर्फ़ यही गीत सुनाई पड़ता—

...तो मियाँ बाहर, बीवी अन्दर न सोती।

वैसे तो चरणदास था बड़ा शौक़ीन। जहाँ बाक़ी शिक्षक धोती-कुर्ता पहनते थे, चरणदास अंग्रेज़ी पैंट-शर्ट में अगराया रहता था। हर दिन हजामत बनवाता, हर हफ़्ते बाल छँटवाता। लेकिन इस पूरे प्रकरण के कारण वह महीने-भर में ही बदहवास होकर घूमने लगा। बढ़ी दाढ़ी, मैले कपड़े, बिखरे बाल, चेहरे पर मौवत।

इसी तरह कुछ और हफ़्ते बीते, और चरणदास की तबीयत बिगड़ने लगी—पहले पेचिश, फिर दस्त, और फिर दस्त के साथ बुख़ार। नींद तक ग़ायब। एक बार तो वह क्लास में ही चक्कर खाकर चित हो गया। लेकिन छात्र बड़े पत्थरदिल होते हैं; यह करुण दृश्य देखकर भी उन्होंने पहले चुटकी ली, गीत दोहराया और फिर कहीं जाकर उसे उठाया। घूमन की तुकबन्दी अब तीन मास पुरानी हो चली थी। और चरणदास का बुख़ार ज़िद्दी होता जा रहा था।

बरसात का दिन था। प्रिंसिपल शिवपुराण को रोहू खाना था, इसीलिए घूमन एक घंटे देर से पहुँचा—ख़ाली पैर, गीली क़मीज़, हाथ में मछली।

"कहाँ था रे?" चरणदास ने खखुआते हुए पूछा।

शायद यह प्रिंसिपल से मिल रहा संरक्षण था, या उसकी तुकबन्दी की अप्रत्याशित सफलता, घूमन ने व्यर्थ की धृष्टता करने की ठान ली। मज़ाक़िया लहजे में बोला, "बाहर सो रहे थे, क्योंकि अन्दर कोई और सो रहा था।"

फिर क्या था, महीनों से उबलता ज्वालामुखी फूट पड़ा। "साला, चोट्टा कहीं का," बोलकर चरणदास उस पर टूट पड़ा। पहले छड़ी से मारा, फिर पास पड़ी बेंत तोड़ी और अन्त में पतलून से बेल्ट निकालकर सोटने लगा। हर प्रहार के साथ दहाड़ता, "और सोएगा? बोल? और सोएगा?" और घूमन सिसकता जाता, "ना माट साहेब, ना।"

कक्षा में बाक़ी छात्र यह दृश्य निस्तब्ध देख रहे थे। शोर सुनकर बग़ल से कबीर हुसैन दौड़े आए। पर चरणदास का वह प्रचंड रूप देख उनकी बीच-बचाव करने की हिम्मत नहीं हुई। फिर विसम्भर पंडित पहुँचे। वे भी चुप। धीरे-धीरे बरामदे में भीड़ बढ़ती गई। पर सभी दूर से ही यह तांडव देख रहे थे, दरवाज़े और खिड़कियों पर जमे। आज चरणदास को कौन रोके?

बेल्ट पुराना था, टूट गया। लेकिन चरणदास का जी नहीं भरा। उसने घूमन को बाहर सहन में ढकेला और कूदकर उसकी छाती पर सवार हो गया। बारिश में भीगते, कीचड़ से लथफथ, हर तमाचे के साथ चरणदास अपना सवाल दोहराता "और सोएगा?" और घूमन रोते हुए अपना जवाब, "ना माट साहेब, ना।" तभी दौड़ते हुए प्रिंसिपल पहुँचे और बड़ी मुश्किल से दोनों को अलग किया। घूमन चोटिल था; उसके माथे से ख़ून बह रहा था।

"जानते हो, उस दिन हम कुछ ऐसा देखे जो कोई और नोटिस नहीं किया। शायद बरखा के कारण पता नहीं चला होगा। घुमनवा तो रोइये रहा था, चरणदास भी फफक

रहा था।" कहानी ख़त्म करते हुए पिता जी एक क्षण को चुप हुए, फिर हरीश को देखकर बोले, "देखे श्री हरिश्चन्द्र दूबे? गुस्सा से आदमी का क्या हाल होता है?"

"इसीलिए तो अन्दर नहीं रखते हैं; बाहर निकाल देते हैं," हरीश ने तपाक से जवाब दिया।

"हमसे बहस करोगे?"

हरीश का ग़ुस्सा

रेलवे स्कूल के सामने जमा उस्मान होटल हरीश का सबसे पसन्दीदा अड्डा था—नंबर वन। उस्मान का छोटा भाई—जिया—हरीश का शागिर्द था। इसलिए मुफ़्त चाय-सिंघाड़े की सहूलियत बनी रहती थी। यही सहूलियत देव को भी मिलती थी। लेकिन वह सिर्फ़ सिंघाड़ा खा सकता था। उसे चाय वर्जित थी। हरीश चाय रूपी व्यसन से अपने छोटे भाई को बचाना चाहता था। अगर देव ने कभी चाय पीने की ज़िद की, तो उसे प्यार से धमकाता था। "दूबे परिवार में बैड हैबिट का ठेका हम लिये हैं। तुम गुड हैबिट का जिम्मा लो। नहीं तो मारेंगे एक फाइट।"

जिया और हरीश की जोड़ी से पूरा भद्रा थर्राता था। शुरू-शुरू में तो उस गिरोह में वे दो ही थे। साथ पैदल घूमते, एक सुर में फ़िल्मी गाने गाते—ज़्यादातर आवारा क़िस्म के—एक ही प्लेट में ऑमलेट खाते, और भद्रा के ऐंग्लो-इंडियन निवासियों के अलावा बाक़ी जो भी उनसे उलझता, उसे बेझिझक धो डालते। बस कारवाँ बढ़ता गया, दिन बीतते गए।

फिर एक दिन अचानक हरीश के पास वह विदेशी साइकिल आई—क्लॉड बट्लर—और उसका उन्माद बेलगाम हो गया। अब उसकी रुचि गुंडई के साथ साइकिल रेस में भी बनी। रेस के चक्कर में वह खड़गपुर से विशाखापट्टनम तक घूमने लगा, नित नये रगड़े मोलने लगा। कुछेक रेस भी जीतने लगा। भद्रा में 'साइकिल बॉस' के नाम से बदनाम होने लगा। इस सफलता के साथ ही गुट में और भी कई चेले शामिल होने लगे। हरीश का रुतबा बढ़ने लगा। अब तो उसके हाथों ऐंग्लो-इंडियन भी पिटने लगे। हरीश और उसके साथी दिन-रात साइकिल से लहराते घूमते, अपनी ताक़त में चूर, किसी मरखाह साँड़ों के झुंड की तरह। जिससे जी चाहा, भिड़ जाते। मुफ़्त में चाय पीते, मुफ़्त में सिनेमा देखते-दिखाते। सब उस साइकिल का चमत्कार था।

"ट्रेन से भी बड़ा जागृत आत्मा मेरा साइकिल है। तुम पिता जी की तरह ड्राइवर नहीं, मेरी तरह 'साइकिल बॉस' बनो। यू अंडरस्टैंडिंग, देव?" हरीश अक्सर देव को छेड़ता।

कुल मिलाकर उस छोटे से डीह पर हरीश का राज था। कुछ ही दिनों में साइकिल बॉस के तीन-तीन चेले काली टॉकीज पर लग गए—एक टिकट बेचता, दूसरा गेटमैन और तीसरा अन्दर टॉर्च दिखाता था। अब काली टॉकीज ही हरीश का नम्बर वन अड्डा बन गया।

कुछ लोग कहते कि क्लॉड बट्लर साइकिल चोरी की थी। एक बार पुलिस भी पूछताछ करने आई। लेकिन हरीश भी तनकर तैयार था। उसने झट रसीद चमकाई—सिकन्दराबाद के किसी दुकान से ख़रीदी, क़ीमत दो सौ तीस रुपये। थानेदार तो लौट गया, पर जब पिता जी ने जानना चाहा कि इतने पैसे आए कहाँ से, हरीश सर झुकाकर बुत बन गया।

उस दिन पिता जी ने उसे ख़ूब पीटा। चप्पल, बेंत, कोहनी—सबसे। लेकिन उसने उफ़ तक नहीं किया। यह भी नहीं कहा कि "लास्ट ग़लती है पिता जी।" बस अगली सुबह पतलून चढ़ाई, आधे बाजू की शर्ट डाली, ऊपर के दो बटन खोले और साइकिल पर सवार होकर निकल पड़ा। अपने भद्रा को सँभालने।

वैसे भद्रा था भी बड़ा ख़ूबसूरत। साफ़-सुथरी समकोण सड़कें, ईंट के घेरों में गुलमोहर के पेड़, हरी घास के तीन मैदान, लाल दीवारों वाले क्वार्टर, तीन विद्यालय, दो रेलवे इंस्टिट्यूट और स्टेशन से सटे ग्यारह विभागीय कार्यालय। पूरब में रेलवे यार्ड से पश्चिम में डिविज़नल मैनेजर के बँगले तक, और उत्तर में इज़री नदी वाले काली मन्दिर से लेकर दक्षिण में राजाराम की कोठी तक, लगभग नौ वर्ग किलोमीटर में फैला।

भद्रा की अर्थव्यवस्था रेलवे पर टिकी थी और रौनक़ काली बाज़ार पर। लोग कहते हैं कि इस बाज़ार को राजाराम के परदादा जगदीश ने देवी काली की प्रेरणा से बसाया था, रेलवे आने से बहुत पहले। यह बात शायद सौ साल से भी ज्यादा पुरानी है। मालदा निवासी जगदीश पारिवारिक क्लेश से त्रस्त थे—उनके सौतेले भाइयों ने उनके हिस्से की जायदाद हड़पकर उन्हें बेघर कर दिया था। इसी दुख से उनकी अल्पायु पत्नी ने बेटे संग कुएँ में छलाँग लगा दी थी।

विरक्त होकर जगदीश ने वापस मारवाड़ जाने के बार में भी सोचा। लेकिन उस वक़्त वहाँ भयंकर सूखा पड़ा था। परिवार के वियोग में ग्यारह महीने बेसुध भटकने के बाद जगदीश इज़री नदी के तट पर पहुँचे। उस वक़्त वहाँ सन्थालों की एक छोटी सी बस्ती भर थी। शरीर थकान से टूट चुका था।

दुख असह्य हो चला था। जगदीश ने अगली सुबह सूरज को साक्षी बनाकर जलमग्न होने की ठानी।

अमावस्या की रात थी। थके-हारे जगदीश की आँख लग गई और उसने एक विचित्र सपना देखा। सपने में देवी काली प्रकट हुई और उसे अपना मन्दिर बनाने का निर्देश दिया। उस मन्दिर के नींव में मछुआरे की जाल, कुम्हार के चाक की लाल मिट्टी और सन्थाल की रसोई में पका भात डालने को कहा।

आँख खुली तो सपना याद करके जगदीश ख़ूब रोये। घास नोच-नोच कर, लोट-लोट कर। देवी ने उसे आदेश नहीं, जीने की वजह दी थी। सुबह होते ही वह कलकत्ता निकल पड़े और महीने भर में ही धन जुटाकर लौट आये। अगले कुछ महीनों में ही मन्दिर तैयार था। फिर उन्होंने एक सन्थाल बाला के साथ घर बसाया। समय के साथ काली मन्दिर के इर्द-गिर्द डीह बसता गया। अंग्रेज़ आए, रेल आई, दुकानें खुलती गईं। काली राशन भंडार, काली वस्त्रालय और फिर काली टॉकीज—भद्रा की शान, शहर का सिंहासन।

लेकिन राजाराम को दादा से मिले सिंहासन में ज़्यादा रुचि नहीं थी। वे अपना ज़्यादातर वक़्त बेटे के पास कलकत्ता में बिताते थे और काली टॉकीज की बागडोर हरीश जैसे दबंगों के ज़िम्मे छोड़ देते। जो बिना किसी तनख़्वाह उस तख़्त की जी-जान से हिफ़ाज़त करते थे। उसके लिए लड़-कट जाते।

हरीश जब भी काली टॉकीज पर होता, टिकट खिड़की के पास कुर्सी लगाकर बैठ जाता और क़तार में खड़े अधीर लोगों को ग़ुस्से से घूरता। अपनी नाफ़रमान प्रजा की हरकतों से क्रुद्ध किसी राजा की तरह। लेकिन उस्मान होटल पर उसके तेवर रूमानी होते, अन्दाज़ शायराना होता।

गले में लाल रूमाल और आधे-बाँह की रंगीन शर्ट पहने वह अपनी साइकिल के पास बैठ जाता, और आती-जाती बालाओं को प्रेम-गीत सुनाता। कुछ लड़कियाँ मुस्करातीं, कुछ शरमातीं और कुछ खिसियाई नज़रों से घूरतीं। एक बार तो किसी लड़की ने गाली दे डाली—"खानकीर छेले! दिलीप कुमार बोनता है?"

उस दिन देव भी वहीं था, लोहे की कड़ाही में उबलते तेल की झाग में खोया, अपने सिंघाड़े के इन्तज़ार में। लेकिन अब उसकी निगाहें हरीश पर टिकी थीं। 'खानकीर छेले' का मतलब वह जानता था। एक तो लड़की, ऊपर से गाली, वह भी उसके हरीश दादा को। कोई अनर्थ होने ही वाला था।

पर उस्मान होटल की फ़िज़ा ही कुछ और थी। वहाँ हरीश हमेशा प्रसन्नचित्त रहता। वह देव की तरफ़ मुड़ा, ललाट पर लटके ज़ुल्फ़ों में कंघी घुमाई और इत्मीनान से बोला, "तुम्हारी भाभी है।"

बदला

उस हफ़्ते काली टॉकीज में देवानन्द की फ़िल्म लगी थी—'बम्बई का बाबू।' पिता जी गुड्ज़ ट्रेन लेकर निकले थे, रविवार शाम से पहले उनके लौटने की कोई उम्मीद नहीं थी। देव ने मौक़ा देखकर ज़िद पकड़ी, "दादा, कितना दिन हुआ, तुमने पिक्चर नहीं दिखाया। ले चलो न।"

हरीश ने देव का कॉलर पकड़कर अपनी ओर खींचा, फिर नक़ली ग़ुस्सा दिखाते हुए बोला, "जब हम पाँच साल के थे, हर जगह अकेले जाते थे। और तुम? नाइन ईयर बॉय—'दादा दादा' करता है।" पर देव ने हरीश को कमर से जकड़ लिया और दोनों हँसने लगे।

भला हरीश ने कब देव की बात टाली थी जो आज मना करता। बिन माँ का पला यह बालक हरीश का दुलरुआ था। जब पिता जी डपटते, बुआ झिड़कती, हरीश ही अपनी अल्हड़ ममता से उसकी उदासी पोंछता, उसे फ़िल्में दिखाता, सिंघाड़े खिलाता, अपनी साइकिल से शहर घुमाता, उसकी बातें सुनता। आत्मविश्वास की जो कमी देव को सदा कुरेदती रहती थी, वह उसे भी ख़ूब समझता था।

रात नौ बजे शो टूटा। हरीश और जिया पैदल थे। देव हरीश की साइकिल चला रहा था; धीरे-धीरे, ताकि बाक़ियों से आगे न निकल जाए। वैसे भी, उसके पैर बमुश्किल पैडल तक पहुँच रहे थे। बाज़ार में एक-दो दुकानें खुली थीं, लेकिन जैसे-जैसे वे कॉलोनी की तरफ़ बढ़ रहे थे, अँधेरा और झींगुर धुन की तीव्रता, दोनों बढ़ती जा रही थी।

बदस्तूर फ़िल्म के गीत गुनगुनाए जा रहे थे, डायलॉग दोहराये जा रहे थे। यह ज़रूरी भी था। किसे पता, कौन सा गीत कब काम आ जाए; सड़क पर साइकिल दौड़ाते, ज़ुल्फ़ें लहराते, उस्मान होटल पर लड़कियाँ ताड़ते। पता नहीं किस गाने से बात बन जाए। या फिर किस झगड़े में कौन सा डायलॉग घूँसे से भी ज़्यादा असरदार साबित हो जाए।

इसी क्रम में जिया ने फ़िल्म में अपराधी देवानन्द और उसके पुलिस मित्र का संवाद दोहराया। वह हरीश की तरफ़ मुड़ा और कुछ सहमकर बोला, "बाबू, छोड़ दो ये रास्ता। उस तरफ़ सिवाय जहालत और तबाही के कुछ भी नहीं है।" यह

सुनते ही सब रुक गए। देव ने भी पैडल से पैर हटा ली। साइकिल से निकलती 'किट किट' बन्द हो गई।

हरीश की शुरुआत शराब से हुई थी। फिर जुए की लत लगी, और उसके बाद चोरी की। जो भी जीतता, लूटता, दोस्तों पर ख़र्च कर देता। माँ जा चुकी थी, पिता ट्रेन दौड़ाने में व्यस्त थे। और बुआ की कौन सुनता है? पिता जी का मानना था कि अगर माँ होती तो हरीश सँभल जाता। वहीं बुआ कहती, "माई बिगाड़ के सिधार गईली।" हरीश का यह हाल माँ के जाने के बाद हुआ, या उनके रहते ही, यह कहना मुश्किल था। पर यह साफ़ था कि हरीश लीक पर चलने वालों में से नहीं था। उसमें एक बेचैनी थी, बेलगाम ऊर्जा थी, अथाह क्रोध था। पर क्यों? वह हीरो था, और गुंडा भी। पर किसलिए? उसे नेता बनना था, शहादत देनी थी या आतताई बनकर आतंक फैलाना था—वह तय नहीं कर पाता था।

हरीश जिया की तरफ़ मुड़ा, मुस्कराकर उसके कन्धे पर हाथ रखा और देवानन्द के अन्दाज़ में गर्दन टेढ़ी करके बोला, "मैं जानता हूँ। मैं जानता हूँ कि वहाँ सिर्फ़ तबाही है। लेकिन और कोई चारा भी तो नहीं है।"

उस संवाद के मर्म को सभी ने समझा। शायद देव ने भी। बरसों बाद भी वह उस रात को याद करता और सोचता कि काश हरीश दादा ने जिया की बात मान ली होती।

आधे घंटे की चहलक़दमी के बाद दोनों भाई घर पहुँचे तो देखा पिता जी बाग़ान में लोहे की कुर्सी पर बैठे इन्तज़ार कर रहे थे। बुआ भी पास एक स्टूल पर बैठी थी, घबराई-सी। "श्री हरिश्चन्द्र दूबे कहाँ टहल रहे थे?" हरीश की ओर देखते हुए पिता जी ने सवाल दागा। लेकिन वह बिना कुछ कहे ही, सर झुकाए, घर के अन्दर चला गया। देव भी हरीश की आड़ में बचकर भाग निकला।

अगली सुबह, बुआ ने बड़ी चालाकी से बुख़ार का बहाना बनाकर दही-चूड़ा खाने का प्रस्ताव रखा। पिता जी के ग़ुस्से को शान्त करने का यह आज़माया हुआ नुस्ख़ा था। वैसे भी, रविवार और रंगून की पिछली बैठक को महीनों गुज़र चुके थे।

"जानते हो, जिस टाइम हम रंगून गए थे, जेब में चना ख़रीदने तक का पैसा नहीं था। और तुम सिनेमा पर लुटा रहे हो?"

"ग़लती हो गई। पर पिता जी, आप रंगून गए ही क्यों थे? ये आपने कभी नहीं बताया," हरीश ने बात बदलते हुए बड़े भोलेपन से पूछा। पिता जी चाल

समझ चुके थे, लेकिन दही-चूड़ा के हल्के खुमार के बाद ग़ुस्सा करना परम्परा का अनादर होता।

"कहाँ तक सुनाए थे?" पिता जी ने हँसकर पूछा। फिर सुनाने लगे।

थोड़ी ग़लती घूमन की भी थी। चरणदास उर्फ़ लँगड़ा मास्टर को इस क़दर परेशान करना ठीक नहीं था; द्रोण न सही, वह गुरु तो ज़रूर था। उस दिन के बाद चरणदास और घूमन, दोनों का स्कूल आना बन्द हो गया। गुरु बीस दिनों के लिए सस्पेंड थे और अपना ज़्यादातर समय मैदान के पीछे वाले ठेके पर बिता रहे थे। वहीं चेले ने गंगा घाट पर डेरा डाल रखा था, मन और शरीर, दोनों पर ढेरों चोट लिये। हफ़्ता बीता तो अपने मित्र को ढूँढ़ते-ढूँढ़ते रामदर्शन भी वहाँ पहुँचे।

"लँगड़ा मार के फार दिया है, इसका कौनो दुख नहीं है।"

"तो?"

"वो हमको माई का गारी दिया है। कई-कई बार। इस पर भी जो उसको छोड़ दिये, तो बंगाली माई का क़सम, हमारा पूरा बदन में कोढ़ फूटे," इतना कहकर घूमन फफककर रोने लगा। दोस्त को रोता देख रामजीवन की आँखें भी सजल हो आई थीं।

"तुम दोनों भी सुन लो जी : सब सह लेना पर माँ की गाली कभी मत सहना," पिता जी ने नसीहत के स्वर में कहा। पर सिर्फ़ हरीश ही इस भावना को समझ पाया। देव के लिए माँ एक धुँधली परछाईं थी, जो घरवालों के संस्मरणों में यदा-कदा नज़र आती। माँ और मातृत्व से जुड़ी स्वाभाविक अभिव्यक्तियों को समझने में उसे हमेशा दिक़्क़त आती। उसने फिर भी हामी में सर हिलाकर कहा, "जी पिताजी।"

तो तय हुआ कि शाम सात बजे जब चरणदास ठेके से निकलेगा, उसकी कुटाई होगी। ऐसी कुटाई कि अगले छह महीने तक विद्यालय नहीं आ सकेगा। और जब तक वह ठीक होकर लौटे, दोनों मित्र पास होकर स्कूल को अलविदा कह चुके होंगे।

"और थूरते टाइम गाली-ओली नहीं देना था। नहीं तो लँगडा आवाज़ से पहचान लेता," पिता जी ने कहानी आगे बढ़ाई।

प्लान के हिसाब से दोनों साढ़े छह बजे मैदान पहुँचे। गमछे से मुँह छुपाए और हाथ में लाठी लिये वे अँधेरे में चरणदास का इन्तज़ार करने लगे। कुछ ही देर में वह ठेके से मदमस्त निकला और पौने सात बजते-बजते उसकी कुटाई शुरू हो चुकी थी। अब तक सब प्लान के हिसाब से चल रहा था।

पर अगर दूबे परिवार के 'प्लान' इतने ही कामयाब होते, तो पिता जी रंगून के रईस होते, हरीश के ससुर एक अंग्रेज़ साहब होते, और देव बासठ से चौहत्तर के बीच रिलीज पन्द्रह-बीस फ़िल्में तो देख ही चुका होता।

बचाव में उठा चरणदास का हाथ गमछे के लहराते छोर से जा उलझा और नक़ाब उतर गया। एक पल के लिए पिटाई रुकी, समय थम गया। "दूबे तुम? और ई के है? घूमना?" जहाँ अब तक चरणदास दर्द से कराह रहा था, अचानक वह ग़ुस्से से चीख़ने लगा।

"पहले तो हम घबराकर भागने लगे, लेकिन फिर पलटे, आठ-दस डंडा और बजाये। इस बार घूमना गारी भी दिया। पहचान तो लिया ही था, फिर बिना मारे भागने का क्या फ़ायदा?"

पिता जी की सूझ-बूझ पर देव और हरीश, दोनों हँस पड़े। जब तक माँ ज़िन्दा थी, पिता जी बच्चों से दूर रहते थे। पुरुषों का अपने बच्चों से अत्यधिक लगाव कमज़ोरी की निशानी मानी जाती थी। लेकिन पत्नी के जाने के बाद पिता जी को पुत्रों से अपने रिश्ते का पुनर्मूल्यांकन करना पड़ा। अब वे बच्चों के साथ समय बिताने की कोशिश करने लगे थे। उनसे संवाद स्थापित करना चाहते थे। उनके जीवन से जुड़ी ख़ुफ़िया बातों को टटोलना चाहते थे। उनके साथ हर रविवार बैठना चाहते थे।

पर लड़कों से दोस्ती करने की उनकी योजना में एक दिक़्क़त थी। किन बातों पर दूरी बनाई जाए और किन विषयों पर घनिष्ठता बढ़े, पिता जी कभी तय नहीं कर पाते। उनसे क्या कहा जाए और क्या छुपाया जाए, यह उन्हें समझ नहीं आता। लड़कों को अनुशासन की सीख देने बैठते, पर अक्सर अपनी बदमाशियों के लतीफ़े छेड़ देते।

"चरणदास हम लोग को छोड़ने वाला नहीं था, ये बात हम जानते थे। बरियार घर से था। ससुर का सम्पत्ति, अंग्रेज़ अफ़सर के साथ चाय-हुक्का, भतीजा का रंगून में ज़मींदारी। अब बचने का एक ही रास्ता था—पलायन।"

"पलायन मतलब?" देव ने तपाक से पूछा।

"मतलब एक दिन अचानक घर छोड़कर दूर चले जाना," हरीश ने उसके सर पर हाथ मारते हुए समझाया।

पलायन

चरणदास के प्रभाव और उसके अंग्रेज़ी दोस्तों की ताक़त से दोनों थर्राए हुए थे। अभी सालभर पहले ही पुलिस ने एक अंग्रेज़ जज की पिटाई का कैसा भयानक बदला लिया था, यह आरा नगर में सबको याद था। अपनी चहेती तवायफ़ के साथ बदसलूकी पर जब पचपन साल के बाबू नन्हकू सिंह ने जज वोल्टन को

बग्घी से घसीटकर बीच-बाज़ार जुतिया दिया, पूरा शहर उनकी बहादुरी का क़ायल हो गया था।

यह सन् तेईस की बात थी। एक ऐसे दौर में जब गांधी के आन्दोलन को कुचलने के बाद अंग्रेज़ों का स्वाभिमान आसमान छू रहा था, बाबू साहेब ने उस पर सरेआम थूकने की हिम्मत दिखाई थी। लेकिन अंग्रेज़ भी ज़िद्दी थे। अगले दो वर्षों तक वे बाबू साहब के पीछे पड़े रहे; कुछ इस तरह हाथ धोकर कि उन जैसा दबंग भी टूट गया। उनके जायदाद की नीलामी हुई, उनकी महबूबा को आरा से ग़ायब करवा दिया गया और गिरफ़्तारी के बाद डंके की चोट पर पूरे शहर में उनकी नुमाइश की गई। फटा कुर्ता, फटी धोती, पैरों में बेड़ियाँ, मूँछें आधी मूँड़ी हुईं।

किसी भयावह भविष्य की कल्पना से ग्रस्त दोनों दोस्त गंगा के रास्ते अहिला पहुँचे और फ़ौजदार को सब हाल कह सुनाया—घटना और योजना, दोनों के बारे में। घूमन को डर था कि सिपाही उन्हें ढूँढ़ते हुए कभी भी आ सकते थे। "का हो, गलत बोलें?" घूमन की सहमी नज़रें फ़ौजदार के चेहरे पर आश्वासन की लकीर टटोल रही थी।

छोटे क़द का फ़ौजदार आदर्श श्रोता था; कोई बच्चा हो या गाँव का सरपंच, सबको ध्यान से सुनता। और आग्रह करने पर ही बोलता, वह भी सिर्फ़ उतना ही जिससे काम चल जाए। उसकी वेशभूषा भी बिलकुल सरल थी—गले में तुलसी माला, कमर में लाल गमछा और दाईं बाँह पर मछली का गोदना। पैर हमेशा नंगे। घाट पर चप्पल का क्या काम? पता नहीं गंगाजी में कब कूदना पड़ जाए।

सूखा से बाढ़, और फिर से सूखा—अहिला में जीवन के इस अविरल चक्र में गंगा की धारा और घाट पर बिछी महीन मखमली रेत ही ज़िन्दा होने का एहसास कराती थी। छोटी उम्र में ही अपना पूरा परिवार खो देने वाला फ़ौजदार भी इसी एहसास के सहारे चला जा रहा था।

"बनारस वाला स्टीमर आ रहा है। हम बतिया लेंगे। बैठकर कलकत्ता निकल जाओ," फ़ौजदार ने बड़े इत्मीनान के साथ कहा था।

सब कुछ इतनी जल्दी में हुआ कि रामदर्शन को अपने बाबूजी से मिलने का मौक़ा तक नहीं मिला। वैसे भी मिलकर क्या ही कहते? यही कि पढ़ाई नहीं हो पाई, साहेब नहीं बन पाए, अब कलकत्ता भाग रहे हैं? फ़ौजदार अपनी डेंगी लेकर आगे बढ़ा

और बीच नदी में स्टीमर रुकवाकर पलायन की व्यवस्था की। अफ़ीम और अनाज से भरी उस मालवाहक स्टीमर को फ़ौजदार का एक परिचित चला रहा था। आगे की यात्रा मुफ़्त थी। जाते-जाते पिता जी का निवेदन था कि घरवालों को न बताया जाए। बस पत्नी को एक चिट्ठी लिखकर सूचना दी जाए।

"फिर?"

"फिर क्या? जब तुम्हारी माँ को चिट्ठी मिली है तो उसको लगा कि कोई मज़ाक किया है। वो हमारा लिखाई पहचानती थी। पत्र में नाम हमारा था और हैंडराइटिंग फौजदार का," पिता जी ठहाके लगाकर हँसने लगे।

कलकत्ता में घुमन के कई रिश्तेदार थे। उसने तय किया कि अगले दो-तीन साल वहीं रुककर काम करेगा। यही प्रस्ताव पिता जी को भी मिला, जिसे उन्होंने सहर्ष स्वीकार भी किया। पर महीने भर में ही उनका जी उचट गया।

"कलकत्ता में सब कुछ था—चमक-दमक, मोटर-गाड़ी, पैसा-कौड़ी—लेकिन हम लोग के पहुँच से दूर। पर रंगून में बिहारी आदमी कुछ भी हासिल कर सकता था।"

उन दिनों गाँव में एक मिस्तरी आया करता था—गोगोन दास। फ़र्राटेदार भोजपुरी बोलने वाला ओड़िया। दिन भर गाँव के चक्कर लगाता और लोगों को रंगून के फ़ायदे गिनवाता।

गोगोन के पास 'रंगून गीता' नामक एक ख़ास किताब थी, जिसके चौथे अध्याय का वह उच्च स्वर में पाठ करता। यह अध्याय पूरे गाँव को याद हो चला था। उस अध्याय में रंगून-यात्रा से पहले एक पति अपनी नाराज़ पत्नी को यह कहकर फुसलाता कि वहाँ "खाने को गम-गम भात मिलेगा, चबाने को पान मिलेगा, ओढ़ने को दोसाला मिलेगा, खेत-बघार मकान मिलेगा।"

चरणदास भी अक्सर रंगून की शेखी बघारता रहता था; कैसे उसके चाचा ने दो हज़ार बीघा की ज़मींदारी ख़रीद ली थी, कैसे उसका भतीजा शहर का सबसे रईस साहूकार बन बैठा है, कैसे उसके फूफा चावल बेचकर लाखों कमाते हैं।

"तो हम भी चल दिये क़िस्मत आज़माने। घूमना से चालीस रुपया उधार लिये और बैठ गए जहाज़ एस.एस. गैंडारा पर। जय हो गोगोन मिस्तरी! जय हो चरणदास!"

ग्रामतंत्र

"पटना आ गया क्या?" देव ने आँखें मलते हुए सामने बैठे यात्री से पूछा। डकैती के बाद वह काफ़ी देर जगा रहा था। फिर कब आँख लगी, पता ही नहीं चला। बोगी में अचानक मची हलचल से उसकी नींद खुल गई थी। ऊँघते, अधजगे लोग हड़बड़ाकर उतर रहे थे। झनकती चूड़ियाँ, टकराते बक्से, बिलखते बच्चे, चीख़ते पुरुष, पुकारते फेरीवाले। एक पल सन्नाटा, दूजे पल मेला।

"लन्दन आ गया है। उतरिएगा?" कुछ घंटों पहले देव पर चुटकी लेने वाले सज्जन अब भी आक्रामक बने हुए थे। लेकिन देव ने धैर्य से काम लेते हुए पूरी विनम्रता के साथ अपना सवाल दोहराया। सुबह के साढ़े चार बजे थे और ट्रेन पटना स्टेशन पर खड़ी थी, चार घंटे की दूरी लगभग सात घंटों में तय करने के बाद। उसने सोचा था कि शाम चार बजे तक कोयलाडीह पहुँचकर ऑफ़िस में हाज़िरी लगा लेगा। लेकिन रात की घटना ने उसकी योजना को थोड़ा घुमावदार बना दिया था। फिर क्या था, देव ने झट से अपना सामान समेटा और नेपाल से मिलने के लिए पटना स्टेशन पर कूद पड़ा।

नेपाल का कमरा स्टेंशन से चार-पाँच किलोमीटर दूर था। एक सहयात्री ने आगाह किया कि रास्ते में छीना-झपटी हो सकती है, इसलिए उजाला होने पर ही स्टेशन-परिसर से निकले। सलाह अच्छी थी। और अच्छी सलाहें देव हमेशा मानता था। फ्रैंकलिन की सलाह पर किताबें पढ़ने लगा, हरीश की सलाह पर देवानन्द जैसी वेशभूषा धारण की और माधवी की सलाह पर दाढ़ी बढ़ाई। सालों पहले, ऐसी ही एक सलाह ने उसे नेपाल के साथ दोस्ती के सूत्र में बाँध दिया था।

देव ने एक बेंच पर आसन जमाया और पौ फटने का इन्तज़ार करने लगा। बैठे-बैठे उस सलाह को याद करने लगा। नेपाल से अपने झगड़े के बारे में सोचने लगा। पर झगड़ा हुआ ही कहाँ था? बस एक दिन अचानक उनकी बातचीत बन्द हो गई थी।

नेपाल का चचेरा भाई मोती लुधियाना में एक कपड़ा-व्यापारी के यहाँ काम करता था। गाँवों के कई लोग ऊनी कपड़े उसी से मँगवाते थे। एक बार देव के लिए भी वह एक स्वेटर लेकर आया था। पर जाड़े की एक सुबह ऊनी कपड़ों से लदा ट्रक पलट गया और मोती दबकर मर गया। उसकी शादी को एक ही साल हुआ था। यह बात पैंसठ की है।

तीन साल बाद, अड़सठ के जून में मोती की विधवा की शादी तय हुई, जिसका पूरे गाँव में विरोध हुआ। मल्लाहों ने भी आपत्ति जताई। पर अपने टोले की बहू के लिए फ़ौजदार माँझी अड़ गए। बोले, "परम्परा भी है, संविधान भी है।" शादी का सारा ख़र्चा सिपाही बाबा ने उठाने का फ़ैसला किया।

नेपाल को उम्मीद थी कि देव शामियाने में ज़रूर पहुँचेगा। इस मुश्किल घड़ी में उसके परिवार के साथ खड़ा होगा। देव भी यही चाहता था। लेकिन शादी वाली सुबह रामजी चाचा अचानक दरवाज़े पर पहुँचे और देव को पिता जी की क़सम देकर रोक लिया। देव उनसे जिरह न कर सका। बस उसी दिन से दोनों की बात बन्द हो गई। न कोई कहा-सुनी, न कोई शक-ओ-शुबहा, न कोई सफ़ाई।

सन् बासठ में देव गाँव आया था, अपने खेत-बगइचे की कमान सँभालने। पर यह काम हो कैसे? बुलाकी सिधार चुके थे, रामजी चाचा शराब में डूबे थे और देव को किसानी का 'क' भी नहीं आता था। पिता जी ने एक-दो लोगों के नाम नोट करवाए थे, कहा था, वे मदद करेंगे। सो देव पहुँचा मदद लेने। बटेसर हरवाहा के घर।

आवाज़ में कृत्रिम कोमलता लाकर बटेसर बोला, "आप ही बोलिए, अब कौनो बेगारी का जमाना है जो जमींदार के यहाँ फोकट में खेत जोतना पड़ेगा? अब तो तिभागा आन्दोलन का दिन है। आज नहीं तो कल, हम लोग का मुखमंत्री पक्का है। गलत बोलें?"

बुलाकी के अलावा परिवार की चौबीस बीघा ज़मीन पर कुल तीन खेतिहर—दो हरवाहे और एक बनिहार—पिछले पन्द्रह-बीस वर्षों से काम करते आ रहे थे। इस व्यवस्था से बटेसर सबसे ज़्यादा सन्तुष्ट था; एक बीघे की उपज के अलावा उसे विवाह-सतइसा पर कुछ पैसे भी मिल जाते थे। सुख-दुख में मालिक का साथ भी मिल जाता था। जिस वक़्त उसके पिता बलिया के ठगों के हाथों मारे गए थे, दूबे-परिवार ने ही उसे संरक्षण दिया। अपने हाते से सटाकर मड़ई डालने की अनुमति दी, आँधी-बरसात में दुआर पर आश्रय दिया।

लेकिन अब पहले वाली बात कहाँ थी? मालिक-मज़दूर के रिश्ते में इधर दो-तीन सालों से खटास आ गई थी—उसे न तो अपने हिस्से का अनाज मिला था, और न ही तीज-त्योहार पर कोई कपड़ा-लत्ता। बाक़ी दोनों मज़दूर भी ग़ुस्से में थे; इतने चिढ़े थे कि उन्होंने नवागन्तुक देव से मिलना भी ज़रूरी नहीं समझा। सिर्फ़ सन्देश भिजवा दिया कि सत्ताईस रुपया प्रति बीघा के दर से काम करेंगे। और पैसे पहले लेंगे।

यद्यपि पहेलियाँ देव के पल्ले नहीं पड़ती थीं, लेकिन संकेतों को समझने में उसे महारत हासिल थी। वह समझ चुका था कि बटेसर भी बकाया मिलने तक काम नहीं करेगा।

वैसे बटेसर के इस रवैये में देव को कुछ भी अनुचित नहीं लगा। पेमेंट न मिलने पर कर्मचारी हड़ताल करते हैं, यह उसने भद्रा में देख रखा था। दुख सिर्फ़

इस बात का था कि बटेसर ने भूखे-प्यासे देव से पानी-बतासा तक नहीं पूछा। वह मन मसोसकर बटेसर के दरवाज़े से चल पड़ा।

हरवाहों का टोला गाँव के दक्खिन छोर पर बसा था, देव के घर से लगभग किलोमीटर भर पीछे, शेरशाह के बग़ीचे के बिलकुल नज़दीक। वहाँ तक जाने वाली ईंट की सड़क चाचा के मकान के सामने से गुज़रती थी। देव को डर था कि अगर वह उसी रास्ते लौटता है तो चाचा यह मान बैठेंगे कि वह जान-बूझकर घर के चक्कर काट रहा है। भोजन के न्योते की उम्मीद में।

वैसे शुरू के दस-बारह दिनों तक तो उसकी आशातीत आवभगत हुई थी : उससे पूछकर तरकारी बनती, भोजन तैयार होते ही चचेरा भाई सूचना देने चला आता और चाचा ख़ुद उसके इन्तज़ार में बैठे रहते। एक दिन तो चाची ने पुआ-चटनी भी खिलाई थी। लेकिन पूनम की चाँदनी के बाद कृष्णपक्ष शुरू हो गया। पहले भाई रूपी हरकारे का आना बन्द हुआ, फिर पसन्द की पूछ बन्द हुई और आख़िर में उसके पहुँचने तक भोजन ख़त्म होने लगा। संकेत साफ़ था, और संकेत समझने में वह निपुण।

ताड़

तो तय हुआ कि घर लौटने से पहले वह थोड़ा भटकेगा। वैसे भी, घर जाकर क्या फ़ायदा? दो कोठरी-दालान वाले उसके मकान में न कुछ खाने को था, और न करने को। था तो बस भूतिया अकेलापन। एक झटके में देव का जीवन बेरंग हो चला था, उसके मकान पर पुते सफ़ेद चूने की तरह।

उसने सोचा कि बग़ीचे की छाँव में टहलते हुए गाँव की दक्षिण-पूर्वी सीमा तक पहुँचेगा, फिर वहाँ से मुँडेरों पर चलकर सीधे गंगा किनारे निकलेगा, शिवाले पर थोड़ा समय काटेगा, और फिर दोपहर तक ही लौटेगा। पर उसके बाद क्या? नमक-मिर्च के साथ सत्तू सनाएगा या शकरकंदी उबलेगी, और क्या। रोटी सेंकना तो दूर, देव से भात तक जल जाता था। हर दिन ताड़ था।

भद्रा और अहिला का कोई मेल नहीं था। मिट्टी का रंग तक अलग था—वहाँ की काली, यहाँ पीली-रेतीली। भद्रा में पुरुष पतलून पहनते थे, यहाँ के धोती या गमछा। वहाँ अशोक और गुलमोहर के पेड़ थे, यहाँ आम और बड़हड़ के। वहाँ की हवा में उमस थी, रवीन्द्र संगीत था, काली टॉकीज का लाउडस्पीकर था। यहाँ गंगा से उठने वाली हवा तो ठंडी थी, पर फ़िज़ा उबाऊ थी। उस पर ग्रामवासियों का सिनेमा-संगीत के प्रति कठोर रवैया—ज़्यादातर तो सिनेमा के नाम से ही खिसिया जाते थे।

जहाँ भद्रा का खुलापन चढ़ते दिन के साथ और भी विस्तृत हो जाता, वही अहिला का कसाव रात होने तक लगातार दबोचता रहता। और फिर वही घुप्प सन्नाटा, वही कुत्तों का रोना।

इसी सन्नाटे में देव दिन-पर-दिन धँसता जा रहा था। वैसे देखा जाए तो उस जीवन में कैसी कमरतोड़ व्यस्तता थी—खाना पकाना, खेती करना, घर सँभालना। और यह सब नये सिरे से सीखना, समझना। अहिला की 'भाखा' में कहें तो 'झाड़ा फिरने तक का फ़ुर्सत नहीं था।' किसी सुदूर ग्रह से दुर्घटनावश टपके जीव को अपने नये धाम में जीवन को फिर से जानना था। चुनौतियाँ हज़ार थीं। लेकिन दिमाग़ में ख़ालीपन और बदन में सुस्ती छायी रहती।

गाँव आते वक़्त उसने अपने हरीश दादा से कहा था कि हर साल आठ बोरी गेहूँ और तीन बोरी दाल भिजवाएगा। आठ और तीन—पता नहीं इस संख्या पर वह कैसे पहुँचा। गाँव आए उसे पूरे पचपन दिन हो चुके थे। और हर बीतते दिन के साथ उसका गणित बिगड़ रहा था। आगे का रास्ता किधर से होकर जाएगा, कोई समझाने-सिखाने को तैयार नहीं था। हालाँकि ज़्यादातर ग्रामीण खलिहर ही थे, पर कोई सीधे मुँह बतियाता नहीं था। रामजी चाचा तक नहीं। न होश में, न नशे में।

कभी–कभी देव सोचता कि इससे अच्छा तो वह भद्रा के जंगल में ही बस जाता। नदी किनारे। सन्थालों के साथ। वहीं ताड़ी बेचकर अपना गुज़ारा कर लेता। जहाँ सन्थालों से इतना कुछ सीखा, ताड़ी बेचना भी सीख लेता। कोई भी सिखा देता। चम्पा के भाई की भी अपनी ताड़ी भट्ठी थी। वैसे ही उसकी भी होती। खजूर के पत्तों से छायी छोटी सी झोंपड़ी, जहाँ ताड़ी के साथ तली मछली की व्यवस्था रहती। पीने वालों का जमावड़ा लगा रहता।

काश, वह कुत्ते वाली घटना नहीं हुई होती। काश, फ्रैंकलिन से यूँ बातचीत बन्द न होती। काश, चीनियों ने हमला न किया होता। काश, उसका मन सिनेमा-उपन्यास की जगह गणित-भूगोल में लगता। काश, वह भी हरीश दादा जैसा गोरा होता। काश उसे भी पिता जी उतना ही प्यार करते जितना हरीश से करते थे। काश, माँ ज़िन्दा होती।

इसी दुविधा से जूझता, मुँडेरों पर फिसलता-सँभलता, पहले चास से अगराए खेतों को निहारता, वह गंगा की ओर बढ़ा जा रहा था।

बंगाली माई की किरपा

"का हो देवानन्द? फिन रस्ता भुला गए का?" एक परिचित आवाज़ आई। वह लाल नेपाल था। उससे गाँव में पहले दिन ही भेंट हुई थी। उस दिन जब देव रास्ता भटक गया था, नेपाल ही उसे डेरे तक छोड़ने आया था।

हालाँकि दूर से उसका चेहरा कुछ धुँधला सा नज़र आ रहा था, पर उसकी लाल बुशर्ट का भौकाल कोई कैसे भूले? नेपाल के पहनावे में लाल रंग अनिवार्य था। शर्ट, बनियान या फिर गमछा—कम से कम एक कपड़ा लाल ज़रूर होता। इसीलिए गाँववाले उसे लाल नेपाल कहते थे। कँटीले छोटे बाल, मोटी नाक और कुछ फूला-सा जबड़ा। कुल मिलाकर पपीते-सा चेहरा। पर लाल रंग उसके छरहरे गोरे शरीर पर ख़ूब फबता था। देव ने हाथ हिलाकर अभिवादन किया और पुलकित मन से उसकी ओर बढ़ा। आख़िर सुबह से पहली बार कोई दिलचस्पी से मिल रहा था।

"बक्सर चल दिये?" देव ने भी उत्सुकता दिखाते हुए पूछा।

"हाँ, साँझ ले जोतना था, सो काम हो गया।"

"शाम तक? पर अभी तो सुबह ही है?"

देव के भोलेपन पर नेपाल ने सहानुभूति वाली मुस्की बिखेरी। "साँझ ले ज़मीन का माप है, समय का नहीं। जैसे लाइट ईयर से दूरी नापते हैं न, ठीक वैसे ही। गाँव समझने में समय लगेगा आपको।"

देव किसी से खुलकर बतियाने को आतुर था—किसी ऐसे हमउम्र से जो बिना खिल्ली उड़ाए उसकी विडम्बना समझ सके। उसे गाँव समझा सके। नेपाल ने वैसा ही किया। ध्यानपूर्वक उसकी सारी बातें सुनी, चाचा से लेकर बटेसर तक की, भोजन से लेकर एकाकीपन तक की। लेकिन फिर ज़ोरों से हँसने लगा। ऐसी संक्रामक हँसी कि देव भी बिना समझे ही खिलखिलाने लगा।

खुले नीले आसमान के तले यूँ उन्मुक्त भाव से हँसने से मन हरियर हो गया। जब दोनों शान्त हुए तो नेपाल ने अपने मटमैले थैले से भूरे जिल्द वाली एक कॉपी निकाली, जिस पर लाल स्याही से बड़े अक्षरों में लिखा था : 'सरिता : प्रेम की चुम्बक।'

"हम उपन्यास लिख रहे हैं। क्या समझे? सिपाही बाबा बोलते हैं कि नया दौर में जो पुस्तक पढ़ेगा, वही आगे बढ़ेगा। सो हम तो अपने राइटर बन रहे हैं। हमको कौन सार रोकेगा?"

"उपन्यास? तुम?"

"और नहीं तो क्या! जिन्दगी भर सिनेमाघर में टॉर्च थोड़िये ना बारना है। कभी हमरो उपन्यास पर फिलिम बनेगा। आशा परिख नाचेगी।"

"वाह, पर कहानी क्या है?" यह सवाल ज़रूरी था। गाँव आते वक़्त गया स्टेशन पर उसने भी एक उपन्यास ख़रीदा था—रामकुमार नवाज़ का 'कोहरा।' वह सिर्फ़ एक किताब नहीं, बल्कि एक प्रतीक भी था—ज़िन्दगी के एक नये अध्याय का, उसमें निहित आज़ादी का। पिता के ख़िलाफ़ हल्का विद्रोह भी था—और खदेड़िए अकेले गाँव, सबसे दूर! जिस लड़के को रूमानी उपन्यास छूने तक की इजाज़त नहीं थी, अब वह उन्हें ख़रीदने को स्वतंत्र था। जब जी चाहा, फ़िल्म

देखने को आज़ाद था। पिता जी से डरे बिना। उस मनहूस प्रवास से जुड़ी यह एकमात्र अच्छी बात थी।

लेकिन एक सौ तीस पन्ने की उस किताब में देव के लिए एक सीख थी—कहानी कैसी नहीं होनी चाहिए। उसे ट्रैजिडी से घोर आपत्ति थी। अगर अन्त में नायिका ही मर जाए, या किसी और से प्रेम करने लगे—जैसा दत्ता मास्टर की बेटी टुम्पा करती थी—तो फिर प्रेमी बनने का क्या फ़ायदा? हीरो की तो हमेशा जीत होनी चाहिए।

"कहानी-सहानी बाद में। जब दिल्ली से छपकर आएगा, तुम भी पढ़ लेना। अभी तुम धीरे से एगो पन्ना फारो, और दूगो सूत्र लिखो, देसी बोली में," नेपाल ने कॉपी और क़लम बढ़ाते हुए कहा।

सूत्र क्रमांक : 1

पचास चास ईख, सौ चास गहूँ,
उसका आधा चावल, उसका आधा तेल
चल कलकत्ता रेले रेल

सूत्र क्रमांक : 2

थोड़ा जोतिए, बहुत रेंगिए, ऊँच बनाइए आर,
ता पर भी जो ना उपजे, तो हमको दीजिए गार।

"अब लो खाओ दाल, भात, भुजिया और आम का अचार। समझे?"

"नहीं।"

"देव बाबू, गाँव में सब गीत-गवनई का खेल है। और गाना मोहम्मद रफ़ी का नहीं, खाँटी देहाती। अहिला में सिनेमा-तिनेमा का नाम लिया, तो बुढ़वा सब दुर्वासा ऋषि बन जाता है। यहाँ तो दस-बीस गीत-कहावत है—मौसम का, किसानी का, तीज-त्योहार का, अहिला दाई का, बंगाली माई का—जो भी समझ के रट लेगा, कभी बुरबक नहीं बनेगा। बूझे?"

जवाब में देव मुस्करा भर दिया।

"पहले भोजन पा लीजिए, बाद में और फ़रिया के बताएँगे।"

भोजन करते-करते नेपाल ने देव को खेती के कई गुर सिखाए। सावन, अगहन और चैत के फ़सलों का अन्तर समझाया, भेड़ की लेड़ के फ़ायदे गिनाए, बटईया और मालगुज़ारी का फ़र्क़ बतलाया, दाल-तरकारी के दाम समझाए, और फिर भोजन का स्थायी न्योता भी दे दिया।

"रोज़-रोज़? अच्छा नहीं लगेगा।"

"काहे? तुम पंडिज्जी, हम मल्लाह, इसलिए?"

एक ज़माना था जब मल्लाह घाट पर रहते थे, साग-सब्ज़ी उगाने वाले तुरहा ढलान पर, और ब्राह्मण गाँव के भीतर। लेकिन फिर गंगाजी ने अपना रास्ता बदला और गाँव सिकुड़ने लगा। मल्लाह ऊपर आ गए, तुरहा भीतर की ओर सरकने लगे। सभी जातियों के घर सटते चले गए। मल्लाह के मड़ई से उठता धुआँ पंडित जी की रसोई के धुएँ में घुलने लगा। ब्राह्मणियों ने नाक-भौंह सिकोड़ीं और कई पंडित जी मछली के शौक़ीन हो गए। शायद नेपाल भी इसी परिवर्तन को रेखांकित करना चाहता था।

"नहीं, नहीं, ये बात नहीं है," देव ने सकुचाते हुए कहा।

ऐसा नहीं है कि वह छुआछूत के क़ायदों से अनभिज्ञ था। पर भद्रा में यह मसला हिन्दू बनाम मुसलमान और ईसाई पर फँसा था। पराये धर्म के लोगों को दूसरी प्याली में पानी दी जाती थी, जिसे बुआ 'दोसरका गिलास' कहती थी। 'दोसरका गिलास' का चौके में प्रवेश वर्जित था।

लेकिन हरीश और फ्रैंकलिन के प्रभाव में देव प्रतिदिन 'दोसरका गिलास' की मर्यादा को भंग करता था। हर दिन उस्मान के होटल का सिंघाड़ा, हर शाम फ्रैंकलिन के घर से केक-बिस्कुट। फिर किस बात की हिचकिचाहट।

"लेकिन हर दिन फ्री में कैसे खाएँगे?"

"कर दिये ना कलकत्ता वाला बात! देखिए देव बाबू, हम ठहरे डबल चाकरी वाले प्राणी—सुबह पाँच से दस खेत में खटना, और बारह से साँझ छह बक्सर सिनेमाघर में टॉर्च बारना। कभी-कभार विद्यालय भी जाते हैं। पूरा फोकस पुरुषार्थ पर लगा है। लेकिन समय का सदा दिक्कत रहता है। तो हम लोग बदलइया कर लेंगे—आप हमारे खेत पर थोड़ा हाथ बँटा दीजिएगा, हम आपका जमीन जोतने में मदद करेंगे। अभी आप यहाँ खाइए, फिन जब आप बिना जराए भात सिझाने लगेंगे, तब आपका खाना खाएँगे। ठीक है?"

"ठीक है। लेकिन एक और बात है—तुमको सिनेमाघर में लगे हर फ़िल्म का कहानी बताना पड़ेगा। और जब चांस लगे, तब टिकट का जुगाड़ भी।"

"अरे बाप रे! एक काम करते हैं—बक्सर का जमींदारी ही तुम्हारे नाम लिख देते हैं।"

कुछ देर हँसने-बतियाने के बाद नेपाल ने मुँडेर पर लिटाकर रखी साइकिल खड़ी की। गमछे से धूल झाड़ी, दो मज़बूत हाथ सीट पर जमाई और उसे डगराते हुए आगे

बढ़ने चला। कई दिनों के बाद मिले बढ़िया भोजन की ख़ुमारी देव को घर लौटने पर मजबूर कर रही थी। लेकिन वह अभी मुड़ा ही था कि नेपाल ने उसे आवाज़ लगाई।

"एक बात और बताएँ देव बाबू—किसी से कुछ चाहिए तो प्यार से बतियाना पड़ता है। बंगाली माई से कुछ चाहिए तो मन्तर पढ़के घिघियाना पड़ता है। मूँड़ी झुकाके, हाथ जोड़के, दुख-सुख बताना पड़ता है। किसानी भी उसी तरह है। माटी का ढेला लेकर, हाथ जोड़कर, खेत से अनाज माँगना पड़ता है। खड़ा फसल से अकेले में बात कीजिएगा, साफ मन से। उस पर प्रेम से हाथ फेरिएगा। बंगाली माई की किरपा से खूब गेहूँ होगा।"

बंगाली माई और अहल्या दाई—इन दोनों देवियों की अहिला आगमन की कथा मल्लाहों से जुड़ी थी। जब केवट रामचन्द्र को गंगा-पार लेकर आए, अहल्या-उद्धार हुआ। तदन्तर देवी अहल्या प्रतिष्ठित हुईं और गाँव हो गया अहिला। लोग कहते हैं कि तभी से मल्लाह गंगा किनारे बस गए। समय के साथ इनके मड़इयों की संख्या बढ़ती रही। लेकिन अठारह सौ तिरसठ के सूखे में पूरी मल्लाह-बस्ती उजड़ गई। बचे सिर्फ़ भोला माँझी और उनकी चिन्ता—दो कन्याओं का विवाह।

वैसे मल्लाहों के शादी-विवाह आसानी से पार लग जाते थे। कोई गेहूँ-तेल जुटाता, तो कोई बिछिया-धोती। मछली का इन्तज़ाम स्वयं गंगाजी कर देतीं। लेकिन अब भोला माँझी अकेले पड़ गए थे। सो उन्होंने ग़ाज़ीपुर से अफ़ीम की एक अवैध पेटी जुगाड़ी और नदी के रास्ते उसे कलकत्ता बेचने चले।

योजना के अनुसार पेटी बिक तो गई, पर ग़ाज़ीपुर के जिस ठग ने माल बिकवाया, उसी ने पूरी कमाई लूट ली। अब भोला माँझी शिकायत करते भी तो किससे। गाँव लौटने से पहले वे कालीघाट गए, काली माई को अपनी व्यथा सुनाई और फिर डेंगी गाँव की तरफ़ काटने लगे। सोचा, एक बार बेटियों से मिल लेंगे, फिर गंगाजी में कूदकर जीवन-लीला समाप्त कर देंगे।

पर घाट पहुँचे तो देखा कि दो सुदर्शन कुमार रेत पर निढाल पड़े हैं। भूरी आँखें, श्वेत वर्ण, सुन्दर मुखमंडल। अपना गाँव, कुल, नाम, वे सब कुछ भूल चुके थे। अहिला तक कैसे पहुँचे, यह भी याद नहीं था। निस्सन्देह यह कालीघाट की काली माई का प्रताप था।

भोला माँझी उन्हें उठाकर साथ ले गए, उनकी देखभाल की और कुछ दिनों बाद अपनी कन्याओं का उनसे विवाह करवा दिया। दोनों को नया नाम भी मिला—

कालीचरण और कालीदास। रहने को नई मड़ई मिली। इस तरह मल्लाहों की बस्ती फिर से गुलज़ार हुई। और तभी से अहिला के मल्लाह रंग-रूप में सबसे 'डेढ़' हो गए।

वैसे कुँवारियाँ सवर्णों के टोले में भी थीं। भुखमरी वहाँ भी फैली थी। लेकिन वे यही सोचते रह गए कि लड़के किस जाति के थे? हिन्दू भी थे या मुसलमान थे?

जहाँ लड़के मिले थे, वहाँ मल्लाहों ने देवी-स्थान बनवा दिया। क्योंकि आशीष सीधे बंगाल के कालीघाट से आया था, इसलिए देवी हो गईं बंगाली माई। तभी से जब भी कोई तिलकहरू या अगुआ गाँव से बाहर जाता, बंगाली माई को जल-कनईला चढ़ाकर ही निकलता। और तभी से सवर्णों में एक कहावत भी प्रचलित हो गई : "करिया बाभन, गोर मल्लाह, दूँनो पाँकि के मिली ना थाह।" देव काला था, नेपाल गोरा।

सिपाही बाबा और किताबें

गाँव में सिर्फ़ लाल नेपाल की मित्रता ही नहीं, देव के पुस्तक-प्रेम को भी नया आयाम मिला। फ्रैंकलिन की किताबों और पत्रिकाओं में विलायती सुन्दरियाँ थीं, अंग्रेज़ बच्चे थे, इंग्लैड की महारानी थी, पर भद्रा या अहिला जैसा कुछ भी नहीं था। शायद अब इन बचकानी किताबें को छोड़ने का वक़्त आ गया था। अब समय था वयस्क बनने का, वयस्कों वाली किताबें पढ़ने का। जैसी नेपाल लिख रहा था। 'सरिता-प्रेम की चुम्बक।' और ऐसी किताबें उसे बहत्तर वर्षीय सिपाही बाबा के बक्से में मिलीं। बाबा को पढ़ने का चस्का था। वे हर महीने डाक से किताबें मँगवाते और पढ़कर, अपने बक्से में सँजोकर रख देते। बाबा के इसी बक्से से अहिला के कई पुस्तक-प्रेमियों का भी गुज़ारा हो जाता था। जल्द ही, देव भी बाबा के बक्से का लाभार्थी बन गया।

भले ही स्कूली किताबों में उसका मन न लगता हो, पर देव किताबों की अहमियत जानता था। पढ़ने के फ़ायदे फ्रैंकलिन ने ख़ूब गिनवाए थे। देव समझ चुका था कि किताबें किसी योद्धा के उस गुप्त अस्त्र की तरह हैं जिसकी बदौलत वह मैदान जीतने का सपना देखता है। लेकिन देव की सीरत योद्धाओं वाली नहीं थी। वह आख़िरी पंक्ति में खड़े उस सिपाही जैसा था जिसे नगर से गुज़रती सेना ने युद्ध में ज़बरदस्ती घसीट लिया हो। और जो वीरता के तगमे नहीं, हर सूरत में सिर्फ़ युद्ध की समाप्ति चाहता है। देव भी बस इतना चाहता था कि किसी तरह गाँव रूपी बलुआ पाँक में पैर जम जाए।

इस उद्देश्य की सिद्धि के लिए उसने कड़ी तपस्या भी की। किसानी से जब भी थोड़ी फ़ुर्सत मिलती, वह झट सिपाही बाबा के यहाँ पहुँच जाता। कई बार तो किताबों के चक्कर में खाना-पीना तक भूल जाता।

"भली मति चाहो, बूढ़े पूछन जाओ। सिपाही बाबा से मिलते रहना। वो मार्गदर्शन, आशीर्वाद और गारी, तीनों देंगे। लेते रहना। लेकिन गलती से भी उनके सामने सलीमपुर का नाम मत लेना। उस गाँव का नाम सुनते ही उनका माथा ठनक जाता है," यही सलाह थी पिता जी की। और यह सलाह संजीवनी साबित हुई।

वैसे बाबा की अनुभवी नज़रों को देव के चरित्र और मंशा, दोनों पर सन्देह था। उन्हें सन्देह था कि देव ने ज़रूर कोई कांड किया होगा, वरना इस देहात में कोई अपने चौदह साल के अबोध लड़के को क्यों भठ देगा? और अगर ऐसी बात है, तो इस कच्ची उम्र में कांड करने वाला लड़का कैसा पाजी होगा?

सिपाही बाबा का चेहरा किसी बीहड़ के मानचित्र जैसा था, और अकड़ बीहड़ के बाग़ी जैसी। हजामत किये धँसे गाल, चेचक-ग्रसित मुखड़ा, बाईं आँख के नीचे और ठुड्डी पर पुराने-गहरे घाव के निशान। लोग कहते हैं कि ये चोटें उन्हें दूसरे विश्वयुद्ध में मिली थीं। विकराल नथुनों वाली गोल नाक, झाड़ीनुमा मूँछें, कँटीली सटी भौंहें और नुकीले अलगे कान—रूप ऐसा कि बच्चे तो क्या बड़े भी ख़ौफ़ खाएँ। हाँ, उनकी आवाज़ थोड़ी महीन ज़रूर थी, पर उससे निकलने वाले ज़्यादातर शब्द फटकार भरे होते थे। और अगर किसी ने पड़ोसी गाँव सलीमपुर का नाम ले लिया, तो उसके चार पुश्तों की ख़ैर नहीं। इसी डर से पाठक उनसे मिलते तो थे, पर अकेले नहीं। झुंड में। पर उपन्यासों के लिए देव ने अकेले मिलने का ख़तरा भी मोल लिया।

धीरे-धीरे उसकी लगन और अपने प्रति उसकी श्रद्धा देखकर सिपाही बाबा का सन्देह कुछ कम होने लगा। वह भी तो उन्हीं की तरह गाँव में निपट अकेला था। किताबों के प्रति कैसा समर्पण था उसमें। फिर बाबा का दिल पसीजा, ममत्व उभर आया। अब वे उसे खिलाते-पिलाते, युद्ध की कहानियाँ सुनाते, अपने मज़बूत बदन का विज्ञान समझाते। कुछ ही महीनों में आलम ऐसा हो गया कि जब भी कोई नया उपन्यास आता, बुक पोस्ट का लिफ़ाफ़ा देव ही फाड़ता। किताबों से गाँव की उबाऊ ज़िन्दगी में कुछ उत्साह लौटा। क्योंकि नेपाल को लेखक बनना था, देव ने उसे भी पुस्तक-साधना में अपने साथ जोड़ लिया। अब वह भी बाबा के बग़ीचे में आने लगा। पर नेपाल का मानना था कि लेखक को हर मायने में अप-टू-डेट रहना चाहिए। इसलिए वह अंग्रेज़ी अख़बार 'फ़र्स्टलाइट' पढ़ता था, बक्सर के एक पुस्तक विक्रेता से दोस्ती बनाकर, मुफ़्त में। धीरे-धीरे, शब्द मिला-मिलाकर, ग़लत-सही उच्चारण के साथ। अब 'फ़र्स्टलाइट' के पन्ने भी बाबा के दरबार में ही पलटे जाने लगे।

बाबा अपने बग़ीचे में बने दो कमरे के छोटे से हवादार मकान में रहते थे। अकेले। जब भी नेपाल और देव आते, बैठकी की शुरुआत जलपान से होती। फिर ढिबरी-लालटेन जलाकर तीनों देर रात तक किताबें बाँचते, पढ़ते-समझते। इस दौरान बाबा की तेल-मालिश भी हो जाती।

इस तरह नेपाल और सिपाही बाबा के सोहबत में दो–तीन सालों में ही देव में ग़ज़ब का परिवर्तन आया। उसका किताबी ज्ञान इतना पुख़्ता हो गया कि वह हर विषय पर विशेषज्ञ टिप्पणी देने लगा। और हर टिप्पणी को प्रमाणित करती एक किताब, एक लेखक और थोड़ा आत्मविश्वास। टूटी-फूटी बांग्ला बोलता और कभी-कभार भद्रा में सीखा एक तेलुगु गाना भी गुनगुना लेता—'लोकम गम्मथू रा।' कोई अर्थ पूछे तो वह भी पलटकर पूछ लेता "सब आज ही जान लीजिएगा?"

उपन्यासों से देव के मन में नई कल्पनाएँ उभरीं। ऐसी कई इछाएँ भी उमड़ीं जिनसे अच्छे-बुरे की उसकी समझ थर्रा उठी। प्रेम-ज्योति तो भद्रा में ही जल उठी थी। दिल भी टूटा था। पर अब वासना भी समझ आई। लेकिन गाँव में यह सब वर्जित था। ख़ासकर उसकी उम्र के लड़कों के लिए। सारी ब्राह्मण-कुमारियाँ बहन, बुआ या भतीजी थीं। बाक़ी दूसरी जाति की थीं। पर उसे क्या, उसने प्रेम न करने की क़सम जो खा रखी थी।

ग्रामीण जीवन की मरुभूमि में प्रेम के छींटे भले ही न पड़े, साहित्य की फुलवारी तो सराबोर हो ही सकती है। इसी सोच के साथ वह नेपाल के उपन्यास-लेखन में सहयोग देने लगा। प्रेम, वासना और अन्य वर्जित अहसासों पर बहस करने लगा।

ऐसा नहीं था कि उपन्यास पढ़ने का चलन देव के परिवार में नदारद था। भद्रा के क्वार्टर में भी कुछ किताबें और पत्रिकाएँ पड़ी थीं। सबकी पहुँच से दूर, एक ऊँचे तख़्ते पर रखी, उपेक्षा, धूल और समय से पीली पड़ती हुई। एक दफ़ा दीवाली की पुताई पर वे नीचे उतरी थीं। बंकिम और चतुरसेन शास्त्री के तीन-चार उपन्यास, 'कल्याण' के कुछ पुराने अंक और दो आने में मिलने वाली 'कहानी' पत्रिका की एक गठरी। देखकर लगता कि आदमी तो क्या किसी भूत ने भी उन्हें छुआ तक नहीं था।

उन चुम्बकीय आवरणों को देख देव दौड़ा चला आया था। लेकिन इससे पहले कि वह उन्हें छू पाता, बुआ ने उन्हें झट से समेटकर एक बोरे में डाल दिया। साथ ही एक चेतावनी भी दे डाली। "पूरा ख़ानदान में तुम्हारा महतारी और चाचा—ख़ाली ई दू गो परानी को किताब-कथा से प्रेम था। रामायण-गीता के जगह उपन्यास का

हवा लगा था। 'अहिला दर्पण' और अनाप-सनाप पत्रिका पढ़ते थे। इसीलिए दोनों का नास हो गया।"

उस छोटी उम्र में भी देव को पता था कि यह तर्क निराधार है। फ्रैंकलिन के यहाँ तो किताबों से भरी तीन बड़ी अलमारियाँ थीं। उसके तो माँ-बाप दोनों ही ज़िन्दा थे। लेकिन सालों बाद भी, जब भी वह कोई उपन्यास उठाता, उसे बुआ की चेतावनी याद जरूर आती।

जब नेपाल ने उसे 'लेडी चैटर्ली का प्रेमी' पर लगे प्रतिबन्ध के बारे में बताया, वह ख़ूब हँसा। अगर इनसान को उपन्यासों से वाक़ई इतना ख़तरा होता तो शायद सारी किताबें जल चुकी होतीं। सारे कहानीकार या तो जेलों में बन्द होते या मारे जा चुके होते। हर स्ट्राइक के पहले रेलवे अपने पुस्तकालयों को बन्द कर देती और सारे विवाद एकदम से ख़त्म हो जाते। वह अक्सर सोचता कि किताबों को फ़िज़ूल में ही इतना महत्त्व दिया जाता है, इतना बदनाम किया जाता है।

जो भी हो, कुछ ही सालों में वह गाँव में लोकप्रिय हो गया। लोग उससे सलाह लेने लगे। कलकत्ता का अनुभव, किताब का ज्ञान, नौ बीघा ज़मीन। गाँव में ख़ुश रहने के लिए इतना काफ़ी था। उस पर नेपाल का साथ और सिपाही बाबा का संरक्षण। हर महीने हरीश की चिट्ठी आती, छह महीने पर हरीश ख़ुद चला आता और सालभर पर पिता जी भी दर्शन दे जाते। एक बार बुआ भी आई थी। अब गाँव भी रास आने लगा था। शायद पिता जी भी उससे ख़ुश रहने लगे थे।

पिता जी की भविष्यवाणी भी सच साबित हुई। स्कूल की पढ़ाई भले ही छूट गई हो, लेकिन रसोई से लेकर खेती तक, वह सब कुछ सीख गया। एकाध बोरी अनाज भी भद्रा भेजने लगा। अब तो मूँछ भी खिल गई। हालाँकि हेयरस्टाइल अभी भी देवानन्द जैसी ही थी और शर्ट का गला अभी भी बन्द ही रहता था, लेकिन निक्कर की जगह फुल पैंट ने ले ली थी। और उसके श्याम वर्ण को किसानी ने और पक्का कर दिया था।

रामलीला और आत्मविश्वास

अहिला में देव की लोकप्रियता का लत्तर रामलीला से फैलना शुरू हुआ था। वैसे तो अहिला की रामलीला दो सौ साल पुरानी थी, पर अड़तालीस से इसे पूर्णिया की एक नाटक-मंडली को सौंप दिया गया था। इसके एक साल पहले—वह साल बेहद ख़ास था—यह तय हुआ कि आयोजन हर बार से ज़्यादा भव्य होगा। मंच बड़ा होगा, बत्तियाँ ज़्यादा होंगी और हनुमान पन्द्रह फ़ीट ऊँचे मचान से दुस्साहसी

छलाँग लगाकर सीता के सामने प्रकट होंगे। सन् सैंतालीस के रामलीला की यह कहानी देव ने सिपाही बाबा से सुनी थी।

सब कुछ ज़बरदस्त चल रहा था। भीड़, जलेबीवाले, सपेरे, पॉकेटमार—सभी हर बार से दोगुने आए थे। देश आज़ाद था, प्रजा झूम रही थी। लेकिन हनुमान के रोल को लेकर ऐसी खींचातानी मची; पंडितों और यादवों में ऐसा सिर-फुटौवल मचा कि सब गुड़ गोबर।

"गॉड की कसम, ऐसा फाइट त वर्ल्डो वार में नहीं हुआ था। मलहम-पट्टी के लिए सात गाँवों के वैद्य जुटे और घवाहिल आदमी का टीटमेंट दसहरा तक चला," सिपाही बाबा ने एक शाम पूरी घटना सुनाई थी।

फिर शरद पूर्णिमा के दिन पंचायत बैठी। इस जातिगत संघर्ष को ख़त्म करने का एक ही तरीक़ा था : अगले साल से बाहर की नाटक-मंडली आएगी।

शुरू-शुरू में पूर्णिया की नाटक-मंडली से लोग ख़ुश नहीं थे। तब अहिलावासियों को उनकी भाषा तक समझ नहीं आती थी। लेकिन अब न सिर्फ़ मंडली के कलाकार फ़र्राटेदार भोजपुरी बोलने लगे थे बल्कि गाँववालों को भी मैथिली में माधुर्य मिलने लगा था। "अहाँ के धोती फाट गएल छी"—ऐसा कहकर अक्सर वे एक-दूसरे को छेड़ते थे। पर तिरसठ में संजय झा की मंडली ने चिट्ठी भेजकर अपने न आने की सूचना दी। "इस बार अहीआरी की मंडली आपकी सेवा में आएगी। अगले वर्ष दास फिर उपस्थित होगा।" संजय के घर मातम मचा था। पिछले साल चीन से लड़ते हुए उनके दो बेटे शहीद हो गए थे। कोई बेटों की बरसी कैसे छोड़े?

अहीआरी की सोलह सदस्यीय मंडली तय समय से पाँच दिन पहले ही पहुँच गई। गंगाजी के किनारे मटमैले रंग का तम्बू डाला गया। नौ दिनों की रामलीला के दौरान मंडली के भोजन का ज़िम्मा गाँव वाले उठाते थे। हर दिन एक अलग परिवार। लेकिन निर्धारित समय से पहले उनके लालन-पालन को कोई तैयार नहीं था। हाँ, चावल, प्याज़, नमक और मछली का प्रबन्ध ज़रूर कर दिया गया।

कलाकार दिन भर गाँव में घूमते और अँधेरा होते ही अपने तम्बू लौट जाते थे। अभी उन्हें आए दो ही दिन हुए थे कि बखेड़ा खड़ा हो गया। मंडली के तबलची ने प्राचीन अहल्या-मन्दिर को फ़र्ज़ी और गाँव वालों को झूठा क़रार दिया। गाँजा का कश लगाने के बाद उचित-अनुचित, समय-असमय, सुरक्षा-असुरक्षा, ये सभी भेद

मिट जाते हैं। उस दिन भी ऐसा ही हुआ। तबलची ने मन्दिर के बाहर बैठे गँजेड़ियों से माँगकर कश लगाया और फिर मन की बात कह डाली।

"मान ही नहीं सकते हैं। अहल्या को मुक्ति हमारे यहाँ मिली थी—ग्राम अहीआरी, परगना जरैल, जिला दरभंगा। इतना दिन से तुम लोग सबको बुरबक बना रहे हो।"

वैसे तो दोपहर में गलियाँ सुनसान हो जाती हैं, लेकिन मारपीट की सम्भावना बनते ही न जाने कहाँ से लोग चले आए। झगड़े की चिनगारी कितनी भी छोटी हो, वह कड़ी धूप में भी दूर से ही नज़र आ जाती है। फिर क्या था, अपमानित ग्रामवासियों ने तबलची को दम भर थूरा। लेकिन ग़ुस्सा अभी ठंडा नहीं हुआ था। गाँव की प्रतिष्ठा पर किसी बाहरी ने गोबर डाला था, वह भी गाँव के अन्दर आकर। उन्मादी हुजूम घाट वाले तम्बू की तरफ़ तेज़ी से बढ़ा। भोजन का वक़्त था इसलिए पूरी मंडली तम्बू में ही विराज रही थी।

पहुँचते ही मुखिया दहाड़े, "रामजी का पूरा फैमिली और उनका आर्मी, एक तरफ खड़ा हो जाए।"

"हम रावण, दशरथ और बाली, तीनों बनते हैं। हम केने जाएँ?" एक छह फुटिया पहलवान ने घबराकर पूछा।

"रावण ब्राह्मण था। उसे पीटना सही नहीं होगा। ऊ जो भी किया, सब रामचन्द्र की ही लीला थी।" ख़ुद की समझदारी पर मुग्ध नन्हे तिवारी भीड़ की तरफ़ मुड़े, स्वीकृति के लिए। तभी उनकी नज़र देव पर पड़ी। वह दूर से ही यह दृश्य देख रहा था। उसे गाँव आए एक साल हो चुका था, लेकिन वह खेत, नेपाल और सिपाही बाबा की पुस्तकों तक ही सीमित रहता था। "इधर आओ। तुम तो कलकत्ता-हावड़ा सब घूमे हो। कितना-कितना किताब पढ़ गए हो। बोलो, कुछ गलत बोले?" मुखिया ने मुस्कराते हुए पूछा।

पन्द्रह साल आठ महीने के इस युवक को आज तक किसी ने मशवरे के क़ाबिल नहीं समझा था। संकोची देव ऐसे नाज़ुक मौक़ों से हमेशा भागता रहा था। पर उस दिन कोई चारा नहीं था। उसके सहमे क़दम तम्बू की तरफ़ बढ़ चले।

"हम तो कहते हैं सबको छोड़ दीजिए। अपना रामलीला अपने करेंगे," देव एक साँस में अपनी बात कह डाली।

इतना साहस? ख़ुद देव भी हैरान था। बचपन से ही उसे यह डर लगा रहता था कि कहीं कोई उसकी बातें सुन न ले, खिल्ली न उड़ाए, नाराज़ न हो जाए, पीट न दे; हलवा खाने का मन हो तो बुआ से अकेले में कहता; कॉपी के पन्ने ख़त्म हो गए हों, तो पिता जी को इशारे से बताता; दुर्गापूजा का मेला घूमना हो, तो हरीश दादा के कान में फुसफुसा भर देता। लेकिन आज इतने लोगों के सामने बोलने से उसकी धमनियों में आत्मविश्वास की ऊर्जा संचालित हुई। और जैसे-जैसे वह बोलता गया, वह ऊर्जा और भी तीव्र होती गई।

"रामलीला के साथ आधुनिक नाटक भी खेला जाए। ज़्यादा नाटक होगा तो सबको रोल मिलेगा, और जो सबको रोल मिलेगा तो कोई क्यों लड़ेगा?" अपने इस सुझाव से देव ने सैंतालीस में हुए फ़साद की वजह भी मिटा दी।

हालाँकि आधुनिक नाटक की समझ कुछेक लोगों को ही थी, लेकिन सुझाव सभी को अच्छा लगा। यह भी तय हुआ कि मौजूदा रामलीला समिति को निरस्त करके 'अहल्या ड्रामा कम्पनी' के नाम से एक मंडली बनेगी, जिसमें सभी जातियों की भागीदारी होगी।

"भिखारियो ठाकुर का मंडली अइसने है। सब जात एक साथ रामलीला खेलता है," मुखिया ने प्रस्ताव का समर्थन करते हुए यह जानकारी दी। साठ के दशक में 'सब जात' में ब्राह्मण, राजपूत, यादव और बनिया आते थे।

फिर मुखिया ने तम्बू पर एक लात जमाई और सबको घंटे भर में गाँव के बाहर निकल जाने का आदेश दिया। थोड़ी देर में भीड़ तितर-बितर हो गई। देव और नेपाल एक साथ लौटने लगे।

"का देवानन्द, हम तो सुने हैं कि सिवान में भी एगो अहल्या दाई का आसन है," नेपाल ने दबी आवाज़ में कहा।

"अरे भाई, देवी-देवता एक जगह बैठ के थोड़ी रहते हैं। वो तो विचरण करते रहते हैं। भक्त लोग का हालचाल लेने। चढ़ावा ग्रहण करने। लेकिन एक बात बताओ, तुमको भी लात खाना है?"

"नहीं," नेपाल ने तुरन्त जवाब दिया, घबराकर।

"तो ध्यान से सुनो—सबको, सब कुछ नहीं बताते हैं। कुछ कहानी अपने तक रखा जाता है। देखा जाए तो दुनिया का हर आदमी एक-दो कहानी दबाकर बैठा है।"

"बाह खिलाड़ी! भावी लेखक से दोस्ती करके अकिल और आत्मविश्वास, दोनों पा लिये हो।"

मर्द बनने की शर्तें

सन् बासठ की हर बात देव को याद थी। चीन से लड़ाई, उसके अपने संघर्ष, गाँव-देहात की राजनीति—उस साल से जुड़े ऐसे कितने ही अनुभव थे जिन्हें उसने आज तक किसी से भी नहीं बाँटे थे। लेकिन अब उसके पास माधवी थी, उसके जीवन को स्थायित्व देने वाली, उसकी सारी कहानियाँ सुनने वाली।

"चीन युद्ध के टाइम सब कितना डरे थे। हमको याद है कि 'फ़र्स्टलाइट' में नेहरू जी का एक साथ तीन ठो फोटो छपा था। माइक में कुछ बोलते हुए लग रहा

था कि रो देंगे," उस पुराने अख़बार को याद कर देव मुस्कराया। घुटने पर ठुड्डी टिकाए माधवी उसकी बातें बड़े ग़ौर से सुन रही थी।

शादी के छह महीने बाद देव कोयलाडीह से गाँव लौटा था। इसी अवसर पर माधवी भी नईहर से चली आई थी। देव की नौकरी पक्की होने तक यही व्यवस्था चलने वाली थी—वह जब भी गाँव लौटेगा, माधवी भी चली आएगी, और उसके वापस जाते ही वह भी नइहर लौट जाएगी।

पिता जी का आदेश था कि परमानेंट होते ही देव क्वार्टर ले लेगा और फिर तीनों प्राणी एक साथ रहेंगे। इस बीच पिता जी की देखभाल का ज़िम्मा रामजी चाचा ने अपने ऊपर ले लिया। शायद वे अपने पुरानी कृत्यों का प्रायश्चित्त करना चाहते थे। जो भी हो, इस व्यवस्था से किसी को भी एतराज़ नहीं था।

देव जब पहली बार सिपाही बाबा के बग़ीचे में गया था, वे खटिया पर पद्मासन लगाए अंग्रेज़ी अख़बार फ़र्स्टलाइट पढ़ रहे थे। हालाँकि पिता जी ने उनके पांडित्य के क़िस्से ज़रूर सुनाए थे, लेकिन अहिला जैसे देहात में कोई अंग्रेज़ी अख़बार पढ़ता होगा, इस चमत्कार के लिए देव तैयार नहीं था।

वैसे सिपाही बाबा और चमत्कार का दिया-बाती जैसा साथ था। उनकी हर कहानी में चमत्कार का छौंक ज़रूर होता था। एक बार वे भोज खाने बलिया गए थे। उनके मौसेरे भाई के बेटे की शादी थी। वधू की उम्र दस साल की थी। फिर क्या था, शारदा ऐक्ट पर मेज़बान से उनकी बहस छिड़ गई और क्रोध में बाबा बिना खाए अकेले ही चल पड़े।

रात आधी बीत चुकी थी। कुलबुलाता ख़ाली पेट उनके ग़ुस्से की आग को हवा दे रहा था। तभी सोनबरसा के ठगों ने उन्हें घेर लिया। वैसे वे ठग बूढ़ों पर कभी हाथ नहीं उठाते थे। शायद जनानियों पर भी नहीं। सिर्फ़ उन्हें लूटकर छोड़ देते थे। पर बाबा ने शामियाने का सारा ग़ुस्सा ठगों पर उतार दिया। माँ-बहन की गालियाँ सुनाईं। उन्हें सोनबरसा में ढूँढ़कर एन्फ़ील्ड राइफ़ल से शूट करने की धमकी तक दे डाली। आत्मरक्षा इनसान की सबसे स्वाभाविक प्रवृत्ति है। वे ठग भी आख़िर इनसान थे। विकल्पहीन होकर लुटेरों ने बाबा के पेट में छुरा घुसेड़ा, आदतन उनसे लूटपाट की और फिर मरने के लिए गंगाजी में फेंक दिया।

"गॉड की कसम। सारा इंटेस्टाइन बाहर आ गया था। लेकिन उस दिन गंगाजी हमको बचाई। हाथ में अँतड़ी लिये हम पैदल चलते गए और गंगाजी रास्ता देते

गई। इतना सा भी पेन नहीं हुआ। सबेरे पाँच बजे तक हम गाँव पहुँचे, और यहाँ से कटहल का बगइचा होकर सीधे बक्सर। बस।" इस कहानी को लोग बार-बार पूछते थे, और वे हर बार उसी उत्साह के साथ पूरी घटना दोहराते। आँखें बड़ी करके, अपनी महीन आवाज़ में दर्द भरके, बड़े ही नाटकीय ढंग से। हालाँकि कुछ लोगों का कुछ और ही कहना था। वे बताते कि सिपाही बाबा बक्सर घाट पर बेसुध मिले थे, जहाँ से कुछ मल्लाह उन्हें अस्पताल ले गए। पर लोग तो कुछ भी कहते हैं।

ख़ैर, उस दिन जब देव पहली बार उनके पास गया और पैर छूकर एक टूटे मोढ़े पर बैठा, बाबा बिफर गए।

"हमको धिक्कारते हुए बोलने लगे कि 'चोट्टा कहीं का! मर्द लोग फौज में भर्ती हो रहा है, एन.सी.सी. ज्वाइन कर रहा है। और तुम? देश का यूथ होके यहाँ भाग आया है, छिपने के लिए," देव ने लजाते हुए माधवी को बताया।

सुनकर माधवी भी हँस पड़ी। "ठीक ही तो बोले। उस टाइम तो कुँवारी सब भी अपना योगदान दे रही थी। मंजू दीदी को महीना का तेरह रुपया छात्रवृति मिलता था। वो पूरा एक साल का पैसा दे दी। फुआ अपने सास से लड़ के गलहार दे दी। और हम दूसरी बार घर से भागे थे," माधवी ने बड़े गर्व से बताया।

"क्यों?" चौंकना जायज़ था।

"मंजू दीदी बताई थी कि पटना में महिला परिषद फौजी लोग के लिए खाना-कपड़ा का जुगाड़ करने में लगा था। तो हम भी ट्रेन पकड़के चल दिये, महिला परिषद से जुड़ने। देश का सेवा करने।"

माधवी की बातें सुन देव के मन में आदर, प्रेम, संशय, चिन्ता—सभी भावनाएँ एक साथ उमड़ आती थीं। इस दबंग-सी लड़की का क्या भरोसा? यह तो फिर भाग सकती है। लेकिन अपनी अर्धांगिनी से जुड़ी अनिश्चितता से ज़्यादा वह दूबे-कुल के चरित्र से जुड़े उस अटल सत्य से परेशान था जिसे एक दोपहर बिलखती हुई बुआ ने रेखांकित किया था। "लड़ाई से दूर, हल्ला भरपूर।" इस अभिशाप से पहले पिता जी ग्रस्त थे, फिर हरीश ग्रस्त हुआ, और अब शायद वह ख़ुद भी सन्तप्त था।

जिस वक़्त बुआ अपने ससुराल वालों से त्रस्त थी, पिता जी ने आँखें मूँद रखी थी। बहन ने बार-बार चिट्ठी लिख मदद की गुहार लगाई, पर भाई चुप रहा। लेकिन जब बात पूरी तरह बिगड़ गई और वे एक जोड़ी कपड़े में भद्रा भाग आईं, तब पिता जी चार सौ मील की यात्रा कर उनके ससुराल लड़ने पहुँचे। इसी तरह हरीश को क्रान्तिकारी बनने का शौक़ था। लेकिन जब आज़ादी मिली, वह ग्यारह साल

का था। अंग्रेज़ों के ख़िलाफ़ लड़ने की अधूरी ख़्वाहिश वह भद्रा के ऐंग्लो-इंडियन बाशिंदों से कारण-अकारण झगड़कर पूरी करता रहा। बिना सोचे-समझे राजनीतिक विवादों में ख़ुद को झोंकता रहा।

और अब देव। उसे भी हरीश की ही तरह हीरो बनना था। अपनी वेशभूषा से, अपने कारनामों से। इसी उम्मीद में वह देवानन्द की तरह ज़ुल्फ़ें सजाता था। इसी उम्मीद में वह स्काउट्स एंड गाइड्ज़ की भद्रा इकाई से जुड़ा। मुश्किल ड्रिल सीखे, हाथ तुड़वाया, नदी में डूबते-डूबते बचा। देव की माने तो वह अपने स्काउट्स यूनिट में अव्वल था। लेकिन न ही कोई उसके 'देवानन्द स्टाइल' से प्रभावित हुआ, और न ही उसे अपनी वीरता दिखाने का कोई ख़ास मौक़ा मिला। गाँव में उसकी सारी ट्रेनिंग फेल थी। और आज जब कोयलाडीह में उसके सहकर्मी हड़ताल की तैयारी कर रहे थे, मीटिंग-धरना दे रहे थे, अपने परिवारों का भविष्य ख़तरे में झोंक रहे थे, उसे सिर्फ़ अपनी नौकरी की पड़ी थी।

देव को इस बात का ख़ेद ज़रूर था। कायरता कुरेदती थी। माधवी भी उसकी बुज़दिली का मज़ाक़ उड़ाएगीं, उसे ऐसा अन्देशा था। लेकिन उसका हड़ताल से दूर रहकर यों बदनामी मोल लेना, अपनी पत्नी और सहकर्मियों की नज़र में गिर जाना, ताकि घर बच जाएँ—यह भी तो एक क़ुरबानी है। क्या माधवी समझेगी?

"क्या सोचने लगे? बुरा लग गया क्या जी?" माधवी ने पूछा।

"नहीं, बुरा क्यों लगेगा। सोचे थे कि डिफेंस फंड में दस रुपया मनीऑर्डर भेजेंगे। लेकिन उस समय पैसा ही नहीं था। देश के लिए कुछ करने का मन तो करता है, लेकिन कभी औकात ही नहीं होती है।"

"जिस दिन हिम्मत होगा, औकात भी हो जाएगा। उसी दिन तुम पूरा मर्द हो जाओगे।"

आदमी और देशप्रेम

उन दिनों नेफ़ा की सुरक्षा में पूरा बिहार जुटा था। हर अख़बार में सहायता की अपील छप रही थी—'गिव गोल्ड फ़ॉर गन।' व्यक्ति से लेकर संस्था तक, और गाँव से लेकर राजधानी तक—हर तरफ़ से योगदान आ रहे थे। बक्सर के दो साहूकारों ने मिलकर छह सौ रुपये और तीन तोला सोना इकट्‌ठा किया। आरा के एक पुस्तकालय ने अकेले ही तीन सौ रुपये दिये। आस-पास के सभी गाँवों में चन्दा इकट्‌ठा किया जाने लगा। फिर भी अहिला शान्त बैठा रहा। इस मुद्‌दे पर शिवाले में एक बार भी पंचायत नहीं जमी।

"जामताड़ा में सरकार खुदाई करवा रही है। सुने हैं जल्दिए सोना निकलने वाला है। देस में पैसा का कोई कमी नहीं रहेगा," ऐसा कहकर रामजी चाचा ने अपने गाँव की अकर्मण्यता पर सफ़ाई दी, जिसे बाक़ियों ने सहज ही स्वीकारा भी।

लेकिन जब बीस नवम्बर को पता चला कि सलीमपुर तेरह सौ बयालीस रुपये और बीस मन अनाज भेज चुका है, तो सिपाही बाबा से रहा नहीं गया; शर्मिन्दगी की बाढ़ में धीरज का बाँध बह गया। उन्होंने बक्से से अपना पुराना यूनिफ़ॉर्म निकाला, छड़ी ली, और अहल्या मन्दिर के सामने खड़े होकर पूरे गाँव को धिक्कारा।

बहानेबाज़ी और टालमटोल का समय ख़त्म हो चुका था। शर्मिन्दा ग्रामवासियों ने तय किया कि बाईस नवम्बर को, जब पूरे बिहार में चीन-विरोध दिवस मनाया जाएगा, तब अहिला में पर्दे पर दो फ़िल्में दिखाई जाएँगी और चन्दा इकट्ठा होगा।

पंचों की इस युक्ति पर कइयों को घनघोर आश्चर्य हुआ। अहिलावासियों का फ़िल्म-विरोध जगज़ाहिर था। गाँव के बुज़ुर्ग सिनेमाघर में कार्यरत लाल नेपाल तक से चिढ़े रहते थे, और फ़िल्म-प्रेमी युवक-युवतियाँ इन बुज़ुर्गों से। लेकिन आपदा ही ऐसी थी कि वे पूर्वग्रह स्थगित करने को मजबूर हुए। नाच-नौटंकी में तो पहले ही बहुत ख़र्चा हो जाता। पैसे जुटाने का यही सबसे सस्ता और सरल उपाय था।

ख़बर सुनकर देव की बाँछें खिल गईं। इतनी जल्दी फ़िल्म देखने का मौक़ा मिलेगा, इस बात की उसे उम्मीद न थी। सिनेमा का चुनाव और बाक़ी व्यवस्था करने के लिए पंचायत ने नेपाल को बुलाया।

शुरू में तो नेपाल ने दो फ़िल्में सुझाईं—देवानन्द की 'रूप की रानी, चोरों का राजा' और भुतहा फ़िल्म 'बीस साल बाद।' पहली फ़िल्म देव के कहने पर और दूसरी अपने छोटे भाई की ज़िद पर। इन फ़िल्मों का युवाओं ने पुरज़ोर समर्थन किया और बुज़ुर्गों ने डटकर विरोध। लम्बी बहस के बाद त्रिलोक कपूर और रागिनी की 'शिव पार्वती' और बलराज साहनी की 'दो बीघा ज़मीन' पर सहमति बनी।

नियत तारीख़ को शाम तीन बजे सभा बुलाई गई। फिर पूरे गाँव में जुलूस निकला, चीन-विरोधी नारे लगे। लाठी पकड़े लड़कों का मार्च-पास्ट भी हुआ, जिस पर कइयों ने तंज भी कसा। "लोहिया जी बोले हैं तिब्बत पर धावा बोलने पर अहिला का जवान लोग तो गाँवें पर हमला बोल दिया है।" देव ने भी यह टिप्पणी सुनी। वह इसका विरोध करना चाहता था। युवकों के उस परेड में वह भी शामिल था। लेकिन लाइन के अन्त में। निक्कर पहनकर, कुछ अदृश्य-सा। अहिला में ये उसके शुरुआती दिन थे। कुछ कहने-सुनने की अभी उसमें हिम्मत नहीं थी।

अँधेरा हुआ तो मठिया में भीड़ जमी। पहले मठाधीश ने ठाकुर जी की आरती उतारी। झाल, घंट और करताल पर, कंठ खोलकर, 'ओम जय जगदीश हरे' गाया गया। फिर हाते में बिछे मटमैले तिरपाल की ओर लोग धूल उड़ाते दौड़े। औरतें एक तरफ़, पुरुष दूसरी तरफ़। बीच में बेचैन बच्चों की दीवार। हालाँकि देव सबसे

पहले पहुँचा था, फिर भी उसे आख़िरी क़तार में ही जगह मिली। लोग उसे धकियाते गए, वह पीछे सरकता गया। लेकिन फ़िल्म देखने की ख़ुशी इतनी बेहिसाब थी कि उसके आगे सारी शिकायतें फीकी लग रही थीं।

शुरुआत 'दो बीघा ज़मीन' से हुई। जब सावन का गीत आया तो लोग झूम उठे। बलराज साहनी और निरुपमा राय के रोमांस पर अँधेरे में सीटियाँ बजीं। ठाकुर की बेरहमी पर गालियाँ निकलीं। लेकिन जैसे ही हीरो कलकत्ता पहुँचा, प्रोजेक्टर बैठ गया। नेपाल ने उसे दुरुस्त करने की बहुत कोशिश की। कई जुगाड़ लगाए। देव ने भी मदद की। लेकिन उस रात उसकी सारी विद्या बेकार साबित हुई।

मुखिया जी कहने लगे कि अगर किसी ब्राह्मण कुमार से मदद ली होती तो गाँव पर ऐसी विपदा नहीं आती। इस भड़काऊ टिप्पणी पर यादव और मल्लाह बिफर पड़े। लगा कि एक और युद्ध छिड़ जाएगा। सैंतालीस की रामलीला जैसा। लेकिन महंत जी की मध्यस्थता से तनाव कम हुआ और एक घंटे के इन्तज़ार के बाद सब लोग अपने-अपने घरों को लौट गए।

गाँव में फ़िल्म देखने का यह पहला अवसर था। देव का दिल टूट गया था। फिर भी, किसी चमत्कार की उम्मीद में वह अन्तिम तक रुका रहा। सबके जाने के बाद भी। उस वक़्त चन्दे की गिनती चल रही थी। पूरी रक़म सिर्फ़ 1240, सलीमपुर के मुक़ाबले 102 रुपये कम। इस घाटे को सिपाही बाबा ने ख़ुद ही भरा। सलीमपुर से पिछड़ना उन्हें मंज़ूर नहीं था।

"हमारे यहाँ तो रेडियो पर युद्ध छिड़ा था। दिन-रात लड़ाई की खबर। 'हवाई हमले से कैसे बचें', 'अपनी सुरक्षा कैसे करें', 'हमारी प्रतिज्ञा क्या होगी'। फिर एक दिन हल्ला उड़ा कि चीन एटम बम बना रहा है। लेकिन हम खाली दू गो कार्यक्रम सुनते थे। सुबह साढ़े सात बजे देशभक्ति गीत और रात पौने आठ बजे नाटक—लोहा सिंह का नया मोर्चा," बताते हुए माधवी की आँखें चमक उठीं।

लोहा सिंह के ज़िक्र पर देव भी हँस पड़ा। "वो डायलॉग हमको भी याद है। जब लोहा सिंह चीन को ललकारता है—काबुल का मोरचा पर हम नीमन-नीमन जवान को धुर्कस छोड़ा दिया, चीनी बैकूफ कौन खेत के मुरई है जी? आजे हमला करके सब फरिया लेंगे।"

"आजी को लगता था कि जब से लोहा सिंह ने नेफा में मोर्चा सँभाला है, तभी से चीन ने भागना शुरू किया। हम कितना बार समझाएँ कि लोहा सिंह

असली फौजी नहीं है लेकिन आजी बोलती कि रेडियो पर जो भी बजता है, एकदम सच होता है। पेपर में जो भी छपता है, सच छपता है। उनका तो अलगे दुनिया था।"

देव को माधवी के आजी का तर्क ग़लत नहीं लगा। सबकी अलग दुनिया होती है। वह भी तो एक अलग दुनिया में रहता था। और उस दुनिया के कई आयाम थे, कई सच्चाइयाँ थीं। फ़िल्मों और रंगीन फ़ोटो वाली फ़िल्मी पत्रिकाओं का सच, हिन्दी उपन्यासों में विचरते प्रेमियों का सच, अतीत में अटके भद्रा का सच, गाँव के संघर्ष का सच, कोयलाडीह में एक सुलगते वर्तमान का सच, माधवी के साथ एक नये भविष्य का सच।

पिता जी के कहने पर देव खेती तो सीख ही चुका था, पर अब उनका आदेश था कि नौकरी पर जमो। इन्हीं मिलते-टकराते आयामों से गुज़रकर उसे अपना रास्ता ढूँढ़ना था। घर का मर्द बनना था। एक और सच गढ़ना था।

पर उसकी मंज़िल क्या थी? नौकरी और क्वार्टर? एक दिन पिता जी की तरह इंजन ड्राइवर बनना? सालों से ग़ायब हरीश दादा को खोजना? जीवन में स्थायित्व हासिल करना? हर महीने पत्नी के साथ फ़िल्म देखना? 'कालचक्र' के रथ में अपना चक्का लगाना? अपनी एक नई कहानी लिखना? या इन सबसे कुछ अलग?

वर्तमान और इंग्लिश

"क्या पढ़ रहे हो बे?" कमरे के खुले दरवाज़े को खटखटाते हुए देव ने पूछा।

नेपाल दीवार से पीठ लगाकर एकाग्रचित्त बैठा था, हाथ में 'फ़र्स्टलाइट' थामे। ठीक वैसे ही जैसे सिपाही बाबा अपने बग़ीचे में बैठा करते थे। लेकिन जहाँ बग़ीचे में बेपरवाही से बीट करते बगुले थे, गंगा नहाकर लौटती ठंडी हवा थी, वहीं पटना के इस सिकुड़े से कमरे में फँसी गरम हवा और पसीने की दुर्गन्ध से छटपटा रही थी। कमरा अस्त-व्यस्त था, कुछ इस तरह मानो वह स्थान निर्जन भी हो और गुलज़ार भी—रेंगनी पर लटके कपड़ों में उलझा गीला गमछा, चौकी के नीचे अख़बार का ढेर, फ़र्श पर बिखरे प्याज़ के छिलके, मेज़ पर चाय का जूठा गिलास और चारों तरफ़ चहलक़दमी करती लाल चींटियाँ। दीवारों पर कहीं चटक हरा चूना, तो कहीं लाल ईंट उघारती, उचटती पपड़ी।

"कलियूर श्रीनिवास की साप्ताहिक भविष्यवाणी। वर्तमान में तो कुछ बचा ही नहीं है; अब तो हम सिर्फ़ भविष्य पढ़ते है," लाल नेपाल हँसते हुए उठा और

देव को ज़ोर से गले लगाया। इन छह सालों में उसका हुलिया और बोलने का अन्दाज़, दोनों काफ़ी बदल चुके थे। पिचके गाल, बढ़ी हुई दाढ़ी, लाल शर्ट की जगह मटमैली फटी बानियान और ठेठ ग्रामीण ज्ञान की जगह दार्शनिक शब्दावली।

"तो कैसे पता चलता है भविष्य का?" एक कोने में अपना सामान रखते हुए देव ने पूछा।

"पता इंग्लिश में चलता है। पहले श्रीनिवास जी को इंग्लिश में चिट्ठी लिखकर अपना सवाल पूछना पड़ता है। फिर इंग्लिश पेपर में उसका इंग्लिश में जवाब छपता है। जनता का भविष्य इंग्लिश में है।"

हरीश भी तो देव को यही समझाना चाहता था—"अंग्रेज़ भारत पर रूल किया, क्योंकि उसके पास इंग्लिश था।" भद्रा में वक़्त-बेवक़्त वह देव को इंग्लिश शब्दों के मतलब बताता रहता। ख़ुद भी उनके उचित-अनुचित प्रयोग से नहीं चूकता। फ्रैंकलिन के कुत्ते वाली घटना के बाद तो उसकी अंग्रेज़ी की सनक और भी बढ़ गई थी। अब वह देव को अंग्रेज़ी की रीडिंग भी लगवाने लगा था। कभी किसी अंग्रेज़ी अख़बार का पन्ना, कभी कोई पुरानी पत्रिका, तो कभी उपन्यास। कहता अगर ज़िन्दगी में दुख नहीं झेलना है तो अंग्रेज़ी सीख लो।

शुरू-शुरू में तो देव बिना समझे ही रीडिंग मार जाता था, पर धीरे-धीरे अंग्रेज़ी का तिलिस्म छँटने लगा। इसी बीच हरीश उसके लिए सात रुपये की भार्गव डिक्शनरी भी ले आया। अंग्रेज़ी का माहौल बन रहा था। अब स्कूल में अंग्रेज़ी की क्लास भी देव को अच्छी लगने लगी थी। लेकिन तभी उसे गाँव भगा दिया गया। हालाँकि इस पर भी हरीश ने कोशिश नहीं छोड़ी। उसकी हर चिट्ठी में अंग्रेज़ी के ढेरों शब्द होते थे, और हर शब्द के साथ ब्रैकट में उसका अर्थ। लेकिन फिर देव के जीवन में गुलशन नन्दा का आगमन हुआ और कुछ सालों बाद हरीश चला गया, उसकी चिट्ठियाँ चली गईं। भार्गव डिक्शनरी तो भद्रा में ही छूट गई थी।

"जनता का भविष्य इंग्लिश में है।"

उस रोज़ देव को नेपाल की बातें थोड़ी तार्किक लगीं। उसने चर्चा आगे बढ़ाते हुए विनोद भाव से पूछा, "इंग्लिश वाले शास्त्री जी और क्या-क्या बताते हैं?"

वह सवाल सुनकर नेपाल उच्च स्वर में साप्ताहिक भविष्यवाणी वाला पन्ना पढ़ने लगा। "सब कुछ। ये देखो, राँची से सिन्हा जी पूछते हैं कि

एस.बी.आई. में कैशियर की नौकरी लगेगी या नहीं। पूर्णिया से मनोज पूछते हैं कि प्रेम विवाह होगा या नहीं। दुमका से राजेश पूछते हैं 'इन विच डिवीजन विल आई पास?'"

"तो तुम भी लिखकर पूछ लो।"

"क्या?"

"इन विच डिवीजन विल पास यू?"

देव की अंग्रेज़ी सुनकर नेपाल ठहाके लगाकर हँसा। "देव बाबू, आज ले शास्त्रीजी किसी बिहारी को फर्स्ट डिवीज़न नहीं दिये हैं। और वैसे भी, डिवीजन-सिवीज़न से क्या होगा। असली खेला तो क़िस्मत का है। करम में लिखा होगा, तो अपना चक्का भी दनादन नाचेगा।"

"हमारा किस्मत तो सुरुए से चौपट है। इसका मतलब हमारा फ्यूचर भी सफाचट है," कहकर देव भी हँसने लगा।

"का? तुम्हारा फ्यूचर नहीं है? इतना बमपिलाट नौकरी पकड़े हो। सच बोलो, मजा आ रहा है कोयलाडीह में?" नेपाल ने आँखें मीचते हुए पूछा।

मज़ा का तो पता नहीं, लेकिन देव के पास रेलवे की नौकरी से नाख़ुश होने की कोई भी वजह नहीं थी। हर महीने तनख़्वाह, रहने को क्वार्टर और गृहस्थी जमाकर दूबे-परिवार का हीरो बनने का मौक़ा। हाँ, इन दिनों कुछ उलटे-सीधे सर्कुलर ज़रूर आ रहे थे। कुछ हड़ताल-वड़ताल की बात हो रही थी। मुकेश और चैटर्जी बाबू आपस में भिड़ते रहते थे। अफ़सर डाँटते रहते थे। पर बाक़ी सब ठीक था। वैसे भी, अब गाँव में रखा ही क्या था? खेती के भरोसे घर चलना मुश्किल हो चला था। और जबसे पिता जी रिटायर होकर गाँव लौटे थे, परिवार की माली हालत पर ग्रहण लग गया था। उनकी सारी जमापूँजी, पता नहीं कहाँ और कैसे स्वाहा हो गई थी।

पर निराशा सिर्फ़ आर्थिक तंगी तक सीमित नहीं थी। पूरा घर-आँगन ही उदास, उजाड़ हो गया था। पिता जी अकेलेपन में धँसते जा रहे थे। जीवन के चौबीस वसन्त नइहर में बिताकर, बुआ भी अपने पति के पास ससुराल लौट गई थी। और दो होली ससुराल में पूड़ियाँ तलकर हरीश की पत्नी अपने नइहर लौट गई थी। पति से बिछड़कर। पर देव की तरह उसने भी हरीश के मरने की ख़बर को अस्वीकार किया था। "फलाना बोला कि श्री हरिश्चन्द्र दूबे भाग गए हैं, चिलाना बोला कि वो मर गए हैं। लेकिन आपने तो लाश नहीं देखा न? तो काहे दूसरे का बात मान लिए? काहे श्राद्ध कर दिये?" सिन्दूर तो मिट गया था, पर अपने पिता के पास मिर्ज़ापुर लौटते वक़्त इतना विरोध ज़रूर जताकर गई थी वो। अब तो घर की मनहूसियत की एक ही दवा थी। पक्की नौकरी।

"नौकरी तो ठीक ही है।"

"तो फिर दाढ़ी क्यूँ बढ़ाए हो?" देव की दाढ़ी सहलाते हुए नेपाल ने पूछा।

"हम तो कटवा लेंगे। पिता जी का आदेश है। पर बढ़ाए तो तुम भी हो।"

"वो सब छोड़ो। ये बताओ वहाँ कोई मित्र बना?" नेपाल ने झट से बात बदल दी।

कोयलाडीह में उसका परिचय एक नई मार्गदर्शक मंडली से हुआ। सत्याराव काम सिखाता तो मुकेश ऑफ़िस के नियम-क़ानून। अनुशासन आलम साहब सिखाते तो गोपाल राव काम से बचने के तरीक़े सुझाता। हालाँकि पाँच कमरे और एक अहाते वाले उस छोटे से ऑफ़िस में चौदह कर्मचारी थे लेकिन फ्रैंकलिन या नेपाल जैसा कोई दोस्त नहीं बना था। सुबह आठ से शाम चार तक ऑफ़िस की भागम-भाग, उसके बाद छोटे से तनख़्वाह में घर-परिवार चलाने की माथा-पच्ची। दोस्ती और हेलमेल के लिए जिस फ़ुर्सत की ज़रूरत होती है, वह कोयलाडीह में नदारद थी।

तीज-त्योहार कब आकर चले जाते, पता तक नहीं चलता। दुर्गापूजा, काली पूजा, रामनवमी आदि पर कई पंडाल सजते, मुहर्रम का ताजिया निकलता, छोटे-मोटे मेले भी लगते। लेकिन साथ घूमने वाला कोई साथी नहीं था। सिर्फ़ विश्वकर्मा पूजा पर दफ़्तर में थोड़ी रौनक होती। प्लास और हथौड़ा लिये विश्वकर्मा बाबा की मूर्ति सजती, पूजा-पाठ होता, चीनी के सफ़ेद बुरादे में लिपटी बूँदी का ठोंगा मिलता। लेकिन उस दिन भी काम पर निकलना पड़ता। वही आठ से चार वाली रूटीन।

हाँ, यहाँ सिपाही बाबा का विकल्प ज़रूर मिल गया था। उस भूमिका में चैटर्जी बाबू थे—उम्र पचपन, लम्बाई औसत, तोंद दिव्य, चौकोर-मांसल चेहरा, लकीरनुमा मूँछें। सिपाही बाबा की तरह ही चैटर्जी बाबू भी कहानियाँ सुनाते रहते। कभी किसी हड़ताल की, कभी किसी सनकी अंग्रेज़ अफ़सर की, पर ज़्यादातर अपने कलकत्तावासी रिश्तेदारों की। उनके कुछ रिश्तेदार इंग्लैंड-अमेरिका के कॉलेजों में पढ़ते थे, और अपनी कक्षा में प्रथम आते थे। एक मामा तंजानियाँ के जंगलों में शिकार खेलते थे, एक मौसा राष्ट्रीय-स्तर के मुक्केबाज़ थे, दो भतीजे शतरंज खेलने रूस गए थे और बाक़ी सभी सरकारी अफ़सर थे।

चैटर्जी बाबू को जब भी, थोड़ा भी समय मिलता—खैनी में चूना रगड़ते हुए, चाय की चुस्कियों के बीच, बीड़ी की दो कशों के अन्तराल में—अपनी थकी दार्शनिक आँखों को चौड़ा करके वे शुरू हो जाते। देव ने तो उनके रिश्तेदारों के बारे में इतना सुन रखा था कि उसने उनका वर्गीकरण भी कर डाला था : घुमन्तू चैटर्जी, पढ़न्तू चैटर्जी, खेलन्तू चैटर्जी इत्यादि।

लेकिन इतना सुनने-समझने के बाद भी देव को कुछ बातें रहस्य-सी लगतीं। मसलन, ये कलकत्ता शहर है कितना बड़ा, जो प्रत्येक सफल चैटर्जी वहीं समाहित हो जाता है? क्या रंगून से भी बड़ा है? ये कामयाब लोग दिखते कैसे हैं? किसी फ़िल्मस्टार की तरह, च्यवनप्राश के विज्ञापन में मुस्कराते लोगों की तरह, या उनसे भी ज़्यादा ख़ूबसूरत? इन मेधावी चैटर्जियों ने कितनी बार हवाई यात्रा की होगी? दो बार, पाँच बार, या उससे भी ज़्यादा? राजधानी एक्सप्रेस की तुलना में हवाई यात्रा कितनी महँगी होती है?

पर इन सवालों का जवाब मिलना लगभग नामुमकिन था। अगर ऐसे बेतुके सवाल वह चैटर्जी बाबू से पूछता, तो वे निश्चित ही उसकी बेइज़्ज़ती करते। अविलम्ब। और उसके अपने रिश्तेदारों में एक भी हरफ़नमौला नहीं बचा था। रामजीवन चाचा की चर्चा शुरू से ही वर्जित थी, और इधर लापता हरीश का ज़िक्र भी निषिद्ध था। हाँ, पिता जी रंगून ज़रूर गए थे, पर रंगून-बांग्लादेश की गिनती विदेश में थोड़ी होती है? बिहारियों की इस बदहाली पर सिपाही बाबा का विश्लेषण रोचक था :

"कलकत्ता को मिला अंग्रेजी का साथ, गुजरात को मिला अरब सागर का साथ और बम्बई को मिला गुजराती लोग का साथ। हम लोग के पास बस बुद्ध थे, शेरशाह था, और नालन्दा थी। बुद्ध और शेरशाह को बिहार बिसरा दिया, नालन्दा को खिलजिया फूँक दिया। बिहार कहाँ से सफल होगा जी?"

"कहाँ से सफलता मिलेगी" उस रोज़ नेपाल भी तो यही कह रहा था—अपने बारे में, भविष्य के बारे में, बिहार के बारे में। पर देव को यह सूरत बदलनी थी। घर की हवा फेरनी थी। कम से कम माधवी के लिए।

लॉटरी

"चिट्ठी में लिखे थे कि कुछ दिखाना है," देव ने आँखें तरेरकर पूछा।

"वो वाला चिट्ठी दस महीना पहले लिखे थे। तुमको उपन्यास का पांडुलिपि दिखाना था। लेकिन अब तो सामान स्वाहा हो गया। चूल्हा में जला दिये। तुम्हारा रेलगाड़ी इतना स्लो चलेगा तो कैसे समय पर सही जगह पहुँचोगे?"

नेपाल वाक़ई बदल गया था। दिन में सोलह घंटे खटने वाला गँवई बहादुर अब ख़ुद को क़िस्मत के हवाले छोड़ चुका था। लेकिन उसके जीवन-दर्शन में यह परिवर्तन यूँ अचानक ही नहीं आया था। पिछले दस सालों में उसने लेखक बनने की उम्मीद में क्या कुछ नहीं किया। बक्सर से पटना चला आया। आधे पेट रहकर कॉलेज का ख़र्चा

निकाला। सब्ज़ियाँ बेची, मिल में चौकीदारी की, ख़ुद को ब्राह्मण बताकर ट्यूशन पढ़ाया। फिर पटना के एक-दो लेखकों से पहचान बनाई, उनके यहाँ झाड़ू-पोंछा किया। ताकि एक किताब के आवरण पर उसका नाम छपे। बस इतनी सी महत्त्वाकांक्षा लेकर वह दिल्ली तक चला गया। मेहनत और आत्मा, दोनों से सिंचित पांडुलिपि लेकर।

उसका उपन्यास एक ऐसे युगल की आदर्श कहानी थी जो जाति, अभाव और व्यक्तिगत अभिलाषा की चिन्ता किये बिना गाँव में पुस्तकालय बनाने का अपना सपना पूरा करते हैं। कहानी की यह रूपरेखा उसने देव के साथ बैठक तय की थी। सिपाही बाबा के घर पर ही। तब वह बीस का था। तभी से उस पर काम कर रहा था। कहानी को पका रहा था। उसमें किरदार और आख्यान पिरो रहा था। प्रेम, समर्पण, त्याग, बलिदान—लाल नेपाल ने हर निर्मल भावना को उपन्यास में उकेर दिया था। गुलशन नन्दा और शरतचन्द्र के उपन्यासों की तरह। पर क्या मिला? दिल्ली के प्रकाशकों ने मना कर दिया। मेरठ वालों ने तीस रुपये का प्रस्ताव दिया, लेकिन किताब किसी और के नाम से छपती। और पटना वालों ने छापने के पैसे माँगे।

इन दिनों नेपाल अपने कमरे में लेटकर बीए तृतीय वर्ष की परीक्षा का इन्तज़ार कर रहा था। पर किसलिए, यह उसे भी नहीं पता था। क्योंकि अब उसका सारा ध्यान अंग्रेज़ी सीखने और बिहार स्टेट लॉटरी खेलने पर था। इस दिशा में उसे कुछ सफलता भी मिली थी। पिछले दो साल में उसे दो बार पचास रुपये वाला पाँचवाँ पुरस्कार हाथ लगा था। उसने इस नये उद्यम के बारे में देव को भी बताया था—"अभी हमारा नाम पचास रुपये पाने वाले एक हज़ार भाग्यशाली लोगों की सूची में है। इसके बाद सौ रुपया जीतने वाले पाँच सौ भाग्यशाली लोगों की सूची में जाना है। इसी तरह एक दिन एक लाख रुपये जीत जाएँगे। फिर धीरे-धीरे एमपी, बंगाल, सिक्किम—सभी राज्य का लॉटरी खेलेंगे और वहाँ भी जीत जाएँगे। फिर एक दिन पूरे देश पर अपना राज होगा। बहुत हुआ उपन्यास-लेखन।"

नेपाल के उस अद्भुत आत्मबल से देव कितना प्रभावित था! तब भी अब भी। जब जी चाहा, लेखक बन गया, जब मन किया तो जुआरी। ऐसा दुस्साहस, ऐसी सहजता! कितना अच्छा होता अगर थोड़ी सी हिम्मत उसके हिस्से भी आती।

लेकिन आज नेपाल की उदासीन बातें सुनकर देव को धक्का-सा लगा। जैसे पिता जी की नज़रें देव की नौकरी पक्की होने की बाट जोहती थी, उसी तरह देव को भी नेपाल के उपन्यासकार बनने का इन्तज़ार था। उसके लिए नेपाल की किताब भविष्य में छिपी सम्भावनाओं की आहट थी। इसलिए नेपाल का यूँ घुटने टेकना कुछ ऐसा था मानो भविष्य की बगिया मरुभूमि होती जा रही हो।

लॉटरी जीतना! नेपाल की यह नई महत्त्वाकांक्षा पुरुषार्थ के मीनार पर नहीं, अनिश्चितता की कमज़ोर-सी खूँटी पर टँगी थी। इस महत्त्वाकांक्षा और हक़ीक़त के बीच जो फ़ासला था, उसी में अटके बिहारी दिन काट रहे थे। इस उम्मीद में कि एक दिन ख़ुशहाली आएगी, होली पर घर में चार पैसे होंगे, वे पंजाब से तमिलनाडु तक मज़दूरी कर रहे थे; हर उस राज्य में जहाँ की लॉटरी नेपाल जीतना चाहता था। देव भी तो उनमें से ही एक था।

लेकिन फ़िलहाल मनचाही लॉटरी नहीं लगी थी; नेपाल के छत्रपति बनने की सम्भावना सूक्ष्म थी। चालीस रुपये महीने में गुज़ारा करने वाला व्यक्ति वैभव के सपने देख सकता है, किसी दार्शनिक की तरह दाढ़ी बढ़ा सकता है, अन्तरराष्ट्रीय राजनीति पर अपना मत रख सकता है, लेकिन छह साल पर घर आए मित्र को भोजन कराने की कूवत उसमें नहीं होती है। तेल, किरासन, आटा, चूड़ा, सब समाप्त हो चुका था। लिहाज़ा देव की आवभगत एक गिलास पानी और च्यवनप्राश के डब्बे में रखे बताशे से ही हो पाई। वैसे भी, नेपाल की स्थिति देव से छिपी नहीं थी।

"पूड़ी-भुजिया है बैग में। तुम्हारी भौजाई बनाई है। नहा के खाया जाए। फिर सिनेमा देखेंगे," देव ने प्रस्ताव दिया।

"तो अभी तक सिनेमा का संयोग नहीं बना?" देव के संघर्ष का मर्म नेपाल से बेहतर कौन जानता था।

"देखे होते तो तुमको चिट्ठी लिखके बताते नहीं?"

"राजकपूर का 'संगम' देखने का प्लान याद है? जिस टाइम नेहरू जी के नाम पर हम सब लोग घेरा गए थे?"

"हाँ।"

"अब सरकार अपने फिल्म बना रही है। पैसा दे रही है।"

"सरकार तो गरीबी भी हटा रही है।"

"विद्या कसम। सही बोल रहे हैं।"

"तुमको कैसे पता?" देव को अब भी यक़ीन नहीं था।

"पूरा बिहार में हल्ला है। कोई सिन्हा बाबू है, सरकारी फिल्म बनाने वाले पहले बिहारी। फिल्म का नाम 'ग्रहण'।"

"किसके बारे में है?"

"अब किसानी और बेरोजगारी पर थोड़ी फिल्म बनता है। पति, पत्नी और वो। अमीर लोग और उनका चोचला, बस यही बचा है," नेपाल ने नथुने फुलाते हुए कहा।

आदर्श कहानी के प्रसंग में नेपाल का दर्द छिपा था। इसमें थोड़ी जवाबदेही देव की भी थी। वह भी तो आदर्शवाद की माला जपता रहता था। लेकिन अभी देव सहानुभूति के शब्द टटोल ही रहा था कि नेपाल ने उस फ़िल्म के विषय में एक और जानकारी दे डाली। "फिलिमवा विमल कर के एक बंगाली उपन्यास पर आधारित है।"

अब उदास होने की बारी देव की थी। उपन्यास और सिनेमा के संयोग से कैसी बेइज़्ज़ती हुई थी उसकी। वह प्रसंग देव आज तक नहीं भूल पाया था। हटिया की उस मनहूस यात्रा से लौटे अभी कुछ ही दिन हुए थे। बक्सर में मीना कुमारी की 'काजल' लगी थी। जब शिवाले पर उस फ़िल्म की चर्चा छिड़ी तो देव ने यूँ ही बाँग दिया कि फ़िल्म गुलशन नन्दा के उपन्यास 'माधवी' की 'ट्रू कॉपी' है। "फिल्म देखो या किताब पढ़ लो, बतिया एके है।"

"फिल्म और किताब में कोई अन्तर नहीं होगा?" एक युवक ने चुनौती देते हुए पूछा।

"जब कह रहे हैं नहीं होगा, तो नहिये होगा," देव आत्मविश्वास से तर था। भले ही फ़िल्म देखने की उसकी सभी योजनाएँ पिट रही थीं, लेकिन जिन उपन्यासों पर वे फ़िल्मायी गई थीं, उन्हें तो वह पढ़ ही सकता था। इसी उत्साह में हटिया यात्रा से पहले वह 'गाइड' पढ़ गया था। एक ही बैठकी में। समझ न आने पर भी 'चित्रलेखा' पढ़ी थी। वह भी दो बार। यही सोचकर गुलशन नन्दा के भी कितने ही उपन्यास चाट डाले थे।

उन दिनों देव और उसके किताबी ज्ञान की पूरे गाँव में धाक थी। "जो किताब पढ़ लिया, वो सब देख-सुन लिया," ऐसा वह कहता-फिरता। गाँववाले भी इसे सही मानते थे। नेपाल तो इसी विश्वास पर अपना भविष्य गढ़ रहा था। सिपाही बाबा भी इस किताबी आग को ख़ूब हवा देते थे। लेकिन कुछ ही दिनों में यह भ्रम भी टूटा। बक्सर से 'काजल' देखकर लौटे कुछ युवकों ने फ़िल्म और किताब में सत्ताईस अन्तर ढूँढ़ निकाले और उसी शिवाले में देव के आत्मविश्वास पर छप्पन छुरी चला दी। "दू ठो किताब का पढ़ लिये, पूरा गाँव को बकलोल समझने लगे?"

देव तर्क करना चाहता था। उस उद्दंड लड़के से भिड़ना चाहता था। जैसे हरीश अपने विरोधियों से भिड़ता था। पूरी ताक़त से, गुर्राकर। पर वह कुछ भी न कह सका। बस मन मसोसकर रह गया। धीरे-धीरे इस बेइज़्ज़ती की ख़बर पूरे गाँव में फैल गई। इतने जतन से अर्जित सम्मान और आत्मविश्वास, दोनों एक झटके में राख।

"हो जाता है कभी-कभी," सिपाही बाबा ने समझाया।

"अगिला बार फिल्म का एक-एक सीन पहले ही सुना देंगे," नेपाल ने आश्वासन दिया।

बात इतनी भी गम्भीर नहीं थी। कोई पहाड़ नहीं टूटा था। फिर भी, उस दिन के बाद, धीरे-धीरे, सब कुछ बदलने लगा। उसे समझदार मानने वाले अब दबे स्वर उसकी खिल्ली उड़ाने लगे। कुछ लड़के तो उसे देखते ही 'काजल' फ़िल्म के गीत गाने लगे। अपने छूटने लगे। गाँव का जीवन बिखरने लगा। किताबों से प्रेम जाता रहा और इस प्रेम के बिना वह निहत्था हो गया। हरीश लापता हो गया, नेपाल पटना चला आया, पिता जी गाँव लौट आए और देव अकेला हो गया।

इसी वजह से साहित्य और सिनेमा के संगम में डुबकी लगाने से वह घबराता था। ज़ाहिर है, अब 'ग्रहण' में उसे कोई दिलचस्पी नहीं थी।

"देवानन्द का 'बनारसी बाबू' आया है। चलें देखने?" देव ने बात घुमाते हुए पूछा।

"पटना से उतर गया।"

"तो राजेश खन्ना का 'मालिक'?"

"अभी चढ़ा ही नहीं है।"

"तो क्या देखेंगे?"

"देवानन्द पास्ट है और राजेश खन्ना प्रेजेंट। हम तुमको फ्यूचर दिखाएँगे। ऋषि कपूर का 'बॉबी'। यही भविष्य है।"

"आप जैसा ठीक समझें, श्रीमान समाजसेवक।"

सिनेमा और समाजसेवा

लाल नेपाल ख़ुद को समाजसेवी कहता था। फ़िल्मों से समाज था और वह उसकी सेवा में रमा था। अँधेरे में टॉर्च जलाकर लोगों को उनकी कुर्सी तक पहुँचाना, अपने गाँववालों को बिना टिकट फ़िल्में दिखाना, देव को मुफ़्त में फ़िल्मी कहानियाँ सुनाना और किसी मित्र ने ज़ोर दिया तो फ़िल्मी पोस्टर तक उड़ा लाना। यह समाजसेवा नहीं तो और क्या है? लेकिन प्रत्येक समाजसेवी पर थोड़ा कीचड़ तो उछलता ही है; जनसेवा के हर प्रयास के निन्दक मिल ही जाते हैं। ऐसा ही चौंसठ में हुआ, जब नेपाल ने देव के कहने पर फ़िल्म देखने की योजना बनाई।

उस साल राजकपूर की 'संगम' आई थी। सफ़ेद साड़ी में लिपटी वैजयन्ती माला आर्यावर्त अख़बार के बेरंग पन्नों से झाँकती हुई रंगीन मनचलों को बक्सर के सिनेमाघर बुला रही थी। उस बेचैन पुकार को गाँव के सभी लड़कों ने सुना।

सोमवार का दिन था। पिछली रात से ही लगातार बारिश हो रही थी। फिर भी सुबह छह बजते-बजते उत्साही नौजवान शिवाले के चबूतरे पर इकट्ठा हो चुके थे। नेपाल के तत्त्वावधान में पूरे पाँच मिनट मन्थन चला और योजना की रूपरेखा तैयार हुई। तीन साइकिल और चार रुपये की ज़रूरत थी। तय हुआ कि शाम साढ़े पाँच वाला शो देखेंगे और फिर जलेबी खाकर रात तक वापस।

'और अगर कहीं सिनेमाघर में कोई बैजन्ती माला आ गई तो?' अपनी ही मधुर कल्पना पर आन्दोलित नेपाल ने पूछा।

'तो हो जाएगा वहीं संगम।' प्रेम के भूखे अहिला के लड़कों ने एक सुर में ठहाका लगाया।

नेहरू जी को गुज़रे अभी महीना भर भी नहीं हुआ था। अहिला में भी एक-दो शोकसभाएँ हो चुकी थीं। ऐसे ही कई आयोजन भद्रा में भी हुए थे। पिछली चिट्ठी में हरीश ने भी लिखा था कि नेहरू जी की तेरहवीं के दिन इंस्टिट्यूट में रवीन्द्र संगीत का कार्यक्रम रखा गया था। देश का माहौल ग़मगीन था। ऐसे में भला कोई सैर-सिनेमा की बात कैसे कर सकता था?

उस सुबह मन्दिर में ध्यानमग्न बैठे पंडिज्जी को लड़कों की इस निर्लज्ज योजना की भनक लग गई थी। ग्यारह बजते-बजते बात पूरे टोले में फैल गई। चार घंटे बाद जैसे ही साइकिल डगराते युवकों ने बक्सर की ओर क़दम बढ़ाये, अभिभावकों ने उन्हें बीच गाँव घेर लिया। अहल्या मन्दिर के ठीक सामने। फिर शुरू हुआ संवेदना और राष्ट्रप्रेम के ह्रास पर भाषणों का सिलसिला।

सबसे पहले कोतवाल ठाकुर ने मोर्चा सँभाला और किसी नेता की तरह गर्दन ऊँची कर सबको सम्बोधित किया। "नेपलवा तो चार साल से सिनेमा में टॉर्च बार रहा है, लेकिन मजाल था कि गाँव का कोई छात्र इस तरह का उद्दंडई करे। सिनेमा देखने भी जाते थे तो देशभक्ति वाला। अब तो लगता है कि गांधी-जयन्ती पर बाई जी का खेला होगा।"

युवाओं में चारित्रिक पतन के इस बीभत्स चित्र पर सभी ने सर हिलाकर चिन्ता जताई। सिर्फ़ फ़ौजदार माँझी चुप खड़े थे। अब बारी सरयू तिवारी की थी। उन्होंने एक युवाविशेष पर अपनी कोपदृष्टि डाली और शुरू हो गए।

"जबसे ई देवानन्द पधारे हैं, पूरा गाँव बंगाली हो गया है। सब साला किताब पढ़ के अंग्रेजी बोलने लगा है और सिगरेट पीके माई-बाबू से जुबान लड़ाने लगा है। देस-दशा का कोई विचार नहीं। गांधी-नेहरू का कोई इज्जत नहीं। नमकहराम सब।" सरयू वैसे तो देव के मौसेरे भाई लगते थे, लेकिन पिछले कुछ सालों से चल रहे ज़मीन-विवाद के कारण दोनों परिवारों में थोड़ा तनाव था। गाँव में 'ज्ञानी' देव की लोकप्रियता ने इस तनाव को और भी बढ़ा दिया था, जो इस वक़्त धाराप्रवाह धिक्कार का रूप ले चुका था।

"नमकहरामी? नेहरू जी को तो खुद ही फिल्मों से प्रेम था। सुरईया का गाना पसन्द था। धर्मयुग में राजकपूर और नर्गिस के साथ उनका फोटो भी छपा था।

तीन-चार साल पहले वो पूना में फिल्म का एक कॉलेज भी बनवाए थे। बताइए तो, यहाँ स्कूल का ठिकाना नहीं है, और वहाँ सिनेमा का कॉलेज खुल रहा है," देव तिलमिला उठा था। "और ऐसा महापुरुष से हम नमकहरामी करेंगे? क्या बात करते हैं? उनके सम्मान में तो परदा टाँगकर महीना भर फिल्म-महोत्सव होना चाहिए।"

बात सिर्फ़ नेहरू की नहीं बल्कि सिनेमा की भी थी। और इस मामले में देव का ज्ञान प्रचंड था। सिर्फ़ फिल्में ही नहीं, फ़िल्मी पत्रिकाओं का भी वह दीवाना था। लेकिन बहसबाज़ी में अनुभवशून्य। उपरोक्त बातें उसने कही ज़रूर, पर अपने मन में ही।

वैसे देखा जाए तो उस जमावड़े में सिर्फ़ देव ही था जिसने नेहरू को क़रीब से देखा था। तब वह पाँच साल का था। पिता जी उसे भी अपने साथ सिन्दरी ले गए थे, फ़र्टिलाइज़र फैक्टरी का उद्‌घाटन दिखाने। 'आधुनिक भारत का मन्दिर'—यही कहा था नेहरू ने उस फैक्टरी को। लेकिन यह सब बताकर क्या फ़ायदा? दस मिनट की लताड़ के बाद संगम सूख चुका था। लिहाज़ा सर झुकाकर, दबे स्वर में, वह बस इतना ही बोल पाया—"ले हलुवा।"

अहिलावालों को आख़िर फ़िल्मों से इतनी चिढ़ क्यों थी? शायद इसके पीछे गाँव के वे दूसरे 'समाजसेवी' कोतवाल ठाकुर थे जिनके कटु अनुभव को सबने बेवजह ही आत्मसात कर लिया था। ये सज्जन भी फ़िल्मों की बातें कर सकते थे। देव और नेपाल से ज़्यादा अधिकार से, ज़्यादा सफ़ाई से। जिस मायालोक की आहट देव ढूँढ़ता फिरता था—कभी किसी पत्रिका में, कभी नेपाल के प्रसंगों में, पर ज़्यादातर काली टॉकीज की यादों में—वे उसके प्रत्यक्षदर्शी थे।

देव ने उनसे दोस्ती बढ़ाने की कई कोशिशें कीं। पर फ़िल्मी दुनिया के क़िस्से सुनाना तो दूर, वह देव से सीधे मुँह बात भी नहीं करते थे। महानगर से लौटे हर आदमी को कोतवाल ठाकुर नीची निगाह से देखते, उनकी हजामत बनाने से भी कतराते थे। उनके लिए ऐसे लोग 'जात बहावन, लात खावन' थे।

प्रवासियों में जातिगत मर्यादा और आत्मसम्मान के क्षरण की उनकी अवधारणा आपबीती पर आधारित थी। बात सन् छत्तीस की है। गाँव की भुखमरी से त्रस्त होकर कोतवाल ठाकुर ने बम्बई का कूच किया। कोतवाल देखने-सुनने में अच्छे थे। लिखने का भी शौक़ था। उन्हें उम्मीद थी कि हीरो नहीं तो सिनेरियो राइटर तो बन ही जाएँगे। लेकिन आज तक स्वादानुसार सफलता किसे मिली है? काम तो मिला, पर स्टूडियो में स्पॉट बॉय का।

उन दिनों बम्बई का दिल राजकुमारी, नादिरा और देविका जैसी हसीनाओं के लिए धड़कता था। लेकिन कोतवाल ठाकुर चंचल पर लट्टू हो गए, जो उन्हीं के स्टूडियो में बन रहे 'अफ़लातूनी औरत' की नायिका थी। सत्रह साल की गोरी, हरी आँखें, भूरे रोएँ, गले में सोने का क्रॉस। जब चंचल पतलून पहनकर अदा से सिगरेट का धुआँ उड़ाती, कोतवाल का दिल धक्क से बैठ जाता। जी करता अपना सब कुछ उसके चरणों में समर्पित कर दें। और किया भी। उसका पाँव अपने गोद में रखकर उसमें जूते डाले, उसके कपड़े धोए। उस ईसाई बाला की गिलास में बची चाय पीकर ख़ुद को तृप्त किया। ऐसे और भी कई काम किये जिनसे उनकी जाति और आत्मसम्मान को ठेस पहुँच सकती थी। लेकिन फिर चंचल उन्हें देखकर मुस्करा देती थी, उसकी उँगलियाँ उनसे सट जाती थीं, और कोतवाल अपनी सारी अधोगति भूल जाते थे।

बान्द्रा के उसी स्टूडियो में बनारस के हलधर राय भी कार्यरत थे। मिज़ाज से आशिक, पेशे से सिनारियो राइटर। चंचल पर वह भी मरते थे। और चंचल उन्हें देखकर भी मुस्कराती थी। उनके कन्धे पर भी हाथ रख देती थी। उनसे भी उसकी उँगलियाँ सटती थीं।

शुरू-शुरू में तो कोतवाल ने प्रतिद्वन्द्वी की अनदेखी की। लेकिन जब एक रोज़ हलधर चंचल को सैर के बहाने बाहर लेकर गए और तीन घंटे बाद लौटे तो उनसे रहा नहीं गया। उनके लौटने पर स्टूडियो के गेट पर ही उन्होंने हलधर पर छलाँग लगाई। जब लत्तम-जुत्तम थमा तो स्टूडियो के मालिक ने दोनों को पहले अन्दर बुलाया, फिर गरियाकर बाहर निकाल दिया।

चंचल पर 'अफ़लातूनी औरत' का सिन्धी फ़ाइनेंसर भी लट्टू था और मालिक के हिसाब से नायिका पर पहला हक़ उसी का था। लोग कहते हैं कोतवाल और हलधर ट्रेन के एक ही डिब्बे में बैठकर बंबई से बनारस लौटे। महीने भर बाद ख़बर मिली कि चंचल फ़िल्म के बंगाली निर्देशक के साथ असम भाग निकली है। इस तरह कोतवाल ठाकुर का सिनेमा जगत और शहरियों पर से भरोसा उठ गया। इनसे जुड़े हर व्यक्ति को वे हेय दृष्टि से देखने लगे क्योंकि ऐसा हर व्यक्ति कोतवाल को अपनी दुर्दशा की याद दिलाता था। 'जात बहावन, लात खावन'।

कोतवाल ठाकुर की कहानी गाँव में सभी जानते थे। यह उनके अनुभवों की आभा ही थी कि अहिला में फ़िल्म और फ़िल्मी लोगों को शक की दृष्टि से देखा जाता था। उनके शक के दायरे में नेपाल के साथ अब देव भी आ गया था।

जो भी हो, सिनेमा देखने का एक और प्लान फेल हो गया था। लेकिन निर्मम आलोचकों, गुस्सैल ज्ञानियों और विफल योजनाओं के बावजूद देव ने कभी हिम्मत नहीं हारी। उसने अपनी एक आज़ाद दुनिया बसा रखी थी, जिसके चार स्तम्भ थे—नेपाल के फ़िल्मी गप, सिपाही बाबा की किताबें, हरीश की चिट्ठियाँ और इन पर आधारित शहरी जीवन की चटपटी कल्पना। इन्हीं के सहारे वह अपनी विवशता और एकाकीपन से दो-दो हाथ करता। जीवन में रोमांच और रोमांस की ग़ैरहाज़िरी को मायानगरी की रंगीन तसवीरों से दूर करता। यह बात नेपाल भी समझता था।

पटना में उस सुबह, छह सालों बाद, उसी भूली-बिसरी दुनिया को फिर से जीने का संयोग बना था। समय का पहिया जैसे घूम आया था। आज फिर दोनों मित्र एक साथ, एक ही बर्तन में खाने बैठे थे। नहा-धोकर, गमछा लपेटकर। जैसे अहिला में बैठेते थे। आज फिर फ़िल्म देखने की योजना बन रही थी।

"और बताओ, मलकीनी के साथ पहिला होली कैसा रहा? गुझिया-उझिया कुछ बचा है कि सब अकेले ही चाँप गए?" नेपाल ने एक बड़ा-सा निवाला मुँह में ठूँसते हुए पूछा।

"अरे, तुम्हारी भौजाई हंटरवाली है। पूरा फीयरलेस नादिया। उनका दया से पुआ-पुलाव तो बना। लेकिन गाँव की होली में रस नहीं था। हंटरवाली का कारनामा बम्बइये में रंग लाता है। अहिला में नहीं। गाँव में फँसके देवानन्द भी 'तीसरी कसम' का हीरामन गाड़ीवाला बन जाता है।"

भूले-बिसरे स्वाद

माधवी के आने की ख़बर मिलते ही टोले की महिलाओं की बाँछें खिल जाती थीं। पर इस बार जब वह आई तो उत्साह कुछ ठंडा था। पूरे गाँव में अभाव पसरा था। हालाँकि मंडली की बैठकों में हँसी-मज़ाक़ का पुट बना रहा, लेकिन सिर्फ़ आधे मन से। टीसती दरिद्रता में होली कैसे पार लगे, दिन-रात इसी पर मंथन चलता रहता। इसी क्रम में कभी-कभार, छात्र आन्दोलन और हड़ताल की बातें भी होतीं।

जिस दिन देव होली मनाने घर लौटा, रेलवे गार्डों की हड़ताल थी। वे बेहतर भत्ते चाहते थे। कुल एक सौ अस्सी मालगाड़ियाँ रद्द हो चुकी थीं। इससे एक दिन पहले रेलवे के गैंगमैनों की हड़ताल थी। वे नियमितीकरण चाहते थे। उस दिन भी बीस मालगाड़ियाँ रद्द हुईं।

"ई मालगाड़ी में होता क्या है जो सब लोग उसी के पीछे पड़ा है?" अपनी तर्जनी को ठुड्डी पर टिकाते हुए माधवी ने पूछा।

"धनबाद वाला में तो कोयला रहता है।"

"कोयला?" माधवी खिलखिलाकर हँस पड़ी। "यहाँ आँटा-चीनी का ठिकाना नहीं है और आदमी कोयला के पीछे पगला रहा है।"

अभी चार रात पहले नक्सलियों ने आरा के एक ज़मींदार के यहाँ धावा बोलकर पचास मन गेहूँ लूट लिया था। विरोध करने पर ज़मींदार पर तीस गोलियाँ दाग़ी गई थीं। सहरसा में भुखमरी से तंग आकर एक मुसहर-परिवार के ग्यारह सदस्यों ने धतूरा खा लिया था। और डुमराँव में चावल से लदी मालगाड़ी पर डाका पड़ा था। सिग्नल हरा था, फिर भी गाड़ी यार्ड में खड़ी थी। पता नहीं कैसे? जब एक अकेला आर.पी.एफ. जवान डकैतों को रोकने पहुँचा तो उसे बम मारकर सुला दिया गया। मृत सिपाही कोयलाडीह का रहने वाला था। उसी की पुश्तैनी दुकान से देव और मुकेश राशन लाते थे।

'नहीं माधवी, सिर्फ कोयला नहीं, लोग राशन के पीछे भी पगलाये हैं। नौकरी, फिल्म, दहेज, चुनाव, सिनेमा का टिकट, जिज्ञासा—इस दौर में पगलाने के सैकड़ों कारण हैं', देव माधवी को बताना चाहता था। शायद उससे तर्क-वितर्क भी करना चाहता था। लेकिन बहसबाज़ी में वह आज भी फिसड्डी था।

ससुराल में माधवी की पहली होली यादगार रही। यादगार इसलिए क्योंकि अट्ठारह वर्ष के अपने जीवन में इतना अभाव उसने कभी नहीं देखा था। अगर उसके पिता का बैंक में रखा सारा पैसा डूबा न होता तो शायद उसकी शादी कहीं और होती। किसी सम्भ्रान्त घर में। देव यह बात ख़ूब समझता था। अपनी लाचारी पर थोड़ा शर्मिन्दा भी था। लेकिन माधवी लाचारी से ज़्यादा पाखंड पर खीजती थी।

"भिखारी है, पर मानेंगे नहीं। राशनकार्ड पर चार सौ ग्राम चीनी, आधा किलो सूजी और आधा किलो मैदा, और पता नहीं का-का मिल रहा था। पर रईसी में पिता जी लेने नहीं गए। उलटे दुगने दाम पर राशन और तिगुने दाम पर वनस्पति तेल लेकर आए। और होली से दो दिन पहले, जब सरकारी दुकान पर सस्ता सामान आया, तो खरीदेने का रुपया ही नहीं बचा," माधवी ने अपने ख़ास अन्दाज़ में सारी कहानी कह सुनाई। कर्ता और कारण, दोनों स्पष्ट किया।

"समस्या तो बता दिये। समाधान के बारे में भी कुछ सोच लीजिए," देव ने नरमी से शिकायत लगाई।

"सोचने का काम तुम्हारा है। हमारे नइहर के लोग काम करके दिखा देते हैं।"

उसने वाक़ई सब कुछ कर दिखाया। लक्ष्मी की तरह गुप्त गुल्लक में गड़ा धन निकाला और अपनी महिला मंडली के साथ जमाखोर लक्खन साहू की दुकान पर जा पहुँची। दुर्गा की तरह लड़कर तेल, सूजी, घी, छुहारा—सब बाहर निकलवाया। और फिर अन्नपूर्णा की तरह होली की सुबह तक पिता जी से पूछ-पूछकर सारी व्यवस्था कर डाली। रसदार पुआ, कटहल की सब्ज़ी, इमली और गुड़ की चटनी, सूजी वाला गुझिया, दहीबड़े—हर वह चीज़ जो देव की माँ बनाया करती थी।

माधवी का गाँव की औरतों से यूँ घुलना-मिलना पिता जी को ज़रा भी पसन्द नहीं था। और जिस तरह उसने लक्खन साहू की दुकान पर बवाल काटा था—इधर कुछ दोनों से उनकी माधवी से बातचीत भी बन्द थी। लेकिन उस दिन उनकी सारी नाराज़गी छू-मन्तर हो गई थी। आँगन में लाल-पीली झंडियों वाली वही पुरानी सजावट, भूले-बिसरे पकवानों की वही पुरानी ख़ुशबू। लगा जैसे बीता समय लौट आया हो। घर की फुलवारी में अरसों बाद रातरानी खिली हो। वे फूले नहीं समा रहे थे—गला तक पकवान ठूँसा, आत्मा से माधवी को आशीर्वाद दिया। लेकिन मन-ही-मन।

लेकिन तमाम तैयारियों के बावजूद चौहत्तर की होली बिलकुल फीकी रही। न कीचड़ में सने कपड़े फाड़े गए, न भाँग पीकर मारपीट हुई। न शिवाले पर होरी गाई गई, न बंगाली माई के मन्दिर पर छऊ नृत्य का आयोजन हुआ, और न ही झाल-डफली लेकर हुड़दंगियों की झूमती मंडली गलियों में घूमी। घर की सफ़ेद दीवारों पर इस बार किसी ने रंग भी नहीं फेंका।

फिर भी माधवी को उम्मीद थी कि शाम से लोगों का ताँता लगेगा। देर रात तक चहल-पहल रहेगी। दोपहर तीन बजे तक वह जॉरजेट की नई नीली साड़ी पहनकर साजो-सज्जा कर चुकी थी। दबाव में देव ने भी अपनी आधे बाज़ू वाली नई सफ़ेद बनियान डाल ली। पिता जी भी दालान में तैयार होकर बैठ गए। लाल पाढ़ वाली पीली धोती, सुनहरे बटन वाला सफ़ेद कुर्ता—जिसे पिछली बार हरीश की शादी में पहना था—और गले में नाइसिल पाउडर का लेप। उनकी चौकी पर धुला सफ़ेद चादर बिछा था। उस पर काँसे की दो कटोरियाँ सजी थीं। एक में बारीक कटा छुहारा और नारियल, और दूसरे में गुलाबी अबीर। पर दरवाज़े पर आशीर्वाद लेने कोई भी नहीं पहुँचा।

दालान के दरकते दरवाज़े के सहारे खड़ी माधवी पर्दे के पीछे से ही दिन ढलते हुए देखती रही थी। न पिता जी के मित्र आए, न देव के साथी पहुँचे, और न ही उसकी सहेलियाँ। कभी-कभार कोई बच्चा रास्ते पर दौड़ते हुए निकल जाता। या धूल उड़ाते मवेशी गुज़र जाते, गले में बँधी घंटियों के लयबद्ध टन-टन पर झूमते। पर कोई भी दरवाज़े पर नहीं ठहरा। शायद सभी अपने-अपने घरों पर ही रुके थे। बमुश्किल चीजें जुटाकर, जैसे-तैसे तैयार होकर, किसी मौजी आगन्तुक के इन्तज़ार में। धीरे-धीरे अँधेरा हुआ। माधवी फिर से पुरानी साड़ी में आ गई। पिता जी का कुर्ता सन्दूक में समा गया। देव ने भी बनियान बदल डाला।

उस रात माधवी को रसोईघर में समय बिताने की ज़रूरत नहीं पड़ी। सारे पकवान बचे हुए थे। यद्यपि किसी को भी भूख नहीं थी, लेकिन सबने क्षमता से दोगुना डकारा। ताकि रसद की बर्बादी न हो। पूर्णिमा का शीतल चाँद इन्तज़ार में था, पर उस रात छत पर भी कोई नहीं गया। माधवी अपने कमरे में लौट आई और देव बंगाली माई के मन्दिर की ओर टहलने निकल गया। आधे घंटे बाद जब वह लौटा तो पिता जी दालान में खर्राटे ले रहे थे। माधवी अपने कमरे में पेट के बल लेटी थी। लालटेन की रोशनी में एक पुरानी पत्रिका के आवरण को निहारती, जिसे वह मायके से ले आई थी।

"ई पेटिंग देख रहे हो?"

आवरण देखने के बहाने देव माधवी के बगल में लेट गया। दाएँ हाथ से उसकी पीठ को जकड़कर, बाईं हथेली पर अपना सर टिकाकर, चुपचाप उसे निहारने लगा।

"हमको नहीं, इसको देखो," माधवी ने सर हिलाकर पत्रिका की ओर इशारा किया।

आवरण पर एक विचित्र-सी तसवीर थी–एक ख़ूबसूरत औरत का चेहरा और उस चेहरे को कैनवस पर उकेरता एक हाथ। औरत शहरी गृहिणी थी। बड़ी लाल बिन्दी, लाल होंठ, खुले बाल, आत्मविश्वास से भरी आँखें। लेकिन तसवीर बनाते हाथ में कूँची नहीं, लिपस्टिक थी। हाथ एक पुरुष का था।

"ई पेंटिंग का मतलब बूझे?"

"इसमें समझने की कौन सी बात है?" देव ने नकली अकड़ दिखाते हुए कहा।

"सब मरद चाहते हैं कि औरत टिकुली साटे, लिपस्टिक लगाए, सुन्दर लगे। हीरोइन जइसन दिखे। लेकिन मरद की मर्जी से। वो जब कहे, तभी। अगर अपने मन से सिंगार किया तो औरत ख़राब हो जाती है," कहकर माधवी ने तकिये में चेहरा छिपा लिया और सुबकने लगी।

"ई सब का बक रहे हैं? का हुआ?" देव कुछ घबरा सा गया।

"तुम भी चाहते हो कि पुआ-पूड़ी बने। पिता जी भी चाहेंगे कि हम पकवान बनाएँ। लेकिन जो अपने मन से, दुकान जाकर, लक्खन साहू से जिरह कर लिये तो वो खिसिया गए। हम खराब हो गए। वो हमसे बात नहीं करेंगे।"

"पगलेट! पिता जी तो बहुत खुश हैं। पुआ चाँप के एकदम टंच। हमको बोले कि पतोहिया को बहुत आशीर्वाद है," देव ने गमछे से उसका चेहरा पोंछते हुए कहा।

"तो हमसे काहे नहीं बतियाए।"

"पिता जी का तो यही स्वभाव है। खिसियाने पर सवाल पूछते हैं, खुश रहने पर चुप रहते हैं। आज होली पर कोई आया नहीं न, शायद इसलिए उनका मन थोड़ा भारी होगा," देव ने प्यार से समझाया।

"कटोरी में गरी-छुहारा रखेंगे तो कौन आएगा? अगिला होली थरिया भरके काजू-किशमिश रखा जाएगा। फिर देखना भीड़," कहकर माधवी मुस्करा उठी।

"जरूर देखेंगे।"

"और एक दिन हमको बड़का नेता बनते भी देखना," कहकर माधवी ने दाँत से पल्लू दबा लिया।

"वो भी देखेंगे।"

वैसे दिन, ऐसे दिन

दूबे परिवार ने भी अच्छे दिन देखे थे। जब पिता जी के पास रेलवे की नौकरी थी, कमाई के और भी ज़रिये थे। देव अक्सर उन वैभवशाली दिनों को याद करता था। ख़ासकर तब जब माधवी घर की बदहाली पर तंज करती।

"नाइनटीन फोर्टी सेवन तक बाबूजी स्टीम-इंजन के असिस्टेंट ड्राइवर बन चुके थे। माने हमारे जनम और गांधी जी के मर्डर से पहले ही। रेलवे से तीन-रूम वाला क्वार्टर मिला था। लाल दीवार, ऐस्बेस्टस का तिनकोनिया छत, फुलवारी, उसमें एक नारियल का पेड़। एकठो आउट-हाउस भी था। लेकिन उस पर स्मिथ साहब कब्जा कर लिया था। सुन रहे हैं जी?" देव ने तारों से नज़र हटाए बिना पूछा।

दिनभर की कमरतोड़ किसानी के बाद सुदूर तारों को चुपचाप देखना उसे ख़ूब पसन्द था। हर रात वह छत पर चटाई बिछाकर लेट जाता और भद्रा में सुना कोई फ़िल्मी गीत भुनभुनाता। इसी क्रम में वह फ्रैंकलिन और पिता जी के बारे में भी सोचता। रात चाँदनी हुई तो आँखें गड़ाकर हरीश की चिट्ठियों का पुनर्पाठ भी हो जाता। इसी तरह साल बीतते गए, देव बड़ा होता गया। रंग तो साफ़ नहीं हुआ—जैसा बुआ ने भरोसा दिलाया था, पर मूँछें ज़रूर घनी हो गईं। हाइट भले ही पाँच फ़ीट छह इंच पर अटक गई, पर मज़बूत रोएँदार टाँगों पर फुलपैंट ज़रूर

चढ़ गया। फ़िल्म देखने का संयोग भले ही न बना, अनुभव वाला भारीपन चेहरे पर ज़रूर उभर आया। अब क्रोध, निराशा, इच्छा—सब पर नियंत्रण था। बस हल्की-दबी झुँझलाहट रहती थी। भद्रा का सुकुमार अहिला का मर्दाना हो गया।

शादी के बाद माधवी भी देव के साथ छत पर बैठने लगी थी। हर रोज़ कोई नई कहानी, कभी-कभी पुनरुक्ति।

"हम्म, बोलिए न।" देव के बालों में उँगली फेरती माधवी धीरे से बोली।

"स्मिथ साहब रेल का बड़ा साहब था। हमारे आउट्हाउस में टूटा फर्नीचर, कागज-पत्तर, सब कोंच दिया था। पिता जी क्या ही बोलते? हाँ, हरीश दादा का दिमाग गरमाता था, लेकिन पिता जी के डर से उनका मुँह सिया जाता। अंग्रेज लोग के मोहल्ले में बसने वाले हम फर्स्ट भारतीय थे। और उस पूरे कॉलोनी में नारियल का पेड़ सिर्फ हमारी फुलवारी में था।"

"स्मिथ कौन? वही कुत्ता वाला?"

"हाँ, फ्रैंकलिन का फादर।" फिर कुछ रुककर बोला, "जानते हैं जी, नारियल का पेड़ देखकर पिता जी भावुक हो जाते थे। बोलते, कहाँ रंगून का गरीबी और कहाँ ई बँगला। कौन सोचा था घर में नारियल का पेड़ होगा। रसोई में घीव का बोयाम होगा। नेताजी का बात मानकर भारत नहीं लौटते, पटरी पर इंजन नहीं दौड़ाते, तो जिनगिए का गाड़ी छूट जाता। रेल सही में जागृत आत्मा है।"

"रेल? जागृत आत्मा?" माधवी खिलखिला उठी।

"पिता जी तो यही बोलते हैं।"

"अच्छा? ऊ सही में नेताजी से मिले थे?" माधवी ने तपाक से पूछा और किसी सकारात्मक जवाब की अपेक्षा में उठकर बैठ गई। यही सवाल वह पहले भी कई बार पूछ चुकी थी। फिर भी, हर बार, उतनी ही उत्सुकता से, उसी चिर-विदित उत्तर का इन्तज़ार करती।

"और नहीं तो क्या। भोरे पूछवा दें?" देव अब भी तारों पर नज़रें टिकाए था।

"नहीं नहीं," माधवी सकपका गई। "आगे बोलिए।"

"वहाँ गजबे माहौल था। चारों तरफ अंग्रेज। इंग्लिश में बातचीत। गुड मोर्निंग, मिस्टर स्मिथ। हाउ डू यू डू, मिस्टर ग्रीन। थैंक यू, मिस्टर ग्लाड। गर्मी में हाफ शर्ट और टाई, ठंडा में कोट और हर टाइम ग्रामोफोन पर धीरे-धीरे इंग्लिश गाना। पूरा इंग्लैड लगता था। हम लोग भी लाटसाब जैसे चलते थे। इंग्लैड में तो हर कोई लाटसाब है। है न?" हामी की अपेक्षा में देव ने कोहनी से माधवी को धकेला।

"हम क्या जानें? हमको तो यहाँ देहात में लाकर पटक दिये हो। कभी पटना भी नहीं ले गए। हमको भी भद्रा जाना है। फिर वहाँ से हावड़ा, और हावड़ा से राजधानी एक्सप्रेस से दिल्ली।"

शिकायत अनसुनी करते हुए देव ने अपनी बात जारी रखी, "लेकिन हरीश दादा बोलते थे कि माँ को वह घर पसन्द नहीं था। बोलते थे कि गाय खाने वालों के बीच कोई कैसे रह सकता है? उस पर मीट-मछली का बास। हर दिन कौवा आँगन में हड्डी गिरा देता था। सो गए क्या जी?"

"नहीं। पर बात मत बदलो। हम यहाँ नहीं रहेंगे। ले चलो हमको भी यहाँ से दूर।" कहकर माधवी फिर रोने लगी। बिना किसी चेतावनी के, पर बेवजह नहीं। माधवी नौवीं पास थी; देव से ज़्यादा पढ़ी-लिखी। उसके पिता सरकारी स्कूल में शिक्षक थे। कानपुर, इलाहाबाद, बनारस और फिर बलिया, पिता के साथ कितने ही शहरों में उसका डेरा रहा। हर शहर में कुछ नया देखा, कुछ नया ढूँढ़ा। नए स्कूल मिले, नई सहेलियाँ मिलीं। पर अहिला में उसकी देखने-ढूँढ़ने की इच्छा जाती रही। हालाँकि उनका घर गाँव के पूर्वी सरहद पर था, गंगाजी के ठीक सामने। लेकिन बीच में बाँसवाड़ी खड़ी थी, किसी मोटे हरे पर्दे की तरह। वह एक ऐसा तिलिस्मी जेल था जिसका दरवाज़ा खुला था, पर उससे आज़ादी नामुमकिन थी।

"हमको यहाँ कौन सा अच्छा लगता है? रोज मन घबराता है। पिता जी अपना एक अफसर दोस्त को चिट्ठी लिखे हैं, हमारे नौकरी के लिए। लगता है जल्दी ही जुगाड़ लग जाएगा। निकलेंगे, जरूर निकलेंगे यहाँ से।"

देव अहिला में अपनी पहली सुबह कभी नहीं भूला। लगभग नौ बजे थे। सालों से बन्द घर की सफाई करते-करते पोर-पोर मन्द पड़ गया था। शरीर खुराक ढूँढ़ रहा था। रामजी चाचा के घर नाश्ता तैयार था। जैसे ही उसने घर से बाहर क़दम रखा, सामने से छोटे क़द की साँवली सी लड़की गुज़री, चटक हरी साड़ी पहने। एक शिशु को अपने सीने से सटाकर, ऊँची आवाज़ में कुछ गाती हुई, नंगे पैर चली जा रही थी। कुछ देर बाद औरतों का एक झुंड उसकी मड़ई में घुसा। और सभी औरतें सुर से सुर मिलाकर गाने लगीं।

गीत थोड़ा अजीब था लेकिन देव को लगा कि देहाती महिलाओं का कोई अनुष्ठान है। पर दोपहर जब वह लौटा तो पता चला कि वह राग भजन का नहीं, रुदन का था। उस बच्चे की बुख़ार से मृत्यु हो गई थी, और वह लड़की—उसकी माँ—बक्सर सदर अस्पताल से उसके शव को वापस लेकर आ रही थी। पैदल।

उस समय तक देव ने कभी मुर्दा नहीं देखा था। मृत्यु क्या होती है, इसकी समझ उसे नहीं थी। माँ कब और कैसे गुज़री, इसका ज़िक्र कोई नहीं करता था। रामजीवन

चाचा कैसे मरे, यह कोई नहीं बताता। सिर्फ़ बुआ से सुना था कि अकालमृत्यु को प्राप्त होने वाले भूत बनते हैं। पर यह तो शिशु था। क्या शिशु भी मरते हैं? क्या वे भी भूत बनते हैं? देव दहल गया था। अगली तेरह रातें वह ढिबरी जलाकर बैठा रहा। बुआ को याद करता। चीनियों को कोसता। पिता जी पर ग़ुस्साता।

भद्रा में ऐसा शोर था कि चीनी तेज़ी से बंगाल की ओर बढ़ रहे हैं। जल्द ही पूरा बंगाल उनके क़ब्ज़े में होगा और सभी लोग 'आऊँ-माऊँ-चाऊँ' बोलेंगे। संकट इतना विकराल था कि देव को भद्रा में अपना घर छोड़ना पड़ा। पर विकट होकर भी वह संकट अदृश्य ही रहा। लेकिन गाँव की तो जैसे फ़िज़ा ही जानलेवा थी। लू झुलसाती, नदी डुबोती, बग़ीचे में भूतों का वास था। कभी बाढ़, कभी सूखा, तो कभी हैज़ा। वैसे घाट पर बूढ़े भी थे, लेकिन उनसे देव को कोई ख़ास ख़तरा नहीं। बूढ़े सिर्फ़ रात को निकलते थे और खैनी-बीड़ी पीने वालों को ही पकड़ते थे।

भद्रा में जिस अहिला गाँव का चित्र उकेरा जाता था, वह ऋषि विश्वामित्र और शाकाहारी ब्राह्मणों की पुण्य भूमि थी। किसी भी मामले में बनारस से कमतर नहीं। वहाँ गंगाजी का वही सुन्दर घाट था जिस पर त्रेता में स्वयं रामचन्द्र पधारे थे। घाट से थोड़ी दूरी पर सफ़ेद-गुलाबी चूने से पुता अहल्या-स्थान था। पश्चिम में तुलसीदास के समय का मठ था जहाँ सन् सत्तावन की लड़ाई में हिन्दू धर्म अपनाने वाले एक अंग्रेज़ परिवार ने शरण ली थी। गाँव के उत्तरी सीमा पर शेरशाह की बनवाई सड़क थी जिसके दोनों तरफ़ आम के घने बग़ीचे थे। सिपाही बाबा कहते थे कि अगर शेरशाह कुछ दिन और जीवित रहता, तो बक्सर भारत की राजधानी बन जाता और अहिला उस राजधानी का सबसे पवित्र क्षेत्र होता।

लेकिन जिस अहिला में देव आया, वह तो कुछ अलग ही था। न हरीश का संरक्षण, न फ्रैंकलिन का साथ, और न ही फ़िल्म और फ़िल्मी गाने। सिर्फ़ भूत-पिशाच, रोग-शोक का अड्डा।

"सही में यहाँ से निकलेंगे? देखो, बाद में पलट मत जाना, नहीं तो..."

"जो पलटे तो अहिला के देवानन्द नहीं," देव ने माधवी को अपनी बाँहों में कसते हुए फ़साद ख़त्म किया।

अक्टूबर की शान्त रात थी। कभी-कभार उस घुप्प सन्नाटे को चीरते दूर कोई सियार रो देता। या शायद भूख से बिलबिलाया गंगा किनारे वाला कोई कुत्ता था। इस बार की बाढ़ में हर बार से ज़्यादा लाशें बहकर आईं थीं। एक-दो महीने तो

इन मुर्दाखोर कुत्तों की मौज थी। लेकिन अब घाट लगभग साफ़ हो चला था। पानी फिर से नीला होने लगा था। बस यहाँ-वहाँ हड्डियों के कुछ ढाँचे बिखरे थे—कहीं टूटी पसलियाँ, कहीं फूटी खोपड़ी, तो कहीं आधा जबड़ा। मानव जीवन के ज़िद्दी, बदरंग अवशेष, अपनी मियाद पूरी होने के बाद भी घाट पर जगह छेंकते। मानो अपने कबाड़ अस्तित्व में भी प्रयोजन का स्वाँग कर रहे हों। उस गाँव में रहने वाले ज़्यादातर लोगों की तरह।

गाँववाले रोते कुत्ते को किसी अवश्यम्भावी दुर्घटना का द्योतक समझ थर्रा जाते थे। वैसे इस पूर्वाभास में कुछ भी ग़लत नहीं था। हर साल पंचांग देखकर दर्जनों दुर्घटनाएँ होती थीं। पहले सूखा पड़ता, फिर बाढ़ आती, फिर नवरात्र में कुँवारियाँ भूत खेलाने लगतीं। हर दूसरे साल प्लेग बीसियों को लील लेता। और हर तीसरे साल गंगा दशहरा में कोई नाव पलटती जिसमें सलीमपुर की कुछ औरतें ज़रूर डूबतीं। कभी कोई कनिया आग लगा लेती तो कभी कलकत्ता से किसी के मरने की ख़बर आती।

लेकिन इतनी आफ़तें झेलकर भी यह छोटा सा गाँव सनातन खड़ा था, रामचन्द्र के काल से भी पहले से। पर कैसे? शायद यह गंगाजी ही थी जो उनके दुखों को बहा ले जाती। या फिर मुँह में खैनी दबाकर, ब्रह्मांड के रहस्य सुलझाने की उनकी ज़िद थी।

अहिला की ही तरह देव ने भी कई आफ़तें झेली थीं। माँ, बुआ, फ्रैंकलिन, हरीश—कितनों को खोया था। लेकिन उसकी गिरती-भरभराती दुनिया में अब माधवी थी। पक्की नौकरी का सपना था। छोटी-छोटी ख़ुशियों की उम्मीद थी। इसीलिए वह भी टिका खड़ा था। तमाम नाकामियों और रोते कुत्तों के बावजूद जीने की ज़िद पर अड़ा।

"अब नींद आ रहा है। आप भी सूत जाइए। थोड़े देर में कुकुर सब भी शान्त हो जाएगा," आँखें मूँदते हुए देव ने कहा।

"बस एक और बात कहना है।"

"क्या?" देव ने ऊँघती आवाज़ में पूछा।

"हरीश दादा के साथ भूतकाल क्यों लगाना? बोलते थे, करते थे, हँसते थे—ऐसा क्यों बोलना? देखना, एक दिन वो मिल जाएँगे।"

इस पर देव माधवी की तरफ़ पलटा, ढिबरी की रौशनी में उसके कोमल चेहरे को निहारा और फिर उसके सीने पर सर रखकर सोने की कोशिश करने लगा।

सकदम

उस रोज़ पटना के छात्रों में भी एक ज़िद थी। एक ऐसी व्यवस्था को बदलने की ज़िद जो उन्हें निगलती जा रही थी।

दस मिनट पैदल चलकर देव और नेपाल परचून की दुकान पर पहुँचे। चार आने का दालमोठ और ग्लूकोज बिस्किट ख़रीदने। कुछ खाते-पीते शहर घूमने का मज़ा ही कुछ और होता है। दुकान की सीढ़ियों पर लुंगी-निक्कर में कुछ लड़के अड्डा जमाए बैठे थे। उनके पीछे खड़ी सफ़ेद दीवार लाल पेंट से लिखे क्रान्तिकारी नारों से भरी हुई थी। साथ ही कई नये-पुराने विज्ञापन भी चिपके थे। ग्वालियर सूटिंग का कपड़ा, यूनाइटेड बैंक में जमा खाता, मर्फ़ी का ट्रांज़िस्टर, फ्रेज़र रोड स्थित ए.सी. होटल के पकवान। सुख-सुविधा की ये चीज़ें उन छात्रों को कहाँ नसीब हो पातीं? लेकिन अपनी बदनसीबी के प्रति उदासीन, हाथों में अख़बार के पन्ने थामे वे प्रदेश की शिक्षा और राजनीति पर बहस कर रहे थे। एक नई दुनिया की कल्पना गढ़ रहे थे।

सब कुछ शान्त था, फिर भी सकदम। हवा यहाँ भी ठहरी थी, नेपाल के कमरे जैसी। "आज कुछ बवंडर मचेगा का?" देव ने मटमैले रूमाल से पसीना पोंछते हुए पूछा, धीमी आवाज़ में।

"बवंडर और दुविधा तुम्हारे मन में है। उसको शान्त करो, सब शान्त लगेगा।"

"लेकिन लोग ऐसे सड़क पर जमा होंगे तो आन्दोलन भड़कबे करेगा। हम तो फँस जाएँगे।"

"ऐ देव बाबू, इतना साल में हम एक किताब नहीं छपवा पाए, तुम एकठो सिनेमा तक नहीं देख पाए—हम जैसे सिंपल लोग कौन सा आन्दोलन शुरू करेंगे? ई रोज़ का पूजा नहीं महायज्ञ है। और इस यज्ञ में हम न मंत्र पढ़ने वाले पंडिज्जी हैं, न दान-दक्षिणा देने वाला यजमान। हम तो हवन सामग्री हैं, जिस दिन मुट्ठी में धराएँगे, स्वाहा हो जाएँगे। जब हमारा समय आएगा, आन्दोलन गर्दन मरोड़कर आहुति ले लेगा। हमारा-आपका कोई जोर नहीं चलेगा। इसलिए बेफालतू का टेंशन मत लो।" नेपाल ने किसी यथार्थवादी दार्शनिक की तरह सब कुछ समझा दिया। अपनी उस डरावनी व्याख्या पर सन्तोष भाव से मुस्कराते हुए।

"अच्छा। सिम्पल आदमी का कोई पावर नहीं है?" देव नेपाल की व्याख्या मानने को तैयार नहीं था।

"नहीं। बच गए, तो बच गए। अपना इतिहास और कहानी लिख लीजिएगा। अपना चक्का भी 'कालचक्र' के रथ में जोड़ लीजिएगा। लेकिन ज्यादा चांस है कि बच नहीं पाएँगे। आप नहीं कूदेंगे, तो कोई और कुदा देगा।"

"ऐसा है क्या?" देव ने तंज़ के स्वर में पूछा।

"अपने आस-पास देखिए। चारों तरफ हड़कम्प मचा है। आदमी खिसियाकर नाच रहा है। इस देश में आन्दोलन से बचना मुश्किल है।"

"ठीक है, नहीं बचेंगे। तुम बोलोगे तो अभिये कूद जाएँगे। देवानन्द-स्टाइल बाल कटवाकर तो हीरो नहिए बन पाए, शायद आन्दोलन में कूदकर हीरो बन जाएँगे।"

"हीरो बनने का तो पता नहीं। पर बच गए तो मज़ेदार आदमी ज़रूर बन जाओगे।"

पटना सुलग रहा था। पर नेपाल जैसे छात्रों में एक दार्शनिक बेपरवाही थी। स्वेड मार्टिन की किताबों से सफलता का गुर उन्होंने भले ही न सीखा हो, लेकिन गीता का अनासक्ति दर्शन सुबह की सत्तू के साथ घोलकर ज़रूर पी लिया था। अभाव के बावजूद इतनी ज़िन्दादिली! उजड़ते सपनों के बीच ऐसे मुस्कराते चेहरे! एक पल के लिए देव को अपनी चिन्ताएँ तुच्छ लगने लगीं। सहसा उसे 'हम दोनों' फ़िल्म के मेजर वर्मा उर्फ़ देवानन्द का ख़याल आया। सिगरेट का धुआँ उड़ाते, बर्बादियों का जश्न मनाते, ज़िन्दगी का साथ निभाते। उस रोज़ पटना का हर छात्र मेजर वर्मा था।

विधानसभा का घेराव होना था। शहर के स्कूल और कॉलेज बन्द थे। आनन-फ़ानन में सरकार ने कई छात्र-हितैषी स्कीमों की घोषणा भी कर डाली थी। सभी छात्रों को साढ़े सात किलो मुफ़्त अनाज, मनपसन्द परीक्षा केन्द्र, नये स्कॉलरशिप, नये हॉस्टल, नये पुस्तकालय, रोज़गार देने वाली एक नई शिक्षा नीति। और यह सब सिर्फ़ छह महीने के अन्दर। लेकिन सड़कों पर विचरते खलिहर छात्रों की पुरानी नाराज़गी अब भी बरक़रार थी। वे नई रियायतें नहीं बल्कि एक नई व्यवस्था चाहते थे। आमूल परिवर्तन।

और इस नई व्यवस्था का स्वर्णिम स्वप्न अपनी आँखों में लिये वे शहर में टहल रहे थे। भूँजा फाँकते, पान चबाते, रूमाल से पसीना पोंछते। पिछले एक घंटे की चहलक़दमी में नेपाल के कई मित्र टकराए। और हर मित्र की एक अलग माँग। धनबाद का देबू साहा देश में लिमिटेड डिक्टेटरशिप की माँग कर रहा था, नेताजी जैसे किसी त्यागी जननायक के नेतृत्व में, तो आरा का जीतन यादव अकादमिक मुद्दों में छात्रों के हस्तक्षेप की पैरोकारी कर रहा था। मोकामा का रजनीकान्त आसान प्रश्नपत्र माँग रहा था, क्योंकि नये ज़माने के छात्रों को राजनीति और सिनेमा के लिए भी समय चाहिए था। तो देवघर का सुब्रोतो गोल्डन पासपोर्ट और गेस पेपर की जगह अच्छी पाठ्य-पुस्तकें चाहता था। कोई सस्ती किताब-कॉपियाँ माँग रहा था, तो कोई फ़िल्मों की सस्ती टिकट।

"सस्ती फ़िल्म टिकट?" देव ने हैरानी से पूछा।

"देखो देव बाबू, ये सारा डिमांड आपस में जुड़ा हुआ है। बात बस इतना है कि लड़का सब भी हीरो बनना चाहता है, देवानन्द की तरह, और ये एक तरह

का मोहब्बत भत्ता है। कागज सस्ता मिलेगा तो ज्यादा प्रेमपत्र लिख पाएँगे। सिनेमा का टिकट सस्ता मिला तो हीरोइन के मिलने का चान्स बढ़ेगा। सस्ता बस टिकट मिलेगा तो अपना हीरोइन के साथ सैर-सपाटा आसान हो जाएगा। और खाना सस्ता मिला तो बढ़िया से शरीर बनाकर गुंडा सब का धुलाई होगा। समझे? हम हीरो की तरह जीना चाहते हैं और सरकार हमको बेरोजगार मजदूर बना रही है। ई अन्याय हम कैसे होने दें?" नेपाल ने कनखी मारते हुए समझाया। दोनों ठठाकर हँसने लगे।

"तो क्या कुछ बात बनेगा?"

"बस और सिनेमा टिकट वाला माँग पूरा हो सकता है।"

"फिल्म टिकट फ्री में मिलेगा?" देव चहका।

"मिल सकता है। पर तुम्हारा डिमांड क्या है? सरकार से क्या चाहिए?"

देव समझ नहीं पाया क्या कहे। जीवन में मुसीबतें, अभाव, कष्ट—सब था। फिर भी बचपन से ही इन सबसे समझौता करता आया था। ख़ुद को फुसलाता आया था। न उसमें पिता जी जैसी जिजीविषा थी, न हरीश जैसी बेचैनी, न माधवी जैसी स्पष्टवादिता। उसकी किसी तकलीफ़ ने कभी भी माँग या रोष का रूप नहीं लिया।

"पता नहीं।"

"आराम से सोच लो। नेक्स्ट क्रान्ति में माँग लेना।"

"तुम जोर देते हो तो कह देते हैं—फिल्म देखना।"

"बस? इतना ही? लेकिन उसके पहले तुमको तबीयत से पटना दिखाते हैं। गांधी मैदान से विधानसभा तक, बहसबाजी से नारेबाजी तक, होटल से एकदम खाँटी दंगल तक, सब कुछ। पहले पेटभर क्रान्ति हो जाने दो, फिर सस्ता सिनेमा भी देखेंगे।"

पेटभर क्रान्ति

'पेटभर क्रान्ति' के प्रस्ताव से देव थोड़ा हड़क गया। राँची का वो दंगा, पिता जी की हार्दिक हिदायतें और चैटर्जी बाबू का अनुभव—सब यही कहते थे कि धरना-प्रदर्शन से कुछ भी नहीं होता है। चाहे आन्दोलन छात्रों का हो या रेलवे-कर्मचारियों का, इनमें अब 'पहले वाला आदर्श' नहीं रहा।

आज एक क्रान्ति यहाँ पटना में भी होने वाली थी। शायद कुछ ही दिनों में वहाँ कोयलाडीह में भी हो। पर यथासम्भव, देव क्रान्ति से बचता रहता था। उसे बचना ही था। माधवी के लिए, भविष्य के लिए। घर की हवा बदलने के लिए। हाँ, पिछले साल वह एक जनसभा में हिस्सा लेने भद्रा ज़रूर गया था। वहाँ रेलवे-कर्मचारियों

की मीटिंग थी। लेकिन उस दिन चैटर्जी बाबू ने उसे भद्रा घूमने का प्रलोभन दिया था। जैसे नेपाल ने आज दिया था—पटना दर्शन और 'बॉबी' फ़िल्म दिखाने का।

बारह साल बाद भद्रा लौटने के ख़याल से ही वह कितना बेचैन था। उत्सुकता में रात बार-बार नींद टूटी। कई बार हरीश की याद आती और दिल बैठ जाता। उसका चमकता हँसमुख चेहरा, उसकी साइकिल, बड़े छापे वाले शर्ट—सब आँखों के सामने तैर जाती। फिर फ्रैंकलिन का विचार आता और हल्की घबराहट होती। कहीं उससे टकरा गया तो? कैसे माफ़ी माँगेगा? काश माधवी भी उसके साथ होती। उसे थोड़ी हिम्मत मिलती।

जैसे ही दस-बजिया पैसेंजर भद्रा स्टेशन पहुँची, देव का रोने को जी चाहा। उसने ख़ुद को सँभाला, एक गहरी साँस भरी और ट्रेन से उतरा। प्लेटफ़ॉर्म पर पैर रखते ही उसकी देह सिहर उठी। इन बारह सालों में सब कितना बदल चुका था। नये कार्यालय, नई दुकानें, चमचमाते नये साइनबोर्ड, बल्ब की जगह ट्यूबलाइटें। कैंटीन तक बदल चुका था। प्लेटफ़ॉर्म की शोभा—आवारा लड़के और स्टीम इंजन—दोनों नदारद।

रेलवे-ग्राउंड पहुँचकर पता चला कि कॉमरेड फ़र्नांडीस का दौरा रद्द हो चुका था। आख़िरी वक़्त पर उन्हें कलकत्ता जाना पड़ा था।

"हम क्या बोला था? बॉम्बे का आदमी है। उसका क्या भरोसा," चैटर्जी बाबू ने तुरन्त अपनी पीठ थपथपाई।

अब उनकी जगह कॉमरेड चौबे मुख्य वक्ता थे। हालाँकि नेताओं की फ़ेहरिस्त लम्बी थी लेकिन सभी को मिस डेब्बी का इन्तज़ार था। वैसे तो मिस डेब्बी भद्रा के टेलिकॉम विभाग में साधारण-सी ऑपरेटर भर थी, लेकिन पूरे यूनियन में उसके जैसा कोई दूसरा भाषणबाज़ नहीं था। नीले पाढ़ की सफ़ेद साड़ी, बड़ी लाल बिंदी और हाथ में मार्क्स की किताब लिये जब वह मंच से नारे लगाती, तो समा कुछ

और ही होता था। जब सड़क किनारे खड़ी होकर इंक़लाबी पर्चे बाँटती, तो काग़ज़ लेने पुलिसवाले भी आ जाते।

चैटर्जी बाबू के अनुसार मिस डेब्बी के आने से यूनियन के कार्यक्रमों में कर्मचारियों की उपस्थिति और सहभागिता, दोनों में बड़ा सुधार हुआ था। लिहाज़ा हर सभा में वह पहली क़तार में बैठती और आख़िरी में बोलती। देव ने भी उसका बखान सुन रखा था : अंग्रेज़ों जैसी अंग्रेज़ी बोलती है और सायरा बानो जैसी दिखती है।

धरनास्थल पर चार-पाँच सौ कर्मचारी जुटे थे। खुले रेलवे-ग्राउंड में। अगस्त की चुभती उमस से बेचैन। वहीं नीली छत वाले छोटे से शामियाने के नीचे मंच सजा था। एक चार-फुटा माइक, हरा टेबलक्लॉथ ओढ़े एक गोल मेज़, उस पर अगरबत्ती के धुएँ से आच्छादित गांधी की मुस्कराती रंगीन तसवीर। पाँच वक्ता लकड़ी की कुर्सियों पर विराजमान थे, गले में सफ़ेद फूलों की माला पहने। पीछे मज़दूर की आकृति वाला लाल बैनर लगा था, जिस पर बड़े-काले अक्षरों में लिखा था—

विशाल धरना, 9 अगस्त, 1973
दिल्ली चलो
रेलवे कर्मचारी एकता ज़िन्दाबाद

"यहाँ से दिल्ली जाना है?" देव ने धीरे से पूछा।

"दिल्ली चलो मतलब सेंट्रल गवर्नमेंट को जगाओ। दिल्ली में मैडम का रेल मंत्री बैठा है न। तुम यहाँ चिल्ला के नारा लगाएगा, उसको वहाँ सुनाई पड़ेगा," चैटर्जी बाबू ने समझाया।

चैटर्जी बाबू के पास हर सवाल का जवाब था, हर तर्क की काट थी। इतिहास, वर्तमान, भविष्य, सब जानते थे। सिपाही बाबा कहते थे कि ज्ञान से शान्ति मिलती है, वैराग्य जगता है। फिर चैटर्जी बाबू इतने बेचैन क्यों थे? देव इस गुत्थी पर विचार कर ही रहा था कि तालियों की गड़गड़ाहट हुई और लम्बे-छरहरे चौबे जी ने थोड़ा झुककर माइक सँभाला।

"ये कैसा सौरकार है? अपना स्टाफ़ को बोनस नहीं देगा, ताकि बम्बई का मिल में कोई बोनस न माँगे। हाड़ताल नहीं करने देगा, ताकि दिल्ली का कोई मोज़दूर हाड़ताल करने की हिम्मत न जुटा ले। ऐसा पूँजीबादी सौरकार डाउन डाउन।"

"डाउन डाउन, डाउन डाउन।" नेता का इशारा पाते ही भीड़ ने भी नारा बुलन्द किया।

"सप्रेस करने वाला सौरकार डाउन डाउन।"

"डाउन डाउन, डाउन डाउन।"

देव के लिए सभा का अनुभव बिलकुल नया था। सालों पहले उसने ऐसी एक बैठक देखी ज़रूर थी, पर दूर से ही। शायद साठ की बात थी। उस दिन मंच पर पिता जी खड़े थे। वे भी कुछ कह रहे थे, ग़ुस्से में, हाथ हिला-हिलाकर। लेकिन क्या? अगर उस दिन वहाँ भी लाउडस्पीकर होता तो शायद सुनाई पड़ता। एक बार देव ने उनसे पूछा भी था। पर मिली जवाब की जगह सिर्फ़ फटकार—"श्री देवानन्द दूबे, थोड़ा स्कूल का किताब का भी हालचाल ले लीजिए।"

भद्रा, बम्बई और दिल्ली के मज़दूरों का सम्बन्ध उसके पल्ले नहीं पड़ा। और 'सप्रेस' का मतलब? क्या पता। जो भी हो, उन नारों से उसे एक अजीब उत्साह से भर दिया। इस जमावड़े से उसे एक विचित्र ताक़त मिलने लगी।

जब नेता ने तीसरी बार नारे का संकेत दिया, तो उसने भी तान मिलाकर आवाज़ लगाई, "डाउन डाउन, डाउन डाउन।" अब उसे मज़ा आने लगा था। वह उस भीड़ को चीरकर, मंच के नज़दीक जाकर, बँधी मुट्ठी लहराकर और आँखें बन्द करके नारा लगाना चाहता था। ठीक बैनर वाले मज़दूर जैसी मुद्रा बनाकर—"डाउन डाउन, डाउन डाउन।" पर तभी चौबे जी का सम्बोधन समाप्त हो गया। अचानक ही। उन्होंने हाथ जोड़कर जनता का अभिवादन किया और फिर दूसरे वक्ता को आमंत्रित किया।

दूसरे वक्ता थे पैंतालीस वर्षीय गोल-मटोल कॉमरेड सिन्हा। उनके बारे में यह मशहूर था कि यद्यपि वे अंग्रेज़ी के प्रकांड विद्वान थे, लेकिन जनसभाओं में वे सिर्फ़ सरल हिन्दी ही बोलते थे। पर न जाने क्यों उस दोपहर उनका अंग्रेज़ी-प्रेम जगा। उनके इस फ़ैसले से चैटर्जी बाबू भी निराश थे। कहने लगे कि तिरपन वर्षीय सिन्हा साहब चरित्र के मक्खन हैं; अंग्रेज़ी बोलकर मिस डेब्बी को इम्प्रेस करने की कोशिश कर रहे हैं।

बीस मिनट के उस ओजस्वी भाषण में उसे कुछ भी समझ नहीं आया। हाँ एक-दो बार कार्ल मार्क्स का ज़िक्र ज़रूर आया था, जो देव को सर्वथा अनुचित लगा। सिपाही बाबा की मानें तो मार्क्स के चेले चीन के लिए मुख़बिरी करते हैं और जंगलों में छिपकर मार-काट मचाते हैं। हालाँकि जंगल के सुखों से देव भलीभाँति परिचित था, बचपन के भोलेपन में वहाँ बसने की योजना भी बनाई थी, पर अब उसे जंगल-गाँव से दूर निकलना था। एक ऐसे शहर की तरफ़ जहाँ बिजली हो, सिनेमाघर हो, थोड़े पैसे हों। कॉमरेड चौबे के भाषण के बाद उसके जोश का पारा जिस रफ़्तार से चढ़ा था, अब उसी तेज़ी से लुढ़क गया।

मिस डेब्बी के पहले दो और वक्ता थे। अगर वे भी अंग्रेज़ी बोलने लगे तो? अगर वह अन्त तक रुकता, तो शायद भद्रा-भ्रमण के लिए तीस-चालीस मिनट ही बचते। दूर से मिस डेब्बी का चेहरा धुँधला-सा ही दिख रहा था। और वैसे भी, किसी परायी सुन्दरी के चक्कर में डटे रहना अनैतिक भी था। अगर माधवी सुनेगी तो उसे कितना दुख होगा। उसने अपनी रेडियम वाली घड़ी में समय देखा। वही घड़ी जो उसे हरीश से मिली थी, और हरीश को रामजीवन चाचा से। एक बज के सत्रह मिनट। तय हुआ कि बचे हुए ढाई घंटे वह अपने पुराने शहर में घूमेगा। बचपन की यादों को टटोलते।

उस दिन की तरह आज पटना में भी भाषणों का सिलसिला लगने वाला था। यहाँ भी नारेबाज़ी होने वाली थी। बस एक अन्तर था। उस दिन भद्रा में जगह वही पुरानी थी, बस पुराने लोग ग़ायब थे। और आज दोस्त पुराना था, पर जगह नई थी।

पटना पलटन

अशोक राजपथ के सामने चौराहे पर कविता-पाठ चल रहा था। कविताएँ क्रान्ति की, युवा उत्साह की, और कुछ तीखी, व्यंग्य से लबरेज़। रोड के किनारे पंक्तिबद्ध कुछ कवि सुस्ता रहे थे, हाथ में किताबें और पर्चे पकड़े, अपनी बारी के इन्तज़ार में। वहीं पास एक जामुन के पेड़ की छाँव में कुछ युवा श्रोता भी बैठे थे। उनमें तीन-चार लड़कियाँ भी थीं। वे कभी सर हिलाकर वाह-वाह करते, तो कभी तालियाँ बजाते। तभी गुलाबी छींटदार साड़ी पहने एक युवती आगे बढ़ी।

"देख रहे हो? महिला कॉलेज की कुमारी रीटा है। ऑल इंडिया फ़ेमस। इनको तो पास जाकर देखना ही पड़ेगा।" नेपाल ने कुटिल मुस्कान के साथ कहा।

"मतलब सुनना पड़ेगा?"

"तुम सुन लेना, तुम्हारा बियाह-सादी हो गया है। तुम सिया-राम भजो। हम तो ताड़ेंगे," कहकर नेपाल मुँह दबाकर हँसने लगा।

तीखे नयन-नक़्श वाली कुमारी रीटा ने सबको नमस्कार किया, अपनी साड़ी का पल्लू कमर में खोंसा और फिर एक डायरी खोलकर कविता-पाठ शुरू किया—

मुर्ग़ी जो खा रहा है, सो है वो भी आदमी,
दलिया पका रहा है, सो है वो भी आदमी,
नारे लगा रहा है, सो है वो भी आदमी,
चन्दा जो खा रहा है, सो है वो भी आदमी

मजीद लाहौरी की वह नज़्म देव को कुछ जानी-पहचानी-सी लगी। "अरे नेपाल, ई वाला पोयमवा तो प्रकाश पंडित वाला कितबवा में भी था। याद आया?" अतीत की उस परिचित आहट से देव की आँखें चमक उठीं। पर नेपाल ने सिर्फ़ मुस्कराकर सर हिलाया और बस-कंडक्टर की तरह हाथ नचाकर चलते रहने का संकेत दिया। अभी उसी ने तो रीटा को 'ताड़ने' की बात कही थी। वहाँ रुककर कविता सुनने का मन बनाया था। क्या वह इतनी जल्दी ऊब गया? कविता के प्रति ऐसी उदासीनता? देव हैरान था।

एक बार गाँव में कहानीकारों और कवियों के गुणों पर बहस छिड़ी थी। देव का कहना था कि हिन्दी के कहानीकारों का शिल्प कवियों से कहीं ज़्यादा महत्त्वपूर्ण था।

"गुलशन नन्दा जैसे उपन्यासकार नहीं होते तो 'काजल' जैसा फिल्म बनता?"

लेकिन नेपाल कवियों को उत्कृष्ट मानता था। "अगर साहिर और नीरज सदाबहार गीत नहीं लिखेंगे तो आपका देवानन्द हेरोईनी के साथ कमर लचका लेगा?"

न जाने क्या वजह थी—अगस्त की उमस भरी गर्मी या बाढ़ में सड़ते फ़सलों पर झुँझलाहट—विवाद बढ़ता गया और दोनों ने महीने भर आपस में बात नहीं की। न देव ने नेपाल को हरीश की नई चिट्ठी पढ़कर सुनाई, और न नेपाल ने देव को मछली-लिट्टी पर आमंत्रित किया। पूरा फ़साद सिर्फ़ कहानी-कविता को लेकर!

और आज? कितना बदल चुका था ये पटना वाला लाल नेपाल। इसे न कविता में रुचि थी, न कुमारी रीटा में। उपन्यास की ख़ून से सींची पांडुलिपि भी वह जला चुका था। पुराने नेपाल में जो ठहराव था, जो ज़िद्द थी, वह पटना की धूप में भाप

बन चुका था। उसकी बातों और योजनाओं में एक बनावटी उत्साह था, जो उसके मन में बसे निराशा को छिपाने के लिए काफ़ी नहीं था। वह बहुत कुछ कहता-करता, पर सब कुछ बस यूँ ही। समय काटने के इरादे से। वर्तमान को टालने की नीयत से। नेपाल को यूँ बिखरते देख देव बेचैन हो उठा। कहीं उसका ये नैराश्य देव की भी नियति तो नहीं?

"अरे इनको छोड़िए देव बाबू। लड़की देखना है तो सीधा गांधी मैदान चलते हैं। वहीं चाय भी पीएँगे।"

"अभी तक चाय पीना शुरू नहीं किये हैं," देव ने लजाते हुए कहा।

"अच्छा? तो थोड़ा सौन्दर्य का रसपान कर लीजिएगा। वहाँ सुन्दरी लोग का मेला लगा है। भौजाई को नहीं बताएँगे।"

पर मेला तो पूरे शहर में लगा था। कविता, गीत, नाटक, भाषण—हर ओर समय काटने का उत्तम प्रबन्ध। कर्फ़्यू के बावजूद सड़कें ठचाठच। लाउडस्पीकर की तेज़ आवाज़ में एक उज्ज्वल भविष्य का सपना गढ़ते छात्र।

सड़क के दोनों ओर विशालकाय फ़िल्मी होर्डिंग खड़े थे। नेपाल ने देव को कन्धे से पकड़ा और उनकी तरफ़ इशारा करते हुए बोला, "देख रहे हो? पटना का नेता सब ही नहीं, सिनेमाघर भी चालू है। शहर का इंकलाबी मिजाज भाँप लिया है—अप्सरा में दिलीप कुमार का 'आजाद' लगा है, रीजेंट में 'आरोप' चल रहा है, तो पर्ल में वहीदा रहमान का 'इंसाफ'। ले बवाल! सिर्फ वीना टॉकीज में 'बॉबी' लगा है। रोमांस से भरपूर। हमको उसी स्वप्नलोक में चलना है।"

रेलवे के साथ अपने एक साल के कार्यकाल में देव ने दर्जन-भर हड़तालें और दस-बीस जनसभाएँ ज़रूर देखी थीं। भद्रा की जनसभा में तो शामिल भी हुआ था। चैटर्जी बाबू से हड़तालों के क़िस्से सुने थे। लेकिन पटना की आक्रोशित ऊर्जा कुछ अलग ही थी।

दोनों कुछ और आगे बढ़े। एक कॉलेज के सामने तीस-चालीस छात्र जुटे थे। उत्तेजित। एक पहलवान-से व्यक्ति को घेरे खड़े, ध्यानपूर्वक उसकी बातें सुनते।

"ई तो पवनवा है। सालभर पहले ही फेल होकर घर लौट गया था।" नेपाल ने उसे तुरन्त पहचान लिया।

पवन बेतिया का रहने वाला था। दो शाम पहले ही वहाँ छात्र-रैली के दौरान भयंकर उपद्रव मचा था। ज़िला कलेक्टेरियट पर गोलियाँ चली थीं। कुछ लोग मारे

भी गए थे। अब शहर में कर्फ़्यू लगा था और उपद्रवियों की धर-पकड़ चालू थी। ताकि कोई भाग न सके, पटना की ओर आने वाली ज़्यादातर ट्रेनें बन्द थीं। पवन एक बाराती बस में छिपकर आया था और अब पूरे घटनाक्रम का आँखों-देखा हाल सुना रहा था। कौतूहलवश नेपाल और देव भी जाकर उन छात्रों के पीछे खड़े हो गए।

"सामने हजारों की भीड़ थी और समाहरणालय में मात्र आठ-दस ठो जवान। वो लोग लाठी भाँजकर चेतावनी दे रहा था। लेकिन छात्र इतना आसानी से डरने वाला प्राणी है जी? हम लोग डटकर नारा लगाते गेट तक पहुँचे—'बिहार भी गुजरात बनेगा—चम्पारन शुरुआत करेगा।' लेकिन अब सिपहिया सब थोड़ा घबरा गया। समझे? डंडा छोड़कर राइफल उठाया और खदेड़ने लगा। इस पर भीड़ थोड़ा पीछे सरकी, लेकिन दो मिनट में फिर आगे। पन्द्रह-बीस मिनट तक यही कबड्डी चलता रहा—तभी इधर से पत्थरबाजी स्टाट हो गया। और उधर से गोली। कइसा डेंजरस सीन था!"

"सुने दुकान में चोरी-चकारी भी हुआ है?" भीड़ में से किसी ने पूछा।

"सोवा बाबू चौक पर महाराजा होटल का शटर टूटा और पूरा भीड़ जलपान कर ठंडा गया। पेड़ा, रसगुल्ला, कोका कोला—दस मिनट में साफ। फिर 'अरोड़ा शू हाउस' का ताला टूटा। वहाँ एक-से-एक चमड़ा का सामान था," अपने पाँव में पड़े जूतों की ओर इशारा करते हुए पवन मुस्कराया।

इस पर नेपाल ने देव की पीठ पर हाथ मारा और धीरे से उसके कान में फुसफुसाया, "आज कहीं पटना में कोई कपड़ा-दुकान का शटर टूटा तो आन्दोलन में कूद लेना है। ढेर दिन से हमको ग्वालियर शूटिंग पहनने का इच्छा है। राजेश खन्ना भी वही पहनता है। आज देखिए लेंगे, कितना लकी है तुम्हारा दोस्त।"

रंगून और संयोग

'लक' पर आश्रित जीवन-दर्शन से देव परिचित था। नेपाल जिसे 'लक' कहता था, पिता जी उसे संयोग मानते थे—"संयोग बनते जाते हैं, जीवन बढ़ता जाता है।" पिता जी की जीवनगाथा 'कारण और परिणाम' की श्रृंखला से नहीं, बल्कि संयोग के तर्क से रची थी। सम्भव है उनकी कहानी की शुरुआत भी किसी कारण से हुई हो; कोई ऐसा निर्णय, कमजोरी या कोई ऐसी घटना जिसने उनके जीवन को किसी ख़ास दिशा में ढकेल दिया। लेकिन समय के साथ व्यक्ति उस मूल कारण को भूल जाता है और याद रह जाते हैं सिर्फ़ संयोग। पिता जी के साथ भी ऐसा ही था।

गाँव से रंगून और रंगून से भद्रा में रेलवे की नौकरी—इस घुमावदार यात्रा के कई कारण रहे होंगे, लेकिन अब सब संयोग ही था। वैसे वे मानते थे कि संयोग कोई नाफ़रमान ताक़त नहीं है। अगर कोई इसके विज्ञान को समझ ले, तो इसकी लगाम भी कसी जा सकती है।

"पहली ट्रेन पर चढ़ जाओ, चाहे कितना भी भीड़ हो। रेल जागृत आत्मा है। जगह मिल ही जाता है। संयोग बने तो उसको सुयोग बनाओ," यही सीख दी थी देव को जब वह पहली बार गाँव के लिए निकला था। और उसके एक दशक बाद, जब वह रेल की नौकरी करने जा रहा था, गाँव से दूर, तब भी यही कहा था। उन्होंने भी हमेशा ऐसा ही किया था। कलकत्ता से पहली स्टीमर पर चढ़कर रंगून पहुँच गए, और फिर संयोगों का सिलसिला शुरू हुआ।

जब वे रंगून पहुँचे तो यात्रियों को एक गोदाम में ले जाकर जाँच के लिए कपड़े उतारने को कहा गया। विरोध करने पर अंग्रेज़ अफ़सर ने धमकी के स्वर में कहा कि इस 'चीर-हरण' के बिना उन्हें शहर में प्रवेश की इजाज़त नहीं दी जाएगी। "तो हम भी बोल दिये—प्रतिष्ठा नहीं तो प्राण रहके क्या होगा? हमको देखकर बाकी लोगों को भी हिम्मत आया। खूब धक्का-मुक्की मचाया। इसी भौचक्का में मौका देखकर हम और परमानिक निकल भागे," एक रविवार पिता जी ने शान से पूरी कहानी सुनाई थी।

परमानिक से भेंट पिता जी की रंगूनकथा का पहला संयोग था। उसका एक राइस मिल के भारतीय सुपरवाइज़र से परिचय था। दोनों ने वहीं नौकरी कर ली। तेरह घंटे की हड्डीतोड़ मेहनत। उस पर बेरहम मालिक की गालियाँ और खाने को सड़ा-गला भोजन। वह नौकरी रामदर्शन को जमी नहीं। किसे जमती?

एक ही महीने में वे निकल लिये और एक धान के खेत में शरण ली। संयोग से तीन सौ एकड़ में फैले उस खेत के ज़्यादातर मज़दूर शाहाबाद के तुरहा और अहीर थे। उनके अपने ही जिले के पंडिज्जी मज़दूरी करें, यह उनको मंज़ूर नहीं था। "वो हमारा हिस्से का सब भारी काम आपस में बाँट लेते थे, और हमको बोलते कि बाबा आप लाइट काम देखिए। जैसे बोरा का गिनती, खाने-पीने का इन्तजाम, दवा-दारू।"

लेकिन नया मालिक बेरहम ही नहीं ईर्ष्यालु भी था। उससे पिता जी की ख़ुशी देखी नहीं गई और उन्हें वहाँ से भी निकलना पड़ा। फिर कुछ महीने एक किराने की दुकान पर जमे, तदन्तर मन्दिर के हाथियों की देखभाल में लगे और आख़िर में एक मिल की चौकीदारी पकड़ी। डगरते-ठहरते पाँच-छह साल बीत गए।

फिर एक रविवार संयोग से परमानिक से दुबारा मुलाक़ात हुई। वह फ़ुटबॉल देखने जा रहा था; बंगाल से खिलाड़ी आए थे, स्थानीय टीम से मुक़ाबला करने। टीम में उसका एक मित्र भी था—एफ. मित्तर। रामजीवन भी साथ हो लिये। जब

दोनों मैदान पहुँचे तो लगा कि मैच हो ही नहीं पाएगा। बंगाली गोलकीपर जहाज़ी मतली से ग्रस्त उल्टियाँ कर रहा था।

"स्कूल टीम में हम गोली ही रहते थे। तो हम उन्हीं लोग का हाफ पैंट पहनकर फ़ील्ड में कूद गए और संयोग से एक भी गोल नहीं खाए। मैच जीतने के बाद सब लोग हमको कन्धा पर उठा लिया। उसी टीम में एक फ़ॉरवर्ड था—अब्दुल समद। वो भद्रा से था। वही हमको रेल के बारे में बताया। बोला, अप्रेंटिस में आराम से लग जाओगे। फिर कुछ दिन में पक्का नौकरी। थोड़ा हार्ड तो है, लेकिन कर लोगे।" और पिता जी ने किया भी।

पिता जी ने चाहे जितना समझा हो, संयोग के उस विज्ञान को देव समझ नहीं पाया था। वह जब भी अपने टूटते-बिखरते जीवन के बारे में सोचता, उसे संयोग नहीं, बड़े-बड़े कारण नज़र आते। उसे भद्रा से गाँव आना पड़ा क्योंकि बासठ में चीन की बुरी नज़र भारत की ज़मीन पर थी और रामजीवन चाचा की नज़र ख़ानदानी ज़मीन पर। सड़सठ में हरीश लापता हो गया क्योंकि शहर में हिन्दी-उर्दू दंगा हो रहा था। एकहत्तर में गाँव में लाठी चली थी क्योंकि बांग्लादेश में फ़रक्का बाँध बना था और गंगा से रोहू मछली ग़ायब हो गई थी। पटना में नेपाल मारा-मारा फिर रहा था क्योंकि देश में बेरोज़गारी फैली थी।

"और अब हम फिर से घर छोड़कर जा रहे हैं, क्योंकि घर में भुखमरी नाच रहा है। इसमें संयोग कहाँ है?" देव ने माधवी से एक बार पूछा था, कुछ इस विरक्ति से मानो इस सवाल का कोई जवाब था ही नहीं।

"क्यों, उस दिन जो तुम हमारा जान बचाए थे? मुँह से मुँह सटाकर। ऊ संयोग नहीं था?" कहकर माधवी ख़ुद ही लजा गई।

हवा मिठाई

वैसे यह भी एक संयोग ही था कि जैसे ही नेपाल और देव गांधी मैदान पहुँचे, ठीक उसी वक़्त छात्रों का एक विशाल हुजूम भी वहाँ आ धमका। गांधी मैदान तक आने वाली हर सड़क, हर गली से छात्र उमड़े चले आ रहे थे। बरसात के बाद बिल

से निकलती चींटियों की तरह। कुछ ही समय में देव और नेपाल ने ख़ुद को उस जन-समुद्र से घिरा पाया।

देव ने एक साथ इतने लोग कभी नहीं देखे थे। पिछले साल भद्रा वाले धरने में लगभग चार-पाँच सौ रेलवे कर्मचारी जुटे थे। लेकिन यहाँ तो हज़ारों थे। कितने हज़ार, बताना मुश्किल था। भद्रा वाले धरने में व्यवस्था थी, अनुशासन था, सन्तुलन था। पर यहाँ सब न जाने किस नशे में चूर, किस आत्मविश्वास से आवेशित। रंग-बिरंगी क़मीज़, बेल बॉटम पतलून, हिप्पी वेश, पूरी शान-ओ-शौक़त।

भीड़ देखकर नेपाल भी थोड़ा चौंक गया। 'पेटभर क्रान्ति' का आकार ऐसा विकराल होगा, इसकी उम्मीद उसे भी नहीं थी। पर वह उनकी तरफ़ देखकर हठात् मुस्कराने लगा, मानो राह चलते किसी पुराने परिचित का अभिनन्दन कर रहा हो। "चलते रहिए, चलते रहिए। खड़ा नहीं होना है," भीड़ से आवाज़ आई।

"आज जो रुके भाई जी, तो बिहार रुक जाएगा। बिहार का आज परीक्षा है," एक छात्र ने नेपाल को कन्धे से पकड़ते हुए चलने को उकसाया।

"परीक्षा है तो बताइए, इन विच डिविजन विल बिहार पास?" नेपाल ने गम्भीर चेहरा बनाते हुए भीड़ की तरफ़ सवाल उछाला। मानो समाजशास्त्र का प्रोफ़ेसर हो और कुछ चलता देख, सामाजिक रुझान की पड़ताल करने के लिए प्रेरित हो गया हो। उसका लहज़ा देखकर देव चौंका भी, मुस्कराया भी।

तभी कन्धे से कन्धा जोड़े छात्रों की एक झूमती क़तार आगे बढ़ी और एक सुर में उत्तर दिया, "फ़र्स्ट डिविज़न, फ़र्स्ट डिविज़न।"

"नौकरी मिलेगी?" प्रोफ़ेसर लाल नेपाल का दूसरा सवाल था। छात्रों की रफ़्तार को देखते हुए नेपाल ने सवाल छोटा रखा, लेकिन गम्भीरता वही पहले वाली थी। जिन छात्रों ने पिछले सवाल का जवाब दिया था, वे अब कुछ आगे निकल चुके थे। इस बार सीने पर पोस्टर चिपकाए एक युवक ने उत्तर दिया, "ले के रहेंगे।"

जवाब सबको पसन्द आया। भीड़ ने उसकी पुरज़ोर पुनरावृत्ति की। "ले के रहेंगे, ले के रहेंगे।" तभी किसी ने इस वचनबद्धता को थोड़ा और विस्तार देने का संकेत दिया, "नौकरी भी और...।" संकेत साफ़ था। इस अधूरे वाक्य को तुरन्त पूरा किया गया, "...छोकरी भी।" छात्र ठठाकर हँसने लगे। तालियाँ गड़गड़ाईं, सीटियाँ बजीं। शायद यह प्रण पीछे से आ रही छात्राओं ने भी सुना था। कुछ लड़कियों ने तो इसे अनसुना कर दिया, पर कुछ लजाईं। और कुछ ने मुस्कराकर इसका विरोध किया।

"सब काहे हँस रहे हैं?" देव नेपाल के कान में फुसफुसाया।

"अरे, गजब अनलकी बॉय हो। मजा वाला मौका चूक गए?" नेपाल को अभी भी व्यंग्य सूझ रहा था।

"अनलकी बॉय? हम बैनर पढ़ रहे थे," देव ने अपना बचाव किया।

"क्या लिखा था उस पर?"

"कुछ...होश में आओ। पूरा नहीं पढ़ पाए।"

इस पर नेपाल ने अपना सर पीट लिया।

"ये जो आप सामने देख रहे, यही है पटना का मशहूर आयकर गोलम्बर। आपकी तनखाह की बरखा वहाँ कोयलाडीह में होगी, झटास यहाँ मारेगा," किसी अनुभवी गाइड की तरह नेपाल देव का पटना से परिचय करवा रहा था।

"तुम तो रेलवे राजू हो गए हो। वो मालगुडी का गाइड था और तुम पटना के गाइड बन गए हो।"

"किताब वाला रेलवे राजू नहीं, बन्दा फिल्म वाला राजू गाइड है," नेपाल ने अदब से सर झुकाते हुए कहा।

"आप जो भी हैं, महान हैं।"

"महान तो ये जनता है, जो धूप में छाँव खोजते टहल रही है। वो सामने बाबा हैं, जो सबको रास्ता दिखा रहे हैं," नेपाल ने बाँस के बैरिकेड के पास खड़े एक बुज़ुर्ग की तरफ़ इशारा किया।

साफ़ धोती-कुर्ता पहने उस बुज़ुर्ग के एक हाथ में बताशे की थैली थी और दूसरे में कुछ पर्चियाँ, जिन्हें वे छात्रों में बाँट रहे थे। देव ने भी कौतूहलवश एक पर्ची ली। बताशा भी मिला, जिसे नेपाल ने लपक लिया। सफ़ेद पन्ने पर लाल स्याही से लिखा था 'युवाओं के नाम।' पढ़ा तो पता चला कि बाबा अस्सी वर्षीय स्वतंत्रता सेनानी थे। उस हस्तलिखित सन्देश द्वारा वे छात्रों को अपना 'सम्पूर्ण समर्थन और आशीर्वाद' दे रहे थे। साथ ही यह आग्रह भी कर रहे थे कि छात्र 'अहिंसा के मार्ग' पर चलें। पर्चे पर गांधी जी का चश्मा भी बना था।

चश्मा देखते ही देव को 'गांधी जी का सराप' याद आ गया। "इस लाइफ में फिल्म देखने की लालसा त्याग दो, खुश रहोगे," यही सलाह थी सिपाही बाबा की।

"आज 'बॉबी' देख पाएँगे न?" अब देव के स्वर में थोड़ी चिन्ता थी।

"ज़रूर देखेंगे, एक घंटा और। धरना-प्रदर्शन तो हवा मिठाई है। देखने में बड़ा, लेकिन गब्ब से गायब। विधानसभा पहुँचते ही छितरा जाएगा। फिर चलेंगे तीन से छे," नेपाल ने देव को आश्वस्त किया।

"जो हुकुम रेलवे राजू उर्फ राजू गाइड।"

"हम जानते हैं कि जो देवानन्द है, वही धर्मदेव पिशोरीमल भी है। जो राजू गाइड है, रेलवे राजू भी वही है। फिर भी दोनों में कुछ अन्तर तो जरूर होगा।"

"जरूर है। हर आदमी के दो रूप होते हैं। और दोनों में अन्तर भी होता है," नेपाल ने समझाया।

"अच्छा? तब तो हमारा, तुम्हारा, पिता जी का—सबका होगा?"

"जरूर होगा। एक दिन पर्दा हटेगा और पता भी चलेगा। लेकिन पहले राजू के रूपों को तो समझ लीजिए।"

फ़िल्म 'गाइड' पैंसठ में आई थी। एक साल बाद सिपाही बाबा के पास 'गाइड' उपन्यास पहुँचा, हिन्दी में अनूदित—कवर पर वहीदा रहमान और देवानन्द की तसवीर, पर कथानक थोड़ा अलग। फ़िल्म वाला 'राजू गाइड' उपन्यास में 'रेलवे राजू' कहलाता है। और भी कई अन्तर थे, जिनसे नेपाल वाक़िफ़ था। सड़सठ में देव के पास फ़िल्म देखकर इन्हें समझने का मौक़ा था। और उस जैसे सिनेमाप्रेमी के लिए यह ज़रूरी भी था। उस साल वह हटिया जा रहा था, एक लम्बे अन्तराल के बाद अपने परिवार से मिलने। तीन साल पहले पिता जी का भद्रा से तबादला हो गया था। अब वे हटिया में आ बसे थे। अंग्रेज़ों के बनाए डीह को छोड़कर, आज़ाद देश की नई रेलवे कॉलोनी में।

"ई एंटरटेनमेंट टैक्स का होता है," यात्रा से एक दिन पहले देव ने नेपाल से पूछा था। ख़बर थी कि मनोरंजन-कर के विरोध में सिनमाघर-मालिक हड़ताल पर जाने वाले हैं।

"अरे उ सब बम्बई का चोचला है। हमारा बिहार है सदाबहार। तुम निश्चिन्त होकर जाओ और 'गाइड' देखकर आओ। इस बार 'गांधी जी का सराप' नहीं लगेगा। फिर बतियाएँगे कि किताब बढ़िया है कि फ़िलिम," नेपाल ने हिम्मत दी।

"कुछ नहीं तो भैया-भौजाई से भेंट हो ही जाएगा। बहुत दिन हुआ सबसे मिले।"

दो साल पहले, एक दिन अचानक, पिता जी और भैया गाँव आए थे। चार दिनों के लिए। उन्हीं चार दिनों में भैया का छेका, तिलक, बियाह और गौना, सब सलटा लिया गया। भाभी का नाम सुनीता था। मिर्ज़ापुर के एक सामान्य-से घर की, साधारण-सी दिखने वाली लड़की। पर ऐसी गोपनीयता? हड़बड़ी इतनी कि हरीश दादा से पूछने का अवसर तक नहीं मिला। न नये कपड़े, न पंडाल, न बहूभात। फिर पाँचवें दिन, जब सब हटिया लौट रहे थे, बक्सर स्टेशन पर हरीश ने कुछ संकेत में समझाया, "कलकत्ता में कांड हो गया था। उसी का पनिशमेंट है।"

पर कांड अभी कई और होने थे। सड़सठ की वह हटिया-यात्रा कुछ ऐसा भूचाल लाई कि सँभलने में कई साल लगे। फिर भी उस प्रसंग के अनेक कथांशों को देव

समझ नहीं पाया था। चूँकि परिवार में उस भूचाल की चर्चा वर्जित थी—जैसे, माँ की मृत्यु की कथा वर्जित थी—कई बातें नज़रों के सामने होकर भी धुँधली रह गई थीं। सिर्फ़ एक बात साफ़ थी—दूबे-परिवार बिखर रहा था। उसे किसी की नज़र लग गई थी।

टोना

हटिया पहुँचकर देव निराश था। भद्रा की तुलना में वहाँ की रेलवे कॉलोनी उजाड़-सी लग रही थी। न इंस्टिट्यूट, न रवीन्द्र-संगीत और न अंग्रेज़। हालाँकि कमरे यहाँ भी तीन ही थे, लेकिन क्वार्टर फिर भी छोटा लग रहा था।

उस शाम रेडियो पर लोकरंग कार्यक्रम आ रहा था। तभी दरवाज़े पर ज़ोर से दस्तक हुई। बाहर कोई उल्टियाँ कर रहा था।

"कौन?" बुआ ने घबराकर पूछा।

बाहर खड़े व्यक्ति ने एक और उल्टी की और फिर ग़ुस्से में चीख़ा, "हम हैं। खोलो।"

हरीश की आवाज़ सुनते ही सुनीता रसोई की तरफ़ भागी, बुआ ने रेडियो बन्द किया और देव दरवाज़े की तरफ़ लपका। हरीश बदहवास खड़ा था—बाल बिखरे, आँखें लाल, चेहरा निष्प्राण। उसकी शर्ट के सभी बटन खुले थे। भूरे रंग के चप्पलों पर उल्टी के सफ़ेद छींटे साफ़ नज़र आ रहे थे। हालत ऐसी कि गाँव से आए देव पर नज़र तो पड़ी, पर उसे देखकर मुस्कराने तक की ताक़त नहीं थी। देव को लगा कि इन दो सालों में हरीश दादा गलकर आधे हो गए हैं। दूबे-कुल में सेहत और सौन्दर्य के प्रतीक को यूँ बदहाल देख उसका दिल बैठ गया।

डगमगाते क़दमों से हरीश आँगन की दीवार से सटे ग़ुसलखाने की तरफ़ बढ़ा। "बौआ, का भईल?" बुआ उसके पीछे दौड़ी। सुनीता रसोईघर की खिड़की से आँगन की ओर टकटकी लगाए खड़ी थी। शादी के बाद वह कलकत्ता से लौट आया था, और अब वह चक्रधरपुर में नौकरी कर रहा था। यहाँ सुनीता के ज़िम्मे तीन ही काम थे—ससुर की सेवा, फुआ-सास से गप्प, और पति का इन्तज़ार। हालाँकि पति से उसे कुछ ख़ास लगाव नहीं था, न ही प्यार मिलने की उम्मीद थी, लेकिन किसी अनहोनी की आशंका से वह तिलमिला उठी थी।

उसके पिता चिकित्सक थे, दो रुपये प्रति शीशी वाली अचूक होमियोपैथी दवाओं के लिए शहरभर में मशहूर! मुहल्ले में उनके परिवार का बड़ा रसूख़ था। अगर

मिर्ज़ापुर होता तो अब तक वह पूरे मोहल्ले को इकट्ठा कर हरीश को अस्पताल ले जाने की तैयारी कर चुकी होती। लेकिन ससुराल में वह असहाय थी।

रात के लगभग दो बजे रामदर्शन ड्यूटी से लौटे। बाहर तेज़ बारिश हो रही थी। मुहल्ले की बिजली गुल थी। उन्होंने ख़ाकी रंग का रेनकोट पहन रखा था। पैरों में घुटने तक के बेढंगे बरसाती जूते थे। इधर कुछ महीनों से वे ललाट पर ऊर्ध्व पुन्ड्र लगा रहे थे। लेकिन पानी में धुलकर वह लाल धब्बा बन चुका था। अन्दर आने से पहले उन्होंने टॉर्च जलाकर चौखट का निरीक्षण किया; कहीं खुले दरवाज़े से कोई साँप न घुस जाए। तभी टॉर्च की रौशनी देव के मुरझाए चेहरे पर पड़ी। वे जूते उतारे बिना ही भीतर चले आए।

पाँच-दस बरसाती फतिंगे जलते लालटेन के इर्द-गिर्द फड़फड़ा रहे थे। कुछ परकटे गीले फ़र्श से चिपके तड़प रहे थे। हरीश लाल बंगाली अँगोछा लपेटे खटिए पर बेकस पड़ा था। अब तक उसे आठ-दस दस्त हो चुके थे। शरीर टूट रहा था।

"फिर पीकर आए हो?" आज पिता जी की आवाज़ में गुस्से से ज़्यादा निराशा थी।

हरीश ने बचाव में कुछ कहना चाहा, लेकिन बोलने की ताक़त नहीं थी।

बुआ रोने लगी। "चकरधरपुर से जब गाड़ी पकड़े तो बाबू ठोंगा में चार ठो मिठाई ले लिए थे। राउरकेला में एगो बांग्लादेशी बुढ़िया चढ़ी और पूछी कि ठोंगा में का है," बुआ रोते हुए बताने लगी।

"तो?" हरीश से नज़र हटाए बिना पिता जी ने पूछा।

"बाबू बोले कि तुम्हारा माथा है और उसको भगा दिये। थोड़ी देर में जब पियास लगा तो लड्डू निकाले। मुँह में डालते ही उसमें बुढ़िया का उज्जर बार निकला। दूसरा लड्डू निकाले, ओकरो में वही। जो लड्डू खाएँ, उसी में बुढ़िया का बार। तबे से उल्टी-पैखाना चालू है," बुआ ने पूरा प्रसंग कह सुनाया।

इस पूरे प्रकरण में पिता जी को एक ही बात अजीब लगी—आज तक हरीश ने किसी भी याचक को निराश नहीं किया था। वैसे देने के लिए उसके पास होता ही क्या था। लगभग पूरी तनख़्वाह वह घर पर दे जाता था। कलम, रूमाल, छुरी, घड़ी, थोड़े से पैसे और हाथ में कोई पत्रिका। यही थी उसकी चलती-फिरती पूँजी। फिर भी, जब, जिसने, जहाँ, जो भी माँगा, हरीश ने बेझिझक दे डाला। एक बार तो सिर्फ़ एक फटी बनियान पहनकर वह घर वापस आया था; राह चलते किसी दोस्त ने उसकी नई शर्ट माँग ली थी।

हरीश में आए इस बदलाव से पिता जी चिन्तित थे। वह शादी के बाद से ही गुमसुम रहने लगा था। हालाँकि उसके उपद्रवी मिज़ाज के कारण पिता जी कई बार शर्मिन्दा हुए थे, कई बार मुहल्ले में बवाल मचा था, लेकिन उसका यह शान्त-शिथिल रूप सबको चुभ रहा था। "अगर एक बार खुलकर बोल देता तो उस लड़की से इसकी शादी ज़रूर करवा देते," पिता जी धीरे से बुदबुदाए।

"पिताजी, मेरे पास बेगोनिया का शीशी था। पिता जी दिये थे। चार बूँद दे दिये हैं। तीन घंटा बाद फिर से देंगे," सुनीता ने धीरे से कहा।

"ठीक है। दरवाजा बन्द कर लो," कहते हुए पिता जी बाहर निकल गए। देव भी उनके साथ हो लिया।

पिता जी जानते थे कि अगर यह टोना है तो फिर धुरवा के सलीम मियाँ का ही आसरा है। सलीम की कपड़े की दुकान थी पर वे मूलत: भोजपुर के डफ़ाल थे। सन् सत्तावन में अंग्रेज़ों के दमन से त्रस्त होकर उनके पूर्वज छोटानागपुर भाग आए थे। संगीत उन्हें विरासत में मिली थी। अभी कुछ सालों पहले तक उनका 'भोजपुर ऑर्केस्ट्रा' नाम से एक बैंड भी हुआ करता था।

लेकिन फिर लाउडस्पीकर पर फ़िल्मी गाने बजने लगे। डफ़ाल के लिए डफली बजाकर गुज़ारा करना मुश्किल होने लगा तो बैंड बन्द हुआ और दुकान चालू। सलीम झाड़-फूँक भी जानते थे, संगीत की तरह यह विद्या भी विरासत में मिली थी।

"मामू कहते थे कि हमारा नसीब ही खराब था। भोजपुर से भागे, लेकिन अंग्रेज पीछा नहीं छोड़ा, समझे न। परदादा लोग सोचें कि अब मौत से केतना ख़ौफ़ खाएँगे? तो डफ़ाल लोग भी बिरसा भगवान के साथ मिल गए। समझे न? जड़ी-बूटी सब उन्हीं से सीखे। और झाड़-फूँक एक फ़क़ीर से।"

"सही में?" रामदर्शन दूबे ने एक बार पूछा था।

"अब हम तो जब बच्चा थे, तभी वालिद साहिब अल्लाह को प्यारे हो गए, समझे न। हमको तो सब कुछ मामू सिखाए थे, और उनको हमारे नाना। बिरसा भगवान वाला बात हम दोनों से सुने थे। जो सुने आपको बता दिये, है न।"

धुरवा में सलीम का ठीक वैसा ही जलवा था, जैसा राँची में किसी बड़े डॉक्टर का होता है। और फिर उनकी फ़ीस भी तो कम थी : एक मुलाक़ात का तीन रुपया। कई लोग तो उनकी दुकान पर सिर्फ़ रूमाल ख़रीदने आते और मुफ़्त में उपचार भी करवा लेते थे। पर सलीम ने कभी आपत्ति नहीं जताई, न ही कभी खुलकर पैसे

माँगे। वह अक्सर कहते, "मजलूमों की ख़िदमत से जो बरक्कत मिली है, सग़ीर उसी का नतीजा है।" सग़ीर उनका इकलौता बेटा था—उनकी आँखों का नूर।

रामदर्शन भी मंत्र-तंत्र, जड़ी-बूटी में गहरी आस्था रखते थे। रंगून से लौटने पर यह विश्वास और भी बढ़ गया था। जब लोग पुरी और तिरुपति यात्रा की बात करते, वे उड़ीसा स्थित चौसठ योगिनी मन्दिर देखने की इच्छा ज़ाहिर करते। इस वजह से दोनों में अच्छी बनती थी। रामदर्शन के ही कहने पर सलीम ने अपनी दुकान के बाहर एक बोर्ड भी लगवा दिया था—

बंगाली जादू और पहाड़ी जड़ी का कमाल
लाइलाज मर्ज़, शैतान का साया, मोहब्बत में शिकस्त
हर मुसीबत से शर्तिया निजात
मिलिए सलीम डफ़ाल से
शाम 6:30-7:30

इस बोर्ड से पिता जी को तीन आपत्तियाँ थीं—आदिवासी इलाज-पद्धति को बंगाली क्यों बताना? क्या मोहब्बत वाली बात ज़रूरी थी? बोर्ड पर बनी खोपड़ी ने रुद्राक्ष क्यों पहन रखा है?

"इधर यही नाम चलता है," सलीम के पास बाक़ी सवालों के जवाब नहीं थे। और वैसे भी, पिता जी को सन्तुष्ट करना असम्भव था। पता नहीं इतने सवाल वे क्यों पूछते थे?

निशाचर

सलीम की दुकान लगभग चार किलोमीटर दूर थी। वहाँ जाती कच्ची-पक्की सड़क पर अभी हाल ही में स्ट्रीट-लाइट के खम्भे गड़े थे। लेकिन बरसात की आहट होते ही बत्तियाँ बुझा दी जाती थीं। पिता जी ने नज़रें उठाकर सामने देखा—दूर फैक्टरी की छिटकती रौशनी इस घुप्प अँधेरे में सूराख़ बना रही थी। हवा में गीले यूकलिप्टस और बनतुलसी की महक थी, रतजगा करते झींगुरों का आलाप था, टर्राते मेढकों की शिकायतें थीं। फिर भी अद्‌भुत शान्ति। पिता जी और देव पैदल ही निकल पड़े।

रामनवमी के जुलूस के बाद से ही शहर में तनाव का माहौल था, लेकिन विगत कुछ हफ़्तों से स्थिति और भी बिगड़ती जा रही थी। पिछले हफ़्ते पास के एक कारख़ाने में तोड़-फोड़ हुई थी। ऐसा हल्ला था कि शहर में कुछ ग़द्दार पाकिस्तान के इशारे पर षड्यंत्र रच रहे हैं। अभी दो दिनों पहले इसी सड़क पर एक युवक

की लाश मिली थी, रेलवे कॉलोनी से महज़ दो-तीन सौ मीटर की दूरी पर। उससे दो रात पहले पुराने मन्दिर पर उपद्रवियों ने पत्थर बरसाए थे। एक-दो गिरफ़्तारियाँ भी हुईं। लोग डरे थे। दंगे का ख़तरा हर दिन बढ़ता जा रहा था।

आनन-फ़ानन में रेलवे कॉलोनी के लड़कों ने एक बैठक बुलाई। कुछ स्थानीय युवक भी इसमें शामिल हुए। तय हुआ कि आत्मरक्षा के लिए तीन सशस्त्र दल बनेंगे जो बारी-बारी से गश्त लगाएँगे। इसका एक रोस्टर भी तैयार हुआ। भाषण और तालियों के बीच आत्मरक्षा की योजना पर सर्वसम्मति की मुहर लगा दी गई। कुछ युवक हरीश को भी ढूँढ़ने आए।

"चाची, भैया है क्या?"

"कौन भैया?" बुआ ने चट जवाब दिया।

"हरीश भैया।"

"कौन हरीश?"

हरीश चक्रधरपुर में था। अगर वह घर पर होता तो बैठक में ज़रूर जाता।

"सलीम भाई, खोलिए," पिता जी ने शटर पर हाथ मारते हुए आवाज़ लगाई और फिर अपनी बाईं कलाई पर टॉर्च जलाकर समय देखा—2:48। सलीम का घर दुकान के ठीक ऊपर था।

"अरे पंडित जी आप? ऐसा माहौल है, हम तो डर ही गए थे। बस, आ गए," अन्दर से आवाज़ आई।

पाँच मिनटों में ही सलीम तैयार होकर निकल आये—सफ़ेद कुर्ता, नीली लुंगी और चेहरे पर ढाढ़स बँधाने वाली मुस्कान। तभी ऊपर से सग़ीर ने आवाज़ लगाई, "अब्बा रुकिए, हम भी आते हैं।"

सग़ीर हूबहू अपने पिता जैसा दिखता था—वही गोल चेहरा, वही छोटी नाक,वही बड़ी स्वप्निल आँखें और वैसे ही बड़े अलगे-से कान। हाँ, पाँच फ़ीट दस इंच का वह युवक सलीम से एक-दो इंच लम्बा ज़रूर था। रंग भी थोड़ा साफ़ था, उसकी दिवंगत माँ की तरह। सलीम को बेटे के रंग-रूप पर बड़ा सन्तोष था।

"बड़ा खयाल रखता है मेरा, समझे न। खुदा का करम है," सलीम की आँखों में कृतज्ञता थी। परिवार के नाम पर सिर्फ़ यही एक लड़का था। पत्नी को गुज़रे एक ज़माना हो चुका था। एक बार तो परिवार के दबाव में सलीम दोबारा शादी के लिए भी तैयार हो गए थे। होने वाली दुल्हन हैदराबाद से थी, पन्द्रह साल की बेवा। लेकिन

सग़ीर का मासूम-सा चेहरा देख उन्होंने यह विचार हमेशा के लिए गाड़ दिया। तभी से सलीम की दिनचर्या सग़ीर की सहूलियत और ख़ुशी के अनुसार बनती-ढलती रहती थी।

"हरीश की तबीयत ज़्यादा बिगड़ गई है क्या?" सग़ीर ने आते ही देव से पूछा। सग़ीर और हरीश में गहरी दोस्ती थी। वे पहली बार पीर बाबा के उर्स में मिले थे, क़व्वाली वाली शाम। दोनों को देशी संगीत और देशी मुर्ग़ी का शौक़ था। हरीश जब भी चक्रधरपुर से आता, सग़ीर से मिलने ज़रूर जाता। फिर बैठकी जमती, कुछ गवैये जुटते, मुर्ग़ी बनती, महुए की हँड़ियाँ फूटतीं। सग़ीर के बारे में उसने देव को चिट्ठी लिखकर भी बताया था। लेकिन पिता जी इनकी दोस्ती से अनजान थे—अन्य कई बातों की तरह ही।

रात के सवा तीन बजे थे। सलीम और पिता जी बातें करते हुए आगे बढ़े। साइकिल सँभाले सग़ीर उनके पीछे चल रहा था, देव से बातें करते हुए। बरसाती ठंडी हवा ने पिता जी की थकान और सलीम की नींद, दोनों भगा दी थी। थोड़ी देर के लिए पिता जी को लगा जैसे वे बेफ़िक्र किसी सैर पर निकले हैं।

शायद पिछली बार ऐसी बेतकल्लुफ़ी रंगून में ही महसूस हुई थी। उस अजनबी देश में पिता जी के शुरुआती दिन एक अल्हड़ फ़क़ीरी में बीते थे—रोटी और छत की चिन्ता किये बिना घूमते-फिरते, दनादन दौड़ती-मुड़ती-रुकती मोटरों को गिनते, गजगामिनियों को ताड़ते, बाज़ार की जगमग दुकानों को निहारते।

लेकिन उसके बाद जीवन में उबाऊ एकरूपता और आत्मविस्मृति का अन्तहीन दौर आया। कभी टाटा-हटिया पैसेंजर को समय से गन्तव्य तक पहुँचाने की जल्दी, तो कभी ड्यूटी के बाद घर पहुँचने की जल्दी। कभी गाँव मनीऑर्डर भेजने की जल्दी, तो कभी बीमार बच्चे को अस्पताल ले जाने की जल्दी। रात को सोने की जल्दी, सुबह उठने की जल्दी। ज़िन्दगी उनके सामने दौड़ी चली जा रही थी, थके क़दमों से, जल्दी-जल्दी।

पर उस रात सलीम की बातों में रमकर वे कुछ देर के लिए हरीश का हाल तक भूल गए थे। भूत-प्रेत के सनसनीख़ेज़ क़िस्से, उस पर सलीम का अन्दाज़—इनसान को दुख-दर्द भूलने के लिए और क्या चाहिए! कुछ रोचक कहानियाँ, एक रोचक क़िस्सागो। अभी इत्मीनान के बीस मिनट ही गुज़रे थे कि अचानक उनकी तंद्रा टूटी। लगभग सौ मीटर आगे, फैक्टरी के मुख्य द्वार पर, ट्यूबलाइट के खम्भे के नीचे दो युवक खड़े थे। एक खंभे पर निशाना साधकर मूत्र विसर्जित कर रहा था, और दूसरा हाथ में सरिया लिये किसी गीत के मुखड़े पर अटका था।

"ये मेरा प्रेम पत्र पढ़कर, तुम नाराज ना होना।"

"अरे पगला का जना, आगे भी गाएगा?"

"जब लव लेटर का जवाब मोर जानेमन देतो, तब्बे न आगे गईबी रे।"

दोनों अपने आप में मस्त थे, लेकिन जैसे ही उनकी नज़र अपनी ओर बढ़ती चौकड़ी पर पड़ी, वे ठिठक गए। पहले तो उन्होंने निशाचरों को पहचानने की कोशिश की। फिर आक्रामक ढंग से सरिया लहराते आगे बढ़े। तनाव बढ़ रहा था। अनहोनी घटने ही वाली थी। सलीम सकते में आ गए। देव का भी गला सूख गया। लेकिन सग़ीर तैयार था। मुक़ाबला करने को वह आगे बढ़ा भी था। पर पिता जी ने उसे इशारे से रोक दिया और ख़ुद आगे बढ़े, दोनों युवकों के चेहरे पर टॉर्च से रौशनी करते। इस पर वे रुक गए और बेहूदगी से हँसने लगे। फिर मुस्कराकर उन्हें सलाम किया—कुछ इस तरह मानो अभिनन्दन नहीं, तिरस्कार कर रहे हों—और फैक्टरी के पीछे जाती अँधेरी कच्ची सड़क की तरफ़ निकल चले। जब तक वे नज़रों से ओझल नहीं हुए, पिता जी वहीं डटे रहे।

कुछ देर बाद चारों घर पहुँचे, गुमसुम से। एक कटोरी पानी, सदाबहार के पत्ते, कोयले की राख और पाँच अगरबत्तियों की व्यवस्था की गई। उपचार शुरू हुआ। चालीस मिनट के उपचार के बाद हरीश की तबीयत में काफ़ी सुधार था। इस बीच सरिता ने उसे बेगोनिया की दूसरी खुराक भी पिलाई।

सग़ीर को देख हरीश प्रफुल्लित था। दोनों काफ़ी देर तक बतियाते रहे। फिर सबके लिए चाय बनी, 'दोसरका गिलास' निकले।

तेज़ हवा से बादल फट गए थे। भोर की हल्की गुलाबी रौशनी खिल रही थी। निकलते वक़्त सलीम पिता जी की तरफ़ मुड़े और कहा, "पंडित जी, लड़का का टोना तो कट गया, लेकिन नज़र तो पूरे शहर को लगी है। है न?" देव एक कोने में खड़ा यूकलिप्टस की फली को मीसकर सूँघ रहा था। तब उसे सलीम की बात बिलकुल भी समझ नहीं आई थी। अगर आई होती तो शायद राँची जाकर 'गाइड' फ़िल्म देखने की ज़िद न करता।

लपटें

उस दोपहर भी पटना को किसी की नज़र लग गई थी, कोई टोना। इस बात का एहसास उन्हें विधानसभा के नज़दीक जाकर ही हुआ। शहर उबाल पर था, सिनेमाघर बन्द थे, देव परेशान था। गांधी मैदान में जो भीड़ हँसी-ठिठोली करती मार्च कर रही थी, अब वह बेक़ाबू होती जा रही थी। शोर तो पहले भी था, लेकिन उसमें विनोद था। इस हंगामे में ऐसी अराजक ऊर्जा थी कि कई छात्र मन-ही-मन घबरा रहे थे।

विधानसभा पर ज्वार उफान मार रहा था। पुलिस और छात्रों के बीच की सीमा लगातार अपना स्वरूप बदल रही थी। कभी ख़ाकी वर्दी लाठी भाँजती उस जनसैलाब को पीछे ढकेलती, तो कभी गरजते, ढेला चलाते छात्र आगे की ओर दौड़ते। भीड़ चीख़-चीख़कर नारे लगा रही थी। पुलिस लाउडस्पीकर से चेतावनी दे रही थी। एक नीली बस बेक़ाबू सी गोल-गोल घूमती पुलिस को खदेड़ रही थी। दोनों मित्र स्तब्ध इस दृश्य को कुछ दूर से ही देख रहे थे। नेपाल सुबह से ही उस भीड़ का हिस्सा बनने पर तुला था। बेफ़िक्री की चादर ओढ़े, वह उस माहौल का मज़ा ले रहा था। लेकिन अब वह भी घबरा गया।

"चलो देव बाबू, बहुत पटना देख लिए," देव की बाँह पकड़ते हुए नेपाल ने कहा।

"ले हलुआ! अब कैसे निकलेंगे?" प्रश्न बिलकुल समयोचित था। उसी रास्ते से वापस लौटना असम्भव था। विधानसभा पहुँचने को मचलती भीड़ सबको आगे धकेल रही थी। सारे रास्ते बन्द थे। लेकिन पिछले तीन सालों में जूझते-भटकते नेपाल को पटना का पूरा नक़्शा याद हो गया था। कुछ ऐसे गुप्त रास्ते भी जो सैलानियों से छिपे होते हैं।

"निकल जाएँगे। बस थोड़ा लम्बा पड़ेगा," कहकर वह देव को बाँह से खींचता अपनी दाईं ओर बढ़ने लगा। एक ठोस मानवदीवार से उलझते, पैरों को कुचलते, कन्धों से टकराते, पसीने से तर पीठों को धकेलते, उलाहना सुनते, क्षमा माँगते। लेकिन वह धूल उड़ाती भीड़ भी उतनी ही बेचैन थी। उसका आकार, घनत्व, तेवर, दिशा—सब बदल रहा था। उस रेलमपेल में देव की बाईं कोहनी छिल गई, क़मीज़ की जेब फट गई। पैर के अँगूठे से ख़ून आ रहा था। कई बार लगा कि साँस रुक जाएगी। फिर भी वह चुपचाप भौंहें चढ़ाए बढ़ता गया, इस उम्मीद में कि कहीं तो सड़क थोड़ी ख़ाली होगी। शहर का कोई कोना तो शान्त होगा।

लेकिन चालीस मिनट के संघर्ष के बाद वे जहाँ पहुँचे, वहाँ मंज़र और भी झकझोरने वाला था। बुद्ध मार्ग पर बेहिसाब भीड़ एक सफ़ेद भवन पर टूट पड़ी थी। पथराव और आगज़नी हो रही थी। सामने खड़ी स्कूटरों और साइकिलों को आग के हवाले किया जा रहा था। भवन के बाएँ हिस्से से भी ऊँची लपटें उठ रही थीं। वहाँ की ठहरी-सहमी हवा पिघलते रबर के दुर्गंध से कसमसाई थी। लगभग पचास-साठ लोग—जिनमें कुछ बुज़ुर्ग भी शामिल थे—उस पगलाई हुजूम का मुक़ाबला कर रहे थे। उन्हें लाठी लहराकर डरा रहे थे, समझा रहे थे, हाथ जोड़कर मिन्नतें कर

रहे थे। दो-तीन लोग बाल्टी-मग्गे में पानी भरकर आग के दैत्याकार लपटों से जूझ रहे थे। कुछ चेहरे आक्रोशित थे, कुछ अविश्वास में भावशून्य।

"अरे साला! इसको जला दिया रे, जला दिया," कहकर नेपाल वहीं जम गया। उसकी आँखों से आँसू की धार फूट पड़ी।

"अरे किसको जला दिया?" नेपाल को इस तरह टूटता देख देव ने घबराहट में पूछा।

नेपाल में उस धधकती बिल्डिंग की तरफ़ उँगली उठाई और बुदबुदाया, "फर्स्टलाइट को।"

"फर्स्टलाइट पेपर?" देव ने उसे झकझोरते हुए पूछा।

"हमारा पूरा लाइफ—सबको लहका दिया रे," नेपाल फिर बुदबुदाया। काले धुएँ से सने उस दृश्य को वह एकटक देखे जा रहा था। वह सालों से फ़र्स्टलाइट पढ़ रहा था। लगातार। कभी सिपाही बाबा से माँगकर, कभी बक्सर बाज़ार के बुकस्टॉल पर खड़े होकर और इधर कुछ सालों से ख़ुदाबख़्श लाइब्रेरी में। इस उम्मीद में कि अंग्रेज़ी सीखकर वह भी तेज़ हो जाएगा। कुछ बन जाएगा। जब गाँव में बाढ़ आती थी, जब जाड़े में ओढ़ने को पुआल भी नसीब नहीं होती थी, जब चप्पल के घिसे तलवे से शीशा चुभ जाता था, जब सिनेमाघर का मालिक गरियाता था, जब उम्मीद बनती थी, जब सपने टूटते थे—हर सूरत में इस अख़बार का साथ बना रहता था। उस धधकती बिल्डिंग में उसकी बचपन, जवानी, निराशा, उम्मीद—सब स्वाहा हो रहे थे।

देव को नेपाल की प्रतिक्रिया थोड़ी अटपटी लगी। एक अख़बार से इतना प्रेम? लेकिन वह क्या जाने लगाव का मर्म? वह तो जब जहाँ जमा, वहीं से उखड़ना पड़ा। सब छितराया-सा। वह ख़ुद भी तो यही कहता था—'दुविधा को छोड़ हमारे पास कुछ नहीं टिकता है।' शायद नेपाल भाग्यशाली था। उसके पास ऐसा कुछ तो था जिसमें उसकी पूरी दुनिया सिमटी थी।

"फर्स्टलाइट को बचाना होगा," बस इतना बुदबुदाकर नेपाल उस धधकते भवन की तरफ़ दौड़ पड़ा। इससे पहले कि देव उसे रोक पाता, उसने एक उपद्रवी की पीठ पर छलाँग लगा दी और उसके हाथ से पत्थर छीनने लगा। उस पगलाई जमघट में कुछ लफ़ंगों की क्रुद्ध दृष्टि अपने सह-दंगाई साथी से उलझे नेपाल पर पड़ी। एक दूसरा उपद्रवी अपने जूझते साथी की सहायता के लिए आक्रामक ढंग से चिल्लाता हुआ दौड़ा। उसके हाथ में बाँस की फराठी थी जो अतिप्रयोग के कारण जर्जर हो चुकी थी। नेपाल को यूँ खतरे में देख अब देव भी उस भूचाल में कूद पड़ा और उसे खींचकर अलग करने लगा।

"रे रे," "पकड़ पकड़," "मार मार"—न जाने कितनी शब्द-चेतावनियाँ एक साथ ध्वनित हुईं। तभी पीछे वाली गली से हवा में फ़ायरिंग करते दर्जन भर सिपाही मौक़े पर पहुँचे। इस नई स्थिति के लिए कोई भी तैयार नहीं था। न उपद्रवी, न उनसे

मुक़ाबला कर रहे अख़बार वाले। एक पल के लिए सब कुछ थम गया। देव के लिए इतना समय काफ़ी था। उसने नेपाल को काँख से बाँधकर खड़ा किया और "चल चल चल" करता दौड़ने लगा। उपद्रवी भी तितर-बितर होकर भागने लगे। पीछे पुलिस थी। कुछ पैदल, कुछ जीप पर सवार।

तभी देव के मन में एक ऐसा ख़याल आया कि उस कोहराम के बीच भी उसके चेहरे पर मुस्कान खिंच गई। काल का पहिया घूम आया था। आज एक बार फिर दूबे-परिवार का कोई सदस्य पुलिस से भाग रहा था, जैसे हरीश दादा भागते थे, जैसे रामजीवन चाचा भागते थे, जैसे एक बार पिता जी भागे थे।

उड़ता आदमी

उस दोपहर पुलिस से भागते देव को किसी मित्र या रिश्तेदार का सहारा नहीं मिला। जैसा पिता जी को मिला था। जैसा हरीश को मिलता था। विधानसभा से पलायन के पहले भाग में नेपाल उसे खींचे लिये जा रहा था। इस बार बाँह पकड़कर खींचने की बारी उसकी थी। लेकिन कहाँ और किस ओर? पटना का नक़्शा तो सिर्फ़ नेपाल ही जानता था। और वह इस वक़्त सदमे में गुमसुम था। निःशब्द, समाधिस्थ।

उन सँकरी घुमावदार गलियों में दस मिनट तक भीड़ के साथ भागते-भागते वे फिर एक ऐसे इलाक़े में निकल आए जहाँ आन्दोलनकारी बहुमत में थे। यहाँ सड़क चौड़ी थी। सामने चौराहे की ओर जलती टायरों और घने काले धुएँ की एक दीवार खड़ी थी। उस पार शायद पुलिस वाले इन्तज़ार में थे, घात लगाए, डंडे-बन्दूक़ थामे। किसी बड़ी अनहोनी के पूर्वाभास के बावजूद लगभग तीन-चार सौ लड़के वहाँ डटे खड़े थे। डरे हुए, कशमकश में, पर शान्त। लेकिन उनमें एक अजीब ग़ुस्सा और बेचैनी थी। थोड़ी मासूम हैरानी भी थी, मानो वे कह रह हों—'अब हम जुलूस भी न निकालें?'

नारे लगाते-लगाते उनका चेहरा लाल पड़ गया था। गले की उभरी-तनी नसें मानो फटने वाली थीं। उनमें कुछ घायल भी थे। वहीं भीड़ में बेतिया वाला पवन भी दिखा। उसके सर पर चोट आई थी। अभी दो दिन पहले ही तो बेतिया से बचकर आया था। क्या पड़ी थी उसे दोबारा पुलिस से भिड़ने की? ख़ून और धूल में सनी उसकी सफ़ेद क़मीज़ देख नेपाल फिर से रोने लगा। देव स्तब्ध था। सोच रहा था कि यह सब क्या हो रहा है? सुबह तक तो सब टीक थे। बिना बात ठहाके लगा रहे थे, बाल सँवार रहे थे, कॉलर खड़ी कर रहे थे, चाय पी रहे थे, गीत गा रहे थे, कविता पढ़ रहे थे, जेब में हाथ डाले लड़कियों का इन्तज़ार कर रहे थे। और अब? फ़िज़ा कैसे बदलती है ? उसे आदमी बदलता है, समय बादलता है या स्वयं

भगवान बदलते हैं? उसका साधारण सा जीवन बदलाव के कितने ही नाटकीय चरणों से गुज़रा था। फिर भी यह गुत्थी अनसुलझी ही रही।

तभी धुएँ को चीरता हुआ एक सिपाही इस ओर कूद आया और छात्रों को ललकारने लगा। अट्ठारह-बीस की उम्र, हल्की मूँछें, सुडौल शरीर, क़द लम्बा। ग़ुस्साई भीड़ के सामने उस अकेले युवक को देख देव को चिन्ता हुई। उसे लगा कि या तो इस पगले पर वर्दी का घमंड चढ़ गया है, या फिर इसकी भी नौकरी का यह पहला ही साल है। परमानेंट होने की उम्मीद में वह भी अपनी जान पर खेल रहा है।

"ए निस्पेक्टर साहब, भाग जाइए। नहीं तो आपकी कनिया को नइहर छोड़ने हमको ही जाना पड़ेगा," किसी छात्र ने एक भद्दी चेतावनी दी। पर सिपाही भी ढीठ था। उसने अपने घुटने मोड़े, थोड़ा झुका, दाएँ हाथ की लाठी को पीछे से घुमाकर बाएँ कन्धे पर रखा और भीड़ को घूरने लगा। फिर दोनों हाथ से लाठी नचाते आगे बढ़ा। दूर से उसकी आँखें बन्द लग रही थीं।

"अरे साला, ई तो पटना पुलिस का ब्रूस ली है," उसकी इस भंगिमा पर एक चुहलबाज़ छात्र ने चुटकी ली।

लेकिन देव को कानपुर टेस्ट में बल्लेबाज़ी करते गुंडप्पा विश्वनाथ की एक तसवीर याद आ गई। वह तसवीर भी फ़र्स्टलाइट में ही छपी थी। कैसा अजीब संयोग था! लाठी लहराते उस सिपाही की आँखें भी बन्द थीं, जैसे तसवीर में चौका मारते विश्वनाथन की थी।

उस दिन देव ने एक और चमत्कारी संयोग देखा। अभी वह सिपाही और गुंडप्पा विश्वनाथ के बीच उस अजीब समानता के बारे में सोच ही रहा था कि एक धमाका हुआ। आवाज़ ऐसी ज़ोरदार थी कि दिमाग़ सन्न हो गया। कान में सीटी बजने लगी। तभी उसकी नज़र नेपाल पर पड़ी—वह किसी रॉकेट की तरह, हवा में उड़ता हुआ, उसके बग़ल से निकल गया...

"आदमी उड़ गया? ऐसा भगवान लोग के ज़माना में होता था। कलयुग में थोड़े न होगा। हमको बुरबक समझे हैं?" कलयुग और सतयुग का अन्तर देव जानता था। इनसान गिर चुका है, भगवान से दूर हो चुका है, उसकी आत्मिक शक्तियाँ क्षीण हो चुकी हैं—ये बातें उसने बुआ से सुन रखी थी। एक बार फ्रैंकलिन ने भी कुछ ऐसा ही कहा था। "जीसस फ़ॉलेन आदमी का सिन्स के लिए मरा है।" फिर वह कैसे मान लेता है कि रेलवे एक जागृत आत्मा है? या किसी उड़ते हुए इनसान को ख़ुद सिपाही बाबा ने देखा है—

"वाई नॉट? हम देखे हैं। उन्नीस सौ तीस की बात है। भूकम्प से चार-पाँच साल पहले। अंग्रेज़-सरकार बक्सर जेल में सब सुराजी को ठूँस दिया था। फुल पैकिंग। उस टाइम वहाँ एक धाकड़ गवइया भी थे। हम नाम भुला रहे हैं। ख़ैर, ऊ गवइया रोज़ भोजपुरी में रामायण गाते और पूरा जेल मन लगा के सुनता। वहाँ का जेलर था रुडोल्फ़ साहब। लम्बा, गोरा, बड़ा-सा मूँछ। एक खस्सी अकेले ही खा जाता। एक बार पता नहीं उसके मन में क्या आया, वो गवइया को बुलाकर रामायण का पूरा कहानी सुना। फिर हँसकर बोला, 'नो मंकी कैन फ़्लाई, नॉट इवेन ब्रिटिश।' माने बिदेसी बन्दर भी उड़ नहीं सकता।"

"फिर?"

"फिर क्या। जेल में एक संन्यासी भी थे। वो खिसिया गए। बोले रुडोल्फ़ साहब, बक्सर क़िला पर रामलीला करवाओ, गंगा घाट के किनारे। बजरंगबली उड़ेंगे। तो रुडोल्फ़ साहब बोला, ठीक है। देख लेंगे। एक महीना में दशहरा आया। उस दिन बक्सर क़िला पर तिल धरने का जगह नहीं था। खचाखच भीड़। अपना औरत के साथ अंग्रेज़ लोग भी आया था। हम भी वहीं थे।"

"फिर"

"फिर समुद्र फानने वाला सीन आया। संन्यासी जी तैयार थे। नकली पूँछ, लाल लँगोट, हाथ में गदा और भर-देह सिन्दूर। राम जी को प्रणाम किये और हाथ फैलाकर बोले, "प्रभु अभी मैं जाता हूँ, माता को ढूँढ़ के लाता हूँ।"

"फिर?"

"फिर हनुमान जी कूदकर क़िला का दीवार पर चढ़ गए, और गॉड की कसम, एक छलाँग में गंगा पार। चारों तरफ़ हल्ला मच गया। चमत्कार देखकर एक मेमसाहब बेहोस हो गई। रुडोल्फ़ साहब एक सिपाही से बन्दूक़ छीनकर तीन-चार फ़ायर भी किया। लेकिन संन्यासी बाबा उस पार। गुड बाई। समझे देवानन्द बाबू? ख़ाली सिनेमा देखने से आदमी हीरो नहीं बनता है। मन में निश्चय करना पड़ता है। और निश्चय पक्का हो तो आदमी उड़ भी सकता है।"

और आज वह चमत्कार उसके ठीक सामने हुआ। नेपाल हवा में तैरते हुए निकला था, उसके बाएँ कन्धे को छूते हुए। बम फटा था? या गोली चली थी? शायद पीछे से आती किसी जीप ने टक्कर मारी थी। लेकिन उड़ते नेपाल के शरीर पर कोई घाव नहीं दिखा। बस, विश्वनाथन और उस सिपाही की तरह उसकी आँखें भी बन्द थीं। चेहरा शान्त, भावशून्य। वह भी उड़ रहा था और उड़कर ग़ायब हो गया, सिपाही बाबा के गल्प के संन्यासी की तरह।

पहुँचते-पहुँचते

कुछ सवाल

"इस भूमि पर बहती है गंगा कल-कल-कल, जेपी ने पुकारा है, ऐ युवा! तू चल-चल-चल।"

"कहाँ?" बस की पिछली सीट पर पसरे देव ने आँखें मीचते हुए पूछा। शायद पिछले गड्ढे पर लगे झटके से उसकी नींद खुल गई थी।

सवाल सुनकर सभी यात्री ठठाकर हँसने लगे। एक पल के लिए ड्राइवर भी पलटा, उस प्रश्न के स्रोत को निहारने। शाम ढल चुकी थी। चारों तरफ़ आन्दोलन और आगज़नी के अवशेष बिखरे पड़े थे। यहाँ-वहाँ छितरे लाल अंगार के ढेर दमक रहे थे। लेकिन अन्दर एक सुस्त पीली रौशनी कुलबुला रही थी, बस के दस-पन्द्रह सवारियों को प्रेताकार बनाती हुई।

"कहाँ का पता नहीं। लेकिन हम बिहार ट्रांसपोर्ट की उस बस पर पटना घूम रहे हैं, जिसको प्रदेश की युवा शक्ति ने कब्जे में ले लिया है। जो फिलहाल दिशाहीन है, इस प्रदेश की तरह," देव के ठीक सामने बैठे मरियल-से युवक ने हँसकर जवाब दिया और फिर बस में छिड़े बहस की तरफ़ मुड़ा।

"अब यहीं पर देख लीजिए—हम तीन समाजवादी, ये चार संघी और सामने कांग्रेसी। पीछे दो भूतपूर्व कम्युनिस्ट। सब आन्दोलन के बस पर सवार। हमारा मक़सद—देश-सुधार," झूमती बस में सन्तुलन बनाकर खड़े एक दढ़ियल युवक ने पूरी गम्भीरता से अपनी बात रखी।

"बात तो ठीक है, लेकिन इस तरह हरेक विचारधारा के साथ सटना हमें ठीक नहीं लगता है। कुछ तो मौलिक होना चाहिए," मरियल युवक ने मज़बूती से आपत्ति दर्ज कराई।

"हमारे नेताजी भोले हैं। देश-सुधार का सब टोटका आजमा के देख लिए हैं," अब बस चालक भी बहस में कूद पड़ा।

"अगर कोई उनको विश्वास दिला दे कि सिंघाड़ा बेचने से देश का कल्याण होगा तो वे सब काम छोड़कर गली-गली सिंघाड़ा का दुकान खोल देंगे," दढ़ियल लड़के ने ताली ठोंकते हुए बात आगे बढ़ाई।

"माने हम कहाँ हैं? और यहाँ बस में कैसे पहुँचे?" देव ने अपना सवाल समझाते हुए खड़े होने की कोशिश की, पर तुरन्त ही कराहकर बैठ गया। उसने अपने बाएँ पैर को टटोला—घुटने के पास पतलून ख़ून से सना था। दर्द इतना मानो कोई चाकू घुसेड़कर मरोड़ रहा हो।

"ये तो आप ही बता सकते हैं कि यहाँ कैसे," मरियल युवक ने फिर से चुटकी ली और उसकी पीड़ा की अनदेखी करके दोबारा बहस पर लौटा। ऐसा नहीं था कि वह युवक निष्ठुर-संवेदनशून्य हो चुका था। दरअसल, उस दिन पटना में इतने चोटिल शरीर दिखे थे कि किसी व्यक्तिगत पीड़ा का कोई अर्थ बचा ही नहीं था।

"चलिए मान लीजिए कि इसमें सारी विचारधाराएँ आ मिली हैं। पर क्या सभी जातियों का भी साथ है? क्या आन्दोलन स्वतःस्फूर्त है?" चर्चा को नई दिशा देते हुए एक अन्य युवक ने पूछा।

"हइये है। दलित है, भूमिहार है, यादव है..." लेकिन सूची पूरी होने से पहले ही प्रश्नकर्ता ने उसकी बात काट दी और कहने लगा, "हम कहते हैं कि ये अपर कास्ट मूवमेंट है।" फिर वह देव की तरफ़ मुड़ा और पूछा, "बोलिए जी, आप कौन जात हैं?"

"आप बताते क्यों नहीं हैं? कहाँ हैं हम?" देव की आवाज़ में पीड़ा के साथ खीझ भी थी।

"दर्द ज्यादा है?" उसकी बाईं ओर से सवाल आया। आवाज़ एक महिला की थी जो खिड़की से सटकर बैठी थी। अँधेरे में अदृश्य-सी।

"जी," देव ने कुछ चौंकते हुए जवाब दिया।

"आप बुद्धमार्ग से थोड़ा आगे मिला था। बेहोश पड़ा था। वहीं से आपको उठाया," महिला ने समझाते हुए कहा।

"ओह, नेपाल कहाँ है?"

"नेपाल बिहार की उत्तर-पूर्वी सीमा पर है," ड्राइवर की इस व्यंग्योक्ति पर सब हँसने लगे। लेकिन इस बार महिला ने हस्तक्षेप किया। पहले सबको फटकारा, फिर देव से पूरा घटनाक्रम और नेपाल का हुलिया पूछने लगी।

"पीठ में एक धक्का जैसा लगा और हम गिर गए। नेपाल वहीं आगे उड़के फेंका गया था। इसके बाद का कुछ याद नहीं है," देव ने सब कुछ कह सुनाया।

"वहाँ स्टैम्पीड जैसा कंडिशन था। हो सकता है आपका दोस्त हॉस्पिटल में हो। या पुलिस उसको अरेस्ट कर लिया हो," महिला ने सारी सम्भावनाएँ रेखांकित की।

"चिन्ता मत कीजिए। पटना का लड़का है। उसको कुछ नहीं होगा," इस बार ड्राइवर ने भी देव को ढाढ़स बँधाया।

तभी खिड़की पर स्ट्रीट लाइट की रौशनी लपलपाई और एक पल के लिए महिला का चेहरा चमक उठा। ऊँची नाक, गोरा रंग, आँखें शायद भूरी। उम्र कोई

पच्चीस-छब्बीस। चेहरे पर थकान भी, सौम्यता भी। देव हतप्रभ उसे देखता रहा। देव की उस हैरानी पर वह भी थोड़ा मुस्कराई और फिर बिना पूछे ही अपना परिचय देने लगी।

"मेरा नाम देविका है। हम बेंगाल से है। ऐक्टिविस्ट है। इधर आरा का रूरल एरिया में पासी लोग का लिए ऐजिटेशन करने आया था। उधर का दबंग लोग अमीन को ब्राइब देकर उनका सारा लैंड कब्जा कर लिया था। उधर से पटना आया, स्टूडेंट लोग का ऐजिटेशन में। अब तुम अपना नाम और घर बोलो।"

"हम तो स्टूडेंट भी नहीं हैं। रेलवे स्टाफ हैं। कोयलाडीह बोलके एक जगह है, वहीं के। पटना में अपना साथी के साथ फिल्म देखने निकले थे," देव ने ईमानदारी से सब कुछ बता दिया।

"यहाँ छात्र नौकरी बिना मर रहा है, गुमला में आदमी अन्न-पानी बिना तड़फड़ा रहा है। भुखमरी अपना तांडव कर रहा है। और आपको सिनेमा का तलब लगा है?" एक उमरदार सहयात्री ने तिरस्कार भाव से पूछा।

भुखमरी और बिहार के रिश्ते पर सिपाही बाबा ने एक कथा सुनाई थी। सालों पहले—सोलह सौ सत्तर की बात है—एक बार भारी अकाल पड़ा था। धरती का सीना सूखकर फट गया था। नर-नारी तड़प-तड़पकर मर रहे थे। हालाँकि बादशाह चाहता तो प्रजा बच जाती। उसके पास अन्न के पर्याप्त भंडार थे। पर उसने लोगों को उनके हाल पर छोड़ दिया। मरने दिया, अन्न के लिए राक्षस बनने दिया। वहीं भूख से मजबूर एक विधवा ने अपने मृत शिशु को ही आहार बना लिया था। "उसी विधवा लेडीज का सराप है कि बिहार से भुखमरी मिट ही नहीं रहा है," बाबा का कहना था।

हालाँकि देव उस धिक्कार से आहत था, पर उसने बाबा की कथा नहीं दोहराई। सिर्फ़ इतना कहकर रह गया कि "लोग तीन सौ का जैकेट खरीद रहा है, पाँच हजार का टिकट पर बस से लन्दन जा रहा है। हम दो रुपिया का फिल्म देख लिये तो प्रलय मच जाएगा का?" वह भी मन ही मन में।

"उसका बात छोड़ो। वो दादा ऐसे ही बोलता है। तुम अपना नाम बोलो," देविका ने बात को बढ़ने न दिया।

यूँ ज़ोर देने पर देव ने कुछ शरमाते हुए बताया, "देवानन्द दूबे।"

नाम सुनते ही सभी ठठाकर हँस पड़े। सामने बैठे ज़हरमुँहे दादा भी। दढ़ियल लड़के ने चटक सीटी मारी। ड्राइवर भी नहीं चूका। ताना मारते हुए कहा, 'बेजोड़, बेजोड़! अगर जमींदार कम्युनिस्ट हो सकता है, तो छात्र-आन्दोलन में सुपरस्टार देवानन्द क्यों नहीं कूद सकते हैं?"

"गाँव कहाँ है?" देविका ने अपने प्रश्न का शेष हिस्सा दोहराया।

"बक्सर के पास, अहिला गाँव।"

"ओह़," बस इतना कहकर वह नज़दीक आकर बैठ गई और देव के घुटने का मुआयना करने लगी। खून का रिसाव तो बन्द हो गया था, पर दर्द बढ़ता जा रहा था। थोड़ी देर बाद बस एक अस्पताल पर रुकी और देव को सहारा देकर उतारा गया। देविका ने उसका पूरा पता पूछा और उसे प्रतीक्षा-कक्ष में बिठाकर डॉक्टर को ढूँढ़ने चली गई। रात हो चली थी। देव पर बेहोशी छाती जा रही थी। अगली दोपहर नींद खुली। सामने माधवी खड़ी थी।

"हमारा भी मन करता है किसी जुलूस में जाएँ, नारा लगाएँ। कभी ले चलिएगा?" माधवी ने उसके कन्धे पर धीरे से हाथ रखते हुए कहा। माधवी उलाहना दे रही थी या सिर्फ़ छेड़ रही थी, देव के लिए समझना मुश्किल था। वह थी ही ऐसी। पर फ़िलहाल इससे भी ज़रूरी सवाल थे।

"आज तीन दिन हो गया, लेकिन नेपाल का कौनो पता नहीं चला। हम ही को फिल्म देखना था, पटना घूमना था। हमारे कारण ही वो..." कहते-कहते देव का गला भर आया।

"मिल जाएगा। खोज लीजिएगा। पहिले आप तनी ठीक हो जाइए।"

"हमको तो लगता है कि पूरा दूबे-कुल पर कौनो सराप है। रंगून, राँची, पटना—हम लोग जहाँ गए, वहीं दंगा हुआ," देव ने धीरे से करवट लेते हुए कहा।

"वहाँ और कोई आदमी नहीं था का? सब पर सराप होगा। वैसे बुरा मत मानिए, लेकिन दूबे लोग का इतना पावर नहीं है कि दंगा-संगा करवा दे। समझे?" कहकर माधवी ने प्यार से उसका एक कान मरोड़ दिया।

लेकिन देव की मनोदशा विनोद की नहीं थी। वह अपनी ही कोफ़्त में बोले जा रहा था। "कभी-कभी सोचते हैं कि चारों तरफ़ कितना चमत्कार है—किसी को भूत दिखता है, किसी को देवी सपना देती है। कोई हवा में उड़ जाता है, कोई गंगाजी में भी नहीं डूबता। पर मेरे साथ कभी कोई चमत्कार नहीं होता। कितना अच्छा होता अगर चमत्कार से नेपाल मिल जाता, या हरीश दादा आ जाते।"

"आपको भगदड़ में कोई बचा लिया, हॉस्पिटल में पहुँचा दिया, घर खबर कर दिया। और क्या चाहिए? आम आदमी के जीवन में यही चमत्कार है।"

"हाँ। अब हमको भी लगता है कि किसी तरह नौकरी पर पहुँच जाए, वही चमत्कार होगा।"

बन्द बक्सा-खुला बक्सा

आँगन में पड़े खरकटे तसले पर धूप चमक रही थी। भूखी गौरैयों का फुदकता-चहचहाता झुंड जूठी थालियों में सटे चावल का भोज उड़ा रहा था। आज अपने ही बग़ीचे से आए कटहल की तरकारी बनी थी, दमभर गरम मसाले में गोतकर। ज़ाहिर है सबने क्षमता से दोगुना डकारा था। भात की ख़ुमारी सब पर छा रही थी। पिता जी खर्राटे ले रहे थे, किसी बिगड़े-इंजन स्कूटर की तरह रुक-रुककर घड़घड़ाते। देव और माधवी भी अपने कमरे की चौखट पर बैठे ऊँघ रहे थे।

पटना में मिली चोटें अभी भरी नहीं थीं। मन अभी भी भरा हुआ था। 'सिक लीव' की अर्ज़ी कोयलाडीह भेजी जा चुकी थी। चैटर्जी बाबू और मुकेश को सूचित किया जा चुका था। नौकरी पर मँडराता संकट कुछ समय के लिए टल चुका था। वजह भले ही मनहूस थी, पर शादी के बाद पहली बार पति-पत्नी को एक-दूसरे का इतना लम्बा साथ मिला था। उनका प्रेम गहरा रहा था, कहानियाँ-क़िस्से खुल रहे थे।

नेपाल का विदा होना उस पर भारी पड़ रहा था। वह अक्सर नेपाल से जुड़ा कोई मज़ाक़िया क़िस्सा छेड़ता और हँसते-हँसते सहसा चुप हो जाता। फिर घंटों मूरत बना छत को घूरता, मानो वह छत किसी सिनेमा का पर्दा हो जिस पर पटना का वह भयावह मंज़र चल रहा हो। माधवी इस कोशिश में थी कि देव जल्दी से ठीक हो जाए—देह से भी, मन से भी। ताकि देव का दिल बहला रहे, वह दिन भर इधर-उधर की बातें करती रहती। आज उसी की ज़िद पर देव ने अपना पुराना बक्सा खोला था। और बक्से से निकली थी एक पुरानी फ़िल्मी पत्रिका। आवरण पर हवाई ग़ुब्बारे में यात्रा करती सुन्दरी का कार्टून, और अन्दर अभिनेत्रियों की रंगीन तसवीरें। देव और माधवी पत्रिका में छपे कुछ 'आधुनिक बीमारियों' की परिभाषाओं का आनन्द ले रहे थे।

"फ़िल्मोनिया : दिल धक-धक करने लगता है, आँखें फड़फड़ाती हैं। फ़िल्म देखकर ही बुखार उतरता है।"

"अर्रे, ई तो आपका वाला बेमारी है जी," माधवी चहकी।

"टी.बी. उर्फ़ तंग ब्लाउस : आजकल सभी औरतें इस बीमारी से ग्रस्त हैं," इस बार हँसने की बारी देव की थी।

"ये भी क्या गजब है। बेमारी औरत का, मजा मर्द का," कहकर माधवी देव को घूरने लगी, मानो उसके चेहरे पर अपराधबोध की लकीरें टटोल रही हो। हल्की-सी मुस्कान, आँखों का सिकुड़ना, नथुनों का फूलना—ऐसा कुछ भी जिससे देव गुनहगार साबित हो सके। माधवी की बातों का देव क़ायल भी था, और उनसे डरता भी था। तीखे तर्क, सीधे सवाल और बेबाक़ जवाब, यही माधवी के सच्चे आभूषण थे।

जब वह पहली बार अहिला आई थी, वह भी हैरान-परेशान थी। ठीक वैसे ही जैसे बासठ में गाँव पहुँचकर देव था। लेकिन जहाँ एक तरफ़ देव को सिपाही बाबा और नेपाल का अवलम्ब मिला, माधवी को सिर्फ़ अपनी बुद्धि और बातों का सहारा था।

अपनी निराशा को भुलाने के लिए वह लगातार बोलती रहती, बेचैनी को छिपाने के लिए सवाल पूछती, झुँझलाहट को तर्क का रूप देती। और ऐसी कई अबोध हरकतें करती जिनसे उसका विद्रोह ज़ाहिर भी हो जाए, और हंगामा भी न बरपे। जैसे ससुर के सामने ही भोजन करने बैठ जाती। या सूरज चढ़ने के बाद बिना आँचल लिये छत पर दातुन करती। एक बार जब देव ने टोका तो झट से पलटकर जवाब दे दिया।

"हम खाते-पीते घर से हैं। हमसे भूख सहन नहीं होगा। जादा बोलोगे तो बिना मुँहे धोए खा लेंगे।"

"अरे हम मना थोड़ी कर रहे हैं। लेकिन औरत को ई सब काम छुपकर करना चाहिए न," देव ने विनती के भाव में समझाने की कोशिश की।

"अच्छा? बुरुश करती औरत को देखकर तुम्हारा दिमाग जर जाता है। गंगाजी में नहाती औरत को देखकर भी एतना ही गुस्सा आता है का?"

फिर एक बार उसके तर्क के सामने देव निरुत्तर हो गया।

"हमारे यहाँ तो किसी का चोर-बक्सा नहीं होता है। और आप तो इतना साल अकेले रहते थे। आगे नाथ न पीछे पगहा। आपको किससे छिपाना था जी?" माधवी ने विषय बदलते हुए पूछा।

सवाल तर्कसंगत था। वैसे भी, एल्यूमिनियम के उस बक्से में छिपाने लायक़ कुछ भी तो नहीं था। बक्से को पिता जी रंगून से लाए थे। इस लिहाज़ से वह बक्सा पिता जी के साहस का ऐतिहासिक प्रतीक था। लेकिन यह भी सच है कि ऐसे बक्सों में बन्द ज़्यादातर चीजें कई और गुप्त पिटारे खोल देती हैं। और ऐसा हर खुला पिटारा इनसान की आज़ादी छीन सकता है।

शायद इसीलिए उस बक्से पर ताला लटक रहा था। ताकि देव हल्के मन से साँस ले सके। नये क़िस्से गढ़ सके। नई नाकामियों के स्मृतिचिन्ह बटोर सके। और फिर उन्हें भी उसी बक्से में बन्द कर सके। वह माधवी को समझाना चाहता था कि बक्सा यादों को सँजोने के लिए नहीं बल्कि उन्हें नज़रों से दूर रखने के लिए था। पर खुलकर तर्क करना देव के स्वभाव में ही नहीं था। और पटना के उस अनुभव के बाद वह और भी संकोची हो गया था।

ऐसा ही एक बक्सा हरीश के पास भी था। गाढ़े हरे पेंट से रंगा, जिस पर लाल रंग का ताला झूलता रहता था। एक बार देव ने भी ज़िद करके उसे खुलवाया था—वैसी ही ज़िद जैसी आज माधवी ने की थी। और तब हरीश ने भी वही शर्त रखी थी जो आज देव ने रखा था—जो चाहिए उठा लो, पर किसी चीज़ के बारे में मत पूछो।

शुरू-शुरू में हरीश का बक्सा अन्दर वाले कमरे में पड़ा रहता था, पलंग के नीचे, लावारिस सा। लेकिन धीरे-धीरे वह भरने लगा—कुछ इस क़दर कि उसके लिए भद्रा के तीन कमरे वाले क्वार्टर में भी जगह कम पड़ने लगी। और फिर एक दिन अचानक हरीश ने उसे उठाकर ज़िया के घर पर रख आया।

"पता है दादा के बक्से में क्या-क्या था?"

"क्या," माधवी ने तर्जनी पर ठुड्डी टिकाते हुए पूछा।

"ऐसा कई ठो फिल्मी पत्रिका।"

"और?"

"रामजीवन चाचा का दिया तीन ठो उपन्यास। वो भी अब हमारे बक्से में ही है।"

"और?" माधवी ने फिर पूछा। वह उस चीज़ का नाम जानना चाहती थी जिसके दबाव में हरीश ने बक्से को घर से हटा दिया था।

"उसमें विस्की का एक बोतल था। सीधे इंग्लैंड से आया।"

"अब कहाँ है?"

"दादा फेंक दिये थे।"

"कौन दिया था उनको?"

पर देव ने इसका जवाब नहीं दिया। सिर्फ़ बक्सा रखने का विचार ही नहीं, बल्कि बक्से में रखी कई चीज़ें भी देव को विरासत में मिली थीं। और शायद यह ठीक भी था। आख़िर हरीश का उत्तराधिकार भी तो देव को ही मिला था। वे सारी चिन्ताएँ, वे सारी जिम्मेदारियाँ, जो अमूमन बड़े भाई को उठानी पड़ती हैं, अब उन्हें देव उठा रहा था। घर-परिवार चलाने का जो रास्ता पिता जी ने बनाया था, अपने मीठे-कड़वे अनुभवों की गठरी लेकर अब देव को ही उस पर चलना था। उन्हीं जैसा आदर्श बनना था।

"अच्छा। तो ये भी बता दीजिए कि आप अपने बक्से का कौन चीज़ फेंकेंगे?"

"अभी तो बक्सा और सामान, दोनों उधार का है। जब अपना होगा, तब सोचेंगे।"

"और अपना बक्सा कब होगा?"

"जब नौकरी परमानेंट होगा।"

"और वो कब होगा? अबरी कोयलाडीह पहुँच जाइएगा?" पूछकर माधवी हँसने लगी।

पुनर्प्रेम

उस दिन पटना में कई छात्र मारे गए थे। उनकी याद में आरा के छात्रों ने एक शोकाकुल पैम्फ़लेट छपवाया था, जिसकी प्रतियाँ ज़िले के हर घर तक पहुँच चुकी थीं। उस एक पन्ने में बेरोज़गार छात्रों की वेदना, बेबसी, स्वाहा होते सपनों की राख—सब कुछ छलक रहा था। उस सुबह देव के हाथ में भी वही पर्चा था, जिसे वह बड़ी देर से घूरे जा रहा था। मानो पर्चे पर छपे अक्षरों के बीच किसी गुप्त सन्देश को ढूँढ़ रहा हो।

उसके दाएँ घुटने की सूजन यथावत कायम थी और बाएँ पंजे का घाव लगातार टीस रहा था। रात के बचे लिट्टी-चोखा के चटक नाश्ते के बाद वह बिस्तर पर लेटे-लेटे चाय पी रहा था। नीचे फ़र्श पर बैठी माधवी एक सफ़ेद काग़ज़ पर कुछ लिख रही थी। वहीं एक थाली में दोपहर के भोजन की कच्ची सामग्री पड़ी थी। छिले परवल, आलू, प्याज़ और अचार के मसाले में सना सत्तू का चूरा।

"लगता है कोई राइटर लिखा है। गुलशन नन्दा टाइप। बहुत इमोशनल है।"

"नेपाल को भी तो राइटर बनना था न? आप उसका लिखा कुछ पढ़े थे?"

सवाल सुनते ही देव गम्भीर हो गया। नेपाल की पांडुलिपि और उसका शरीर, दोनों स्वाहा हो चुके थे। 'कालचक्र' का रथ उन्हें कुचल चुका था। आन्दोलन की आहुति, क़िस्मत का चक्कर या फिर एक बड़े देश में स्मॉल आदमी होने का अभिशाप।

"अच्छा वो सब छोड़िए। इमोशनल है तो हमको भी सुनाइए," माधवी ने नज़रें उठाए बिना बातचीत की दिशा बदल दी। वह देव की उदासी भाँप चुकी थी।

"लिखा है कि सावन में राखी पूर्णिमा के दिन कितनी बहनों की राखियाँ पड़ी रह जाएँगी। आसीन में जिउतिया पर कितनी ही माताएँ रोती दिन काटेंगी। भादों में तीज के दिन कितनी सुहागिनें..."

"जाने दीजिए जी...सुन लिये। अच्छा है," माधवी ने दृढ़ता से टोकते हुए कहा। शायद दुखियारी सुहागिनों की चर्चा उसे असह्य लगी।

उसका यूँ टोकना देव को अच्छा लगा। वह मुस्कराने लगा। कितना प्यार था माधवी को उससे! अब वह माधवी को थोड़ा-थोड़ा समझने लगा था। और माधवी उसे। एक अनूठा आनन्द था यूँ चोटिल होकर दिन बिताने में। उसके घायल होने की ख़बर मिलते ही वह नइहर से सीधे रोती-सुबकती पटना दौड़ी चली आई थी। दो दिनों तक अस्पताल में रुककर उसने देव की जी-जान से देखभाल की। बिना सोए, बिना थके। फिर उसे अपनी निगरानी में गाँव लेकर आई।

पर जब से देव लौटा था, माधवी कुछ बदल सी गई थी। अब वह उसे 'तुम' से ज़्यादा 'आप' कहकर सम्बोधित करती। खाने-ओढ़ने में उसकी पसन्द-नापसन्द

पूछती। उसकी शिकायतें भी कम हो चुकी थीं। बस बेवजह छेड़ने की आदत बरक़रार थी।

लेकिन एक तरफ़ जहाँ पति के प्रति माधवी के बर्ताव में नरमी आई थी, वहीं दूसरी तरफ़ उसकी सोई सामाजिक चेतना फिर से उफान मारने लगी थी। देव के घावों से रिसते मवाद ने उसे छात्र आन्दोलन से जोड़ दिया था। एक अनूठा जैविक बन्धन! जिसने उसके पति की ऐसी दुर्दशा की थी, उनसे वह बदला लेना चाहती थी। आन्दोलन करना चाहती थी। लिहाज़ा छात्र संघर्ष समिति की स्थानीय इकाई को सहायता देने की ज़िम्मेदारी उसने अपने ऊपर ले ली थी। और इस काम में उसने अपनी महिला मंडली को भी जोत दिया था।

जल्द ही गाँव में जमाख़ोरी-निरोधक दस्ता बना जिसने राशन की दुकानों पर छापे मारे। इन छापों में छात्रों और युवकों के अलावा महिलाएँ भी ज़ोर आज़माने लगीं। हाथ में बेलन और नाक तक घूँघट काढ़े। माधवी तो सभी छापों में गई थी। एक दिन जब पिता जी उसके बाहर जाने का विरोध किया तो झट से आन्दोलन की उपलब्धियाँ गिनवा दी।

"बाबूजी, आपका मारगो साबुन छह महीने से ग़ायब था न? आपको कष्ट हुआ न? अब सुनिए—पाठक के दुकान में उसका भंडार निकला है। छापा नहीं पड़ता तो कैसे पता चलता? अब मारगो एक रुपया पचासी पैसा की जगह एक रुपया बीस पैसा में मिलेगा। आटा पिसाई फिर से किलो का पाँच पैसा। गेहूँ, चावल, मसूर... सबका दाम घटवा दिये हैं।"

आँकड़े ठोस और लुभावने थे। लेकिन बात आँकड़ों की नहीं, उचित-अनुचित के अन्तर की थी। और इस अन्तर में माधवी की आस्था हमेशा से कमज़ोर थी। यह बात पिता जी भी ख़ूब समझते थे। शायद इसीलिए उन्होंने जिरह करना उचित नहीं समझा। लेकिन माधवी की यह बेबाक़ी देव को थोड़ी खटकी।

"लक्खन साहू का दुकान पर हल्ला करने से हमारा नौकरी परमानेंट हो जाएगा? नेपाल जी उठेगा?" उसके सवालों में झुँझलाहट थी।

"आप बेकार खिसिया रहे हैं। जो जहाँ है, उसको वहीं रहकर कुछ करना पड़ेगा। दिल्ली में होते तो संसद जाते। पटना होते तो जेपी के साथ मुँह पर पट्टी बाँधकर मौन जुलूस निकालते। बक्सर होते तो कलेक्टर ऑफिस पर धरना देते। गाँव में तो दुकान ही बैमानी का परतीक है।"

"अच्छा? मान लीजिए हमारे गाँव में दुकान-उकान नहीं होता। तो?

"तो पिता जी के सामने धरना देते।"

"और अगर पिता जी भी नहीं होते तो?"

"तो आपके सामने नारा लगाते।"

"वाह रे! माने हम बैमान है?" देव की भौहें तन गईं।

"और नहीं तो क्या," कहकर माधवी हँसने लगी।

"गजबे ऊटपटाँग समय चल रहा है जी। जिसका जो मन है, वही बोल रहा है।" अपने बचाव में देव बस इतना ही कह पाया।

ऊटपटाँग

समय वाक़ई ऊटपटाँग था। उचित-अनुचित, तर्क-कुतर्क, सारे अन्तर मिटते जा रहे थे। नये सत्य उभर रहे थे, पुराने, सरल सत्य थर्रा रहे थे। पिछले साल जब देव भद्रा गया था, रेलवे कर्मचारी यूनियन की मीटिंग में हिस्सा लेने, उस दिन भी कुछ ऐसा ही हुआ था।

मिस डेब्बी के भाषण से पहले ही वह मीटिंग छोड़ निकल आया था, भद्रा में गुम अपने बचपन के नक़्शे को ढूँढ़ने। नक़्शा तो मिला, पर उस पर खिंची पुरानी परिचित लकीरें मिट सी गई थीं। और कई अनजानी नई लकीरें उभर आई थीं।

इन बारह सालों में शहर काफ़ी बदल गया था। नई दुकानें, नये लोग, नये रास्ते। देव तेज़ क़दमों से अपनी कॉलोनी की तरफ़ बढ़ा। कॉलोनी तो सलामत थी, लेकिन उसका पुराना क्वार्टर लावारिस खड़ा था। फुलवारी सड़े पत्तों और झाड़ से पट गई थी। तुलसी-चौरा टूट गया था। जिस लाल दीवार पर सफ़ेद पेंट से पिता जी का नाम लिखा होता था, अब वह काले पेंट से 'अबैंडंड' लिखा था। देव ने एक गहरी साँस-भरी और फिर भारी मन से अपने पुराने स्कूल की तरफ़ बढ़ा। रास्ते में फ्रैंकलिन का बँगला भी नज़र आया। वह भी 'अबैंडंड।' अबैंडंड शब्द का मतलब वह जानता था।

स्कूल अपनी जगह खड़ा था। कुछ नये क्लासरूम भी जुड़े थे। लेकिन बाउंड्री एक जगह से टूट गई थी, जहाँ से होकर गायें स्कूल ग्राउंड की ओर चरने जा रही थीं। ग्राउंड बरसाती पानी में डूबा हुआ था, जिसकी सतह पर सुनहरी धूप झिलमिला रही थी। सड़क पर यूकलिप्टस की एक बड़ी-सी डाल टूटी पड़ी थी। देव ने झुककर उससे कुछ फलियाँ तोड़ीं—जैसे बचपन में तोड़ा करता था—और उन्हें मुट्ठी में भरकर सूँघने लगा। उसका चेहरा खिल उठा। उस ख़ास बरसाती ताज़गी को वह

सालों बाद महसूस कर रहा था। वह पुराना अहसास नथुनों के रास्ते लौट रहा था। पर पुराने लोग कहाँ थे?

आधा घंटा भटकने के बाद उसे आख़िरकार एक परिचित आदमी मिल ही गया—फ्रैंकलिन का नौकर बेंजामिन।

"क्या? स्ट्राइक के लिए आए हो? रामदर्शन दूबे का लड़का, बारह साल बाद भद्रा आया, स्ट्राइक के लिए। ना, जमा नहीं," बेंजामिन बेबाक़ी से बोला।

वैसे देव भी उसे देखकर कुछ ख़ास उत्साहित नहीं था। पहले भी नहीं होता था। बेंजामिन भद्रा के अंग्रेज़ साहबों का चहेता था, उनके चर्च और परिवारों का होशियार केयरटेकर। इस उम्मीद में कि एक दिन जब गोरे साहब इंग्लैंड लौटेंगे तो उसे भी साथ ले जाएँगे, वह दिन-रात उनकी सेवा में लगा रहता था। उनके बच्चों के बस्ते लेकर स्कूल पहुँचाता, उनकी पार्टियों के लिए ख़ुद नदी जाकर कतला मछली पकड़ता, और अगर बाज़ार में किसी मनचले ने किसी मेमसाहब को छेड़ा, तो उसके होश ठिकाने लाने का कर्तव्य मुस्तैदी से निभाता।

एक दौर था जब सफ़ेद पतलून-शर्ट पहने बेंजामिन की पूरे भद्रा में धाक थी। वैसे उन दिनों भद्रा में और भी कई बेंजामिन थे—साहिब के वफ़ादार, मेमसाहब के चहेते—मगर ये वाला बेंजामिन उस क़तार में सबसे आगे था। लेकिन अब दौर कुछ और ही था। जिन बँगलों के सामने मेमसाहिब की छींटदार स्कर्ट टँगी होती थी, आज वहाँ पेटीकोट और धोती सूख रही थी। जिस गराज में मिस्टर स्मिथ का कुत्ता गुर्राता था, आज वहाँ गायें बँधी थीं। बाग़ानों में अब गुलाबी वोगनवेलिया के साथ पीले कनेर और लाल जवाकुसुम भी खिले थे। बचा था तो सिर्फ़ सफ़ेद कपड़ों में बूढ़ा बेंजामिन।

"क्या मतलब जमा नहीं?" देव ने मुरझाई मुस्कान से अपनी खीझ छुपाने की कोशिश की।

"मतलब कि तुम्हारा डैडी स्ट्राइक-ब्रेकर था। वो यूनियन का नहीं, सरकार का सपोर्ट किया। इसलिए सिक्सटी वाला स्ट्राइक के बाद उसको प्रमोशन मिला। वो ड्राइवर से फ्यूल-इंस्पेक्टर बन गया। ऊपर का पैसा कमाने लगा।"

देव चुप था।

"तुम लोग तो इधर बड़ा क्वार्टर में रहता था, लेकिन उधर लोको स्टाफ़ का कॉलोनी में मालूम कितना टॉर्चर हुआ? कितना लोग अरेस्ट हुआ, कितना को

गोली लगा? स्ट्राइकर लोग का फ़ैमिली को भी पीटा, और उन लोग का जो नेता था न—के.सी. दास—उसका जवान बीवी का तो हाथ तोड़ दिया। तभी एक महीना पहले उसका शादी हुआ था। उफ़! मदर मेरी।"

"बीवी को भी मारा?" देव की आँखों के सामने माधवी की तसवीर तैर गई।

"बिलकुल मारा। पर तुम्हारा डैडी मीटिंग में आके स्ट्राइकर सब को ही गाली बका। तुम्हारा क्वार्टर के पीछे वाला पार्क में मीटिंग हुआ था। हम भी था उधर। तुम्हारा डैडी स्टेज से बोला, जो भी हड़ताल करता है, गद्दार है। उसको पाकिस्तान चला जाना चाहिए। सबका नौकरी जाएगा। ऐसा धमकी दिया।"

"नौकरी चला जाएगा?" सुनकर देव थोड़ा घबराया।

"हाँ, गया भी। हमको सब याद है।"

देव के माथे पर पड़ी अविश्वास की लकीरें गहराती जा रही थीं। वह ग़ौर से बेंजामिन के चेहरे को देख रहा था। उस चेहरे पर तैरते सन्तोष को भाँप रहा था। उससे जुड़ी बातों को याद कर रहा था।

उस दिन, जब हरीश दादा स्मिथ साहब को गरिया रहे थे, तब बेंजामिन ही उनसे लड़ने आया था। हाथ में लाठी लेकर। फिर शाम को घर पर पुलिस लेकर भी यही आया था। इसी ने तो फ्रैंकलिन को हमसे बात करने से मना किया था। हम क्यों मानें इसकी बात? देव दुविधा में था।

"और आप? यूनियन के साथ थे या साहब लोग के?" देव के सवालों में कोफ़्त था।

"हम क्या कर सकता था? हम तो बस सरवेंट था। कभी विक्टर साहब का, कभी स्मिथ साहब का, कभी ग्रीन साहब। पर उस टाइम जो रेल का साथ दिया, सबको प्रमोशन मिला। उनका लड़का लोग को रेल में नौकरी मिला। तेरा ब्रदर हरीश का भी तो उसी टाइम नौकरी लगा था। कलकत्ता में। आजकल कहाँ है वो?"

'कहाँ है वो?' देव इसका क्या जवाब देता? लेकिन जिस विरासत की हिफ़ाज़त के लिए वह भद्रा आया था, बेंजामिन उसमें लगातार सेंध लगा रहा था। पिता जी ने यूनियनबाज़ी न करने की सलाह ज़रूर दी थी, पर उनके जीवन में आदर्श था। उनकी कहानियों में आदर्श था। कमज़ोर के साथ खड़े होने की सीख थी। दमन का विरोध था। आरा में उन्होंने घूमन का साथ दिया। रंगून पहुँचते ही भारतीय यात्रियों की प्रतिष्ठा के लिए लड़ गए। क्या उस दिन मंच से, हाथ हिला-हिलाकर, वे उन्हें बर्खास्त करवाने की धमकी दे रहे थे? क्या वाक़ई पिता जी ने हड़तालियों को ग़द्दार कहा था? उन्हें पिटवाया था? क्या इसलिए वे स्ट्राइक के ख़िलाफ़ आग उगलते रहते हैं, उसके मन में सवाल खदबदा रहे थे।

"पिता जी तो हमेशा गरीब का मदद किये। नागेश्वर राव याद है? कितना गरीब था। उसको हर महीना पैसा देते थे। हम अपना आँख से देखे हैं, लिफाफा में रुपया

देते। ऐसा आदमी रेलवे स्टाफ़ को पिटवाएगा? ना, हम नहीं मानते।" हालाँकि बेंजामिन के आरोपों को देव ने तुरन्त ख़ारिज कर दिया, लेकिन उसके मन में शंका उमड़ने लगी थी।

"देखो बाबू, वो सब हमको नहीं मालूम। तुम्हारा डैडी हेल्प जरूर करता था। एक बार हमको भी दस रुपया दिया था, जो हम बाद में उसको रिटर्न भी किया। लेकिन उस टाइम सबका पेमेंट बहुत कम था। और तुम्हारा डैडी का बहुत खर्चा था। दो-दो परिवार चलाना था, नौकरी बचाना था," बेंजामिन ने कान पर टिकी अधजली बीड़ी सुलगाते हुए कहा।

दो परिवार? अब यह क्या रहस्य है? अगर वहाँ थोड़ी देर और रुकता तो पता नहीं क्या-क्या झूठ-सच सुनना पड़ता। वैसे भी, देर हो रही थी। बादल घिरने लगे थे। पत्तों का हरा रंग गाढ़ा होने लगा था। घास में ठहरे पानी की सुनहली सतह काली होती जा रही थी।

बेंजामिन से विदा लेकर देव उस्मान होटल की तरफ़ बढ़ा। उस प्रिय अड्डे को देखते ही उसका मुरझाया चेहरा खिल उठा। होटल बिलकुल वैसा ही था, बस उसकी दीवारें पक्की हो गई थीं। और अब उसे उस्मान नहीं, जिया चला रहा था।

जिया ने देव को तुरन्त पहचान लिया। प्यार से गले लगाया, हाथ पकड़कर अन्दर बिठाया, प्लेट में सिंघाड़ा परोसा और ढेरों बातें की। कड़ाही में खौलते सरसों तेल की वही ख़ुशबू, वही धधकता चूल्हा, जले दूध और चायपत्ती की वही सोंधी गमक। देव को थोड़ी तसल्ली हुई—कुछ तो पहले जैसा बचा था। सामान्य, सरल।

"आरे रे रे! तुमसे सिंघाड़ा का पैसा लेंगे? आज हरीश उस्ताद होते तो तुम पर्स निकालने का ग़ुस्ताख़ी करता?" दुबले-से जिया ने देव के आगे बढ़े हाथ को धीरे से धकेलते हुए कहा। "कभी-कभी हरीश को देखने का बहुत ख़्वाहिश होता है। वो टाइम ठो बहुत अच्छा था," मेज़ पर सजे गिलासों में चाय छानते हुए जिया अतीत में गोते लगा रहा था, चेहरे पर मजबूरी वाली मुस्कान लिये। लेकिन हरीश दादा का ज़िक्र देव को अतीत की ठंडी छाया से वर्तमान के निष्ठुर सूरज के नीचे खींच लाया।

"पिछले बार आए थे तो एकदम बदल गए थे। चूल छोटा-छोटा, चेहरा एकदम उदास। बॉडी ठो भी गल गया था। न पहले वाला ग़ुस्सा, न पहले वाला हँसी। इधर दो दिन रुके और फिर चले गए।"

"कौन?"

"हरीश उस्ताद और कौन?"

"क्या? कब आए थे?" देव स्तब्ध था।

"दुर्गा-पूजा में चार साल हो जाएगा। उस टाइम भद्रा में उनका ड्यूटी लगा था।"

"चार साल पहले?" देव को तो जैसे काठ मार गया था।

"हाँ। तब काली टॉकीज में 'ब्रह्मचारी' लगा था। हम लोग गए थे। शम्मी कपूर उस्ताद को सबसे ज़्यादा पसन्द था। उसका 'जंगली' पाँच बार देखे थे। लेकिन उस दिन फ़िल्म देखते टाइम उस्ताद एक बार मुस्कराये तक नहीं। अगले दिन हमको बोले कि राँची जाएँगे, लेकिन बाद में पता लगा, वो हावड़ा वाला ट्रेन में बैठकर निकल गए।"

देव जैसे पथरा गया। अब उससे और रुका नहीं गया। पर जाते-जाते देव ने उस्मान के बारे में पूछा। पता चला कि उसने अपनी गृहस्थी कलकत्ता में बसा ली है। "तेरा दोस्त था न—फ्रैंकलिन। उसी का बहन मार्था से भाई का निकाह हुआ," कहते हुए जिया थोड़ा लजाया।

पहले बेंजामिन और अब जिया—उस एक यात्रा से कितनी पहेलियाँ, कितने रहस्य सामने आए। कितने यथार्थ ध्वस्त हुए। हरीश दादा चार साल पहले तक ज़िन्दा थे? मार्था ने उस्मान से शादी की? अगर जिया सच बोल रहा है, तो पिता जी झूठे हैं। हरीश पुलिस से लड़कर कोयलाडीह से फ़रार नहीं हुआ था; शराब पीकर ट्रेन से गिरा नहीं था; किसी ने उसे मरते देखा नहीं था। और अगर पिता जी झूठे हैं तो सम्भव है बेंजामिन सच्चा हो। ग़ुस्सा, दुख, बेचैनी—एक साथ कई भावनाएँ कचोटने लगीं।

कोयलाडीह लौटने वाली ट्रेन का समय हो चला था। उसने जिया को गले लगाकर दोबारा मिलने का वादा किया फिर कुछ सोचकर कहा, "जानते हैं जिया भाई, हमको आज तक लगता था कि हरीश दादा को शम्मी कपूर नहीं बल्कि देवानन्द सबसे ज्यादा पसन्द है। इसीलिए हम भी अपना नाम देवानन्द रख लिये थे।"

हिन्दी-उर्दू

स्टेशन लौटते वक़्त वह हरीश से अपनी आख़िरी भेंट के बारे में सोच रहा था। सड़सठ की उस मनहूस हटिया-यात्रा के बारे में। उन पन्द्रह दिनों में ही कितना कुछ घटा था। शहर और घर, दोनों की स्थिति कैसी डरावनी थी। एक आन्दोलन हुआ, और कुछ सामान्य से लोग समिधा की तरह स्वाहा हो गए।

जैसे ही बिहार सरकार ने उर्दू को राज्यभाषा का दर्जा दिया, प्रदेश लहक उठा। जुलूस निकलने लगे, पर्चे बँटने लगे, गुटबाज़ी शुरू हो गई। निर्णय के समर्थन में भी, विरोध में भी। हरीश भी आगबबूला था। एक दिन अकेले में देव से कहने लगा, "अंग्रेज़ी सीखकर तो तुम शेक्सपियर बन ही गए हो, अब उर्दू सीखकर ग़ालिब बन जाओ। यही चाहती है सरकार।" कैसी छटपटाहट थी हरीश में। कभी कोई नया शौक़, कभी कोई आन्दोलन। वह तो 'कालचक्र' के रथ की सवारी करना चाहता था। उसमें सिर्फ़ अपना चक्का जोड़कर सन्तुष्ट होने वालों में से वह नहीं था। 'कालचक्र' की वह व्याख्या, जिसे सिपाही बाबा शान से सुनाते थे, उस पर लागू ही नहीं होती थी।

देव ने शेक्सपियर का नाम फ्रैंकलिन से सुना था। दीवान-ए-ग़ालिब तो सिपाही बाबा से लेकर पढ़ा भी था। लेकिन सरकार वाली बात उसे अगले दिन ही समझ में आई।

15 अगस्त का दिन था—आज़ादी की बीसवीं सालगिरह। रेलवे कॉलोनी के बाहर वाले मैदान में ध्वजारोहण होना था। रेलवे अफ़सर, क्षेत्रीय नेता और कॉलोनी में रहने वाले, सभी जुटे थे। देशभक्ति गीत, लोक-संगीत और सरदार भगत सिंह के जीवन पर आधारित एक नुक्कड़ नाटक की योजना थी। लेकिन जैसे ही झंडा फहरा, हरीश ने लपककर माइक छीन लिया और सरकारी फ़ैसले के ख़िलाफ़ भाषण देने लगा।

"जिस भाषा के कारण देश का बँटवारा हुआ, उसी साँप को मिल्क पिलाया जा रहा है। यह कम्युनिस्टों और पाकिस्तानपरस्तों की चाल है। एक खुलेआम बोल रहा है कि 'माओ के सलाम, भारत के कोरबो वियतनाम।' और दूसरा दिन-रात गद्दारी कर रहा है। अगर देश बचाना है तो हमको मिलकर उर्दू का विरोध करना ही पड़ेगा।"

हरीश तब तक बोलता रहा था जब तक उसे बलपूर्वक हटाया नहीं गया। लेकिन जाते-जाते उसने हवा में कुछ पर्चियाँ उछालीं और अपना संकल्प दोहराया। "कोई साथ नहीं देगा तो हम अकेले लड़ेंगे। लेकिन देश टूटने नहीं देंगे।" कुछ बच्चे हवा में उड़ती पर्चियाँ लूटने लगे। तभी भीड़ में से एक दुबले से सज्जन आगे बढ़े और बड़े आक्रामक ढंग से मुट्ठी भींचते हुए चिल्लाए, "उर्दू को लाल सलाम।"

अगर देव हस्तक्षेप नहीं करता तो उस उर्दू-प्रेमी की कुटाई तय थी। माहौल बिगड़ चुका था। नुक्कड़ नाटक स्थगित कर दिया गया और बाक़ी के कार्यक्रम संक्षेप में निपटा लिये गए। उस घटनाक्रम से वहाँ उपस्थित लोग सकते में आ गए। ख़ासकर सरकारी मुलाजिम।

हरीश के इस प्रचंड रूप को देव कितनी ही बार देख चुका था। काली टॉकीज के सामने, भद्रा की सड़कों पर, फ्रैंकलिन के घर में। लेकिन आज हरीश में युवा गर्ममिज़ाजी से ज़्यादा संचित झुँझलाहट झलक रही थी। शायद थोड़ी नफ़रत भी। पर जो भी हो, हरीश अपनी बात का पक्का था। अगले ही दिन उसने कुछ पर्चियाँ

लिखीं, सालों बाद अपनी क्लॉड बट्लर साइकिल निकाली और कमज़ोरी के बावजूद घूम-घूमकर लोगों को समझाने लगा। पर्चियाँ बाँटने लगा। एक पड़ोसी की साइकिल पर देव भी निकला, थैले में बिस्कुट और पानी लेकर, अपने हरीश दादा के साथ।

पान की दुकान पर, गली के मोड़ पर, सब्ज़ी-हाट में, फ़ुटबॉल मैदान में—जहाँ भी थोड़ी भीड़ होती, हरीश रुकता और अपनी बात रखता। सबसे कहता कि 'युवा पीढ़ी का ख़ून खौलना चाहिए, ताकि देश में एक और पाकिस्तान न बनने पाए।" और अगर उसकी बातों में कोई ज़रा भी रुचि दिखाता, उसे एक पर्चा पकड़ा देता। पर्चे को असरदार बनाने के लिए कुछ बातें अंग्रेज़ी में भी लिखी थीं। "टू स्टॉप नेक्स्ट पाकिस्तान मेकिंग इन इंडिया, ब्लड ऑफ़ यूथ मस्ट बी बॉलिंग ऐट 100 डिग्री।"

प्रचार-प्रसार के बाद शाम को दोनों घर लौटे। देव बड़ा ख़ुश था। हरीश दादा को अपनी साइकिल पर बैठा देख उसे भद्रा के दिन याद आ गए। उसका मन था कि दादा से बैठकर जी भरकर बातें करे—गाँव की, चक्रधरपुर में उसकी नौकरी की, सुनीता भाभी की। लेकिन हरीश अपनी ही दुनिया में उलझा था। वह देव को समझाने लगा कि सरकार का फ़ैसला सूखाग्रस्त बिहार को कितना महँगा पड़ेगा।

"दर्जा देना ही है तो मगही को दो, भोजपुरी को दो, अंगिका-बज्जिका को दो। उर्दू को काहे इतना भाव देना है?"

"लेकिन दादा, सग़ीर तो आपका दोस्त है। आपका ऐसे बोलना उसको खराब नहीं लगेगा?" देव ने चिन्ता जताई।

"भाग ईडियट! ऊ डुमराव का भोजपुरिया आदमी है। उसको कब से उर्दू-सुर्दू का कीड़ा लगा?"

पर देव के मन में एक और चिन्ता थी। उसे हरीश के साथ राँची जाकर देवानन्द की नई फ़िल्म 'गाइड' देखनी थी। पहले तो उसे डर था कि कहीं बिहार के सिनेमाघर भी मनोरंजन कर के विरोध में हड़ताल न कर दे, जैसा उन दिनों बंबई में हो रहा था। पर जब वह चिन्ता दूर हुई, तो हरीश बीमार हो गया।

"अब देवानन्द में पहले वाली बात नहीं है। चक्रधरपुर में साथी सब गया था देखने। फ़िल्म एकदम बकवास है।" हरीश ने यह फ़ैसला भी सुना डाला। ऐसा लगा कि इस बार भी 'गांधी जी का सराप' अपने ताप से उसे झुलसा देगा। लेकिन भाई का मायूस चेहरा देख हरीश को दया आ गई। चूँकि पर्चे बाँटने के बाद उसकी तबीयत फिर से ढीली हो गई थी, देव को फ़िल्म दिखाने का ज़िम्मा सग़ीर को दिया गया।

अगली सुबह हरीश ने देव की जेब में दस रुपये डाले और राँची भ्रमण के दौरान 'सग़ीर भैया' का कहा मानने का आदेश दिया। जब वे घर से निकल रहे थे, हरीश ने सग़ीर को टोकते हुए एक अप्रासंगिक-सा सवाल किया। "का सग़ीर, एगो बात बताओ तो—हिन्दी हमारा राष्ट्रभाषा है कि नहीं?"

सवाल सुनकर सग़ीर थोड़ा चौंका। फिर कुछ सोचकर, पूरी गम्भीरता से कहा, "हइले है।"

काश! उस दिन वह शहर में फैले तनाव को भी उसी गम्भीरता से लेता। पिछले कुछ सालों से राँची और उसके निकटवर्ती इलाक़ों में लगातार दंगे भड़क रहे थे। कभी किसी धार्मिक जुलूस के बाद तो कभी किसी बड़े षड्यंत्र की अफ़वाह के चलते। कभी बंगाली शरणार्थियों की वेदना सुनकर शहर का पारा चढ़ता तो कभी बेक़ाबू छात्रों के तोड़-फोड़ से स्थिति बिगड़ती।

लेकिन उस दिन, शहर के उबलते मिज़ाज को नज़रअन्दाज़ करते हुए राँची भ्रमण की योजना बनी। तय हुआ कि पहले अपर बाज़ार में अग्रवाल कोठी देखेंगे—जहाँ एक समय मौलाना आज़ाद रहते थे—फिर फिरायालाल चौक के पंजाब स्वीट में सिंघाड़ा उड़ाएँगे, और उसके बाद हिन्दपिरी के वतन टॉकीज में 'गाइड' देखेंगे। योजना का पहला चरण तो सफल रहा। लेकिन जैसे ही वे फिरायालाल पहुँचे, हिन्दपिरी की ओर से एक बौखलाई भीड़ दौड़ी चली आई। देखते-ही-देखते ईंट-पत्थर भी बरसने लगे। लोग चिल्लाने लगे, कुत्ते भौंकने लगे, गायें दौड़ने लगीं, दुकानें बन्द होने लगीं। धूल का बवंडर उठ गया। ऐसा हल्ला था कि किसी उर्दू लाइब्रेरी के पास उत्पात हो रहा है। फिर हल्ला मचा कि वतन टॉकीज के पास चाकूबाज़ी हुई है। सग़ीर घबरा गया। आनन-फ़ानन में दोनों ने एक राशन की दुकान में शरण ली। दुकानदार का सग़ीर परिचित था।

अगले तीन घंटे देव के जीवन के सबसे डरावने थे। कभी दुकान की शटर पर पत्थर बरसते, तो कभी उससे टकराकर बोतलें झन्न से चकनाचूर होतीं। दुकान में दुबके लोगों को बाहर मचे उन्माद की आहट तो मिल रही थी, पर वे उसे देख नहीं सकते थे। उससे भाग नहीं सकते थे। किसी भी पल दुकानों को आग के हवाले किया जा सकता था; किसी भी क्षण सामने सड़क पर नाचती मृत्यु उनका आलिंगन कर सकती थी। पर उसका रूप कैसा होगा, वह कब और कैसे आएगी, यह कोई नहीं जानता था। कोलाहल ऐसा कि दुकान में काम करने वाला एक बच्चा फ़र्श पर लोटकर रोने लगा।

देव शटर और फ़र्श के बीच की फाँक से बाहर देखने की कोशिश कर रहा था। लेकिन उसे सिर्फ़ पैर ही दिखते थे—आगे बढ़ते, दौड़ते, पीछे भागते, अनियंत्रित-से चप्पल पहने पैर। तो कभी चप्पलों को खदेड़ते काले जूतों का झुंड। कभी नारा,

कभी ललकार, कभी चेतावनी। पर चेहरे सभी छिपे हुए। एक बार तो कोई शटर से टकराकर वहीं दुकान के सामने ही गिर गया। शायद पुलिस से पिटता कोई दंगाई था। पर देव सिर्फ़ उसकी टूटी चप्पल और चोटिल कोहनी ही देख पाया। फिर कुछ चप्पल दौड़े आए, जूते पीछे हटे, और उस चोटिल चप्पल को ले गए। बड़ी देर तक यही सिलसिला चलता रहा। देव भी परिवार को याद कर धीरे-धीरे सिसकने लगा। इसी तरह कई घंटे बीते।

सूरज ढलने के कुछ देर बाद दुकान पर ज़ोर की दस्तक हुई। 'खोलो-खोलो' की आवाज़ आई। देव ने एक बार फिर फाँक में अपनी आँखें गड़ाई। यह भूरी चप्पल उसके हरीश दादा की थी। दुकानदार ने हिम्मत जुटाकर शटर को एक फ़ीट ऊपर किया, ताकि देव और सग़ीर रेंगते हुए बाहर निकल जाएँ। हरीश अपनी क्लॉड बट्लर लिये खड़ा था। सर पर सफ़ेद नमाज़ी टोपी, आँखें तर। उसने दोनों को कसकर गले लगाया, पहनने को अपने जैसी टोपी दी और फिर सँकरी-सुनसान गलियों से निकालता उन्हें सुरक्षित घर ले आया।

लेकिन हालात यहाँ भी ख़राब थे। ऐसी अफ़वाह थी कि आधी रात के बाद दंगे फिर भड़केंगे। ख़बर यह भी थी कि पास की ही एक फैक्टरी में दंगे के लिए हथियार तैयार हो रहे हैं। घबराए लोग इलाक़ा ख़ाली करके बसों से भाग रहे थे। ज़्यादातर मुसलमान, पर कुछ हिन्दू भी।

हरीश की तबीयत अभी भी ख़राब ही थी। उस पर दिनभर का वह ख़ौफ़नाक संघर्ष। लेकिन इसके बावजूद सग़ीर और मुहल्ले के लड़कों के साथ मिलकर वह पूरी रात पलायन कर रहे लोगों की मदद करता रहा। उन्हें बसों में बिठाता रहा, उनके सामान बाँधता रहा, रास्ते के लिए खाना-पानी जुटाता रहा। सलीम डफ़ाल को भी ज़बरदस्ती बिहार शरीफ़ भेज दिया गया, इस आश्वासन के साथ कि अगली सुबह उनका इकलौता बेटा भी ट्रेन पकड़ लेगा।

"बेटा, सग़ीर तुम्हारे सुपुर्द रहा। हिफाजत करना इसकी। अब और क्या कहें? खेत खाये गदहा, मार खाये जोलहा। दुनिया का यही दस्तूर है, समझे न।" जाते वक़्त सलीम ने हरीश और सग़ीर, दोनों के बाँह में तावीज़ बाँधी थी।

लेकिन पलायन और बिछड़ने का सिलसिला तो अभी शुरू ही हुआ था। अगली दोपहर की ट्रेन से देव को भी वापस भेज दिया गया। दोनों भाई रिक्शे पर बैठकर स्टेशन पहुँचे, पिछले दिन के भूचाल को ख़ारिज करते हुए साइकिल पर सग़ीर भी उनके पीछे-पीछे चलता आ रहा था। बीच में रुककर सबने दोसा खाया, रास्ते के लिए कुछ मिठाइयाँ बँधवाईं और 'चित्रघर' पत्रिका भी ख़रीदी। "अभी फिल्म मैगजीन पढ़कर काम चला लो, अगली बार जरूर फिल्म देखेंगे," सग़ीर ने हँसते हुए कहा।

लेकिन देव ग़ुस्से में था। ट्रेन आने से पहले उसने सालों से खौलती शिकायत हरीश के सामने उड़ेल दी। "जब भी कोई खतरा होता है, हमको वहाँ से हटा दिया

जाता है। जब हल्ला था कि चीन बंगाल पर हमला करेगा, हमको गाँव भेज दिये। अब हल्ला है कि यहाँ दंगा होगा, तो हमको फिर भगा रहे हैं। हमको आप लोग डरपोक समझते हैं का? हम न ही पिता जी जैसा निडर हैं और न आपके जैसा हैंडसम। कमज़ोर हैं, काले हैं, नाक भी थोड़ा टेढ़ा है। हाइट भी अब और नहीं बढ़ेगा। लेकिन हिम्मत है हममें भी। उसका कमी नहीं है..."

"अरे मैड बॉय, वीरता मरने में नहीं, बचने में है। हम लोग जानते हैं कि तुम ब्रेव हो, अकेले भी बच जाओगे। इसी हिम्मत से तुमको भेज देते हैं। गाँव में हम अगर जाते, खेत-बगइचा सँभालने, तो एक्के दिन में हवा हो जाते। पिता जी तो पहले ही भाग चले थे। पहले रंगून, फिर बंगाल। और रही रूप की बात, तो बताओ कि देवानन्द जैसा टिप-टॉप स्टाइल में रहना सबके बस का बात है क्या? देखो मेरा हाल, कैसा लिच्चड़ जैसा हो गया है" और फिर दोनों लिपटकर हँसने लगे। ट्रेन में बैठने से पहले हरीश ने रामजीवन चाचा से मिली रेडियम वाली घड़ी और सलीम डफ़ाल से मिली तावीज़, दोनों देव की मुट्ठी में रख दी।

उसकी कहानी

रेलवे-कर्मचारियों की मीटिंग समाप्त हो चुकी थी। भद्रा के बाहर से आए कर्मचारी अपनी-अपनी ट्रेनों की प्रतीक्षा में खड़े थे, पाँच-दस का झुंड बनाकर। अधीर उँगलियों से अख़बार के पन्ने पलटते, लड़ते-झगड़ते, थूकते-खाँसते। हिन्दी, बांग्ला, तेलुगु में फुसफुसाते-बतियाते। किसी गुप्त हड़बड़ी से ग्रस्त।

प्लेटफ़ॉर्म पर यात्रियों की भीड़ और आकाश में उमड़ते बादल, दोनों का घनत्व बढ़ता जा रहा था। ऐसा अँधेरा मानो रात हो चली हो। दूर काले आकाश में उड़ते बगुलों की सफ़ेदी चमक रही थी। स्टेशन पर लगे ट्यूबलाइट जल चुके थे। बरसात की आहट से कैंटीन में चाय की ताज़ा खेप तैयार हो रही थी।

तभी ज़ोरों की बारिश शुरू हो गई और छितराई भीड़ शेड के नीचे सिमट आई। प्लेटफ़ॉर्म पर टहलती बकरियाँ और कुत्ते भी शेड के नीचे दौड़े चले आए।

टिन की छत पर गिरती बूँदों के शोर ने इनसानी आवाज़ की विविधता को सपाट कर दिया। बतकही छोड़कर लोग उस मूसलाधार बारिश के भयानक सौन्दर्य में खो गए। तेज़ आँधी पर सवार पानी के लहराते झोंकों से बचने लगे, दूर चमकती बिजली से डरने लगे, बग़ल में झूमते पीपल की दीर्घायु की कामना करने लगे। देव भी वहीं बेंच पर बैठा था। शान्त, सर झुकाए, खोया-सा। हरीश और पिता जी से जुड़े उन अकल्पनीय प्रश्नों को टटोलता। अगर हरीश ज़िन्दा था, तीन साल पहले तक, तो पिता

जी ने उसे क्यों मृत घोषित किया? हटिया से गाँव आकर उसका श्राद्ध क्यों करवाया? क्यों कहा कि उनके एक परिचित ने हरीश के मरने की पुष्टि की थी? और क्या भद्रा में उनका दूसरा परिवार भी था? शायद बेंजामिन से यह रहस्य पूछ ही लेना था।

देव ने आँखें मूँद ली थी और बुद्ध की तरह शान्त बैठा था। पर अन्दर बवंडर मचा था।

तभी उसकी पीठ पर चैटर्जी बाबू ने एक मज़बूत हाथ जमाया और धकियाकर उसके बग़ल में बैठते हुए बोले, "तुम कुछ भी मिस नहीं किया। उधर इतना झगड़ा हुआ कि मिस डेब्बी को बोलने का चांस ही नहीं मिला।"

थपकी इतनी ज़ोरदार थी कि देव औंधे मुँह गिरते-गिरते बचा। वह झट से पलटा, अपनी कुपित दृष्टि चैटर्जी बाबू पर डाली। "झगड़ा क्यों हुआ?" देव ने न चाहते हुए भी पूछा।

"क्यों? उधर कोयलाडीह से पांडे आया था। उसका यूनियन तो हमेशा गवर्नमेंट का सपोर्ट किया है। सिक्स्टी का स्ट्राइक में भी किया, सेवेंटी में भी किया, अभी भी कर रहा है," चैटर्जी ने अख़बार से नज़र हटाए बिना ही जवाब दिया।

"तो?"

"तो ये कि पांडे बोलने लगा सरकार ठीक है। यूनियन और अफसर लोग बदमाश है। लीडर लोग कम्युनिस्ट है, साहब लोग बेईमान है। हड़ताल करके देश का पैसा नष्ट कर रहा है।"

उन दिनों कोयलाडीह में दो स्थानीय यूनियन थे—एक कम्युनिस्ट और एक सरकारी। एक का अध्यक्ष सुदर्शन था, और दूसरे का पांडे। ऐसी ख़बर थी कि पांडे का सुदर्शन की बीवी के साथ कुछ नेह-छोह था। जब भी सुदर्शन कोयलाडीह से बाहर जाता था, पांडे अपने प्रतिद्वन्द्वी के घर अविलम्ब पहुँच जाता था, हालचाल लेने। और यह ठीक ही था। आत्मीय रिश्तों पर विचारधारा का अतिक्रमण नहीं होना चाहिए।

"पर मिस डेब्बी क्यों नहीं बोली?"

"इसलिए नहीं बोला क्योंकि वो भी हो-हल्ला में कूद गया। वो भी तो कम्युनिस्ट है। स्टाफ़ है रेलवे में, पर जहाँ भी प्रोटेस्ट होता है—कलकत्ता, बॉम्बे, पटना, जिधर भी—उधर चला जाता है। वो अच्छा बोलता है न, इसलिए पार्टी उसको भाषण देने हर जगह भेज देता है।"

"अरे वाह। और छुट्टी?"

"यूनियन का बड़ा नेता है, इसलिए छुट्टी भी मिला जाता है। पर सब नेता बेकार है। सिर्फ कॉमन वर्कर को कन्फ्यूज करता है।"

"कैसे कन्फ्यूज करता है?" पहले से कन्फ़्यूज़ देव ने जानना चाहा।

इस सवाल पर चैटर्जी अख़बार छोड़ उसकी तरफ़ मुड़े और झल्लाकर कहा, "देवानन्द दूबे, तुम सवाल बहुत पूछता है।" फिर कुछ रुककर दीवार पर चिपके

विज्ञापनों की ओर इशारा किया। सबसे ऊपर बारह इंच के पोस्टर पर एक मुस्कराते हुए शलगम की तसवीर थी, जिसके बग़ल में मोटे, काले अक्षरों में लिखा था—

अनाज का मूल्य कम करना आपके हाथ में है।
अनाज कम खाइए!
सप्ताह में कम से कम एक बार बिना अनाज के भोजन लीजिए।
यह देश के लिए भी लाभकारी है।

इस सरकारी अपील के ठीक नीचे तीन और विज्ञापन लगे थे—माँघराम के सॉल्टो बिस्कुट का, गोल्ड कॉइन ऐपल जूस का, और कोका कोला का।

"चारों तरफ़ खाने-पीने का सामान बिक रहा है। और सरकार बोलता है कि कम खाओ। अगर अनाज खाना है, तो अनाज मत खाओ। बोलो, कुछ समझ आया?" चैटर्जी ने ठहाका लगाते हुए पूछा।

"नहीं, आज तो हमको कुछ भी समझ नहीं आ रहा है।" उसके दिनभर के अनुभवों का यही निचोड़ था।

"इसीलिए हम बोलता है। बूढ़ा लोग का गल्प, नया लोग का स्लोगन, नेता लोग का भाषण—सब सिर्फ कॉमन मैन को कन्फ्यूज करता है। ये सब बेमतलब है। कोई रिजल्ट नहीं आएगा।"

पर सब बेमतलब नहीं था। कुछ गल्प ज़रूरी होते हैं। कुछ स्लोगन सार्थक होते हैं। ऐसे मीटिंग के रिज़ल्ट भी आते हैं। यह बात चैटर्जी बाबू भी जानते थे। हाँ, हर बार मनपसन्द रिज़ल्ट की गारंटी नहीं होती है। बावन के स्ट्राइक में जब चैटर्जी बाबू के पिता अधिकारियों से अकेले ही भिड़ गए, तो सबने उनके साहस पर क़सीदे पढ़े। कुछ माँगें भी पूरी हुईं। फिर उनकी नौकरी चली गई और उन्हीं मुरीदों ने उनकी खिल्ली उड़ाई। अन्तिम रिज़ल्ट यह आया कि जहाँ चैटर्जी बाबू के रिश्तेदार देश-विदेश में फूलते-फलते रहे, वहीं चैटर्जी बाबू 'क्लास सी' रेलवे कर्मचारी बनकर रह गए।

"रिजल्ट नहीं आएगा तो फिर हम यहाँ आए ही क्यों?"

"क्योंकि तुमको भद्रा घूमना था, और हमको ऑफ़िस से एक दिन का छुट्टी चाहिए था। इसीलिए।"

भद्रा घूमना था! कितना अच्छा होता अगर यह इच्छा इतनी बलवती न होती। उसे लगा था कि अतीत के नक़्शे से धूल हटेगी, पुरानी पगडंडियाँ फिर से दिखेंगी। लेकिन अब एक नया उलझा-सा मानचित्र उभरता नज़र आ रहा था। बेंजामिन और जिया से मिलने के बाद यादों के शर्बत में नीम घुल गया था।

भद्रा से लौटते वक़्त ट्रेन में सत्या राव भी मिल गया। किसी को उम्मीद नहीं थी कि मीटिंग में वह भी आएगा। अवसर चाहे कोई भी हो—मीटिंग, स्टाफ़ पिकनिक, विश्वकर्मा विसर्जन या धरना-प्रदर्शन—सत्या हमेशा बाक़ियों से अलग-थलग रहता। कुछ उखड़ा-सा, कुछ चिढ़ा-सा। सबसे दूर बैठता, अकेले लंच खाता और भीड़ से कुछ हटकर चलता। जैसे भीड़ का हिस्सा होकर भी वह उससे दूर हो। उसे परवाह थी तो सिर्फ़ अपने पहनावे की और मोहल्ले के आवारा कुत्तों की। हर दूसरे महीने एक जोड़ी कपड़े सिलवाता और अपनी चौथाई तनख़्वाह से कुत्तों को दूध-बिस्कुट खिलाता। उस दिन भी दुआ-सलाम के बाद वह तुरन्त दूसरी बोगी में निकल गया।

"ये कब से रेलवे ज्वाइन किया?" देव चैटर्जी बाबू के कान में फुसफुसाया। वैसे उस दिन कहानी सुनने में कोई कसर बाक़ी नहीं रही थी, पर देव आदत से लाचार था।

"हमको नहीं पता। और तुम ये सब क्यों पूछता रहता है। कभी इसके बारे में, कभी उसके बारे में," चैटर्जी बाबू थोड़ा चिढ़कर बोले।

"हमको सत्या बड़ा मिस्टीरियस लगता है। आदमी से ग़ुस्सा, लेकिन कुत्ता से प्यार करता है। घर में वाइफ नहीं, तब भी अप-टू-डेट रहता है," थोड़ा शरमाते हुए देव ने उत्तर दिया।

"रेलवे स्टाफ तुम्हारा हिन्दी पिक्चर का हीरो-हेरोइन तो है नहीं। जो भी यहाँ आया, मजबूरी में आया। उसका कहानी फिल्म जैसा थोड़ी होगा। उसमें गाँव-गरीबी, खेत-नदी, फ्लड-सूखा—यही सब मिलेगा। एकठो ऐंग्री बाप मिलेगा, एकठो बीमार माँ मिलेगा। छोटा-मोटा भूत मिल जाएगा। तुम थ्रिलर फिल्म जैसा होटल, एरोप्लेन, डिस्को खोजेगा तो कहाँ मिलेगा," सत्या के जाते ही चैटर्जी बाबू ने विश्लेषणात्मक टिप्पणी की।

देव चैटर्जी बाबू से सहमत था। हालाँकि देवानन्द भी कई फ़िल्मों में ग़रीब-लाचार इनसान बनता था—किसी रेलवे कर्मचारी की तरह ही—पर वह गाँव का गोपाल नहीं, शहरों का शहंशाह था। ख़ुद को कुचलने वाली पत्थरदिल दुनिया को उल्लू बनाता था। जुए में सेठ को चूना लगाता था, करोड़पति की बेटी से ब्याह रचाता था, मोटर दौड़ाता था, अनाप-शनाप पैसे कमाता था, बेफ़िक्री से सिगरेट का धुआँ उड़ाता था। अपने शहर के नियमों की धज्जियाँ उड़ाता था। उन सभी नियमों को जिनमें रेलवे कर्मचारी उलझे रहते हैं।

उसके छब्बीस साल का अनुभव भी यही कहता था कि बस नाम रख लेने से कोई देवानन्द नहीं बन जाता है। और वैसे भी, हरीश दादा को तो शम्मी कपूर पसन्द था। जिया से हुई उस सरसराती भेंट के बाद इस नाम से उसका मार्मिक जुड़ाव भी कुछ कमज़ोर हो चुका था। अब उसकी महत्त्वाकांक्षाएँ बिलकुल ग़ैर-फ़िल्मी थीं। उसे तो बस सभी नियमों को शिरोधार्य करके अपनी नौकरी पक्की करनी थी। पिता का सहारा बनना था, अपनी नववधू को दिल्ली दिखाना था, अपनी एक साधारण सी गैर-फ़िल्मी कहानी बनानी थी।

लीडरी

पटना का अनुभव कड़वा था। 'बॉबी' देखने की साधारण-सी योजना हादसे में बदल गई थी। जैसा सालों पहले राँची में हुआ था। 'गांधी जी का सराप' निर्मम दक्षता से अपना काम कर रहा था। दोस्त चला गया था। देव उदास था, पर शायद पूरी तरह नाउम्मीद नहीं। स्थायी नौकरी, घर, माधवी के साथ जीवन—ये सभी सपने अभी भी बचे थे। शायद इन सपनों के बोझ के सामने उसकी उदासी हल्की होती जा रही थी।

देव समझ चुका था कि पिता जी और हरीश की तरह वह 'हीरो' नहीं बन सकता था। उसमें वह हौसला नहीं है। अगर होता तो वह पटना में नेपाल को बचा पाता। जैसे राँची में हरीश ने उसे और सग़ीर को बचाया था। जैसे रंगून में पिता जी ने सहयात्रियों को बचाया था। लेकिन ऐसे समय में दूबे-परिवार में एक नये हीरो का उदय हो रहा था—माधवी।

उन दिनों आरा और बक्सर में छात्रों की धुआँधार धरपकड़ हो रही थी। पुलिस से बचकर आठ-दस युवा नेता अहिला भाग आए थे। वे दिनभर दियारा में गुम रहते और शाम होते ही गाँव में घूमकर जनजागरण अभियान चलाते—शराबमुक्ति, अन्तर्जातीय विवाह, जमाख़ोरी विरोध, और पता नहीं क्या-क्या। इन छात्रों को माधवी का सबल संरक्षण प्राप्त था। सखी-सहेलियों की मदद से वह उनके भोजन की व्यवस्था करती और अगर गाँव में 'पुलिस-पार्टी' आ धमके, तो पड़ोस के बच्चों को दौड़ाकर उन्हें आगाह करने का इन्तज़ाम भी कर देती।

नेपाल के परिवार ने दूसरा जवान बेटा खो दिया था। पूरा गाँव सदमे में था, नेपाल और फ़िल्मों से चिढ़ने वाले भी। शायद इसीलिए सभी गाँव में छिपे छात्र-नेताओं के समर्थन में थे; किसी ने भी माधवी का विरोध नहीं किया। हाँ, एक बार पिता जी ने ज़रूर आपत्ति जताई थी। "नया-नया दुलहिन के नया-नया चाल।" लेकिन माधवी ने भी उन्हें तपाक से जवाब दिया था। "ई बेचारा सब आपके जैसा रंगून नहीं भाग सकता है न।"

बदले में छात्रों से माधवी को इंक़लाबी पैम्फ़लेटों की सप्लाई मिलती रही—पटना, आरा, भागलपुर, सिवान, हर जगह से। इन्हीं पर्चियों के अनुसार वह स्थानीय गतिविधियों की रूपरेखा तैयार करती थी। "अपना गाँव कौनो बिहार से बाहर है जी? जैसा बाकी जगह होगा, वैसा यहाँ भी होगा। हमको नेपाल का बलिदान याद रखना है," उसने महिला-मंडली और छात्रों की संयुक्त बैठक में घोषणा कर डाली। उस दिन ख़ूब तालियाँ बजीं। देव भी वहीं था। सीने में गर्व और आँखों में आँसू लिये।

जब भागलपुर के पैम्फ़लेट में 'बैल-जुलूस' निकालने की सलाह दी गई तो माधवी ने भी गाँव में पशुओं का जुलूस निकलवाया। हर पशु के गले में कूठ का एक पट्टा, जिस पर कोई नारा या किसी मंत्री का नाम। छात्र-नेताओं की सलाह

पर बैलों के साथ गाय और गधे भी शामिल किये गए। कुछ दिनों बाद जब पटना से आए पैम्फ़लेट में 'काला दिवस' मनाने का आह्वान पढ़ा तो माधवी ने महिला-मंडली के साथ मिलकर काले झंडे और बैज तैयार करवाए। फिर शाम को मीटिंग हुई और छात्र-नेताओं के सुझाव पर इंक़लाबी कविताएँ भी पढ़ी गईं। पढ़ने वालों का जोश तो सबकी समझ में आया, पर उन कविताओं का अर्थ शायद ज़्यादातर लोगों के पल्ले नहीं पड़ी।

दिन बीतते गए, गर्मी चढ़ती गई, आन्दोलन फैलता गया। पर्चों पर छपी योजनाओं को माधवी यथासम्भव कार्यान्वित करती रही। दियारा के छात्र-नेताओं से सलाह लेती रही, घायल पति की सेवा करती रही, बाबूजी को उनके पसन्दीदा पकवान खिलाती रही। लेकिन चाहे पति प्रेम हो या आन्दोलन के प्रति निष्ठा, माधवी में समर्पण ज़रूर था, पर अन्धभक्ति नहीं। ज़रूरत पड़ने पर वह आहुति भी देती, लेकिन अपनी शर्तों पर। अगर उसे कोई कार्यक्रम अनुचित लगता, वह तुरन्त मना कर देती। "किसी का करजा खाए हैं जो सब बात मानना पड़ेगा?"

एक बार जब आरा से सुझाव आया कि बिहार-सरकार के मंत्रियों की सांकेतिक चिता जलाकर उनका श्राद्ध किया जाए तो माधवी बिफर पड़ी। "जीवन-मरन कौनो हँसी-खेला है जी? पटना में केतना आदमी मरा, केतना मरते-मरते बचा। जाकर उनका घर-परिवार से पूछो, का हालत होता है। करना ही है तो सद्बुद्धि के लिए हवन करवाइए, ई श्राद्ध-वाद्ध हम नहीं होने देंगे," माधवी ने साफ़ कह दिया।

माधवी की सलाह सबको ठीक लगी। शिवाले पर ईंट-मिट्टी जोड़कर बड़ा-सा हवनकुंड तैयार हुआ, सौ-डेढ़ सौ की भीड़ जुटी। फिर नेपाल की याद में दो मिनिट का मौन रखा गया और उसके बाद सत्यनारायण की कथा हुई। अन्त में जब हवन का समय आया तो दियारा में छिपे छात्र-नेता भी हिम्मत जुटाकर पहुँचे।

माधवी भी आई, पिता जी के मना करने के बावजूद, बस इतना कहकर कि, "पूजा में जा रहे हैं।" यह वो प्रतापी बहाना है जिसके आगे सारी आपत्तियाँ धराशायी हो जाती हैं। पिता जी भी इस बहाने के आगे बेबस थे, बस ताकते रह गए। लेकिन थोड़ी देर बाद जब लँगड़ाते हुए देव भी पूजा-स्थल के लिए बढ़ा तो उनसे रहा नहीं गया।

"तुम दोनों का सारा ड्रामा हम देख रहे हैं। सब आन्दोलन हमरे दुआर से ही चलेगा? भाई को समाजवाद खा गया, बड़का लइका हिन्दी-उर्दू में चला गया और

छोटका, मेहरारू के चक्कर में डैमेज हो रहा है। ये बताओ, पूरा देश का ठेका तुम दोनों ले ही लिये हो तो मंतरी-संतरी, पुलिस-कचहरी का क्या काम? सब बन्द करवा दो। फिर देखते हैं किसके खिलाफ नारा लगाते हो? कहाँ धरना देते हो? हाथ-पैर तुड़वा के चले हैं नेता बनने! मौगा कहीं का!"

पिता जी आज तक देव पर चिल्लाए नहीं थे। इस तरह तो बिलकुल भी नहीं। जब भी गुस्साते, भाषा की मर्यादा का हमेशा ख़याल रखते। पर आज उनकी भड़ास में गुस्सा जताने से ज़्यादा अपमान करने की मंशा झलक रही थी। शायद उन्हें लगा होगा कि 'मौगा' कहकर उकसाने पर देव रुक जाएगा। कोई प्रतिक्रिया देगा, बहस करेगा। लेकिन ऐसा कुछ भी नहीं हुआ।

"आप जब हमको गाँव खेद दिये थे, तब नेपाल ही हमको सँभाला था।" इतना कहकर देव चलने को हुआ। पर कुछ क़दम चलकर फिर मुड़ा, "और आपका बड़का लइका कहाँ चला गया पिता जी? आप तो कभी ठीक से बताए ही नहीं।" कब बताएँगे? पिता जी खड़े देखते रह गए—उदासी, क्रोध और बेबसी के तिलिस्म में फँसे अपने मन को टटोलते रह गए।

शिवाले पर लोग एक अलग ही चिन्ता से उजबुज थे—आन्दोलन की सफलता के लिए किस मंत्र से होम किया जाए, यह तय नहीं हो पा रहा था। पंडित जी के पास जो 'हवन विधि' की किताब थी उसमें यजमान के स्वास्थ्य-सद्बुद्धि, शत्रु नाश, दाम्पत्य सुख इत्यादि के लिए तो कई मंत्र थे, लेकिन बेलगाम सरकार या पथभ्रष्ट नेता के विवेक के लिए कुछ भी नहीं था। इसी असमंजस में काफ़ी देर तक कार्यवाही स्थगित रही। लगभग आधा घंटा बीत चुका था। भीड़ छँटने लगी थी। महिलाओं के झुरमुट में बैठी माधवी भी बेचैन नज़रों से देव को घूर रही थी। तभी नेपाल का चचेरा भाई गुड्डू उठ खड़ा हुआ।

"हम कहते हैं कि जौन भी इच्छा हो, उसी में याय नम: जोड़कर हवन किया जाए।

उस मासूम-सी सलाह पर सबको हँसी आ गई। पंडित जी भड़क गए। अगर स्थान और अवसर कुछ और होता तो शायद पंडित जी इस सुझाव का विरोध चुनिंदा जाति-सूचक गालियों से करते। लेकिन आज का अनुष्ठान गुड्डू के लिए ख़ास था। उसने चन्दा भी सबसे ज़्यादा दिया था, और भाग-दौड़ भी सबसे बढ़कर की थी। आज उसे कुछ भी कहना मुनासिब नहीं था।

"बचवा का मन रख लीजिए। इसमें कोई हरज नहीं है," पीछे खैनी रगड़ते एक छात्र-नेता ने उसका समर्थन किया।

"ठीक है। लेकिन सबसे पहले विधिवत स्थान देवता, ग्राम देवता, नवग्रह इत्यादि के नाम से हवन होगा," इस बार पंडित जी ने अपनी बात मज़बूती से रखी। फिर क्या था, शुरू हो गया पूजन-हवन। अन्त में निम्न मंत्र पढ़े गए—"ऊँ छात्रवृत्तियाय नमः स्वाहा। ऊँ नौकरियाय नमः स्वाहा।

तभी नन्हा गुड्डू बोल पड़ा, "भइया को मुआने वाला सरकार गिर जाए नमः स्वाहा।"

इस पर सबने ही ज़ोर से 'स्वाहा' बोला। कुछ आँखें भर आईं। हवन करने के सबके अपने-अपने अलग कारण थे। कोई रसोईघर में राशन के लिए हवन कर रहा था, कोई नौकरी के लिए, कोई प्रेम के लिए, कोई अपने भाई के लिए। माधवी की प्रार्थना पति और परिवार के लिए थी। उसके आक्रोश को हवा बेरोजगारी से नहीं, पति के घावों से रिसते खून से मिल रही थी।

तेरा तुझको अर्पण

पूजा तो जैसे-तैसे सम्पन्न हो गई, पर उस दिन शिवाले पर फैली अव्यवस्था देखकर देव को सिपाही बाबा की याद आई—वे होते तो अनुष्ठान के सभी पहलुओं पर पहले ही विमर्श हो चुका होता। पँजीरी में घी की मात्रा से लेकर दान-दच्छिना तक, सारी बातें तय हो चुकी होतीं।

अभी तीन साल पहले ही, इकहत्तर में जब बांग्लादेश की लड़ाई शुरू हुई, सिपाही बाबा की उद्यमिता का नमूना पूरे गाँव ने देखा था। बंगालियों की मदद के लिए देश-दुनिया के लोग एक होने लगे थे। दिल्ली से लेकर पटना तक, छात्रों और कलाकारों ने सरहद पार मचे नरसंहार पर विरोध जताया—अपनी आवाज़ से, क़लम से, कला से। देश में बढ़ती महँगाई और अभाव के बावजूद, यथासम्भव, लोग पैसे-रुपये भी जुटाने लगे।

माधवी के गाँव में भी एक विरोध-सभा का आयोजन हुआ जिसमें उसके चचेरे भाई ने एक स्वरचित एकांकी की प्रस्तुति दी। "उस दिन गणेश भैया गजबे रोल किये थे। बांग्लादेश का फौजी बनकर वहाँ के औरत-बच्चा का कष्ट सुनाए। और अन्त में दोनों हाथ से अपना गला पकड़कर, चक्कर खाकर जमीन पर गिर गए। जो देखा वही रो दिया," माधवी उस नाटक का क़िस्सा सुनाते थकती नहीं थी।

सिपाही बाबा चाहते थे कि अहिला में भी ऐसा ही कोई आयोजन हो। "न्यूयॉर्क में रविशंकर सितार बजाकर पैसा जुटा रहा है। बम्बई में अलाउद्दीन ख़ाँ का गीत चल

रहा है। और जिस गाँव पर साक्षात बंगाली माई का इतना किरपा है, वहाँ बांग्लादेश के लिए एक भी कार्यक्रम नहीं? गॉड की क़सम, ऐसा पाप किया तो गंगाजी यहाँ से बहना बन्द कर देगी।" एक बार फिर सिपाही बाबा ने सबको ललकारा, जैसे चीन-युद्ध के वक़्त ललकारा था।

लेकिन यहाँ तो एक अलग ही लड़ाई छिड़ी थी। वहाँ पाकिस्तानी सेना ने फ़रक्का बाँध पर पता नहीं क्या ख़ुराफ़ात किया और यहाँ गंगाजी में रोहू मछलियाँ छू-मन्तर हो गईं। नदी की ठेकेदारी बन्द हो गई, बक्सर स्टेशन तक मछली ढोने वाले ट्रक ग़ायब हो गए, गंगा-घाटी से निकलकर सुदूर पंजाब तक 'जल-फल' का वितरण ठप्प हो गया। युगों से गंगा-घाट पर पले मल्लाह ज़मीन की तरफ़ रुख़ करने को मजबूर हुए। और उनकी इस मजबूरी का सीधा टकराव शताब्दियों से खेती-बघारी करने वाले तुरहा लोगों की जीवनचर्या से हुआ।

आख़िर पेट सभी को पालना था। जहाँ तुरहा लोग कटनी में बारह बोझे पर एक बोझा लेते थे, वही मल्लाह लोग चौदह पर एक लेकर मज़दूरी को तैयार होने लगे। दिहाड़ी के गेहूँ और धान की मात्रा में भी छूट देने लगे। किसानों की भूख सिकुड़ती गई, ज़मींदारों का लालच बढ़ता गया, पारम्परिक सौहार्द बिखरता गया, और गाँव में टकराव के प्रत्यक्ष-परोक्ष मोर्चे खुलते गए। हर सुबह किसी का पैर टूटे, हर शाम किसी का माथा फूटे। दिन भर झगड़ा-झंझट, रात भर पंचायत। तीज-त्योहार, तिलक-बरात, हर मौक़ा फीका। हर शामियाना सूना।

कुछ ही महीनों में गाँव का हर व्यक्ति त्रस्त हो चुका था। आखिरकार इस समस्या के समाधान के लिए एक समिति बनाई गई—हर जाति से एक सदस्य, मल्लाहों और तुरहों से तीन-तीन। अध्यक्षता सिपाही बाबा को सौंपी गई। और बात बन गई। झगड़े भी सुलझे, कार्यक्रम भी हुए, चन्दा भी उठा। लेकिन कोई भी व्यवस्था, चाहे कितनी भी पुख़्ता हो, उसका संरक्षक चाहे कितना भी महान हो, शाश्वत नहीं रह सकती है। सिपाही बाबा के संरक्षण में स्थापित व्यवस्था का भी वही हाल हुआ।

मृत्यु का ख़ौफ़ कुछ ऐसा होता है कि समय भी डर से सिकुड़ जाता है। सालों पहले की घटना 'अभी हाल ही की बात' लगती है। गुज़रने वाले से महीनों पहले हुई छोटी-सी मुलाक़ात 'कल ही की भेंट' लगती है। देव को भी कुछ ऐसा ही लगा जब माधवी ने सिपाही बाबा के निधन की ख़बर सुनाई थी। उस दिन वह कोयलाडीह

से गाँव लौटा था, कई महीनों के बाद। बाबा के कंठमनी का आकार, उनके सन जैसे सफ़ेद बालों का घनत्व और उनके तकियाकलाम 'गॉड की क़सम' में 'ग' के बाद अनुस्वार की ध्वनि, उसे सब साफ़ दिख-सुन रहे थे।

उसी दिन पड़ोसी गाँव सलीमपुर से उनके सनातन झगड़े की वजह भी सामने आई। बात सत्रह सौ इकसठ की है—इस क्षेत्र में कम्पनी-राज से कुछ समय पहले की। तब प्रशासन में नवाबशाही के मुस्लिम नौकरशाहों का दबदबा था। कचहरी बक्सर क़िले में सजती थी।

उन्ही दिनों ग़ाज़ीपुर के एक समृद्ध परिवार का ज़मीन सम्बन्धी विवाद छिड़ा, जिसके निपटारे के लिए उन्हें अक्सर गंगा-पार बक्सर में हाज़िरी देनी पड़ती थी। दो साल की अथक भागदौड़ के बाद, तंग आकर, परिवार के मुखिया सूरज सिंह ने एक भ्रष्ट क़ाज़ी से सम्पर्क साधा। और क़ाज़ी ने एक शर्त रखी : "फैसला भी हक में होगा, और दोपहर से सूर्यास्त तक जितनी जमीन नाप लेंगे, वो भी आपकी। बस अल्लाह के बन्दे बन जाओ। वरना..."

अब भोजपुरी-प्रदेश में तो सभी अल्लाह के बन्दे थे। ताज़िया निकलता तो जुलूस में हिन्दू भी शामिल होते थे। सत्तइसा मुसलमानों के यहाँ भी होता है और आरा के दरिया साहब के गीत भगत भी गाते थे। वजह जो भी रही हो—गंगा-जमुनी सभ्यता या क़ाज़ी की धमकी—सूरज सिंह बन गए सलीम मुहम्मद और उनके हिस्से आई ज़मीन पर बस गया सलीमपुर।

साल भर के बाद बक्सर की लड़ाई हुई। नवाबों का राज ख़त्म हुआ और अंग्रेज़ी हुक्मरानों की मनमानी शुरू हुई। मौक़ा देखकर सूरज सिंह के रिश्तेदार भानु सिंह अंग्रेज़ी दरबार में फ़रियाद लेकर हाज़िर हुए और सलीमपुर में अपना हिस्सा माँगने लगे। चूँकि लड़ाई में सलीम मुहम्मद के मुट्ठीभर लड़ाकों ने मीर क़ासिम का साथ दिया था, अंग्रेज़ों ने उनके रिश्तेदारों के साथ त्वरित न्याय किया। और इस तरह सलीमपुर के आधे ज़मीन पर भानु सिंह का परिवार आ बसा।

शुरू-शुरू में तो दोनों परिवारों में मारकाट चलती रही। पर धीरे-धीरे पुराने रिश्ते की मिठास ने नई रंजिश के ज़हर को काट दिया और उस गाँव में शान्ति स्थापित हुई। गाँव के पूर्वी छोर पर—अहिला की ओर—पीर सलीम की मज़ार बनी, और उत्तरी छोर पर, गंगा किनारे, हनुमानगढ़ी की स्थापना हुई। इन्हीं पीर-परमेसरों की कृपा से फिर वहाँ रहने वाले एक से ग्यारह हुए। इकतीस घर मुसलमानों के और उनतीस घर हिन्दुओं के।

इन्हीं में से एक मकान भानु सिंह की छठी पीढ़ी के चिराग़ सिपाही बाबा का भी था। पिता के एकमात्र पुत्र, माँ के लाड़ले। लेकिन जब पीर सलीम के उर्स में आई रेशमा ख़ातून को सिपाही बाबा दिल दे बैठे—तब वे सत्रह साल के थे—तो एक बार फिर घमासान की स्थिति बनने लगी। लगा कि दंगा भड़केगा। घर वालों

ने लाख समझाया, घर से बेदख़ल करने की धमकी तक दे डाली, पर सिपाही बाबा की प्रीत पक्की थी। वे रेशमा से शादी करने की ज़िद पर अड़े रहे। रेशमा भी प्यार की ख़ातिर हिन्दू बनने को तैयार थी। लेकिन तभी पहला विश्वयुद्ध छिड़ गया और एक दिन अचानक अंग्रेज़ी फ़ौज में भर्ती होकर बाबा अफ्रीका चले गए। लोग कहते हैं कि भर्ती के लिए उनके पिता ने रिश्वत भी दी थी।

चार बरस बाद जब बाबा लौटे तो रेशमा को स्पैनिश कालरा लील चुका था। वियोग में बाबा ने गाँव छोड़ दिया और सदा कुँवारे रहने की क़सम खाई। फ़ौज की नौकरी उन्होंने छोड़ी नहीं थी। अपनी टुकड़ी के साथ कभी इलाहाबाद कैंट, तो कभी राँची कैंट, चारों ओर भटकते रहे। फिर दूसरे युद्ध में फ्रांस और जर्मनी से लड़कर आए। और इस बार जब गाँव लौटे—बाईस साल बाद—तो माँ-बाप भी परलोक सिधार चुके थे। विरक्ति तो पहले से थी ही, अब गाँव-घर और भी चुभने लगा। मन में वैराग्य जगा। बाबा ने अपने हिस्से की आधी ज़मीन बेच अहिला में बग़ीचा ख़रीदा, बग़ीचे में कोठरी बनवाई, और इसी गाँव के होकर रह गए। देश-दुनिया घूमे-देखे, ज्ञानी-मानी, सिपाही बाबा बन गए अहिला के सरपरस्त।

"और बाकी जमीन?"

"उसी के चक्कर में तो बाबा मरा गए।"

"एकठो पुण्यात्मा जमीन के लिए मरा गए?" देव ने पथराई निगाहों से माधवी को देखते हुए पूछा।

"ठाकुरजी की लीला। खेत का मालगुजारी आता था—साल का चार हजार। लेकिन दयाद सब उसको बेचना चाहता था। अब बाबा नहीं हैं, तो बेचा रहा है।"

"कैसे मारा उनको? और बाबा को आग कौन दिया? कर्ता कौन बना?" सवाल कई थे, पर मृत्यु का अटल सत्य सभी जवाबों को निरर्थक कर देता है। जब माँ गुज़री थी, तब देव तीन साल का अबोध था। उसे क्या याद होगा? हालाँकि माँ के बारे में वह सबसे पूछता-फिरता, पर न जाने क्यों लोग जवाब देने से कतराते थे। ममहर के लोगों का मानना था कि माँ की मृत्यु देव की कुंडली-दोष का नतीजा थी। पंडित भट्टाचार्य ने भी तो कहा था—लड़का थोड़ा अशुभ है। लेकिन सात-आठ साल पहले—जिस महीने राजकुमार की 'काजल' पिक्चर आई थी—हरीश ने चिट्ठी में माँ के बारे में सब कुछ लिखकर बताया था।

लिखा था कि माँ जब भी गाँव आती थी, अपने बच्चों को लेकर बहुत डरी रहती थी—कहीं कोई उनका अपहरण न कर ले, उन्हें ज़हर न चटा दे, कोई टोना न मार दे। सूरज ढलने के बाद तो वह अपने बच्चों के नाम तक नहीं पुकारती—कहीं चिड़ई-चुरगुन का रूप धरे उड़ती-मँडराती चुड़ैल की नज़र उन पर न पड़ जाए, वह उनका ख़ून न चूस ले। दिन भर उन्हें अपनी नज़रों के सामने रखती। दूर 'धब्ब' की आवाज़ होती, या कोई बच्चा रोता, तो घबराकर दौड़ पड़ती।

"तुम्हें जानकर हैरानी होगी कि मेरे भी एक बड़े भाई थे—रामसुहावन भइया। उनके बारे में फिर कभी विस्तार से बताऊँगा। वहीं गाँव जाकर बीमार पड़े थे और 'पास्ड अवे' (मतलब मर जाना) हो गए। इसीलिए माई हमें गाँव ले जाने से डरती थी।"

लेकिन तमाम एहतियात के बावजूद, नन्हा देव बाहर गली में पड़े टोटरम से अड़हुल का लाल फूल उठा लाया। माँ ने देखा तो छाती पीटकर रोने लगी। बच्चे को लेकर बंगाली माई के मन्दिर की तरफ़ दौड़ पड़ी। चंडीपाठ किया। टोने का सारा दुष्प्रभाव उसके ऊपर आ जाए, देवी से बार-बार ऐसी गुहार लगाई। देव को तो कुछ नहीं हुआ और परिवार सकुशल भद्रा लौट आया। लेकिन महीने भर में माँ चल बसी, बस दो दिनों के बुख़ार के बाद।

माँ की अर्थी नन्हे देव के कन्धे से भी सटाई गई थी, चिता की फेरी उससे भी लगवाई गई थी, ग्वाई नदी मुर्दाघाट से वापस आकर लोहा और गोबर उसने भी छुआ था।

> "जब तुम्हें छूने को गोबर दिया गया, तुम उसे मुट्ठी में भर के खाने जा रहे थे। तुम्हें भूख लगी होगी। दिनभर की भागदौड़ में हम तुम्हें खिलाना भूल गए थे। माँ तुम्हारे खाने-पीने का कितना ध्यान रखती थी। डरती थी कि एक दिन तुम मिट्टी-गोबर खा लोगे और तुम्हारा दिमाग भी गोबर हो जाएगा। अगर हम सही समय पर नहीं रोकते तो गोबर खा लेते और देवानन्द की जगह जानी वॉकर बन जाते। पर तुम तो बच्चा थे, सबसे 'अनकॉन्शस'। (अनकॉन्शस यानी अनजान)।"

उस दिन फिर उसका कोई अपना चला गया था, और वह बिलकुल अनजान था। एक बार फिर निरर्थक सवालों की झड़ी लगाकर वह अपने दुख को छिपाना चाहता था।

सिपाही बाबा का बूढ़ा, मृत शरीर उन्हीं के बग़ीचे में एक आम के पेड़ के नीचे मिला था, तने से पीठ सटाकर बैठा हुआ। बदन पर धारदार हथियारों के कई निशान

थे। पहले भी उन पर कइयों ने हमले किये थे—फ्रांस में नाज़ियों ने, सोनबरसा में ठगों ने। सबसे तो बचते आए थे! अविवाहित जीवन का प्रण लेने वाला भला मृत्यु का इतनी सहजता से वरण कैसे करता? पर जब अपनों ने ही घात लगाई, बाबा कुछ न कर सके।

"सलेमपुर से लोग आए थे, बाबा को आग देने, लेकिन गाँव का आदमी उनको मारकर खेद दिया। फिर बाबा को गंगाजी में प्रवाहित कर दिया। एक बार पहिले भी गंगाजी उनको बचाई थी न। यही सोचकर। तेरा तुझको अर्पण।"

"ओह" देव बस इतना ही कह सका। गंगा-घाट पर कर्कश चीत्कार करते गिद्धों की तसवीर उसकी आँखों के सामने घूमने लगी—दैत्याकार गिद्धों का बड़ा-सा झुंड। वे घाट की ओर बहे आ रहे शव के इन्तज़ार में खड़े थे। पंख फैलाकर, मानव-मांस नोचने को मचलते। अपने प्रतिद्वन्द्वी कुत्तों को खदेड़ते। सिपाही बाबा के इन्तज़ार में न जाने किस घाट पर गिद्ध खड़े होंगे। फिर अचानक हरीश की यादें भी खदर-बदर करने लगीं।

लौटना

मई आते-आते आन्दोलन नित नये रंग बिखेरने लगा। किसी दिन गिरिडीह में भ्रष्ट अधिकारियों पर जन-मुक़दमा चलता तो किसी दिन पटना के अदालतगंज से कदमकुआँ तक मशाल जुलूस निकलता। किसी दिन हज़ारीबाग़ में औरतें छात्रों के लिए सत्याग्रह करतीं तो किसी दिन फ़ंड जुटाने के लिए अहिला में कीर्तन होता।

और अब पिछली शाम से ही रेलवे-हड़ताल की सुगबुगाहट शुरू हो चुकी थी। धनबाद में तो उपद्रव का शुभारम्भ भी हो चुका था। एक कर्तव्यनिष्ठ सुपरवाइजर की कसकर धुलाई हुई थी। उस बेचारे का बस इतना अपराध था कि उसने ऑफ़िस प्रांगण में मीटिंग कर रहे हठी कर्मचारियों को उन्हीं का माइक छीनकर गरिया दिया था। प्रशासन ने अपने वफ़ादार से वफ़ादारी की और उद्दंड कर्मचारियों को त्वरित प्रभाव से सस्पेंड कर दिया गया। लेकिन जब इसकी ख़बर पास के कोयला खदान-मज़दूरों तक पहुँची, तो उन्होंने भी समर्थन में फावड़ा फेंक दिया।

पटना-रेडियो से घोषणा हुई थी कि हड़ताली बख़्शे नहीं जाएँगे। होमगार्ड से लेकर बीएसएफ तक, सबको चौकन्ना कर दिया गया था। ख़बर यह भी थी कि अधिकारी घर-घर घूमकर कर्मचारियों को चेता रहे हैं। उनके परिवारवालों को भी हड़काया जा रहा है।

इधर पिता जी की चिन्ता दिनोंदिन बढ़ती जा रही थी। वे जानते थे कि क्रान्तिकारी हवा किसी महामारी की तरह फैलती है। कितनी मुश्किल से देव की नौकरी लगी थी, जो अब पक्की होने वाली थी। एक दर्दनाक दौर के बाद परिवार की स्थिति थोड़ी सुधरने वाली थी। लेकिन पिछले डेढ़ महीने के घटनाक्रम से पिता जी सकते में थे। बेटे का ज़ख़्मी होना, बहू का यूँ आन्दोलन से जुड़ना। और देव का अपनी पत्नी की इस उद्दंडता को मौन समर्थन। कहीं पटना से गाँव आई ये उपद्रवी बयार देव को कोयलाडीह में भी घेरे न रखे।

हालाँकि सरकारी नौकरी की अहमियत पर वे अनन्त भाषण दे चुके थे। "रेल जागृत आत्मा है। समर्पण माँगती है," यह बारम्बार समझा चुके थे। लेकिन अब स्थिति हद पार करने वाली बनती जा रही थी। पारम्परिक दलीलों और सामान्य अनुनय से काम चलने वाला नहीं था। मौक़ा देखकर उन्होंने देव को अपने पास दालान में बुलाया, वहाँ लगे बेंच पर बिठाया और फिर अपना ब्रह्मास्त्र निकाला—रंगून की एक और कहानी। लेकिन इस बार वहाँ जाने की नहीं, वहाँ से लौटने की।

"बुढ़ापा में जेल जाना पड़ेगा क्या?"

"हम समझे नहीं पिता जी?"

"मंत्री बोल रहा है कि आन्दोलन करने वाला आदमी का परिवार भी धराएगा।"

"हम भी सुने हैं। लेकिन पटना का छात्र-नेता सब इसका विरोध किया है। जेपीओ इसको गलत बोले हैं। हमारा विचार है कि सरकार बेफालतू में हड़का रहा है।"

"विचार तुम्हारा है या तुम्हारी मेहरी का?"

"जी", देव इस बेबाक सवाल के लिए तैयार नहीं था।

"हम भी बहुत जुलूस देखे हैं। तुमसे बहुते ज्यादा। जब आन्दोलन का बोखार उतरेगा, बदन पर बिस्टी भी नहीं बचेगा। आज जो नेता है वो बनेगा मंत्री, और मंत्री का साला पाएगा सरकारी नौकरी। समझे?"

"पर हम क्या किये हैं पिता जी?"

"यहाँ जो किये, सो किये। अब हड़ताल शुरू होने से पहले नौकरी पर लौटो। पहले कमा लो पैसा-कौड़ी, फिर करना दौड़ा-दौड़ी।"

"जी।"

"और हड़ताल-फड़ताल से दूर रहना है। चाहे कितना भी चक्का जाम हो, तुम्हारा चक्का चलते रहना चाहिए। समझे?

"जी।"

"जानते हो, गोगोन मिस्तरी 'रंगून गीता' से खाली वो अध्याय सुनाता था जिसमें सब अच्छा बात लिखा होता था। गाँव में सबको लगता था कि गोगोनवा झूठ बोल रहा है। सब कहते थे कि वो लालच देकर रंगून भेज देगा, फिर जीवन भर बेगारी करना पड़ेगा। डर हमको भी था। फिर भी हम वहाँ गए कि नहीं?"

"जी।"

"एक टाइम हम फूचांग में रहते थे। भोजपुरिया बिरादरी का बिसाल बस्ती था। लगता था शाहाबाद में आ गए हैं। खेती का काम था। जीवन बढ़िया चल रहा था। फिर एक रात बस्ती पर शान डकैत का हमला हुआ। पुलिस जैसा खाखी पहने, हाथ में डाह लिये। लूटा कम, काटा ज्यादा। क्या लेडीज, क्या बच्चा। हिन्दुस्तानी आदमी पर उन लोग का बहुत गुस्सा था। हमारा रूममेट भी मरा गया। और हम? हम वही पुआल में लुकाकर सबको कटते देखते रहे। साँस दाबकर।"

देव चुपचाप सुन रहा था।

लेकिन रामजीवन फिर भी नहीं लौटे। काम करना था, पैसा कमाना था। वे फूचांग से दोबारा रंगून गए। और फिर एक बार दंगे में फँस गए। इस बार और भी भयानक दंगा। बस भर-भरकर उपद्रवी आए, कोरिंघी लोगों को मारने। झंडा, डाह, रिक्शा का लोहा, जो मिला उसे ही औज़ार बना लिया।

"पूरा शहर में आग लगा था। एकठो अखबार था—दी सन—उसको भी जरा दिया। पुलिस कमिशनर को भी मारा। फिर जब मशीनगन लेकर आर्मी आया—कैमरून हायलैंडर—तब कहीं जाके जान बचा। केतना लोग मराए। और यहाँ भी हम बस लुकाकर देखते रहे," बताते हुए पिता जी का गला रुँध गया था।

देव ने भी राँची और पटना में दंगे देखे थे। एक अख़बार का दफ़्तर वहाँ भी जला था। कुछ लोग वहाँ भी मरे थे। पर ऐसा बीभत्स दृश्य!

"लेकिन उसके बाद भी हम आठ महीना और रुके। पैसा बचाए। उसके बाद कहीं जाकर वापस आए। तब कहीं जाकर जीवन शुरू होता है। तो बात ऐसा है कि घर चलाने के लिए आदमी को जानवर बनना पड़ता है। नेता नहीं।"

आदमी के जानवर बनने की कहानी देव ने पहले भी सुन रखी थी।

रंगून का जानवर

पिछले दस दिनों से भद्रा में बूँदभर भी बारिश नहीं हुई थी। दिन की तपिश के बाद साँझ की जिस शीतल बयार का इन्तज़ार रहता है, वह भी नदारद थी। अमलतास

और गुलमोहर के पत्ते शिथिल लटके थे। नारियल का पेड़ भी किसी पुरानी प्रतिमा-सा बेजान खड़ा था।

पिता जी बरामदे में बैठकर पंखा झल रहे थे, सामने सड़क से गुज़रते लोगों को चिड़चिड़ाई नज़रों से घूरते। तभी नागेश्वर राव आया और बाहर पड़ी कुर्सी खोलकर पिता जी के सामने बैठ गया। फिर इत्मीनान से टाँगें हिलाते हुए मुस्कराने लगा।

इसके पहले जब भी नागेश्वर आता, बग़ान के गेट के बाहर से ही आवाज़ लगाता। यही वो जगह थी जहाँ पिता जी वह सारी बातें करते थे जिन्हें परिवार से छुपाना होता था। नागेश्वर से उनकी खुसुर-फुसुर भी वहीं होती थी। उसे पैसे वाला भूरा लिफ़ाफ़ा भी वहीं दिया जाता था। न पिता जी उसे गेट से इस ओर बुलाते, न वह आवभगत की अपेक्षा रखता। उस लक्ष्मणरेखा का नागेश्वर सदा सम्मान करता था। लेकिन आज इतना दुस्साहस? शायद गर्मी उसके सर चढ़ गई थी।

हालाँकि पिता जी भी थोड़े स्तब्ध थे, लेकिन किसी आगन्तुक को जलपान पूछने का शिष्टाचार वे नहीं भूले। देव को आवाज़ देकर जलपान जुटाने अन्दर भेज दिया। दस मिनट बाद जब हाथ में ट्रे लेकर देव लौटा तो देखा पिता जी ग़ुस्से से तमतमा रहे थे। "आदमी हो या एकदम्मे जानवर?" घृणा भरी आँखों से नागेश्वर को देखते हुए पिता जी ने पूछा।

वैसे नागेश्वर पर पिता जी के सतत ग़ुस्से की एक ख़ास वजह भी थी। लगभग तीस साल पहले उसने चेवा नाम की एक रंगूनी महिला से शादी रचाई थी। तब पिता जी भी वहीं थे। बर्मा की भाषा में चेवा का मतलब शक्तिशाली होता है। शक्तिशाली तो नहीं, पर चेवा थी बड़ी दयालु। किसी कोमल-हृदय देवी की तरह। गोरी, दुबली, हँसमुख। प्रेम से खाना पकाती, कामकाज में हाथ बँटाती, पति के लिए भारतीय त्योहार मनाती। यहाँ तक कि उसके दोस्तों का भी ख़याल रखती।

एक बार जब पिता जी लगभग मरणासन्न हो गए थे, तब चेवा ने ही दिन-रात सेवा करके उनकी जान बचाई थी। वह हर रोज़ जंगल जाकर जड़ी-बूटियाँ लाती, फिर उसका काढ़ा बनाकर पिता जी को पिलाती। उन पर कुछ जादू-टोटके भी आज़माती। उनके कपड़े धोती, उन्हें अपने हाथों से खिलाती। चेवा के बारे में ये सारी बातें ख़ुद पिता जी ने ही बताई थी। वे अक्सर उसे याद करते थे। भला उस गऊ महिला से कोई कैसे नेह-छोह तोड़ सकता है? उसे संकट में अकेला छोड़कर

कैसे हज़ारों मील दूर अपने देश लौट सकता है? पर नागेश्वर ने ऐसा ही किया था। इसी वजह से पिता जी उससे चिढ़े रहते थे। देव को तो यही लगता था।

उस दिन भी शायद चेवा का प्रसंग छिड़ा था। नागेश्वर को धिक्कारा जा रहा था। चौदह साल के देव ने तो यही समझा था। पर नागेश्वर बड़ा निर्लज्ज था। उसने हाथ बढ़ाकर पानी का गिलास उठाया और फिर हँसते हुए बोला, "ये बात आप ठीक बोला—हम जानवर। हमको कोई आदमी माफिक समझा ही नई, इसीलिए हम जानवर होना।"

शायद वह भी ठीक ही बोल रहा था। जानवर बनने की प्रक्रिया पलायन से शुरू होती है। गाँव छोड़ने वाला प्रवासी बन जाता है, और देश छोड़ने वाला विदेशी। कमोबेश दोनों में पशुता के कीड़े ढूँढ़ लिये जाते हैं। दोनों को विचित्र समझा जाता है। दोनों को नये शहर से अपनी वफ़ादारी का सबूत देना पड़ता है। लेकिन हर सबूत, हर अग्निपरीक्षा के बावजूद, उनकी इनसानियत मूल बाशिन्दों से कमतर ही रहती है। शाहाबाद से कलकत्ता और रंगून गए मज़दूरों के साथ भी यही हुआ था। नागेश्वर के साथ भी ऐसा ही हुआ। पहले बर्मा के मूल निवासी कोरिंघी कुलियों को मारते-पीटते रहे। पर उनसे बचा तो सन् बयालीस में जापानियों ने कसर पूरी कर दी।

उस साल रंगून पर इतने बम बरसे कि वह आलीशान शहर क़ब्रिस्तान से भी बदतर हो गया। क़ब्रिस्तान में तो फिर भी फूल-पत्ते नज़र आते हैं, मरने वाले को तवज्जो मिलती है, थोड़ी व्यवस्था होती है। पर वहाँ तो हर तरफ़ लावारिस लाशें बिछी पड़ी थीं—सड़ते पत्तों की तरह उपेक्षित—जिन्हें फाँदकर ख़ुद को बचाना था। पूरा शहर दमघोंटू धुएँ की काली चादर में लिपटा कराह रहा था। कई भव्य इमारतें कंकाल बनी नग्न खड़ी थीं। झोंपड़ियाँ धधक रही थीं।

रोते-कराहते लोग अपना सामान समेटे भाग रहे थे। जो सड़कें अक्सर ख़ाली दिखती थीं, उन पर एक बौराया जनसैलाब उमड़ आया था। ट्रेन, बस, बैलगाड़ी, रिक्शे, हाथी—रंगून के सारे वाहन एक साथ दौड़ रहे थे। फिर भी नागेश्वर की तरह हज़ारों पैदल भागने को मजबूर थे। और पैदल चलने वालों में ज़्यादातर भारतीय थे। वे मदद की गुहार लगा रहे थे, आपस में टकरा रहे थे, पीछे छूटने वालों को रौंदकर आगे बढ़ रहे थे।

उस रोज़ जब पहली बार नागेश्वर का पैर एक शिथिल शरीर से टकराया तो उसे बड़ी ग्लानि हुई। लाश किसी भारतीय महिला की थी—हाथों में मृत बालक

को थामे, अनन्त पीड़ा में दाँत भींचे, पथराई आँखों से आग बरसाते आकाश को ताकती। उसकी ख़ून से धुली सफ़ेद साड़ी जाँघों तक उठ गई थी। पैरों में चाँदी की पतली-सी पायल और नाक में सोने की नथ। शायद मद्रासी थी। नागेश्वर को लगा जैसे घनघोर पाप हो गया था। उसने झुककर महिला और उसके बच्चे के पाँव छुए, दिवंगत आत्माओं से क्षमा-याचना की और धमाकों के बीच आगे बढ़ चला। घंटे भर में ही उसकी पतलून की जेब पायलों, नथों और कंगनों से फूल चुकी थी।

वह ख़ुद भी घायल था। जब वह चेवा को छोड़कर बस्ती से निकल रहा था, एक ज़ोरदार धमाका हुआ और उसके बाएँ घुटने में टिन का एक बड़ा टुकड़ा आ धँसा। ज़ख़्म से लगातार ख़ून रिस रहा था। पर रुकना विकल्प नहीं था। कुछ आगे बढ़ा तो एक अस्पताल मिला, पर वहाँ भी दरवाज़े पर पड़े दो क्षत-विक्षत शवों के अलावा कोई भी नहीं था। उसने डिस्पेंसरी में ख़ुद ही अपनी मरहम-पट्टी की और आगे बढ़ा।

पर आगे कहाँ? प्रोम रोड बन्द था, बन्दरगाह पर खड़े जहाज़ सिर्फ़ पैसे वालों को बचाकर ले जा रहे थे। और बर्मा के सुदूर गाँव, जो अब तक जापानी हमले से बचे हुए थे, सिर्फ़ चेवा जैसे मूल निवासियों को आश्रय दे रहे थे।

"चेवा तो अपना देस चला गया होगा, लेकिन हम किधर जाना? पहिले रंगून से थ्री हंड्रेड माइल दूर मान्यवा गया, उधर से स्टीमर में बइठकर कलेवा, उसका बाद दस दिन बैलगाड़ी में पलेल, लास्ट में ऑन फुट जंगल-पहाड़ टपकर मनीपुर। पूरा थर्टी एट डेज़ लगना। उधर खाने-पीने को कुछ नहीं—बस थोड़ा बिस्किट, फूल-पत्ता और चिड़िया। कितना आदमी रास्ता में मर गया। डायरिया से, भूख से। अब दूबे जी आप बोलो, इतना टॉर्चर के बाद हमारे अन्दर का आदमी कहाँ जिन्दा होना? वो तो फिनिश। अब हम पूरा जानवर। आप उधर से पहले लौट आया, इसलिए आप हमसे थोड़ा कम जानवर होना।"

चौदह साल के देव के लिए यह रंगून-कथा का एक नया अध्याय था। दरवाज़े के पीछे खड़ा वह सारी बातें सुन रहा था। हालाँकि बहुत कुछ उसके पल्ले नहीं पड़ा, पर जो भी समझ आया वह डरावना था। पिता जी की कहानियों वाले जगमगाते रंगून को वह पास से देखना चाहता था, शायद उन्हीं की तरह चुपचाप घर से भागकर। लेकिन नागेश्वर के उस भयावह विवरण ने उसे झकझोर दिया था।

जलपान करके नागेश्वर उठा, एक भूरे रंग का लिफ़ाफ़ा अपनी शर्ट की पॉकेट में हिफ़ाज़त से रखा, और जाने को तैयार हुआ। इस बार पिता जी उसे गेट तक

छोड़ने गए। वहाँ दोनों में कुछ और बातें हुईं जिसके बाद नागेश्वर हँसते हुए चला गया और पिता जी मुरझाए से लौट आए।

नागेश्वर के जाने के एक घंटे बाद हरीश घर पहुँचा। चेहरे पर शाश्वत अपराध-बोध लेकर घूमने वाला हरीश उस रोज़ ग़ुस्से में था। थोड़ी देर में वह पिता जी के साथ गेट की तरफ़ बढ़ा और उनसे बहस की मुद्रा में बातें करने लगा। हैरानी की बात यह थी कि इस पूरे प्रकरण में पिता जी मुस्कराकर बातें कर रहे थे, जैसे कुछ सफ़ाई दे रहे हों। क़रीब पन्द्रह मिनट की गोपनीय गुफ़्तगू के बाद पिता जी भैया के कन्धे पर हाथ रखकर लौटे।

"जो भी है, दोस्त है मेरा। समझे? और हम भी तो कितना मुश्किल से लौटे थे। दंगा-संगा से बचकर," घर में क़दम रखते हुए पिता जी ने कहा था। देव ने भी यह बात सुनी थी।

भुक-भाक

देव के ज़ख़्म भर चुके थे। बदन की चर्बी और सर के बाल, दोनों में अनचाही बढ़ोतरी हुई थी। हालाँकि वह कुछ दिन और रुकना चाहता था, पर पिता जी का आदेश स्पष्ट था। नौकरी पर लौटना था, अविलम्ब। वापसी वाले दिन सुबह-सुबह मोनू पहुँचा, हज्जाम वाला वही पुराना बक्सा लेकर। मोनू ने भी हड़ताल के विषय में सुन रखा था। वह दाँत चियारकर बोला, "लेकिन सुना है तुम लोग का लीडरवा मायानगरी का निवासी है। सावधान रहना। बाबूजी का बम्बई-यात्रा याद है न? हीरोईन का चक्कर वाला, वो होते तो तुमको जरूर चेताते।"

"आरे हम स्ट्राइक-वेस्ट्राइक नहीं करेंगे। परमानेंट होना है, स्लोगन नहीं सरियाना है।"

"जानते हो, हम लोग का भी हड़ताल है। ऑल बिहार नाई संघ फैसला किया है कि कौनो भी विधायक का दाढ़ी-बार नहीं काटना है। जबले समाज से करप्शन का कम्पलीट उन्मूलन नहीं हो जाता है।"

"सही में?" देव ने हँसकर पूछा।

"बोल तो सहिए रहे हैं। लेकिन तुम कौन सा विधायक हो जो तुम्हारा बार नहीं काटेंगे?" एक ईंट पर बक्सा रखते हुए मोनू बोला।

तीन साल पहले तक—जब उसके पिता कोतवाल ठाकुर बक्सा लेकर घूमते थे—मोनू भी सरकारी नौकरी की उम्मीद में पटना में डेरा डाले बैठा था। कम्पटीशन के नाम पर गाँव छोड़ने वाले छात्रों में वह सबसे पहला था। शुरू-शुरू में जब नेपाल पटना

पहुँचा, तो मोनू ने ही उसे अपने साथ रखा था। दोनों मिलकर पढ़ते, घूमते, सिनेमा देखते। वह उम्मीदों का दौर था। गाड़ी पटरी पर थी। गन्तव्य की आहट मिल रही थी।

लेकिन फिर एक दिन कोतवाल ठाकुर गाँव की एक बरात में रोहतास गए और कभी नहीं लौटे। दो-एक बार दरभंगा में उनके दिखने की बात भी सामने आई, लेकिन गाँव में वे फिर कभी नहीं दिखे। संन्यास ले लिया, मरा गए, अपनी हीरोइन की खोज में असम चले गए—किसे पता?

"अब ई बक्सा हाथ में, और किस्मत का कनस्तर घूरा में पड़ा है," देव के बालों को भिगोते हुए मोनू ने मुँह खोलकर एक गहरी बदबूदार साँस छोड़ी।

"हमारा किस्मत का ट्यूबलाइट भी खाली भुकभुका रहा है। देख नहीं रहे हो?" देव ने अपनी कोहनी के सूखते घाव पर हाथ फेरते हुए कहा।

"किस्मत तो अपना हाथ में नहिए होता है। और बियाह का बाद तो एकदम्मे नहीं। सब मेहरारू पर डिपेंड करता है।"

"ई तुमको कौन बताया?"

"बिलकुल करता है। प्रह्लाद भइया का हाल ले लीजिए। कितना बेजोड़ ज़िन्दगी था। काम-धन्धा चकाचक, किस्मत टनाटन। फिर बियाह कर लिये। कलकत्ता से मेहरारू लाए। एकदम टिप-टॉप। लेकिन सहर का सुग्गा गाँव में पोसाएगा जी? मेहरी इतना धूँसी कि सीधे लुधियाना भाग गए। अब अपना खेती छोड़कर कौनो सरदार जी के लिए मजूरी कर रहे हैं। पाँच साल से घर नहीं लौटे हैं। अब बताइए, मेहरारू किस्मत लेकर आती है या नहीं?"

प्रह्लाद की बीवी, जो वास्तव में मिदनापुर से आई थी, दिन-रात उच्च स्वर में कलकत्ता-राग अलापती रहती थी। उस शहर के कई रसूख़दार उसके रिश्तेदार थे, ऐसा वह कहती-फिरती।

निस्सन्देह, ऐसे अभिजात परिवार की लड़की का अहिला जैसे गाँव में विवाह होना किसी त्रासदी से कम नहीं था। माधवी भी तो कई बार अपना दुखड़ा रो चुकी थी। प्रह्लाद का हाल सुनकर देव का चेहरा लटक गया। क़िस्मत पर कंट्रोल तो उसका भी नहीं था। भद्रा की व्यवस्थित-सुरक्षित फ़िज़ा को एक दिन अचानक छोड़कर वह गाँव के अराजक खुलेपन में आ बसा था।। लेकिन फिर परिस्थितियाँ बदली, शादी हुई और अब वह कोयले में सने एक शहर में नये सपने बुन रहा था।

"लेकिन एक चीज है जो अपना हाथ में है," मोनू अपने मित्र की चिन्ता भाँप गया था।

"क्या?"

"तुम्हारा बाल का कटिंग। बना दें राजेश खन्ना? या ज़ंजीर का अमिताभ बच्चन?"

"अरे नहीं। हमारे लिए तो देवानन्द ही एनीटाइम सदाबहार है।"

"और दाढ़ी? छील दें?"

देव ने थोड़ा सोचकर जवाब दिया, "नहीं, अब हम परमानेंट दाढ़ी रखेंगे। बस थोड़ा छाँट दो।"

बाल बनाने के बाद भी मोनू घंटेभर बैठा रहा। सुख-दुख की बातें की, आगे की योजनाएँ बनाईं, कुछ पिछली बातों को याद किया।

"देखो देव, हम लोग का तो खाली पास्टे-पास्ट है। पूरा गाँव में फ्यूचर सिर्फ तुम्हारा है। बस किस्मत ठीक हो जाए तो जिन्दगी चकाचक," इतना कहकर मोनू ने एक गहरी साँस ली और बक्सा उठाकर सुस्त क़दमों के निकल गया।

"फ्यूचर तो लाल नेपाल का भी था," देव धीरे से बुदबुदाया।

वैसे चाल तो देव की भी सुस्त हो चुकी थी। पाँव में अभी भी दर्द था, लेकिन लँगड़ाने की नौबत नहीं थी। छुट्टी की मियाद ख़त्म होने वाली थी। आज शाम उसे कोयलाडीह के लिए ट्रेन पकड़ना था।

कपड़ों में चिपके बाल झाड़कर जैसे ही वह दालान की तरफ़ बढ़ा, पर्दे के पीछे खड़ी माधवी उससे टकरा गई। उस रोज़ माधवी परछाईं की तरह देव के साथ चिपकी थी; शहर लौट रहे पति को पत्नी जी भरकर देखना चाहती थी। उसके हाथ में एक प्लेट थी जिसमें गरमागरम ठेकुआ और आम का अचार परोसा गया था।

"मीठा ठीक है कि और चीनी डालें?"

देव ने अचार के मसाले में सना ठेकुआ का एक टुकड़ा मुँह में डाला, आनन्द में आँखें बन्द कीं और अपना विश्लेषण सुनाया, "गज्जब बना है। ई तो कोयलाडीह पहुँच ही नहीं पाएगा...ट्रेनें में चट कर लेंगे।"

"ठीक," इतना कहकर माधवी लौटने लगी। परसों सुबह उसे भी नइहर लौटना था। मन उसका भी उदास था। उसे यूँ जाता देख देव ने लपककर उसका हाथ पकड़ा और अपना वादा दोहराया, "हम पहुँचेंगे, नौकरी परमानेंट करेंगे, और आपको लेकर जाएँगे। एक-दो महीना का बात है बस।"

"हमारे वजह से आपका लक ट्यूबलाइट जैसन भुक-भाक कर रहा है? आपका किस्मत खराब हो गया है?" इतना कहते ही माधवी की आँखें भर आईं।

"उफ। ई सब का बोल रही है। मोनुआ साला एकदम लम्पट है। और देखा जाए तो ट्यूबलाइट तो हम हैं। गांधी जी को, माँ को, हरीश दादा को, नेपाल को, सिपाही बाबा को...जिसको छुए, उजाड़ दिये। कुंडली तो मेरा खराब है," कहते हुए देव भावुक हो उठा।

“नौकरी परमानेंट करवा लीजिए, एक साथ सब सँवर जाएगा,” माधवी ने प्यार से उसके गाल चूमे और चौके की तरफ़ जाने लगी। लेकिन फिर रुकी, मुड़ी, और आँखों में आँसू लाकर बोली, “हमको भले मत ले जाइए। राजधानी से दिल्ली भी नहीं जाएँगे। लेकिन इस बार हाथ-पैर नहीं तोड़वाना है। समझे?”

डेढ़ महीने में दूसरी बार पति को विदा करते हुए माधवी ने करुण आग्रह किया। उसकी आँखें डबडबा आई थीं। माधवी को यूँ रोता देख देव ने उसे सीने से लगा लिया।

“और एक बात। कोयलाडीह पहुँचते ही सिनेमाघर जाइएगा। आपको आपके हरीश दादा का कसम। सिनेमा देखने वाला मुराद जरूर पूरा कर लीजिए।”

‘हरीश दादा की क़सम’—इस सौगन्ध में अब भी सम्भावना थी। जिया से हुई उस छोटी-सी मुलाक़ात के बाद से ही वह लगातार हरीश को ढूँढ़ रहा था। सग़ीर के पुराने पते पर कई चिट्ठियाँ लिखीं, कई बार चक्रधरपुर जाकर हरीश के दफ़्तर में पड़ताल की। भद्रा से लेकर राँची तक, कई परिचितों से मिला, पूछताछ की। पर कोई सुराग नहीं मिला। पिता जी से पूछने पर सिर्फ़ गोल-मोल जवाब मिलते। ज़्यादा कुरेदने पर वे ग़ुस्सा जाते या रोने लगते। कभी कहते कि उनके पास हरीश के मरने की पुख़्ता जानकारी थी। और कभी कहते कि उन्होंने ख़ुद ही उसकी मृत्यु की अफ़वाह उड़ाई थी, ताकि पुलिस उसका पीछा करना छोड़ दे।

पर देव ने अभी उम्मीद नहीं छोड़ी थी। उसने माधवी का सर चूम लिया और धीरे से कहा, “हरीश दादा का कसम नहीं तोड़ेंगे।”

शोर से दूर

इस बार पिता जी स्टेशन नहीं आए। नाराज़ जो चल रहे थे। सिर्फ़ देव को सलाह दी कि वह ट्रेन पकड़ने से पहले रामरेखा घाट के रामेश्वर मन्दिर पर माथा ज़रूर टेके। ताकि इस बार बिना पैर तुड़वाए गन्तव्य तक पहुँच जाए। पिता जी को विश्वास था कि अगर यात्रा से पहले रामेश्वर बाबा को जल चढ़ जाए, तो परदेस का अनुभव कड़वा नहीं होता है। बार-बार पलायन की नौबत नहीं आती है।

भद्रा की अपनी पहली यात्रा से पहले पिता जी भी वहाँ गए थे। पर उस दिन ब्रह्म-आरती के बाद पंडों ने पट गिरा दिया था। वजह गांधी जी थे। आरा के रमना मैदान में आयोजित जनसभा के बाद वे सीधे बाबा के दर्शन को आ रहे थे। अछूतों के मन्दिर-प्रवेश की प्रार्थना लेकर। पर देवालय का फाटक बन्द था। मन्दिर वाली

गली में आक्रोशित पुजारी प्रसाद की जगह पर्चे बाँट रहे थे। नारेबाज़ी चालू थी। “धर्मविरोधी गांधी का बहिष्कार करो।”

जब निराश होकर रामदर्शन स्टेशन पहुँचे तो देखा वहाँ भी बवाल मचा है। बक्सर से गांधी देवघर जा रहे थे, बाबा वैद्यनाथ के पट खुलवाने। एक तो अप्रैल की गर्मी, उस पर देहाती भीड़ की धक्का-मुक्की। एक तरफ़ हुमचकर जयकारा लगाते समर्थक, दूसरी तरफ़ खौराकर मुर्दाबाद करते, काले झंडे लहराते विरोधी। बीच में फँसी पुलिस और कुछ यात्रियों की उम्मीदें। उस वक़्त गांधी जी ट्रेन की गेट पर खड़े थे। रामदर्शन ने सोचा कि कम से कम इन बाबा के दर्शन तो कर ही ले। वे भीड़ से उलझते हुए आगे बढ़ने लगे, लेकिन तभी ट्रेन खुल गई। आशीर्वाद में उठा दायाँ हाथ, लाठी का ऊपरी सिर और चिकना, चमकता माथा। बस इतना ही दर्शन मिला रामदर्शन को।

पर आज देव को मन्दिर का पट खुला मिला। जतरा ठीक लग रहा था। देव ने माथा टेककर वर माँगा—नौकरी पक्की हो जाए और हरीश दादा की कुछ ख़बर मिले—और प्रफुल्लित मन से आगे बढ़ा।

स्टेशन पहुँचा तो पता चला कि ज़्यादातर ट्रेनें रद्द थीं। तीन घंटे की प्रतीक्षा के बाद एक दुस्साहसी रेलगाड़ी मिली। पर ट्रेन भागती कम, रेंगती-रुकती ज़्यादा। कभी अनियत स्टेशनों पर, कभी यार्ड में, तो कभी किसी अनजाने गाँव के बाहर। जहाँ धमाचौकड़ी करते बच्चे और जुगाली करती भैंसें अपने काम से विराम लेकर चुपचाप उसे घूरतीं। गया के फाल्गु पुल पर तो गाड़ी इतनी देर खड़ी रही कि कई यात्री नीचे बहती नदी से नहाकर लौट आएँ। लेकिन ज़्यादातर अटकाव सुनसान जंगलों या सूखे-पीले खेतों में ही होते, शुष्क निर्जन के अनिश्चित ठहराव के बीच। ऐसे मौक़ों पर ट्रेन भी मौन हो जाती। हड़तालियों की मनमानी की निन्दा कर रहे यात्री सहसा शान्त हो जाते। फिर ट्रेन चल पड़ती और शिकायतों का सिलसिला भी शुरू हो जाता।

अक्सर प्लेटफ़ॉर्म या यार्ड पर रुकने की अवधि प्रदर्शनकारियों की संख्या के अनुपात में होती—जितना बड़ा जुलूस, उतना लम्बा विराम। और जुलूस भी तीन क़िस्म के–बिहार सरकार के ख़िलाफ़ छात्रों का झूमता-मदमस्त जुलूस, महँगाई के ख़िलाफ़ कम्युनिस्टों का क्रुद्ध जुलूस और मैडम के ख़िलाफ़ रेल-कर्मचारियों का व्याकुल जुलूस। भाँति-भाँति के इंक़लाबी नारे, हवा में लहराती सैकड़ों बन्द मुट्ठियाँ और रंग-बिरंगे बैनर—हर हुजूम पिछले अक्रोशित भीड़ से भिन्न। लेकिन इन विविधताओं के बावजूद, जब भी देव प्रदर्शनकारियों को देखता, उसे सारे चेहरे एक से नज़र आते। भौहें सिकुड़ी, आँखें खिंची, गले की नसें तनी, चीख़ की गोलाकार मुद्रा में खुला मुँह। ठीक वैसे ही एकरूपता जैसी राँची में दिखी थी—हर दंगाई एक जोड़ी चप्पल, हर पुलिस एक जोड़ी जूता।

देव ने पाया कि जब भी कोई जुलूस ट्रेन के नज़दीक से गुज़रता, कई यात्री किसी अनर्थ की आशंका से घबरा उठते। हो-हल्ला सुनकर बच्चे रोने लगते। औरतें खिड़कियाँ बन्द करने लगतीं। पर देव दरवाज़े के पास जाकर बेबाक़ खड़ा हो जाता। कल्पना करता है कि बाक़ी यात्री उसकी बेपरवाही को ईर्ष्या से देख रहे होंगे। रंगून के क़िस्सों में, राँची की गलियों में, पटना की सड़कों पर—विद्रोह के जिन रौद्र स्वरूपों से उसका परिचय हो चुका था, उसकी तुलना में ये आन्दोलनकारी शालीन सत्याग्रहियों जैसे थे। हाँ ऐसे दृश्य देखकर उसके मन में कुछ अन्तरंग चेहरे ज़रूर उभर आते—पिता जी का उदासीन चेहरा, सग़ीर का घबराया चेहरा, नेपाल का हँसता चेहरा, हरीश दादा का ग़ुस्साया चेहरा, माधवी का आश्वस्त चेहरा, बस वाली देविका का सौम्य चेहरा। और फिर उदास होकर, शायद अगली जुलूस के इन्तज़ार में, वह अपनी सीट पर लौट जाता।

तक़रीबन तीस घंटे की यात्रा के बाद, दो ट्रेन बदलकर, पाँच मई की दोपहर जब वह धनबाद पहुँचा, तो चारों तरफ़ हड़कम्प मचा था। प्लेटफ़ॉर्म पर, टिकट खिड़की के सामने, खड़ी ट्रेनों की छतों पर। हर जगह अनियंत्रित-आक्रोशित भीड़। यहाँ भी आन्दोलन चल रहा था, लेकिन एक दूसरे मिज़ाज का।

दर्जनों ट्रेनें रद्द थीं, लोग परेशान थे। कुछ यात्री स्टेशन कर्मचारियों से टिकट का पैसा वापस माँग रहे थे तो कुछ आख़िरी ट्रेन लपकने की कवायद में थे। कहीं गालियाँ बरस रही थीं तो कहीं धक्का-मुक्की चालू थी। कहीं गर्मी से बेहाल बच्चों को माँएँ पानी पिला रही थीं, तो कहीं यात्रा की व्यवस्था करने गए पति की बाट जोही जा रही थी।

सामने वाले प्लेटफ़ॉर्म पर कुछ लोग एक अधेड़ उम्र के व्यक्ति को घेरकर चिल्ला रहे थे। "हम लोगों की नौकरी नहीं है का? महँगी से हम लोग तबाह नहीं हैं का?" जनाक्रोश के केन्द्र में खड़ा वह व्यक्ति एक रेलवे कर्मचारी था जो स्टेशन पर हड़ताली पर्चे बाँट रहा था। अगर ऐन वक़्त पर पुलिस न आती तो उस सज्जन की हजामत तय थी।

प्लेटफ़ॉर्म से फँसते-अझुराते जब देव स्टेशन से बाहर निकला तो देखा कि वहाँ भी कोहराम मचा है। सैकड़ों की भीड़, सारी बसें खचाखच भरी। सड़क पार स्थित हनुमान मन्दिर के सामने हड़ताली और ग़ैर-हड़ताली आपस में भिड़े हुए थे। "दम है तो ऑफिस जाकर दिखाइए," "हमको कौनो से डर है का?" "गद्दार

आदमी किसी का नहीं होता," "देश के साथ कौन गद्दारी कर रहा है?"—ऐसे तमाम आरोप-प्रत्यारोप धाराप्रवाह निकल रहे थे।

कर्मचारियों के आपसी झगड़े को देख वह चिन्तित ज़रूर हुआ, लेकिन उसे विश्वास था उसके साथ ऐसी कोई ज़ोर-ज़बरदस्ती नहीं होगी। सिर्फ़ पिता जी ने ही नहीं, ऑफ़िस के वरिष्ठ सहकर्मियों ने ख़ुद ही उसे हड़ताल से दूर रहने की सलाह दी थी।

मई की चिलचिलाती धूप में घंटे भर की थकाऊ प्रतीक्षा के बाद उसे एक ख़ाली टैक्सी मिली। लेकिन टैक्सी की नरम-गरम सीट पर बैठते ही उसकी ऊर्जा लौट आई। अब मन में सिर्फ़ तीन बातें चल रही थीं : सुबह शिवमन्दिर में जल चढ़ाकर ऑफ़िस में हाज़िरी लगानी है। माधवी को झरिया से तार भेजकर अपने सकुशल पहुँचने का समाचार देना है; लगे हाथ राजेश खन्ना की 'आपकी क़सम' देखनी है।

उस फ़िल्म की जानकारी उसने सुबह ट्रेन में ही बटोर ली थी। जिस वक़्त 'आवाज़' में छपी ख़बरों का हवाला देकर बाक़ी यात्री राजनीतिक बहस में तल्लीन थे, वह पिछले पन्ने पर छपे फ़िल्मी विज्ञापन पर नज़रें जमाए बैठा था—'राजेश खन्ना और मुमताज़ का नया धमाका, डेली 4 शो, अप्सरा (झरिया)।'

धूप में टैक्सी आग हो रही थी। खुली खिड़की से आती गरम हवा झुलसा रही थी। बाएँ पैर में अब भी थोड़ा दर्द था। लेकिन गन्तव्य तक पहुँचने की ख़ुशी ने उसकी सारी तकलीफ़ें नगण्य कर दी थी। आखिर वह कोयलाडीह पहुँच ही गया। पिताजी बेकार ही चिढ़े थे। बेवजह ही उसे ग़ैर-ज़िम्मेदार मान बैठे थे।

इन्द्रधनुषी आशा

कोयले की धूल से मढ़ी सड़क पर आधे घंटे की यात्रा के बाद देव अपने क्वार्टर पहुँचा। तमाम उथल-पुथल के बावजूद कुछ बातें अभी भी पूर्ववत थीं। मुकेश ने क्वार्टर की व्यवस्था बरकरार रखी थी। खिड़कियाँ बन्द थीं, बत्तियाँ बुझी थीं, फ़र्श चमक रहा था, पानी का घड़ा भरा था। ताला खोला तो पाया कि मुकेश ऑफ़िस गया था।

उसके बिस्तर पर एक पुरानी फटी बनियान और 'धर्मयुग' की एक प्रति सहेज कर रखी थी। पत्रिका के आवरण पर पारम्परिक परिधान पहने उत्सवमग्न आदिवासियों की तसवीरें थीं। और बड़े अक्षरों में एक दुर्बोध सवाल छपा था—'नया वर्ष कैसा गुजरेगा?' चौहत्तर की मई की उस घनघोर अनिश्चितता में अगर कोई इस सवाल का जवाब दे पाता तो शायद सृष्टि को संचालित करने वाली सभी गूढ़ नियमों पर से पर्दा भी हट जाता। देव ने उस प्रश्न को दो बार मध्यम स्वर में पढ़ा—'नया वर्ष कैसा गुजरेगा।' उसे हँसी आ गई।

उसने झट नहाकर कपड़े बदले और माधवी के दिये पूरियों में गुड़ लपेटकर खाने लगा। हर कौर के साथ उसे माधवी याद आ रही थी। उसकी खीज वाली मुस्कान, उसके घुँघराले भूरे बाल, बालों से महकती मेहँदी, और एक स्वर्णिम भविष्य का सपना सँजोए उसकी आतुर आँखें। स्वाद और स्मृति का ऐसा मादक मिश्रण कि दंगे, दुर्घटनाएँ, चोट, मृत्यु, गर्मी, हड़ताल—हर निवाले के साथ ये बुरे ख़याल दूर भागते गए। आख़िरी निवाले के साथ उसने आँखें मूँद ली और मुस्कराकर पानी पीने लगा।

एक लम्बे, बेहद लम्बे इन्तज़ार के बाद उसके साधारण जीवन की कुछ एक साधारण-सी इच्छाएँ पूरी होने वाली थीं। नई फ़िल्म, पक्की नौकरी और जीवन का एक नया अध्याय। किसे पता, शायद राजधानी एक्सप्रेस से दिल्ली यात्रा भी हो जाए। इस ख़याल ने ऐसी ऊर्जा भर दी कि वह सिर्फ़ बीस मिनटों में ही सज-धजकर ट्रेकर स्टैंड की तरफ़ चल पड़ा। निकलने से पहले वह दीवार से लटकती सात इंच के शीशे के पास रुका और थोड़ा टेढ़े होकर अपनी दाढ़ी पर हाथ घुमाया। फिर अपने सफ़ेद शर्ट का गले वाला बटन बन्द किया। देवानन्द जैसे सँवरे बाल, पैरों में चमड़े की भूरी चप्पल—बिलकुल हरीश दादा जैसा—और क़दमों में उत्साह वाला तूफ़ान।

इलेक्ट्रिक कॉलोनी में सन्नाटा था, धनबाद स्टेशन में उद्वेगकारी कोलाहल से बिलकुल अलहदा। वैसे भी, मई की दोपहरी में भला कौन सड़क पर चहलक़दमी करे? अमरूद के पत्ते झड़ चुके थे और आम के टिकोरे अभी छोटे थे। कुर्सी लगाकर उनकी पहरेदारी की जाए, अभी इसकी आवश्यकता नहीं थी। इतना सन्नाटा कि देव अपनी तेज़ चलती साँसों को साफ़ सुन पा रहा था। उस निर्जन सड़क पर वह बढ़ा जा रहा था, सिनेमाघर के रंगीन पर्दे की इन्द्रधनुषी कल्पना में खोया।

हालाँकि रंगीन फ़िल्म उसने देखी ज़रूर थी, पर सिर्फ़ एक बार। वह भी सिर्फ़ तीस-चालीस मिनट, सिनेमाघर में पिता जी के निर्मम धावे के पहले का हिस्सा। 'गंगा-जमना' के उन दृश्यों को उसने कई बार अपने दिमाग़ में दोहराया था। पर कोई स्मृति और कल्पना से दिल कितना बहलाए? साल बीतते गए, उन दृश्यों से रंग उड़ते गये। कबड्डी वाले दृश्य में दिलीप कुमार ने हरे रंग का कुर्ता पहना था—अब बस इतना ही याद था उसे। हालाँकि फ़िल्मी पत्रिकाओं में छपी रंगीन तसवीरों और नेपाल के जीवंत विवरणों के सहारे वह कई बार सिनेमाघर की सैर कर आया था। माधवी के क़िस्सों ने भी पर्दे की उसकी कल्पना में ख़ूब रंग भरा था। "जब दिल्ली चलेंगे तो तुम 'अमर प्रेम' के राजेश खन्ना जैसा नीला सूट पहनना

और हम लाल रंग का साड़ी पहनेंगे, जैसा 'कटी पतंग' में आशा पारिख पहनी थी, शादी वाला सीन में।" लेकिन उधार की तसवीरों से बुनी उसकी रंगीन अवधारणों की अपनी सीमाएँ थीं। आख़िर दूसरों के अनुभवों से कोई कितना रंग निचोड़े?

देव जानता था कि प्रत्यक्षदर्शन का आनन्द कुछ और ही होगा। आज वह देवानन्द के ज़माने से निकलकर राजेश खन्ना के दौर में क़दम रखने वाला था। सहसा उसे नेपाल और हरीश का ख़याल आया। थोड़ी ग्लानि भी हुई। लेकिन उस ग्लानि को अपने चेतन से कहीं दूर धकेलकर वह चलता गया। माधवी ने क़सम जो दी थी। "कोयलाडीह पहुँचते ही सिनेमाघर जाइएगा। आपको आपके हरीश दादा का कसम।"

भद्रा और अहिला की तुलना में कोयलाडीह का जीवन थोड़ा उबाऊ था। न गंगा घाट का खुलापन था, न हरीश की टोली का रोमांच। बाज़ार, स्कूल और रेलवे मैदान, तीनों काफ़ी छोटे थे। यहाँ का रेलवे इंस्टिट्यूट भी छोटा था। न भद्रा जैसी हलचल, न कैंटीन, और न ही किताबें। उस पर कोयले की धूल का दमनकारी पहरा—हवा के कण-कण पर, शरीर के पोर-पोर पर। हाँ सड़कें ज़रूर पक्की थीं। जिनके दोनों ओर हरे घास की चौड़ी पट्टियाँ थीं, यूकलिप्टस और गुलमोहर के पेड़ थे, और हर मोड़ पर पानी के नल लगे थे।

ये नल और इनके आस-पास छिड़के ब्लीचिंग पाउडर की तीखी गंध उसे बचपन में उड़ा ले जाते। उसे भद्रा स्टेशन पर बिताए कई ख़ूबसूरत सुबहों की याद दिलाते। जब वह पिता जी से ज़िद करके इंजन की सवारी करने जाता था, वहाँ की कैंटीन के सिंघाड़े चटकारता और स्टेशन पर लगे ऐसे ही एक नल से ठंडा पानी पीता था। ऐसी ही एक सुबह उसने तय किया था कि वह भी ड्राइवर बनेगा। पिता जी की तरह। और हाथी की तरह चिंघाड़ने वाली गैरट इंजन चलाएगा।

उस दोपहर भी वह ऐसे ही एक नल पर रुका, टैक्सी स्टैंड से क़रीब सौ मीटर पहले। तभी उसे आलम साहब की पत्नी नज़र आईं। वे तेज़ क़दमों से मुहल्ले की ओर लौट रही थीं।

"गए थे मीटिंग में," टोकने पर चाची ने लजाते हुए कहा।

"मीटिंग में? आप?" बड़ी मुश्किल से देव अपनी हँसी रोक पाया।

पता नहीं किस बात ने उसे ज़्यादा गुदगुदाया—किसी मीटिंग में चाची की उपस्थिति की कल्पना ने, या उनके द्वारा 'मीटिंग' शब्द के इस्तेमाल ने। ऐसा नहीं था कि उसने मीटिंग में किसी महिला को नहीं देखा था। भद्रा में दूर से मिस डेब्बी

दिखी थीं, गाँव में मीटिंग करती माधवी दिखी थी, और पटना के बस में देविका भी तो मिली थी। पर उनमें और चाची में तक़रीबन तीस-चालीस साल का अन्तर था।

"भद्रा से एक जनाना आई थी। वही सबको बुलाकर ले गई, इंस्टिट्यूट में, स्ट्राइक के बारे में बताने। तुम्हारे चचा भी बोले कि जाना चाहिए। तनख़्वाह, महँगाई, ये तो सबका मसला है। है न?"

कहीं ये जनाना मिस डेब्बी तो नहीं? इस सम्भावना पर देव सतर्क हो गया। इस चर्चित नेत्री का बखान वह पहले भी सुन चुका था। इन्हें देखने-सुनने का मौक़ा वह पहले भी गँवा चुका था। इस बार भी कोई ख़ास इच्छा नहीं थी। लेकिन उसके पास थोड़ा फ़ालतू समय था, और रेलवे इंस्टिट्यूट ठीक सामने। "राजेश खन्ना से पहले शायरा बानो का ही दीदार हो जाए," वह धीरे से बुदबुदाया।

गृहिणियाँ

मीटिंग जल्दबाज़ी में बुलाई गई थी, बिना किसी तामझाम के। न माइक, न बैनर, न माला पहने नेता। मंच के ऊपर लटके दोनों पंखे भी बन्द पड़े थे। सिर्फ़ एक लाल दरी बिछी थी, जिस पर कुछ लोग बैठकर अख़बार से पंखा झल रहे थे। नीचे सौ-डेढ़ सौ की भीड़ थी। ज़्यादातर महिलाएँ और बच्चे।

लेकिन जब तक देव पहुँचा, वह जनाना अपनी बात रखकर दोपहर की आख़िरी ट्रेन से भद्रा लौट चुकी थी। "मिस डेब्बी आई थीं क्या ?"

"नहीं, कोई दूसरी लेडीज थी। पर तुमको किस मिस से मिलना है?" पड़ताल करने पर देव को इतना ही जवाब मिला। इस वक़्त एक स्थानीय नेता महिलाओं से संगठित होने का आह्वान कर रहे थे। पिछले एक साल में देव ने जितनी भी जनसभाएँ देखी थीं, उनमें ज़्यादातर पुरुष कर्मचारी और यूनियन के नेता ही होते थे। महिलाओं का ऐसा जमावड़ा तो गाँव में ही लगता था। माधवी के नेतृत्व में।

इन गृहिणियों में न तो कर्मचारियों वाला क्रोध था, न ही नेताओं वाला संशय। थी तो एक सकारात्मक ऊर्जा। जिस आन्दोलन को नेपाल महायज्ञ और अबोध्य कहता था, उसे गृहिणियों ने चूल्हा-चौका से जोड़कर सुलझा लिया था। आन्दोलन की उस आँधी को अपने अनुसार मोड़ लिया था। जैसा माधवी गाँव में कर रही थी। चौके की परिधि में जीवन गुज़ारनेवाली इन औरतों को आज मंच से ललकारा गया था। वे कुछ कर गुज़रने को आतुर थीं। यक़ीनन चाची ठीक कह रही थी। मसला सभी का था। देव को अपनी सोच पर लज्जा आई। उसने तय किया कि सभा को दस-पन्द्रह मिनट ज़रूर देगा। वैसे भी, छह बजे वाली शो के लिए काफ़ी वक़्त था।

"कौन हमारा साथ दे रहा? हम बताता है : देश का छह ठो पार्टी, लन्दन का ट्रांसपोर्ट यूनियन, महाराष्ट्र का दलित पैंथर, देश-विदेश का लेबर लोग, कर्मचारी का माँ, उसका बीवी, उसका बच्चा। और कौन साथ नहीं दे रहा है? दिल्ली वाला मैडम। इसीलिए, हम बार-बार बोलता है, सब झगड़ा-फगड़ा भूल के, एक साथ लौड़ना पड़ेगा। डंडा खाना पड़ेगा। जोरूरत पड़े तो आरेस्ट होना पड़ेगा। नहीं तो आज अपना बच्चा को दूध नहीं दे पा रहा है, कल मूढ़ी-चाय भी नहीं मिलेगा। आज दस घोण्टा काम करता है, कल बीस घोण्टा करना पड़ेगा।"

भाषण देने वाले सुदर्शन को स्थानीय लोग 'सैकड़ा सिंह' भी कहते थे। किसी काम के लिए कितने सैकड़े लगेंगे, यह सैकड़ा सिंह बताते। पैसा किसे देना है, यह भी समझाते।

नेताजी का बोलना अभी चल ही रहा था कि देव के सामने खड़ी पद्मा भाभी पीछे मुड़ी। "तुम देस से कब आया?" पद्मा ने हैरान आँखों से देव को घूरते हुए पूछा। पद्मा गोपाल राव की पत्नी थी। गोपाल जितनी ही हँसोड़।

"अभी आ ही रहे हैं।"

"और बीवी को फिर नहीं लाया? शादी को एक साल से ज्यादा हो गया। तुमको भी सत्या राव बनना है क्या?"

सत्या राव ऑफ़िस का सबसे डरावना चरित्र था। और कपड़ों के मामले में सबसे शौक़ीन भी। गोपाल से ठीक उलटा। क़द छह फ़ुट एक इंच, घनी काली दाढ़ी, घुँघराले बाल, शरीर भारी, मिज़ाज हमेशा उखड़ा। किसी साधारण इनसान को डराने के लिए सत्या की काया ही काफ़ी थी। उस पर किसी अफ़सर जैसी वेशभूषा और सरकारी रौब। ऑफ़िस के सीनियर भी उससे डरते थे। खाने के नाम पर सांभर-भात और परिवार के नाम पर एक झुंड कुत्ते।

सत्या की कहानी भी चैटर्जी बाबू ने ही सुनाई थी।

चौदह साल की उम्र में ही सत्या को शराब की लत लग गई थी। पीने के बाद उसे हिंसा ही सूझती थी। यही वजह थी कि शादी के एक साल बाद ही बीवी छोड़कर चली गई। पर इस घटना से उसमें कोई सुधार नहीं आया। पहले तो सिर्फ़ शराब पीता था। अब गाँजा भी लगाने लगा। लत ऐसा कि एक दिन चिलम के चक्कर में ट्रेन पर बैठा और विशाखापट्टनम से अम्बिकापुर चला गया।

"आन्ध्रा से सीधे एमपी?" देव हैरान था।

"हाँ। उसको कोई बोला कि अम्बिकापुर में गाँजा फ्री है। तो चला गया। तुमको कोई बोलेगा कि एक्स जगह चलो, सिनेमा टिकट फ्री है। तुम जाएगा या नहीं जाएगा?"

चैटर्जी बाबू का अनुमान ठीक था। दोनों हँसने लगे।

"कुछ दिन तो समय ठीक से कटा। दारू-गाँजा खूब मिला। लेकिन फिर टाका शेष। खाना नहीं, घर नहीं। पागोल जैसा घूमने लगा।"

"फिर,"

"फिर एक दिन उसको एक फकीर मिला। जब सत्या उसको अपना तकलीफ बताया तो फकीर बोला कि कुत्ता और औरत को कभी आँख मत दिखाना। दोनों से प्यार करना, इज्जत देना। उनका सेवा करना। तेरा सब कष्ट दूर हो जाएगा। ऐसा बोलकर वो चला गया।"

जिस दिन उसकी फ़क़ीर से मुलाक़ात हुई, उसी शाम सत्या को एक होटल में काम मिल गया। अम्बिकापुर के लोगों को उसका सांभर-बड़ा बहुत पसन्द आया। कुछ दिनों बाद उसने दो लावारिस पिल्ले पाल लिये और उनका प्यार से अंग्रेज़ी नाम रखा—टॉमी और जॉनी। दिन भर लोगों को सांभर-बड़े खिलाता, जूठे बर्तन मलता, और रात को वहीं लुगदी बिछाकर पिल्लों के साथ सो जाता। अब शराब की आदत भी छूट गई थी। इसी तरह सात साल बीत गए। यह कहानी सत्या ने चैटर्जी बाबू को बता रखी थी। और चैटर्जी बाबू ने पूरे दफ़्तर को।

"फिर ये रेल में कैसे आया?"

"तुम कितना फिर-फिर करता है? गल्प ऐसा थोड़े खोतोम होता है। टाइम लगता है। बार-बार बैठना पड़ता है। साला तुमको सब कुछ एक दिन में जानना है?" चैटर्जी बाबू ने झिड़कते हुए कहा।

नहीं, देव को कोई हड़बड़ी नहीं थी। वैसे भी, सुनने वाले का कहानीकार पर कैसा अधिकार? उसे क्या हक़ है कि वह क़िस्सागो से कथा की धारा बदलने को कहे? या उसकी रफ़्तार बढ़ाने की ज़िद करे। 'टाइम लगता है' यह बात देव ख़ूब जानता था।

अपनी रंगून-कथा समेटने में पिता जी को भी तो कई साल लगे थे। फिर भी कहानी की कई कड़ियाँ अनसुलझी रह गई थीं। कितनी कहानियाँ अधूरी रह गई थीं। कई किरदार, झलक भर दिखलाकर खो गए—आरा के स्कूल से रंगून के खेतों तक फैली उस भूलभुलैया में। घूमन, चरणदास—क्या हुआ इनका? चेवा कहाँ गई? क्या नागेश्वर से उसकी फिर कभी भेंट हुई? हरीश ने अपनी चिट्ठी में रामसुहावन भैया का ज़िक्र तो किया था, पर उनके बारे में और कुछ पूछने का मौक़ा ही नहीं मिला। और ख़ुद हरीश भी तो गुमशुदा था—उसकी कहानी भी कहाँ सिमट पाई थी। "हम कह रहे हैं न, वो नहीं रहा," जबसे पिता जी रिटायर होकर गाँव लौटे थे, बस यही दोहरा रहे थे।

"मिसेज़ को कब लाएगा?" पद्मा भाभी ने अपना सवाल दोहराया।

"अगली बार जरूर," देव ने कुछ लजाते हुए उत्तर दिया।

"कहाँ जा रहा है?"

"झरिया।"

"आते ही घूमना चालू। अपना मिसेज को जल्दी लेकर आ जाओ। इधर होने से वो भी तो मीटिंग में आता। तुमको कंट्रोल करता। तुम भी सत्या राव जैसा राउडी बनता जा रहा है," पद्मा हँसकर बोली।

यक़ीनन, आज अगर माधवी होती तो सम्भव है सभा में भाषण भी देती। आलम साहब की बीवी की तरह वह भी सभा को मीटिंग कहती। अगली मीटिंग की तारीख़ भी आज ही तय करवाती। वक्ताओं से सवाल भी पूछती। उनसे असहमति भी जताती। सवाल पूछने का कितना शौक़ था उसे।

हिम्मत

"का हीरो? घूम आए झरिया?" मुकेश ने बड़े इत्मीनान से पूछा। वह मोढ़े पर बैठकर सफ़ेद दरके प्याले में चाय छान रहा था। सामने पीतल की चमचमाती स्टोव पड़ी थी। कमरे में केरोसिन की तीखी महक बिखेरती। इलेक्ट्रिक कॉलोनी में सब कुछ पारदर्शी था—क्वार्टरों की दीवारें, जेब में रखा बटुआ, निवासियों का मन। किसके यहाँ मछली तली गई है, किसकी साली आने वाली है, किसका अपने जीजा से झगड़ा चल रहा है, फलाना ने पोस्ट-ऑफ़िस में कितने पैसे जमा किये—हर बात की जानकारी मुहल्ले के हर पुरुष, महिला और बच्चे के पास होती। फिर झरिया की सैर कैसे रहस्य रह सकती थी?

"गए थे फिल्म देखने। राजेश खन्ना का। पर अब सिनेमाघर जाने का क्या जरूरत है? पूरा बिहार राजेश खन्ना बनके नाच रहा है। सिंघाड़ा के हर दुकान पर 'आपकी कसम' चल रहा है।" देव फ़र्ज़ी मुस्कराहट से अपनी निराशा को ढकने की नाकाम कोशिश कर रहा था।

दरअसल झरिया यात्रा उतनी कामयाब नहीं रही जितनी देव ने उम्मीद की थी। माधवी को तार भेजने में काफ़ी वक़्त लग गया था। फिर ठठेरी बाज़ार जाकर रोज़मर्रा की एक-दो चीज़ें भी ख़रीदनी थी। साढ़े पाँच बजे जब वह हॉल पहुँचा तो हाउस फुल, फ़साद चालू। बन्द टिकट खिड़की के सामने दस-बीस युवक आपस में भिड़े हुए थे। बेलबॉटम पैंट, बड़े कॉलर वाली रंगीन क़मीज़, ऊपर के तीन-चार बटन खुले, और राजेश खन्ना जैसे कनटोप बाल। पहले बेल्ट चले, फिर पुलिस

के डंडे। अन्ततः अप्सरा टॉकीज की बन्द खिड़की दोबारा खुली, फ़सादी छोकरों को टिकटें दी गईं और वे तितर-बितर हुए। हँसते गाते, धमकियाँ देते, अधूरी लड़ाई को अंजाम देने का वादा करते।

झरिया से लौटते वक़्त देव अपनी सतत नाकामी की वजह टटोलता रहा। शायद उसमें वह भूख नहीं थी, बिना सोचे-समझे युद्ध में कूदने की हिम्मत नहीं थी। ऐसे नाज़ुक मौक़ों पर जिस लापरवाह आत्मविश्वास की ज़रूरत होती है, उसे संचालित करने वाली बिजली देव की धमनियों में कभी दौड़ी ही नहीं। और वह 'स्ट्रीट स्मार्ट' तो बिलकुल भी नहीं था। 'स्ट्रीट स्मार्ट' का शाब्दिक अर्थ उसे सिपाही बाबा ने समझाया था, ख़ुद उसी का उदाहरण देकर। पर इसका मर्म वह उस दिन समझा जब वह डॉ. शॉ की सनसनीख़ेज़ किताब 'विवाह रहस्य' ख़रीदने झरिया आया था।

यद्यपि दो रुपये की वह किताब सिर्फ़ देव जैसे विवाहित वयस्कों के लिए ही थी—जो बात देव भी जानता था—पर उसे ख़रीदने के लिए एक डेक्लरेशन पर हस्ताक्षर देना पड़ता था। जब अंग्रेज़ी में छपे घोषणापत्र पर उसका साइन माँगा गया तो वह ठिठक गया। चूँकि अंग्रेज़ी के दो वाक्यांश—'सॉलम्ली डिक्लेयर' और 'बोनफ़ायड इंटेंशन'—उसके पल्ले नहीं पड़े, वह किताब ख़रीदे बिना ही लौट आया।

वैसे पुस्तक-प्रेम और नैसर्गिक कायरता के कारण देव पहले भी शर्मिन्दा हो चुका था। यह भद्रा की बात है। एक शाम फ्रैंकलिन साप्ताहिक हिन्दुस्तान लेकर आया था। अंक महारानी एलिज़ाबेथ द्वितीय की तसवीरों से पटा पड़ा था। उनके बाल्यकाल की, उनकी शादी की, उनके राज्याभिषेक की, कैंटरबरी के पादरी के साथ उनकी मुलाक़ात की। हर तीसरे पन्ने पर हँसती-मुस्कराती महारानी। अपने देश की समृद्धि को मूर्त रूप देती।

लेकिन देव की दिलचस्पी बीच के एक पन्ने में अटकी थी। वहाँ एक विलायती सुन्दरी की तसवीर छपी थी—एल्बा हेलेन, महारानी के राज्याभिषेक में मौजूद एकमात्र नर्तकी। स्विमसूट पहने, तसल्ली से टाँगें फैलाए बैठी। ठीक उसी मुद्रा में जैसे 'दिल्ली का ठग' के पोस्टर में नूतन बैठी थी। अभी पिछले महीने ही तो देव ने वह तसवीर देखी थी। हरीश के बक्से में छिपी एक फ़िल्मी पत्रिका के आवरण पर।

"रानी का महल में तुम्हारा अंकल गए थे?" राज्याभिषेक की फ़ोटो पर उँगली रखते हुए देव ने पूछा।

"यस, गया था," फ्रैंकलिन ने गर्व के साथ जवाब दिया।

"पर तुम्हारा डैडी ये वाला मैगज़ीन क्यों ख़रीदा? वो हिन्दी पढ़ सकता है? रीड हिन्दी योर फ़ादर?"

नहीं। मिस्टर स्मिथ को देवनागरी नहीं आती थी। लेकिन भद्रा के ऐंग्लो-इंडियन समाज के लिए वैभवशाली इंग्लैंड एक ऐसा सपना था जिसे वे बन्द आँखों से देख तो सकते थे, पर खुली आँखों से उसे दोहरा नहीं सकते थे। एक ऐसी विरासत जिस पर उन्हें नाज़ भी था और जिसकी वजह से उन्हें डर भी लगता था। 1953 में जब महारानी का राज्याभिषेक हुआ था, ऐंग्लो-इंडियन समाज उत्सव मनाना चाहता था। झालर लटकाकर, पटाखे जलाकर, यूनियन जैक फहराकर, गॉड सेव दी क्वीन गाकर। लेकिन हालात इस बात की इजाज़त नहीं दे रहे थे।

"नहीं। पर इसमें क्वीन का फोटो था न, दैट्स वाई ले लिया। हमारा कपबॉर्ड में रानी का फोटो वाला और भी मैगज़ीन है," फ्रैंकलिन ने रहस्योद्घाटन किया।

"दिखाओगे?" देव ने झट से पूछा, इस उम्मीद में कि शायद उनमें भी एल्बा हेलेन की तसवीरें हों। "यस। पर डैडी से परमिशन लेकर। लिटल टाइम लगेगा।"

चौदह साल बाद, जब उसने माधवी को उस 'साप्ताहिक हिन्दुस्तान' से उपजी सारी त्रासदी कह सुनाई थी, उसने एल्बा हेलेन का ज़िक्र तक नहीं किया था।

भड़ास

फ्रैंकलिन और देव की दोस्ती पार्क तक ही सीमित थी। हालाँकि दोनों ही एक दूसरे के घर जाना चाहते थे—फ्रैंकलिन की रुचि हरीश के बक्से में पड़ी फ़िल्मी पत्रिकाओं में थी और देव स्मिथ साहब की किताबों वाली अलमारियाँ देखना चाहता था—लेकिन दोनों को इसकी सख़्त मनाही थी। स्मिथ साहब को हर भारतीय लड़का लफंगा लगता और बुआ हर अंग्रेज़ को अस्पृश्य समझती।

अंग्रेज़ बच्चे के साथ देव की दोस्ती हरीश को भी चुभती थी। शुरू-शुरू में उसने भी देव को धमकाया, उसके कान मरोड़े। लेकिन एक दिन अचानक, विश्वकर्मा पूजा के बाद, सब कुछ बदल गया। पूजा के उपलक्ष्य में कॉलोनी में पर्दे पर फ़िल्म दिखाई गई थी—रोमोला की 'रिमझिम।' रोमोला ऐंग्लो-इंडियन अभिनेत्री थी। उसके रूप और अभिनय का हरीश पर ऐसा जादू हुआ कि उसने भी किसी अंग्रेज़ी बाला से शादी करने की ठान ली।

"और वैसे भी, यहाँ जो भी अन्याय हुआ, वह इंग्लिशमैन सब किया था। इंग्लिशवुमन तो नेचर से एकदम स्वीट होती है। बिलकुल इंडियन वुमन जैसी।" अपने निर्णय में निहित सैद्धान्तिक विरोधाभास को सुलझाते हुए हरीश ने घोषणा की, जिसे उस्मान होटल पर विराजमान चेले-चपाटे समझ भी गए थे।

हरीश के इस फ़ैसले का देव को त्वरित लाभ मिला। अब वह बेझिझक फ्रैंकलिन की दी हुई केक-बिस्कुट घर लाने लगा, उसके लिए भी अख़बार में लपेटकर ठेकुआ-नमकीन ले जाने लगा। कभी-कभार हरीश ख़ुद भी फ्रैंकलिन के लिए ठोंगा भरकर मोर्टिन टॉफ़ी लाता और कहता, "उसको बोलना सब अकेले नहीं खाएगा। अपनी मार्था दीदी को भी देगा।"

साढ़े चार साल की दोस्ती और बदली फ़िज़ा के बाद एक दिन फ्रैंकलिन ने देव को घर आने का न्योता दिया। परमिशन मिलने में तीन महीने लगे। अनुरोध सुनकर मिस्टर स्मिथ ख़ुश थे। उन्होंने न सिर्फ़ किताबवाली अलमारियों की चाभी दी बल्कि ये भी कहा कि अगर देव को इंग्लैंड से जुड़ी कोई किताब पसन्द आए, तो वह उसे पढ़ने के लिए ले जा सकता है। मिस्टर स्मिथ का यूँ हृदय-परिवर्तन क्यों हुआ, यह देव आज तक नहीं समझ पाया था।

उस शाम देव ने अपनी पसन्दीदा शर्ट पहनी, बालों को तेल लगाकर सँवारा, गले पर बुआ के पफ़ से पाउडर मला और पैरों में सैंडल डालकर तैयार हो गया। पिता जी और बुआ ने भी अपने-अपने ढंग से उसे मौक़े के लिए तैयार किया। पिता जी ने मिस्टर स्मिथ को 'सर' कहकर सम्बोधित करने का निर्देश दिया, चाचा या काकू नहीं। और बुआ ने खाने-पीने की सावधानी समझाई। "इस पर भी जो वहाँ मुँह जूठियाए, तो पहले दुआरे पर भर-बाल्टी नहवाएँगे, फिन जाकर अन्दर आने देंगे।" पर हरीश ने कुछ भी नहीं कहा। सिर्फ़ बिस्तर पर लेटे दूर से ही देव को देखता रहा।

ठीक चार बजे, जब देव फ्रैंकलिन के गार्डन में पहुँचा, तो उसका स्वागत फ्रैंकलिन के साथ उसके पालतू अलशेशियन ह्यूगो ने भी किया। उस विशालकाय जानवर को देख पहले तो वह बर्फ़ बन गया, फिर पूरी ताक़त लगाकर चीख़ने लगा। हालाँकि फ्रैंकलिन ने ह्यूगो को पकड़ने की बहुत कोशिशें की, पर कुत्ते की काया और कौतूहल, दोनों उसके नियंत्रण के बाहर थीं।

"बाइट नहीं करेगा। डरना मत। स्टैंड स्टिल," फ्रैंकलिन समझाता रहा। लेकिन देव की बुद्धि जम गई थी। कुत्ता देव पर झपटता रहा—दुम हिलाता, भौं-भौं करता—और देव उसे चिल्लाकर दूर ढकेलता रहा। गार्डन में कोहराम मच गया। शोर सुनकर पहले उनका नौकर बेंजामिन और फिर ख़ुद मिस्टर स्मिथ बाहर दौड़े। लेकिन इससे पहले कि वे ह्यूगो पर काबू कर पाते, उस महाकोलाहल में देव के दोनों हाथ कुत्ते के नाखून से खुरच गए। खरोंच मामूली सी थी, पर देव मौन बैठा

कि कुत्ते ने उसे काट लिया है। वह अधखुले गेट से तीर की तरह निकला और रोता-चीख़ता घर की ओर दौड़ पड़ा।

घर पहुँचा तो दरवाज़े पर हरीश खड़ा था। "क्या हुआ? स्मिथ कुछ बोला क्या?" उस दिन हरीश ने यही सवाल क्यों पूछा था, यह बात देव को सालों बाद समझ आई।

"नहीं, उसका कुत्ता..."

लेकिन इससे पहले कि उसकी सिसकियाँ थमतीं वह कुछ और कहता, हरीश तमतमाता हुआ फ्रैंकलिन के बँगले की तरफ़ लपका। हाथ में लाठी, ज़ुबान पर अंग्रेज़ी गाली। मिनटों में भीड़ इकट्ठा हो गई। साइकिल सवार लड़के, ऑफ़िस से लौटते कर्मचारी, पड़ोसी—सभी बँगले के सामने से गुज़रती सड़क पर रुक गए। देव और पिताजी भी दौड़े-दौड़े पहुँचे।

"स्मिथ एकदम चुपचाप था। और दादा उसको दबाकर गरिया रहे थे," सालों बाद माधवी को वह क़िस्सा सुनाते हुए देव बेचैन हो उठा था।

"पिता जी कुछ नहीं बोले?" तनाव माधवी के चेहरे पर भी झलक रहा था।

"बोले नहीं, सीधे तमाचा मारे। सबके सामने।"

उस थप्पड़ के बाद गालियाँ तो बन्द हो गईं लेकिन हरीश ने कुछ अजीब-सी हरकत की। वह घर की ओर भागा और कुछ ही मिनटों में कूठ का एक डब्बा लेकर लौटा। फिर उसे बँगले के गेट पर फेंकते हुए चीख़ा, "चेक कर लो। इसमें एवरीथिंग है। इंग्लैंड जाना तो बाँधकर ले जाना।" पिता जी, फ्रैंकलिन, स्मिथ, बेंजामिन, सभी स्तब्ध खड़े थे। दूर बरामदे में खड़ी मार्था रो रही थी।

"बॉक्स में क्या था जी?" माधवी ने धीरे से पूछा।

"लाल जिल्द लगा दो ठो किताब, कुछ लिफ़ाफ़ा और एक विदेशी शराब का बोतल।"

"वो सब गिफ़्ट मार्था दी थी?" प्रकट की पुष्टि के लिए माधवी ने फिर पूछा। पर देव अपनी ही क़िस्सागोई के प्रवाह में बहा जा रहा था, सुनने वाले की उपस्थिति से बेख़बर।

"तभी बड़ी ज़ोर का आवाज़ हुआ और ह्यूगो दो-तीन बार कूँ-कूँ करके चुपा गया। जिस टाइम लोग रोड पर डब्बा से छितराया सामान देख रहे थे, स्मिथवा घर से पिस्टल लाकर ह्यूगो को शूट कर दिया।" कहानी का यह मोड़ इतना नाटकीय था कि माधवी का मुँह खुल गया।

"फ्रैंकलिन हमको एक बार देखा, फिर रोते हुए बोला, 'गो, देव। पलीज लीव।' उसके बाद हम उससे आज ले नहीं मिले।"

"और मार्था?"

"मार्था का शादी इंग्लैंड में ठीक हो गया था। इसीलिए तो दादा खिसियाए थे। लेकिन उस झंझट के बाद शादी टूट गया और वो फ्रैंकलिन के साथ कलकत्ता

चली गई। कुछ साल बाद कलकत्ता में एक ऐंग्लो-इंडियन से शादी हुआ। लेकिन दादा वहाँ भी पहुँच गए और उनके चलते वो मैरिज भी नहीं चला। गुस्सा में मिस्टर स्मिथ भी अपना बेटी को कलकत्ता में छोड़कर इंग्लैंड चले गए। लगा कि मार्था रोड पर आ जाएगी। लास्ट में उस्मान उससे शादी करके सहारा दिया और कलकत्ता में बस गया।"

"बाप रे, अंग्रेज लोग के परिवार में भी ऐसा कांड होता है?"

आज़ादी के पहले अंग्रेज़ जो भी कहते-करते, वह दैविक होता था। पड़ताल से परे। एक समय था जब भद्रा में स्मिथ साहब के पिता भी रहते थे। रिचर्ड स्मिथ। वे भी रेलवे के बड़े अफ़सर थे। मिज़ाज से मिलनसार और बातूनी। हर शाम दफ़्तर के बाद कर्मचारियों को घंटे भर रोककर अपनी कहानियाँ बघारते। कभी युगांडा के आदमख़ोर पेड़ों से मुठभेड़ की कहानी, तो कभी एक माउरी सरदार की कथा जिसकी बूमरैंग बादलों से ओले तोड़ लाती थी। दो आना सच, चौदह आना अफ़साना। पर किसी ने उनसे उलटकर सवाल नहीं किया। लोग डरते थे, आदर करते थे। रिचर्ड साहब भी हमेशा दूसरों के काम आते रहते थे। उनके गार्डन में हर शाम भीड़ लगी रहती थी—कभी मेहमानों की, तो कभी याचकों की। लेकिन यह व्यवस्था भी हिल गई। अड़तालीस में होलिका के दिन उसी गार्डन में कुछ शरारती लड़कों ने जलती लकड़ियाँ फेंक दीं और फुलवारी जलकर राख हो गई। लड़कों में हरीश भी था। यह बात स्मिथ साहब भी जानते थे। लेकिन उन्होंने पुलिस में शिकायत नहीं की, कोफ़्त नहीं पाला।

ऐसी घटनाओं के बावजूद ऐंग्लो-इंडियन दोस्ती के अवसर ढूँढ़ते रहे। पहले गणतंत्र दिवस के दिन ख़ुद ख़ूँख़ार ग्रीन साहब ने अपने बँगले पर बड़ी-सी पार्टी रखी। तय हुआ कि पहले ध्वजारोहण होगा और फिर भारत-इंग्लैंड मैत्री पर भाषण दिये जाएँगे। इस अवसर पर पिता जी को भी बोलना था। पिता जी ने सोच रखा था कि वे कोई भी कड़वी बात नहीं बोलेंगे, लेकिन अपने भाषण का अन्त मास्टर वसन्त के एक गीत की दो लाइनों से करेंगे—

हम अपना सुराज रचैया बने,
ना क़लन्दर बन्दर के नचैया बने।

यह गीत पिता जी के चन्द प्रिय गीतों में सबसे प्रिय था। वक़्त-बेवक्त, ये लाइनें दोहराकर वे बेटों को सीख देते। "मेरी तरह तुम भी अपना भाग्य अपने बनाओ, वरना दुनिया मदारी है। तुमको बन्दर बनाकर नचाएगी।"

लेकिन एक नरम-से भाषण के दार्शनिक समापन की उनकी यह योजना ढिमला गई। जलसे से ठीक एक दिन पहले, पच्चीस जनवरी की शाम को, भद्रा की सड़कों पर ग्रीन साहब की नुमाइश हुई। हाथों में हथकड़ी, पैर में सिर्फ़ चप्पल और बदन पर एक गरम कपड़ा तक नहीं। आँखें झुकीं, लज्जा से चेहरा लाल।

दरअसल छब्बीस के जलसे के लिए ग्रीन साहब रेलवे यार्ड से लोहे की एक पोल उठा लाए थे। इसी पोल पर तिरंगा फहराने की योजना थी। पर पुलिस ने उन्हें लोहा-चोरी के अपराध में गिरफ़्तार कर लिया था। उस दिन बहुतों को लगा कि उनके साथ ज़्यादती हुई है, लेकिन थानेदार का कहना था कि उसने सिर्फ़ क़ानून का पालन किया था। वही क़ानून जिसका हवाला देकर एक बार ग्रीन साहब ने थानेदार के पिता को थप्पड़ जड़ा था।

वैसे सालों पहले ग्रीन ने पिता जी को भी अपमानित किया था। तब वे पोर्टर हुआ करते थे। एक मामूली-सी ग़लती पर उसने उन्हें सबके सामने गालियाँ दी थीं, कॉलर पकड़कर उनके चेहरे पर सिगरेट का धुआँ भी छोड़ा था। इस घटना से हरीश भी वाक़िफ़ था। पिता जी को बेइज़्ज़त करने वाला अंग्रेज़ उनके पड़ोस के बँगले में यूँ शान से रहता है, वह भी आज़ादी के इतने वर्षों बाद, यह विडम्बना उसे हमेशा कचोटती। वह हमेशा बदला लेने की ताक में रहता। पर उस दिन हरीश को भी बूढ़े ग्रीन पर दया आई।

आज़ादी से पहले इंडियन का जीना मुश्किल था, आज़ादी के बाद ऐंग्लो-इंडियन का। और सन् चौहत्तर में श्रमजीवियों की शामत आई थी।

बचते-बचते

"समय ही कुछ ऐसा चल रहा है देव बाबू," घड़घड़ाते टेबल-फ़ैन को देव की तरफ़ मोड़ते हुए मुकेश ने कहा।

"ठीक बोले। आठ-दस साल पहले तक इतना दिक्कत नहीं था। बाढ़, सूखा, प्लेग, चाइना-पाकिस्तान—सब आता-जाता था। लेकिन आदमी इतना परेशान नहीं था। रेडियो पर गाना सुनता था, सिनेमा देखता था, होली खेलता था। अब तो सब लोग सिर्फ जुलूस निकालता है।"

देव की बातें सुनकर मुकेश हँसने लगा और फिर बिस्तर पर बैठते हुए एक प्रासंगिक-सी कविता सुनाई—

अनशन पर बैठ चुके, मत समझो गंगा नहा लिया।
जुलूस में नारे लगा चुके, मत समझो सब कुछ है पा लिया।

हो गए सब भगत सिंह के भतीजे,
इतनी गम्भीर समस्याओं के इतनी जल्दी नहीं निकलते नतीजे

"वाह, आप लिखे हैं?" देव ने चहकते हुए पूछा।

"नहीं, कोई राजहंस लिखा है। परसों पटना से एक लड़का आया था। वही सुनाया।"

मुकेश की यही बात देव को सबसे ज़्यादा पसन्द थी—जहाँ ज्ञान मिला, ले लिया। कुछ-कुछ देव की ही तरह। और जहाँ भी ज़रूरत पड़ी, बेझिझक दे दिया। किसी अंग्रेज़ी शब्द का अर्थ, रेलवे नियमावली का कोई प्रावधान, या किसी विषय पर लिखी सर्वश्रेष्ठ किताब का नाम, वह सब जानता था। पिछले मई दिवस की रैली में जब भद्रा से कॉमरेड घोष नहीं आ सके, तब मुकेश ने ही बीज वक्तव्य दिया था। वह कर्मचारियों के बीच उम्मीद और भविष्य का प्रतीक था।

उस दिन मुकेश के सहज-सरल रूप के पीछे छिपे प्रचंड ज्ञान से देव इतना प्रभावित हुआ कि उसका दबा पुस्तक-प्रेम फिर से साँस खींचने लगा। और इसकी सूचना उसने पत्र लिखकर माधवी को भी दी—

> शाम को खाना खाते टाइम मुकेश जी बोले कि समाज को ठीक से समझने के लिए पढ़ना जरूरी है। और फिर हमको दो मोटा-मोटा किताब दिये। एक सम्पूर्णानन्द का और एक मोहन राकेश का। दोनों किताब पर एक नजर दौड़ाए। इनमें गुलशन नन्दा वाला मजा तो नहीं है। और यहाँ टाइम भी कहाँ मिलता है। फिर भी, धीरे-धीरे पढ़ेंगे।

लेकिन चौहत्तर के कोलाहल को समझने के लिए कितनी और किस तरह की किताबें पढ़नी पड़ेंगी, उस बेचैनी को बयाँ करने के लिए कितनी कविताएँ रचनी पड़ेंगी, यह मुकेश भी नहीं जानता था।

"अच्छा आप ही बोलिए, जुलूस नहीं निकालेंगे तो क्या करेंगे?"

"फिलहाल तो सबको खाना पहुँचाएँगे," भोजन से भरे तीन बड़े थैलों पर हाथ फेरते हुए मुकेश ने कहा।

"किसको?"

"जो जंगल में हैं, उनको।"

जिस वक़्त देव झरिया के अप्सरा टॉकीज के बाहर टिकट का संघर्ष देख रहा था, उसी समय कोयलाडीह के इंस्टिट्यूट में एक दूसरे संघर्ष की तैयारी चल रही थी। शाम पाँच

बजे के बाद ड्यूटी से लौटे कर्मचारी भी महिलाओं की मीटिंग में शामिल होते चले गए। भीड़ बढ़ती गई, उत्तेजना उमड़ती गई। गिरफ़्तार नेताओं की तुरन्त रिहाई के लिए नियत तारीख़ से पहले ही हड़ताल शुरू करने की माँग उठने लगी। सबको उम्मीद थी कि शाम तक भद्रा में बैठे यूनियन के बड़े नेता इस विषय पर दिशा-निर्देश जारी करेंगे। मिस डेब्बी ने भी भद्रा लौटने से पहले यही बात कही थी। फ़ोन के इन्तज़ार में स्थानीय यूनियन के कई सदस्य टेलिकॉम विभाग के ऑफ़िस में डेरा डाले बैठे थे।

लेकिन साढ़े छह बजे तक जब कोई सूचना नहीं आई तो ग़ुस्साई सभा ने स्वत: ही कोयलाडीह में हड़ताल की घोषणा कर दी। गड़गड़ाती तालियों और गूँजते नारों के बीच तय हुआ कि नाइट-शिफ़्ट में ड्यूटी करने वालों को रोका जाएगा और हो सके तो दफ़्तरों पर ताला लटकाया जाएगा। मंच पर बैठे सुदर्शन उर्फ़ सैकड़ा सिंह एक पीली रसीद के पीछे लिखकर आगे के कार्यक्रम की रूपरेखा बना रहे थे। उन्हें आठ-दस लोगों ने घेर रखा था, जो उस पुर्ज़े पर नज़रें गड़ाए बैठे थे। तभी पांडे और उसके कुछ चापलूस पुलिस के साथ आ धमके और बिना चेतावनी धर-पकड़ शुरू हो गई। पांडे खेल बिगाड़ेगा, इसका सबको अन्देशा था। पर ऐसी धृष्टता...मिनटों में कोहराम मच गया।

'भागो,'

'छाड़िस ना,'

'धर साला के,'

'माँ गो'।

कुछ लोग मंच के पीछे लगे पुराने जर्जर किवाड़ को तोड़ने लगे। कुछ नौजवान खिड़कियों से बाहर कूदने लगे।

अगर उस दिन सभा में बड़ी संख्या में महिलाएँ न होतीं तो शायद सारे नेता पकड़े जाते और कोयलाडीह में हड़ताल का गुब्बारा उसी वक़्त फूट जाता। वैसे ज़्यादातर औरतें कौतूहलवश ही आई थीं, और कुछ चौका-गृहस्थी से छुट्टी की लालच में। आने की वजह चाहे कितनी ही ख़ुदग़रज़, उदासीन या हास्यास्पद रही हो, लेकिन अपने पतियों को पिटता देख गृहिणियों ने जैसा रौद्र रूप दिखाया, उसकी कल्पना ख़ुद उन महिलाओं ने भी नहीं की होगी।

जब भी कोई कर्मचारी पकड़ा जाता, वे झुंड बनाकर पुलिस से गुत्थम-गुत्थी करने लगती। कुछ ने तो सिपाहियों को ही घेर लिया, तो कुछ पांडे और उसके चाटुकारों पर टूट पड़ीं। ताड़ के पंखे, बच्चों के खिलौने, कोने में पड़ी पुरानी टूटी कुर्सियाँ, जिसे जो मिला उसी को अस्त्र बना डाला। उस दिन सुदर्शन की बीवी ने भी पांडे की जूते से मरम्मत की।

इसके बावजूद सुदर्शन समेत कुछ क़द्दावर नेता पकड़े गए। बाक़ी अँधेरे में निकल भागे, अपने घर-मुहल्ले से दूर, आस-पास के गाँव, बीहड़ और जंगलों की

ओर। कोई मानपुर में, कोई जंगल पार तालपुर में। इलेक्ट्रिक कॉलोनी के बाशिन्दे, यानी देव के सहकर्मी जंगल में छिप गए थे।

उस दिन किसी के चौके से धुआँ नहीं उठा। कोपाकुल गृहिणियों ने तय किया कि कॉलोनी के बीचोबीच सामूहिक चूल्हा जलेगा। और जंगल में छिपे पन्द्रह पुरुषों के लिए पूरी तली जाएगी, हलवा पकेगा। एक टुकड़ा नीबू और दो चम्मच वनस्पति पर झगड़ने वाली औरतों ने ऐसी अद्‌भुत उदारता दिखाई कि दस मिनटों में ही ज़रूरत से दुगना राशन जमा हो गया। और नौ बजे के पहले ही भोजन तैयार। चूँकि बुख़ारग्रस्त मुकेश सभा, गिरफ़्तारी और पलायन से बचा रहा था, खाना पहुँचाने का ज़िम्मा उसे ही सौंपा गया। उसकी बिगड़ी तबीयत के बावजूद।

घटनाक्रम के औचक प्रवाह से देव सकते में आ गया। आज तक उसने उपद्रव के कई रूप देखे-सुने थे। लेकिन हर बार घटना उसके गाँव-परिवार से दूर घटित होती। किसी ऐसी जगह पर जहाँ से बचकर निकला जा सकता था। जहाँ उससे छिपा जा सकता था। जहाँ से घर लौटा जा सकता था।

वैसे भागने की कला भी काफ़ी जटिल होती है। धैर्य और हिम्मत की ज़रूरत पड़ती है। आख़िरी वक़्त तक, साँसें थामकर, मदद के इन्तज़ार में छिपकर बैठना पड़ता है। लोकनिन्दा का जोखिम उठाकर फ़रार होना पड़ता है। और ये बातें भला देव से बेहतर कौन जाने। लेकिन आज यह विषैला कोलाहल उसके मुहल्ले में आ चुका था, उसके चारों ओर कुंडली मारकर बैठा था। इससे भाग निकलना शायद मुश्किल था।

जंगल और जंगली

"हम भी चलेंगे आपके साथ। लेकिन जंगल में कहाँ खोजेंगे?" देव का जंगल से बचपन का नाता था। फ्रैंकलिन के साथ भद्रा के जंगल का हर कोना उसने छान मारा था। फिर भी आज उसका जी घबरा रहा था।

"ये कैसा सवाल है? जंगल में रोड, फुटपाथ, कॉलोनी—ये सब थोड़ी होता है। उसका भूगोल जानवर और भूत ही जानते हैं। आदमी लोग नहीं।" मुकेश ने हँसकर जवाब दिया।

हालाँकि कोयलाडीह का जंगल इतना विशाल नहीं था कि उसके ओर-छोर का पता न चले, लेकिन मुकेश की बातों में भी थोड़ी सच्चाई थी। इस जंगल से जुड़ी कई कहानियाँ देव बचपन से ही सुनता आया था। एक रात पिता जी की ट्रेन जंगल के बीचोबीच ख़राब हो गई थी। हालाँकि पटरियों के रास्ते स्टेशन की दूरी दो किलोमीटर से भी कम थी, लेकिन मार्ग ख़तरनाक था। हज़ारों साल पुराने उस जंगल में भालू, लकड़बग्घे और जंगली सूअर विचरते थे।

उस रात की कथा पिता जी अक्सर दोहराते थे। "हम और बैनर्जी मशाल जलाकर दौड़ने लगे। और लकड़बग्घा हमारे पीछे-पीछे। हम दोनों पटरी के बीच में, और वो किनारे-किनारे झाड़ में। सायँ-सायँ तेज हवा। एक बार तो हवा ऐसा झटास मारा कि मशाल बुझ गया। लगा कि आज लकड़बग्घा नरेटी चाँपा। अगर बैनर्जी का लाइटर नहीं होता तो दोनों का खेला खतम था।"

एक बार रिचर्ड स्मिथ ने भी नये साल की पार्टी में कोयलाडीह के आदमख़ोर बाघ की कहानी सुनाई थी। यह कहानी उसने फ्रैंकलिन के मुँह से सुनी थी—"पूरा सिक्स ऑवर तक मेरा ग्रैंडपा को टाइगर चेस किया। फिर मेरा ग्रैंडपा को गुस्सा आया। वो माउसट्रैप राइफ़ल उठाया, एम लिया, टाइगर डेड।"

आज देव को कोयलाडीह के जंगल से जुड़ी सारी कहानियाँ एक साथ याद आ रही थीं।

"जंगल में तो जानवर होगा। मशाल ले चलते हैं।" देव ने अपनी घबराहट छुपाते हुए मुकेश को ख़बरदार किया।

"देखो हीरो, मशाल के लिए तालपुर जाना पड़ेगा। तब तक खाना ठंडा हो जाएगा, और मेरा बदन और भी गरम। तुम टॉर्च पकड़ो, हम सिगरेट जलाते हैं। लाइट एंड फायर, दोनों व्यवस्था एक साथ।"

प्रस्ताव सुनकर देव मुस्कराया। कितना साहस और आत्मविश्वास था मुकेश में। उसकी सोहबत में देव में भी काफ़ी बदलाव आए थे। विचारों में स्पष्टता आई थी। फ़िज़ूल की बातें फ़िज़ूल की लगने लगी थी। किताबें फिर आने लगी थीं।

एक बार देव उसके गाँव तालपुर भी गया था। उस दिन भोगता पर्व था। सफ़ेद धोती और लाल फूलों की माला पहने ग्रामीण झूम रहे थे। ढमकते ढोल और लहकते मशालों की रौशनी में थिरकते युवक, हैरतअंगेज़ करतब दिखाते शेरदिल। कोई अपनी चमचमाती पीठ पर नुकीले अंकुश चुभाकर कूदता, तो कोई बाँस की विशाल घिरनी से उलटा झूलकर चक्कर लेता। ख़ुद मुकेश नंगे पैर अंगारों पर नाच रहा था। कैसा

अद्‌भुत नज़ारा था! उस दुस्साहसी मर्दानगी को देखकर देव हतप्रभ था। सभी कितने सुन्दर-सुडौल लग रहे थे। ख़ूबसूरती और दिलेरी में शायद हरीश से भी आगे।

दस साल किसानी के अभ्यास से देव का देह भी सुडौल हो गया था। मांशपेशियाँ उसकी भी उभर आई थीं। रंग तो उसका साँवला था ही। अगर उसके पास धोती होती, तो शायद वह भी लपेटकर जमावड़े में कूद पड़ता। उस झुंड में वह भी पिघलकर घुल जाता। उस गाँव का बाँका लगता। उतना ही साँवला, उतना ही मर्द। उस रोज़ उसे अपने साँवले रंग पर गर्व हुआ। और सालों से बरक़रार हीनता दूर हुई।

जंगल को जाता रास्ता ऊबड़-ख़ाबड़ था और खाने से भरे थैले भारी। पहले बड़ा-सा नाला, फिर दूर तक पसरे खेत और फिर ताड़ और खजूर वाला खुला मैदान। इन सबको पार करके, क़रीब बीस मिनट पैदल चलने के बाद, दोनों जंगल के अन्दर पहुँचे। अब उन पन्द्रह हड़तालियों को ढूँढ़ना था। काम कठिन था, पर देव को कुछ सोचकर हँसी आ गई। जैसे गाँव के बाहर दियरा में छात्र-नेता छिपे थे, वैसे ही कोयलाडीह के बाहर जंगल में कर्मचारी छिपे थे। माधवी की तरह उसे भी ज़िम्मेदारी दी गई थी। रसद जुटाने की। चक्का फिर एक बार गोल घूम आया था। पर क्या उसमें भी माधवी जैसा धैर्य था?

देव टॉर्च जलाकर आसपास की झाड़ियों को टटोलता। कहीं दूर सियारों के रोने की आवाज़ तो कहीं फड़फड़ाते चमगादड़। तभी बेर के झाड़ों की तरफ़ तेज़ सरसराहट हुई। लगा कि जानवरों का कोई झुंड झाड़ियों को चीरता हुआ उनकी ओर लपका चला आ रहा है।

"मारो, मारो, टॉर्च मारो," मुकेश ने व्यग्रता से कहा।

लेकिन घबराहट में देव की फिसलती उँगलियाँ टॉर्च के स्विच को टटोल नहीं पा रही थीं। "मुकेश भाई, बाघ है। दौड़िए," देव के मुँह से चेतावनी की हल्की आवाज़ भर निकली।

फिर दोनों ने थैलों को सीने से जकड़ा और सरपट दौड़ पड़े। कुछ सेकंड बेसुध भागने के बाद दोनों रुके। मुकेश ज़ोर-ज़ोर से साँस खींच रहा था। झाड़ियों से रगड़ खाकर देव की बाँहें छिल गई थीं। थोड़ी सुरक्षा का अनुभव हुआ तो उँगलियों ने भी साथ निभाया। अब देव ने ख़तरे की दिशा में टॉर्च जलाया। गोल पीली रौशनी सफ़ेद लंगूरों के एक झुंड पर पड़ी। वे विपरीत दिशा में भाग रहे थे। इनसे भी ज़्यादा रफ़्तार से, इनसे भी ज़्यादा डरे हुए।

"बाघ है?" तेज़ी से हाँफते मुकेश ने उपहास के स्वर में पूछा और फिर अपनी जाँघ पर हथेलियाँ टिकाकर दम लेने लगा।

तभी पीछे से आवाज़ आई। "देवा आजा, खाना खिलाजा।" यह गोपाल राव की तुकबन्दी थी। दौड़ते-दौड़ते वे जंगल की पूर्वी सीमा पर बहती झबरी नदी के किनारे निकल आए थे, जहाँ इलेक्ट्रिक कॉलोनी के हड़तालियों ने डेरा डाला था।

"तुम्हारा बुखार कैसा है?" आलम साहब ने मुकेश से पूछा।

"अभी उतरा नहीं है। पर इस टाइम वो वाला गाना गाने का दिल कर रहा है—ये रातें, ये मौसम, नदी का किनारा, ये चंचल हवा।" और बस, सारी चिन्ता, हताशा और नाउम्मीदी छोड़ सब हँसने लगे।

हमला

आज हड़ताल की दूसरी शाम थी। देव अब भी अपनी ड्यूटी पर लौट नहीं पाया था। उसका एक और दिन मायावी झरिया ने लील लिया था। लेकिन इस बार सिनेमाघर ने नहीं बल्कि डॉक्टर-दवाख़ाने के चक्कर ने। गोपाल राव की छह साल की बेटी बुख़ार से तड़प रही थी। पिछली शाम जब इंस्टिट्यूट में महिला मंडली की मीटिंग चल रही थी, तब बच्चे बाहर धूप में धमाचौकड़ी मचा रहे थे। पद्मा भाभी के अनुसार यह उसी का नतीजा था।

"रेलवे हॉस्पिटल का डॉक्टर छुट्टी पे होना। उधर सिर्फ एक नर्स बैठा, जाने से इंजेक्शन देता। हमको उस पर जास्ती भरोसा नहीं। और तुम्हारा गोपाल अन्ना जंगल में। अब तुम बोलो, हम अकेला किधर जाना?" क्वार्टर पर आकर पद्मा भाभी ने सारी समस्या कह सुनाई।

उस वक़्त देव ऑफ़िस जाने की तैयारी में था। हड़ताल के समय जो भी रेलवे का साथ देता है, उसकी नौकरी लग जाती है। हरीश जैसों की भी। यह बात वह जान चुका था। इसकी पुष्टि कइयों ने की थी। बेंजमिन ने, चैटर्जी बाबू ने, मुकेश ने। ख़ुद पिता जी ने भी। वह भी अटेंडेंस रजिस्टर में दस्तख़त कर अपनी नौकरी पक्की करने को आतुर था। बस, ऑफ़िस तक पाँच मिनट की पैदल यात्रा और जीवन की सारी समस्याएँ छूमंतर! लेकिन अब पद्मा भाभी ने पूरा जतरा बिगाड़ दिया था। और बच्चे की बिगड़ती हालत देखकर देव से बहानेबाज़ी नहीं हुई। वैसे भी, उसे कौन सा हड़ताल पर जाना था? एक दिन देर से ही सही, नौकरी पर तो उसे लौटना ही था।

ऐसा सोचकर उसने खूँटी से टँगी क़मीज़-पतलून डाली, कल वाली ही, और बच्चे को लेकर निकल गया। निकलते वक़्त मुकेश ने भी उसे एक पुर्ज़ा थमाया।

पुर्ज़े पर एक-दो दवाइयों के नाम थे। कल रात की मशक़्क़त के बाद उसकी तबीयत फिर से बिगड़ने लगी थी।

इधर जंगल में छिपे कर्मचारियों की हालत भी पतली थी। भोजन-पानी तो दोपहर से ही ख़त्म था, शाम होते-होते सत्या राव का ट्रांज़िस्टर भी बेदम हो चला था। पिछली रात के समाचार के बाद आकाशवाणी राँची पर क़व्वाली प्रसारित हो रही थी। रात चाँदनी थी। मई की गर्मी में झुलसे शरीरों पर जैसे ही संगीत का मलहम लगा, सभी को नींद आ गई। और ट्रांज़िस्टर पूरी रात चलता रहा। लेकिन अब संगीत तो क्या समाचार के भी लाले पड़े थे। क्या पता कहीं नेताजी ने हड़ताल वापस ले ली हो? या मैडम ने कर्मचारियों की माँगें स्वीकार कर ली हो?

अभी इन बातों पर मंत्रणा छिड़ी ही थी कि दूर मुहल्ले की बत्ती गुल हो गई। गोपाल राव ने अपनी घड़ी पर नज़र दौड़ाई : 7:36। किसी ने कल्पना भी नहीं की थी कि हड़ताल होकर ही रहेगी और यूँ दिन बिताने पड़ेंगे। अपने ही शहर के सरहद पर फैले जंगल में चोरों की तरह छिपना पड़ेगा; मैदान में खेलते अपने ही बच्चों को दूर से निहारना पड़ेगा; सुबह की रौशनी से डरना पड़ेगा। पर अब सूरज ढल चुका था, बिजली गुल थी, घर लौटकर दाना-पानी जुटाने का यही उचित मौक़ा था।

आलम साहब अपनी टुकड़ी की तरफ़ मुड़े और गला साफ़ करते हुए सबको सम्बोधित किया, "अगर पन्द्रह-बीस मिनट में बिजली नहीं आई, तो समझ लेंगे कि मेजर फ़ॉल्ट है। अगले घंटे-दो घंटे भी नहीं आएगी। हमें उतना इन्तज़ार तो करना ही पड़ेगा।"

वे बीस मिनट बड़ी मुश्किल से बीते। खेत और बड़ा नाला पार करते हुए हड़ताली चुपचाप, हल्के क़दमों से मुहल्ले में घुसे। फिर अपने-अपने क्वार्टर पर पहुँचकर घरवालों को अपने आगमन का संकेत दिया। किसी ने धीरे से गला साफ़ किया, किसी ने अपने बच्चे को आवाज़ दी, तो किसी ने ख़ास अन्दाज़ में कुंडी खड़काई।

सत्या ने भी धीरे से अपने क्वार्टर का ताला खोला। घड़े से निकालकर पानी पिया, अलमारी से धुली क़मीज़ निकाली, तख़्ते से ट्रांज़िस्टर की नई बैटरी उठाई और ज़मीन पर बिछे गद्दे पर निढाल लेट गया। दरवाज़े की आवाज़ सुनकर बग़ल

के क्वार्टर से देव और मुकेश भी चले आए। देव अभी एक घंटे पहले ही झरिया से लौटा था। गोपाल राव की बच्ची को डॉक्टर से दिखवा के।

"अन्ना, तरकारी तैयार है। भात खाएँगे या रोटी?" देव ने आदर से पूछा।

"गोली है तो खिला दो। वही खाएगा जी," सत्या ने चिढ़कर कहा। पर वह चिढ़ा ही क्यों? उसने भी तो देव को स्ट्राइक से दूर रहने की सलाह दी थी। चैटर्जी बाबू की तरह समझाते हुए कहा था कि अपनी नई नौकरी और शादी पर ध्यान दे। "हड़ताल होना, बार-बार होना। लेकिन बीवी छोड़कर भागा, तो तेरा भी हाल सत्या राव जइसा होना।" और भागने में माधवी का शायद ही कोई सानी था।

"पहले चाय बना देते हैं," देव चुपचाप रसोई की तरफ़ चला गया।

वह सत्या की खीज को समझता था। आदमी चाहे कितना भी साहसी या ज़िन्दादिल हो, अकेली ज़िन्दगी पहाड़ लगती है। पिता जी भी अक्सर कहते थे कि "बिनु घरनी, घर भूत का डेरा।" अगर माधवी न होती, गृहस्थी ज़माने की उम्मीद न होती, शाम को घर लौटने की कोई वजह न होती, तो पचास वर्षीया सत्या जैसी जीवनचर्या उसके हिस्से भी आती। शायद वह भी बेख़ौफ़ हड़ताल पर होता, यूँ थककर ज़मीन पर पड़ा होता, अपनी क़िस्मत को कोस रहा होता। अपना सारा ग़ुस्सा बेचारे पड़ोसियों पर उतार रहा होता।

देव इन ख़यालों से अभी जूझ ही रहा था कि उसकी नज़र खिड़की से बाहर चली गई : बीस-पच्चीस लोग टॉर्च लिये मुहल्ले की तरफ़ तेज़ी से बढ़ रहे थे, लगभग दौड़ते हुए। उन अस्थिर हाथों में काँपती टॉर्चें—जैसे आँधी में तितर-बितर जुगनुओं का एक झुंड—चारों ओर रौशनी के क़तरे उछाल रही थी। घास से ढकी ज़मीन पर, झाड़ियों में सोते कुत्तों पर, पेड़ की शाखाओं पर, आसमान में मँडराते चमगादड़ों पर। अचानक रौशनी देव के चेहरे पर पड़ी। उसकी आँखें चुँधिया गईं। कुछ पलों बाद जब विचलित पुतलियाँ स्थिर हुईं, देव के होश फ़ाख़्ता हो गए—अँधेरे में ख़ाकी वर्दियों को देखते ही वह पहचान चुका था। वातावरण में अचानक भय व्याप्त हो गया।

तभी बाहर से एक घबराई आवाज़ आई। "निकलो, जल्दी निकलो। पुलिस है," स्वभाव से धीरे बोलने वाले आलम साहब बीच-मुहल्ले खड़े होकर सबको ज़ोर-ज़ोर से चेता रहे थे। पुलिस का छापा पड़ा था। इस बार औचक नहीं, सुनियोजित। बिजली जानबूझकर गुल कर दी गई थी। ताकि जंगल में छिपे हड़ताली अँधेरे की आड़ में अपने घरों को लौटने की हिम्मत कर सके। और उन्हें आसानी से दबोच लिया जाए।

मुकेश और देव बाहर की ओर भागे। शान्त चाँदनी रात थर्रा उठी। कहीं लात मारकर दरवाज़े तोड़े जा रहे थे, तो कहीं कच्ची नींद से जगे बच्चे गला फाड़कर रो रहे थे। कहीं चीख़ती गृहिणियाँ पुलिस से लोहा ले रही थीं, तो कहीं डंडे बरस रहे थे। कहीं 'पकड़, पकड़' का शोर, तो कहीं धाराप्रवाह गालियाँ। टॉर्च की छिटकती रौशनी बीच-बीच में उस कोलाहल की नाटकीय झलकियों को उजागर कर रही थी। धूल का ऐसा ग़ुबार कि चाँद भी धुँधला नज़र आने लगा। साठ के हड़ताल के जिस डरावने दृश्य को बेंजामिन ने भद्रा में उकेरा था, और जिसे देव अब तक मिथ्या मान रह था, ठीक वैसा ही एक दृश्य आज उसके सामने घटित हो रहा था।

इलेक्ट्रिक कॉलोनी का तीनतरफ़ा घेराव हुआ था। सिर्फ़ बड़े नाले से होकर जंगल की ओर निकलता रास्ता खुला था। साधारण क़द-काठी का गोपाल राव उसी रास्ते कोयलाडीह जा रहा था। किसी कबड्डी खिलाड़ी की तरह फिसलते-बचते, चार-पाँच कर्मचारियों का नेतृत्व करते।

सत्तावन वर्षीय आलम साहब सड़क के बीच पड़े अपने भाई को कोस रहे थे। "बेग़ैरत, तू भाई नहीं है। सब इज़्ज़त ख़ाक कर दिया।" उनका चचेरा भाई भी धावा देनेवाले दस्ते में शामिल था। क्योंकि वह मोहल्ले में सबसे परिचित था, हड़तालियों की शिनाख़्त वही कर रहा था।

सत्या भी बाहर निकलकर पुलिस से जूझना चाहता था। उसकी मज़बूत क़द-काठी का सबको फ़ायदा मिलता। वह बाहर सड़क की तरफ़ बढ़ा भी था। पर सिर्फ़ आधे मन से। उसमें गोपाल जैसी फुर्ती नहीं थी। न ही आलम साहब वाला जज़्बा था।

नाले से ठीक पहले एक सिपाही सामने से कूदा और बाँहें फैलाकर गोपाल का रास्ता रोकने लगा। लेकिन गोपाल ने उसे कन्धे से ज़ोरदार टक्कर मारी और आगे की तरफ़ तेज़ी से बढ़ चला। उसी वक़्त बिजली लौट आई। स्ट्रीट लाइटें जल उठीं। टिमटिमाते ट्यूबलाइट की सफ़ेद रौशनी क्षणभर के लिए गोपाल राव की पीठ पर पड़ी। ऐसा लगा जैसे वह वह बीच हवा में लटका हो। बक्सर क़िले से कूदने वाले हनुमान की तरह। पटना के उड़ते नेपाल की तरह। अहिला के खेतों में छलाँग लगाते काले हिरन की तरह। और फिर दस-पन्द्रह मिनटों में सब कुछ शान्त हो गया।

घायल

पास के मुहल्लों में भी दबिश पड़ी थी। लेकिन सबसे ज़्यादा गिरफ़्तारियाँ इलेक्ट्रिक कॉलोनी में ही हुई थीं। पकड़े गए कर्मचारियों को कोयलाडीह स्टेशन पर रखा गया था, जहाँ से उन्हें एक स्पेशल ट्रेन से सदरपुर ट्रांसफ़र किया जाना था। स्पेशल ट्रेन

सुबह ग्यारह बजे तक आने वाली थी। इधर देव, मुकेश और सत्या, तीनों को पुलिस ने छोड़ दिया था। देव नया था, मुकेश बीमार था और सत्या से बेवजह उलझने की हिम्मत आलम साहब के चचेरे भाई में भी नहीं थी। वैसे भी, उसका मन न तो काम करने में लगता और न ही हड़ताल करने में। आलम साहब भी बख़्श दिये गए थे।

उस रात कॉलोनी में कोई नहीं सोया। हड़तालियों की रिहाई के लिए ज़बरदस्त कोशिशें हुईं। भद्रा से लेकर धनबाद तक, हर तरफ़ सिफ़ारिश लगाई गई। कुछ महिलाएँ 'सैकड़ा सिंह' सुदर्शन की बीवी से मिलीं। शायद उसके कहने पर पांडे पिघल जाए। शायद पांडे के कहने पर पुलिस मान जाए।

सत्या और देव सुबह छह बजे स्टेशन से मुहल्ले लौटे। पता चला कि पिछली रात मुकेश की तबीयत ज़्यादा बिगड़ गई थी और उसे तालपुर वाले घर लेकर चले गए थे। क्वार्टर की चाबी आलम साहब के यहाँ थी। जब देव और सत्या उनके घर पहुँचे तो पाया कि वहाँ पहले से ही कई लोग मौज़ूद थे। आगे की रणनीति पर मंत्रणा चल रही थी। यह तय हुआ कि एक-दो घंटे विश्राम के बाद कोयलाडीह में मौन जुलूस निकाला जाएगा, मुँह पर काली पट्टी बाँधकर। जैसे पटना में जेपी ने बँधवाई थी। और फिर थाने में विज्ञप्ति दी जाएगी।

पर जब ये सारी मंत्रणा चल रही थी, देव कहीं और ही खोया था। आज से पहले उसे किसी गृहस्थ सहकर्मी के घर जाने का अवसर नहीं मिला था। वह भौचक्का सा चारों ओर देख रहा था। खिड़कियों पर लटके झालर वाले सफ़ेद पर्दे, दीवारों पर टँगे कैलेंडर और तसवीरें, अख़बार से मढ़े तख़्ते पर सजी फूलदानी। "जब अपना क्वार्टर होगा, ऐसे ही सजाएँगे," उसने निश्चय किया।

तभी चाची चाय लेकर आई। चीनी मिट्टी के बेरंग पुराने कप और कुछ स्टील के दबे-पिचके बड़े-छोटे गिलास। कुल तेरह प्याले। एक साथ परोसे, बिना किसी भेदभाव के। बताना मुश्किल कि इनमें 'दोसरका गिलास' कौन सा था। उन प्यालों में एक अजीब-सा आकर्षण था। देव बड़ी मुश्किल से ख़ुद को चाय पीने से रोक पाया।

चाय के बाद मीटिंग टूटी। वहाँ से निकलते वक़्त चैटर्जी बाबू ने उसे फिर से हिदायत दी, "थाना से सीधा ऑफिस जाना और ज्वाइनिंग दे देना है। समझा? पहले परमानेंट हो जाओ। फिर हड़ताल-फड़ताल। आगे बोहोत चांस मिलेगा हीरो बनने का।"

सुबह नौ बजे तक कॉलोनी से गुज़रती सड़क पर लोग इकट्ठा हो गए थे। सबकी आँखें रतजगे से सूजी, थकी। सबके मुँह पर रंग-बिरंगी पट्टियाँ। जुलूस के लिए

गोपाल भी जंगल से लौट आया था। "मुँह पर बड़ा कपड़ा बाँध लेगा तो कौन पहचानेगा?" पूरे आत्मविश्वास के साथ उसने कहा था। कर्मचारी और गृहिणियों के अलावा ढेरों उत्साहित बच्चे भी थे। बच्चे इसलिए क्योंकि उनका स्कूल बन्द था। हड़ताल को देखते हुए स्कूल-परिसर को पुलिस-छावनी में बदला जा रहा था। कुछ लड़कों के हाथ में बैनर था और कुछ महिलाओं ने छाता खोल रखा था। मई की धूप अभी से अपना निर्मम रूप दिखा रही थी।

देव भी तैयार होकर बाहर निकला। मुँह पर नीली पट्टी, बदन पर पिछली रात वाली क़मीज़। पिछले चार दिनों की भागमभाग से उसका बदन टूट रहा था, लेकिन मन रोमांचित था। ज़िन्दगी बदलने वाली थी। पिछले शाम ही ख़बर आई थी कि स्ट्राइक से दूर रहने वाले कैज़ुअल कर्मचारियों की हफ़्ते भर में ही नौकरी पक्की होगी।

ठीक नौ बज के दस मिनट पर जुलूस ने कूच किया। पुरुष पीछे, बच्चे आगे और महिलाएँ बीच में। जुलूस की अगुआई आलम साहब और सत्या राव कर रहे थे। साथ में सत्या के चार कुत्ते भी थे। देव बच्चों के साथ चल रहा था, उन्हें सड़क के गड्ढों से सचेत कराते। धूल उड़ाते पदचापों की उबाऊ-सी आवाज़ के अलावा सब मौन थे। बच्चे भी। सिर्फ़ दुम हिलाते कुत्ते बीच-बीच में भौंक देते।

क़ाफ़िला जिधर से गुज़रता, इन्तज़ार में खड़े लोग घरों से निकल आते और जुलूस में जुड़ जाते। थाने पहुँचते-पहुँचते कुत्तों की संख्या भी चार से तेरह हो गई थी। धर-पकड़ हर तरफ़ हुई थी। घायल सभी थे। कुत्ते भी। उनके अन्नदाताओं के यहाँ चूल्हे नहीं जले थे। वे भी रात से भूखे थे।

जुलूस की ख़बर थाने को भी थी। तीन-चार सिपाही इन्तज़ार में बाहर ही बैठे थे। सबको बताया गया कि सिर्फ़ दो लोग ही अन्दर जा सकते हैं। सो चैटर्जी बाबू और आलम साहब विज्ञप्ति लेकर अन्दर चले। विषय-वस्तु चैटर्जी बाबू ने बताई थी, भाषा आलम साहब की थी और लिखावट शबनम चाची की।

"बोनस भी चाहिए और वर्किंग आवर भी कम चाहिए?" थाने में बैठे दारोग़ा ने भावहीन नज़रों से विज्ञप्ति पढ़ते हुए पूछा।

"जी। और आपका सपोर्ट भी चाहिए। आप भी रेल का आदमी, हम भी रेल का आदमी। आप सपोर्ट नहीं करेगा, तो हम लोग किधर जाएगा?" चैटर्जी बाबू ने हाथ जोड़कर अपनी बात रखी।

'किधर जाएगा?' यह सवाल सुनते ही सिंहभूम का रहने वाला दारोग़ा भड़क उठा। पिछले आठ महीनों से उसने एक दिन की भी छुट्टी नहीं ली थी। बूढ़े पिता के गोदान में वह घर जाना चाहता था। पर उसके आवेदन को ख़ारिज करते हुए कमांडिंग ऑफ़िसर ने सिर्फ़ इतना कहा था—"किधर जाएगा?" पिछले महीने ही

चेचक से उसकी भतीजी की मृत्यु हो गई। वह क्रिया-कर्म में जाना चाहता था। लेकिन इस बार भी वही जवाब। "ट्रैजडी तो पूरा देश में है। किधर जाएगा?"

रेल का आदमी, पुलिस का आदमी, सरकार का आदमी, बेकार का आदमी, यूनियन का आदमी, बिहार का आदमी—कितने ही परिचय थे आदमी के। इन परिचयों में खो गया था हाड़-मांस का आदमी। दब गई थीं उसकी छोटी-छोटी हसरतें। हँसने की हसरत, मातम मनाने की हसरत, हिन्दी फ़िल्म देखने की हसरत, घर बसाने की हसरत।

"सरकार, पत्रकार, ट्रेन से चलने वाला आम आदमी—सब आपका अगेंस्ट है। आपको किसका सपोर्ट मिलेगा?" दारोग़ा ने चिढ़कर पूछा।

"इस मुसीबत में हमें बस आपका साथ चाहिए," आलम साहब ने मुस्कराकर जवाब दिया।

पन्द्रह मिनट के बाद जब आलम साहब और चैटर्जी बाबू थाने से निकले तो उनके साथ दारोग़ा भी था। वर्दी से नाम और सितारा हटाकर वह भी जुलूस में शामिल होने आया था। छुट्टी के अस्वीकृत आवेदनों से तंग आकर, ओहदे के नीचे दबे आदमी की आवाज़ सुनकर। उसे देखकर जुलूस का उत्साह बढ़ गया। तालियाँ बजीं। कुत्ते मुँह उठाकर भौंकने लगे। एक पल के लिए सत्या भी मुस्कराया। और जुलूस स्टेशन की ओर चल पड़ी, अपने गिरफ़्तार साथियों को छुड़ाने। आत्मविश्वास से लबरेज़।

लेकिन स्टेशन रोड पर बिहार पुलिस की एक और टुकड़ी पहले से मौजूद थी। जुलूस को देखते ही वह बिना चेतावनी डंडे लेकर दौड़ी और मिनटों में जनता को तितर-बितर करके सभी नेताओं को गिरफ़्तार कर लिया। इस बार सत्या भी पकड़ा गया। आलम साहब ने भी गिरफ़्तारी देनी चाही। लेकिन उनकी उम्र को देखते हुए उन्हें छोड़ दिया गया।

घबराहट में देव बाज़ार की तरफ़ भागने लगा, इस विचार से कि थोड़ी देर बाद दूसरे रास्ते से आकर ऑफ़िस के रजिस्टर में साइन कर देगा। लेकिन तभी उसका पैर एक गड्ढे में पड़ा और वह औंधे मुँह गिर पड़ा। जब पुलिस उसे ले जा रही थी, उसने ख़ूब मिन्नतें की। बाक़ियों ने भी आग्रह किया। 'नया लड़का है, नौकरी करना चाहता है।'

'नौकरिया तो करबे करेगा, तनी हड़तलवो कर ले,' देव को कॉलर से पकड़े एक सिपाही ने व्यंग्य कसा।

स्टेशन पर मौजूद मैजिस्ट्रेट की निगरानी में गिरफ़्तार कर्मचारियों की लाइन लगी और अभियोग तय हुआ। लगभग बारह बजे स्पेशल ट्रेन पहुँची। जिस वक़्त कर्मचारियों

को ट्रेन में लादा जा रहा था, बग़ल वाली बोगी से केन्द्रीय सुरक्षाकर्मियों की टुकड़ी उतर रही थी। शायद इन्हीं के स्वागत में स्कूल वाली छावनी तैयार हो रही थी।

लाटसाहिबी

लगभग बीस घंटे की यात्रा के बाद काफ़िला सदरपुर जेल पहुँचा। सुबह के साढ़े आठ बजे थे लेकिन सूरज अभी से आग बरसा रहा था। लोहे के बड़े फाटक में खुलते एक छोटे गेट से होकर वे उस ऐतिहासिक जेल के कैम्पस में घुसे। फिर कार्रवाई शुरू हुई। सबसे पहले जेल के रजिस्टर में हड़तालियों का नाम चढ़ाया जाना था। सबको एक ख़ाली हवादार कमरे में इन्तज़ार करने को कहा गया।

कमरे की चमकती सफ़ेद दीवारों से चूने की तेज़ गन्ध आ रही थी। फ़र्नीचर ग़ायब थे। सिर्फ़ एक कोने में फ़ाइलों से भरी कुछ बोरियाँ बेतरतीबी से पड़ी थीं। सामने दीवार पर गांधी जी की तसवीर तिरछी लटकी थी जिसके ठीक नीचे एक वृद्ध सिपाही लकड़ी की कुर्सी लगाकर बैठा था, रजिस्टर खोले, पैर पर पैर चढ़ाए।

देव सकते में था। वैसे चैटर्जी बाबू ने उसे आश्वस्त किया था कि एक-दो दिनों में कुछ-न-कुछ हल निकल आएगा और वे सब छूट जाएँगे। "तुम्हारा ये सिनेमा-टिनेमा का चक्कर नहीं होता तो तुम कोयलाडीह लौटकर सीधे ऑफ़िस जाता और रजिस्टर में साइन करता। झरिया नहीं भागता। इस बार मिस्टेक रिपीट मत करना।"

लेकिन किसी अनिष्ट की आशंका से उसका मन उद्विग्न था। इस चिन्ता से अपना ध्यान भटकाने के लिए वह बाक़ियों का मुआयना करने लगा। नित्य क्रिया से निवृत्त न हो पाने के कारण चैटर्जी बाबू चिड़चिड़े-से नज़र आ रहे थे। पतलून की जेब में हाथ डाले गोपाल राव ग़ुस्से में सिपाही को घूर रहा था। सभी के चेहरे झुलसे, उतरे-से थे।

लेकिन सत्या हमेशा की तरह शान्त खड़ा था—सबसे दूर, कुछ खोया-सा। चेहरे पर थकान की एक लकीर तक नहीं। नीले चेक शर्ट को भूरे रंग के पैंट में खोंसे। चमकते जूते, सर का हर बाल अपनी नियत जगह पर चिपका। इस अफ़रातफ़री में भी उसे अपने हुलिये का कितना ख़याल था। उसके प्रति देव की श्रद्धा और भी गहरी हो गई। लेकिन सत्या का ऐसा सजा-धजा रूप देखकर उस बूढ़े सिपाही को थोड़ी ढिठाई सूझी।

"क्यूँ बड़े बाबू, आप कैसे पकड़ा गए?" सिपाही ने मुस्कराते हुए पूछा।

उस ख़ाली-से कमरे में सिपाही की आवाज़ गूँज रही थी। लेकिन सत्या ने उसे अनसुना कर दिया।

"आरे आपसे पूछ रहे हैं? जज साहब?" सिपाही ने फिर चुटकी लेते हुए कहा।

ऐसा क्या था उसकी वेशभूषा में जो सिपाही को हँसी आ रही थी। यह ज़रूरी तो नहीं कि हर क़ैदी के कपड़े मैले-कुचैले हों, पैर नंगे हों, बाल बिखरे हों या उसके चेहरे पर मातम नाच रहा हो। किसी कटाक्ष भरे उत्तर की आशंका में सभी सत्या की ओर देखने लगे। और सत्या ने भी उन्हें निराश नहीं किया।

"अरेस्ट हो गया क्योंकि तुम जैसा करप्ट पुलिसमैन चारों तरफ़ नाच रहा है," सत्या ने मद्धिम आवाज़ में जवाब दिया, भावहीन नज़रें पल भर के लिए सिपाही पर टिकाईं और फिर खिड़की से बाहर देखने लगा।

"तुम जैसा? का मतलब है बे तेरा?"

सिपाही के तू-तड़ाक पर उतरते ही कमरे में सन्नाटा पसर गया। पर सत्या ने अब भी कोई प्रतिक्रिया नहीं दी। बस चुपचाप बाहर देखता रहा।

जेल की बाउंड्री पर पीले रंग की नई पुताई उसके जर्जर ढाँचे को बमुश्किल छिपा रही थी। उस दीवार से सटे एक विशाल बरगद के नीचे कुछ लोग सुस्ता रहे थे। शायद वे जेल में बन्द किसी परिजन से मिलने आए थे। या फिर न्याय की आस लगाए, आज़ाद घूम रहे किसी अपराधी को अन्दर करने की गुहार लेकर।

सन् चौहत्तर के मई में सिर्फ़ रेलवे कर्मचारी ही नहीं, पुलिस महकमा भी तबाह था। छुट्टियाँ रद्द हो चुकी थीं, पुलिस टुकड़ियों को यहाँ-वहाँ भेजा जा रहा था, रातोंरात स्थानान्तरण हो रहे थे। दिन में बीस घंटे की ड्यूटी, ज़रा सी चूक पर सस्पेंशन। इन परिस्थितियों में सत्या की विरक्ति और बूढ़े सिपाही की खीज, दोनों स्वाभाविक थी।

अपनी इस अवहेलना पर सिपाही तिलमिलाता उठा। उसकी बूढ़ी टाँगों में न जाने कहाँ से इतनी फुर्ती आ गई कि वह पलक झपकते ही कमरे के दूसरी छोर पर खड़े सत्या के पास पहुँच गया। और इसके पहले कि सत्या या कोई और सँभल पाता, बाएँ हाथ से उसका कॉलर पकड़कर दाएँ हाथ से थप्पड़ जड़ दिया। "का मतलब? बोल, का मतलब? ढेर अफ़सरी चढ़ा है?"

सच तो यह है कि उस कमरे में कोई भी अफ़सर नहीं था। अफ़सर तो कहीं और थे—दफ़्तर में, मीटिंग में, या शायद चैन से अपने घरों में कोका कोला पीते। वहाँ तो सभी कर्मचारी थे, भूखे-प्यासे। गर्मी और परिस्थितियों से त्रस्त। कुछ बेवजह नाराज़, कुछ बेवजह गिरफ़्तार। बेमतलब की मारपीट में उलझे।

लेकिन तमाम निरर्थकता के बावजूद सत्या का यूँ पिटना देव को मंज़ूर नहीं था। हालाँकि सत्या अब तक शान्त खड़ा था, पर अगर कहीं उसके मुख से आह-ऊह की आवाज़ निकल जाती, या वह हाथ जोड़कर सिपाही से माफ़ी माँगने लगता, तो उसका सिद्ध सारगर्भित स्वरूप हमेशा के लिए बिखर जाता। वह दृश्य देव के लिए कुछ ऐसा भद्दा होता जैसा किसी रोबीले ट्रेन ड्राइवर का साइकिल से गिर जाना। या देवानन्द की हीरोइन का किसी बदशक्ल गुंडे से शादी रचाना।

अपने आदर्शों की कामयाब कहानियों में उसे अपनी साधारण सी ज़िन्दगी की आसमानी ख़्वाहिशें प्रतिबिम्बित होती नज़र आती थीं। पिता जी का जुझारूपन, हरीश की ज़िन्दादिली, माधवी का दुस्साहस, नेपाल का जज्बा, सिपाही बाबा का अनुभव, चैटर्जी बाबू की समझदारी और सत्या की मर्यादित वेशभूषा—ये सभी उसके जीवन को अर्थ देते थे। और अपनी ही आँखों के सामने अपने नायक को बिखरते देखना आसान नहीं होता है।

फिर क्या था, देव ने लगभग कूदते हुए सिपाही को कमर से जकड़ लिया, ज़मीन पर पैर जमा लिये और उसे खींचकर सत्या से दूर करने की कोशिश करने लगा। बूढ़े सिपाही को इसकी उम्मीद नहीं थी। वह सकते में आ गया; उसे लगा कि क़ैदियों ने बग़ावत कर दी है। उसने तुरन्त चीख़-पुकार मचाई। "आरे हमको मार देगा रे। कहाँ है सब? जल्दी आओ।"

शोर सुनकर कमरे में चार-पाँच पुलिस वाले दाख़िल हुए बिना कुछ सोचे-समझे डंडे बरसाने लगे। सत्या की अवज्ञा और देव की धृष्टता देखकर बाक़ी हड़ताली भी जोश में आ चुके थे। वे उन दोनों के चारों ओर सुरक्षा-चक्र बनाकर खड़े हो गए और पुलिसवालों को पीछे धकेलने लगे। गोपाल और सत्या ने कुछ लात-घूसे भी चलाए। उस शान्त-से कमरे में भूचाल आ गया। बाहर पेड़ के नीचे बैठे लोग दौड़कर खिड़की के पास चले आए और स्तब्ध भाव से अन्दर का नज़ारा देखने लगे।

कुछ मिनटों के ज़ोरदार संघर्ष के बाद थाना-प्रभारी घटनास्थल पर हाँफते-हाँफते पहुँचा। क़रीब दर्जन भर सिपाहियों और कुछ बाहरी लोगों की मदद से स्थिति क़ाबू में आई। दोनों गुटों को अलग किया गया। सिपाहियों को निलम्बन की धमकी मिली और हड़तालियों को दमभर गाली। थमते बवाल के बीच रजिस्टर में सबका नाम भी दर्ज किया गया।

सभी को हल्की चोटें आई थीं। सत्या के सर से ख़ून निकल रहा था। उसे इलाज के लिए डिस्पेंसरी भेजा गया। चूँकि उम्र में देव सबसे छोटा था, उससे उठक-बैठक लगवाकर पुलिस की बेइज़्ज़ती का बदला लिया गया। लेकिन उसने सजा का ज़रा भी विरोध नहीं किया। मुस्कराकर सबके हिस्से का दंड अकेले ही भोग लिया।

उस सुबह सहकर्मियों ने मिलकर सत्या को बचा लिया था। आज पहली बार सत्या को लगा कि उसे भी भीड़ का हिस्सा होना चाहिए। वहीं देव यह सोच रहा था कि ऐसी करिश्माई हिम्मत उसमें कहाँ से आई? आज से पहले ऐसी शेरदिली उसने सिर्फ़ एक बार और दिखाई थी। कई साल पहले, अपने गाँव में।

शेरदिल

तब गाँव में वह अकेला ही रहता था। हालाँकि उसके पास दोस्त, मार्गदर्शक और दो-एक दुश्मन, सभी थे, पर परिवार नहीं था। जब भी कोई त्योहार आता, उसके सफ़ेद मकान पर पड़ी मनहूसियत की छाया और भी काली हो जाती। होली में जब सारा गाँव उल्लास में डूबा रहता, या बनिये से उधार लेकर मर-मिठाई जुटाने की क़वायद में लगा होता, देव घर पर ताला लटकाकर चुपचाप खेतों की ओर निकल जाता। और अगली सुबह तक वहीं रुका रहता।

नेपाल और सिपाही बाबा को उसका ये आचरण अटपटा लगता। रामजी चाचा भी कभी-कभी टोकते। अपने घर बुलाते। पर देव नहीं मानता। अपनी उदासी ओढ़े खेत में पड़ा रहता।

सड़सठ में तो यह उदासी असह्य हो चली थी। जीवन का भट्ठा बैठ गया था। बाढ़ में फ़सल सड़ गई थी, और बमुश्किल अर्जित प्रतिष्ठा मटियामेट हो गई थी। उस पर राँची दंगों का वह डरावना अनुभव और फिर हरीश की रहस्यमयी गुमशुदगी। परिवार परेशान था, जीवन दिशाहीन।

छठ का पहला अर्घ था। नवम्बर की हल्की गुनगुनी धूप और गंगा का किनारा। दोपहर होते-होते मेला शबाब पर था। लकठो, खाजा, गुड़ की जलेबी, पिपिहरी, भोजपुरी-हिन्दी नाटक की सस्ती-पतली किताबें—मेले में सब कुछ था। हर रंग, हर ख़ुशबू, हर स्वाद। अगर कमी थी तो सिर्फ़ अपनों की।

मन में टीस और काँख में कम्बल लिये देव बग़ीचे की ओर निकल गया। भीड़ बढ़ती गई, दोपहर ढलती गई। तभी उस पार से आती एक नाव पलट गई। वैसे नाव का पलटना एक साधारण घटना थी। नाव पर सवार महिलाएँ गंगापार से बंगाली माई का दर्शन करने आ रही थीं। यह भी एक आम दस्तूर था। लेकिन छठ पर ऐसा पहली बार हुआ था।

चीख़-पुकार के बीच सैकड़ों लोग नदी की ओर दौड़े। नदी में मौजूद मल्लाहों ने अपनी नावों को तेज़ी से डूबती डेंगी की तरफ़ मोड़ लिया। अगर छठ के नियम इतने कठोर न होते तो शायद और कुछ लोग बहँगी-दउरा ज़मीन पर रखकर मदद के लिए दौड़ पड़ते। शायद कुछ और जानें भी बच पातीं।

लेकिन तमाम कोशिशों के बावजूद आठ औरतें, तीन लड़कियाँ और दो बच्चे डूब गए थे। उस पार से मृतकों के छाती पीटते हीत-नाते भी चले आए थे। तय हुआ कि शवों का अन्तिम संस्कार यहीं किया जाएगा, इसी ओर। बड़ा अजीब दृश्य था। एक तरफ़ व्रती डूबते सूरज को अर्घ देकर लौट रहे थे और दूसरी तरफ़ क़तार में चिताएँ धधक रही थीं।

लगभग तीन घंटे बाद जब बग़ीचे में समय काटते देव को ख़बर मिली तो वह दौड़ता हुआ घाट पहुँचा। अँधेरे के साथ वहाँ ठंडक भी बढ़ चुकी थी। गंगाजी के किनारे दीयों की दो समानान्तर शृंखलाएँ टिमटिमा रही थीं। एक गीली रेत पर और दूसरी पानी में प्रतिबिम्बित। वहीं थोड़ी दूर पर दर्जनभर चिताएँ जल रही थीं। लपटें इतनी तेज़ कि बंगाली माई का सफ़ेद मन्दिर दमक उठा था।

देव भी उन चिताओं की तरफ़ बढ़ चला। परिजन बिलख रहे थे, गाँव वाले ढाढ़स बँधा रहे थे और नशे में धुत्त डोम कराहती-कलपती आवाज़ में कुछ गा रहा था—

अइसन नन्दन बन छोड़ के बेटी, जइबू कौन घरे
अम्मा के गोदी छोड़ के बेटी, जइबू कौन घरे

शायद कोई बिरहा था। या कोई विदाई-गीत। आज उसकी अच्छी कमाई होने वाली थी। तीन महीनों के बराबर का काम एक ही दिन में हो रहा था। लेकिन उसकी आँखों से भी गंगा बह रही थी।

तभी पानी में एक और लाश नज़र आई। डूबती-उतराती वह इसी ओर बहती आ रही थी। चिताओं से निकलती रौशनी में उसकी काया साफ़ झलक रही थी। पीठ के बल तैरता युवा शरीर, लाल साड़ी, बालों से लिपटा चेहरा। दुर्घटनाग्रस्त नाव की सभी सवारियों का हिसाब हो चुका था। फिर यह कौन थी?

"बूड़ा ह, बूड़ा," एक व्यक्ति ने सबको ख़बरदार किया। चेतावनी सुनते ही लोग घाट से पीछे भागने लगे। देव भी कुछ क़दम पीछे हटा। सिर्फ़ वह डोम और जलती चिताएँ पीछे छूट गई थीं।

देव ने आज तक बूड़ा नहीं देखा था। और जो विवरण सुने थे, उनके अनुसार बूड़ा मर्दाना पिशाच होते हैं। लेकिन यह तो औरत थी। कहीं वह ज़िन्दा तो नहीं? सहसा देव पानी में उतर गया। वैसे भी, उसका मन इतना उदास था कि डर, मृत्यु, आत्मरक्षा, ये विचार बेमतलब थे। 'बकलोल मरेगा', 'मत जा, मत जा' लोग

चेताते-गरियाते रह गए। लेकिन देव पर तो जैसे कोई आत्मा सवार थी। या शायद ख़ुद को मिटाने की अव्यक्त इच्छा थी। वह नदी के गुनगुने पानी में उतर गया। घुटने-भर, कमर-भर और फिर छाती-भर पानी। फिर थोड़ा तैरकर लाश तक पहुँचा और उसे धीरे-धीरे, ढकेलते हुए किनारे ले आया।

डूबते इनसान में साँस कैसे भरते हैं, इसकी ट्रेनिंग उसे स्काउट्स एंड गाइड में मिली थी। उसे विश्वास था कि अगर नब्ज़ चल रही होगी, तो वह बचा लेगा। बस धैर्य के साथ अपनी ट्रेनिंग को याद करना था। लेकिन जब देव ने उस कमसिन काया को ग़ौर से देखा तो उसके होश फ़ाख़्ता हो गए। चिताओं से उठती रौशनी उस लड़की के गीले घुँघराले बालों से फिसल रही थी। उलझे बालों से लिपटे उस चेहरे को देख वह सिहर उठा। उस शान्त-शीतल चेहरे पर एक चंचल-सी आभा ठहरी थी।

देव का जी चाहा कि उससे ज़ोर से लिपट जाए। फ्रैंकलिन से उसने सुना था कि अंग्रेज़ी फ़िल्मों के अन्त में जब प्रेमी मिल जाते हैं तो हीरो हीरोइन का चुम्बन लेता है। लेता होगा। लेकिन ऐसा हिन्दी फ़िल्मों में नहीं होता। और देव ने तो कभी अंग्रेज़ी फ़िल्म देखी ही नहीं थी। इसलिए उसने लड़की के होंठ से अपना होंठ सटाया और साँस भरने लगा।

पन्द्रह मिनट की बेताब कोशिश के बाद लड़की को होश आ गया। आस-पास कई लोग जमा हो गए थे। ठंड बढ़ गई थी और चिताएँ लगभग शान्त हो चली थीं।

"का हुआ था बुची?" फ़ौजदार माँझी ने धीरे से पूछा।

"बाबूजी बोले स्कूल से नाम कटवा देंगे, इसलिए हम गंगाजी में कूद गए," देव के कम्बल में ठिठुरती लड़की थोड़ा खिसियाकर बोली।

"का नाम है तुम्हारा?"

"माधवी।"

देव के जीवन का यह सबसे मनहूस दिन था। और शायद सबसे ख़ूबसूरत भी। उस घटना के बाद देव हर रोज़ उस शीतल स्पर्श के बारे में सोचता। उस चेहरे को याद करता। माधवी के बारे में सबसे पूछता फिरता था। उसके गाँव जाने का बहाना ढूँढ़ता रहता। पर सिनेमा देखने की उसकी योजनाओं की तरह, यहाँ भी, सिर्फ़ निराशा ही हाथ लगती। पर संयोग ऐसा कि पाँच साल बाद उसकी माधवी से शादी हुई।

देव ने पाया कि माधवी को उस दिन से जुड़ी सारी बातें अच्छे से याद हैं। मौसम, फ़ौजदार, घाट पर जलती चिताएँ, कम्बल का रंग। सिर्फ़ बचाने वाले का नाम और चेहरा भूल गई थी।

मुमकिन है एक दिन सत्या भी देव का नाम भूल जाए। लेकिन उस दिन के बाद बहुत कुछ बदल गया।

शेष कथा

रूम नम्बर सात में कुल तेईस क़ैदी ठूँसे गए थे। कुछ कोयलाडीह के, कुछ स्थानीय। सभी रेलवे कर्मचारी। ऐसी रेलमपेल कि बिना किसी पर लात फेंके करवट बदलना भी असम्भव। सामने अहाते से आती गरम हवा, पीछे नाले से उठती जानलेवा दुर्गन्ध। उस पर घुन से भरा भात, सड़ी तरकारी, वॉर्डन की सख़्ती, जमादार की गालियाँ।

लेकिन तमाम तकलीफ़ों के बावजूद कर्मचारी एकजुट हो रहे थे। रोज़ की भागदौड़ थम गई थी। समय ठहर गया था। अब फ़ुर्सत थी—दोस्ती के लिए, अपने सहकर्मियों को जानने-समझने के लिए। लेकिन ठहराव के हर ऐसे दौर के पीछे शान्ति नहीं, संकट होता है। जब पटना में चोटें आईं, घर पर समय बीता, माधवी से आत्मीयता बढ़ी। अब जेल में पड़े घायल-आहत सहकर्मी हेलमेल बढ़ा रहे थे। एक-दूसरे की कहानियाँ सुन रहे थे। कम से कम देव को तो ऐसा ही लगा।

सबसे नये सिरे से परिचय हो रहा था, सबके बारे में नई बातें सामने आ रही थीं—ज्ञानी चैटर्जी बाबू किसी की मूर्खता के प्रति सहिष्णु भी हो सकते हैं, सनकी गोपाल शिष्ट भी हो सकता है, सत्या हँस भी सकता है। यह उस सौहार्द का जादू ही था कि देव भी अपनी चिन्ताएँ भूल सा गया था। नौकरी, माधवी, भैया की खोज, कुछ दिनों के लिए इन सबका बोझ पानी में नमक सा लगने लगा।

उस घटना के बाद देव के साथ सत्या का ख़ास लगाव हो गया था। दोनों साथ बैठकर खाते, हाज़िरी की लाइन में साथ खड़े रहते, रोज़ की ड्रिल में एक दूसरे का सहयोग करते। अब तो देव ने हिम्मत जुटाकर वह सवाल भी पूछ लिया जिसे वह एक साल से पूछना चाहता था। अम्बिकापुर के होटल से रेलवे की नौकरी तक वह कैसे पहुँचा? और सत्या ने भी सब कुछ बता डाला, कुछ इतनी गर्मजोशी से जैसे बताना उसका फ़र्ज़ हो।

"जब हम अम्बिकापुर में था, एक दिन हमारा होटल पर एक नेता आया, सांभर-बड़ा खाने। नया आदमी था, एकदम छोकरा माफिक। वो और उसका साथी लोग बीस प्लेट खाया, लेकिन जब हम पैसा माँगा, हमको मद्रासी बोलके गाली दिया। हम बोला गाली दे लो, लेकिन पइसा भी दो। नहीं तो मालिक हमको होटल से निकाल देता। मेरा रिक्वेस्ट सुना तो हमको सब मिलके मारने लगा। उस टाइम हमारा कुत्ता सब जास्ती गुस्सा करना। दोनों अटैक कर दिया और सबको काटने लगा। जॉनी तो नेता का ही पैर पकड़ लिया। तब वो लोग हमको छोड़ उधर से भागा।"

"रियली, कुत्ता एकदम लॉयल होता है। हमारा कलकत्ता वाला अंकल का भी..." लेकिन सत्या अपनी ही धुन में था। उसने चैटर्जी बाबू को बीच में ही काटते हुए कहानी आगे बढ़ाई।

"रात को हम सो रहा था। अचानक मेरा पैर और हाथ कोई पकड़ लिया। देखा तो वही नेता लोग, पूरा दारू पी के। हमको लगा कि आज हम मरा। लेकिन हमको अपना परवाह नहीं था। और कितना दिन जिन्दा रहना?"

वैसे तो टॉमी और जॉनी सत्या के सब कुछ थे। उसकी सारी प्रीत, उसकी सारी श्रद्धा, उन कुत्तों के लिए ही थी। लेकिन दोपहर की घटना के बाद सत्या को उन पर बहुत ग़ुस्सा आया। इतना कि उसने दोनों की पिटाई कर दी। वह छड़ी मारता जाता, दोनों कूँ-कूँ करके भाग जाते। फिर तुरन्त ही दुम हिलाते लौट भी आते और सत्या उन्हें फिर से मारने लगता। लेकिन इतनी पिटाई के बाद भी उसका ग़ुस्सा शान्त नहीं हुआ। उस रात सत्या ने सालों बाद शराब पी और कुत्तों को पहली बार रस्सी से बाँधकर सो गया।

"नेता हमको कुछ नहीं किया। बस पकड़ के रखा। लेकिन हमारा कुत्ता को मारा। जास्ती मारा। डंडा से, लात से। फिर जीप से चला गया। जॉनी पहले मर गया। लेकिन टॉमी में जान था। उस हालत में भी हमको देखकर पूँछ हिला रहा था। वो हमको आँख में ऐसा देखना जैसे हमसे पूछता कि क्या तुम अभी भी हमसे गुस्सा? हमको और कितना मारेगा? फिर पूछ हिलना रुक गया, स्टॉप" बताते हुए सत्या फूट पड़ा। "उसी रात अपना दोनों बच्चा को गाड़ा और अम्बिकापुर छोड़ दिया। रेल में नौकरी कर लिया। और नेता लोग से दूर रहने का कसम खाया।"

सत्या की कहानी सुनकर सेल नम्बर सात में सन्नाटा छा गया। देव ने सत्या को पीठ थपथपाकर सांत्वना दी। चैटर्जी बाबू भी उसके पास आकर बैठ गए। रात हो चुकी थी, बत्ती बुझा दी गई थी। पर किसी को नींद नहीं आई। देव को लगता था कि कहानियाँ कहने-सुनाने से दोस्ती बढ़ती है। और अगर कहानी अपने बारे में हो, तो रिश्ता और भी गहराता है। हुआ भी था। लेकिन आज फिर उसे लगा कि कुछ कहानियों को यूँ ही छोड़ देना चाहिए। बिना छेड़े, बिना खरोंचे। उस दिन भद्रा में भी कुछ ऐसा ही लगा था, बेंजामिन और ज़िया से मिलने के बाद। उनसे पिता जी और हरीश की अनसुनी कहानी सुनकर। "हर कहानी में थोड़ा झूठ होता है, थोड़ा मिस्ट्री होता है...तुम उस पर जितना ट्रस्ट करेगा, कहानी में उतना ही मजा आएगा। माथा ठंडा रहेगा। नहीं तो सब गोंडोगोल, माथा गोरोम," एक बार चैटर्जी बाबू ने उसे नसीहत दी थी।

कहानी उतनी ही विश्वसनीय होती है जितना विश्वास सुननेवाला उस पर जताता है। और भरोसा जताने की क्षमता सब में एक-सी नहीं होती है। जैसे अहिला में हर शाम छात्र आन्दोलन के नये पैम्फ़लेट बह आते थे, वैसे ही, हर दोपहर, स्ट्राइक से जुड़ी हर नई ख़बर जेल की दीवार फाँदकर अन्दर टहल आती। और हर ख़बर का स्वागत लोग अलग-अलग विधि से करते। अपने-अपने ट्रस्ट के हिसाब से।

जब ख़बर आई कि प्रधानमंत्री के नाम फ़र्नांडीस की चिट्ठी किसी बड़े अख़बार में छपी है, तो चैटर्जी बाबू बिफर गए। कहने लगे कि सबको मूर्ख बनाने का जुगाड़ है। "प्राइवेट लेटर प्रेस में? ये कैसे पॉसिबल है? आज तक हमारा-तुम्हारा कितना ठो चिट्ठी पेपर में छपा?" लेकिन सदरपुर का उमेश इसे विश्वास और पारदर्शिता के प्रतीक के रूप में देख रहा था। "पूरा ट्रांसपैरेंसी है। नेताजी का जो बातचीत हुआ, सबके सामने है। यही तो लोकतंत्र है।" उमेश स्थानीय यूनियन का युवा नेता था। उसे विश्वास था कि जल्द ही माँगें पूरी होंगी, स्ट्राइक टूटेगी और सभी छूट जाएँगे। वहीं गोपाल राव का मानना था कि देर होगी, पर आसार अच्छे हैं। क्योंकि देश के राष्ट्रपति भी एक ज़माने में यूनियन के नेता थे। पर सत्या को न ही कोई उम्मीद थी, न कोई निराशा। और न ही किसी ख़बर का इन्तज़ार। वह भी जेल से छूटना चाहता था, लेकिन सिर्फ़ इसलिए ताकि अपने कुत्तों के पास लौट सके। "नेता लोग से कुछ नहीं होना," यही सत्या का निष्कर्ष था।

अगर वहाँ मुकेश होता तो शायद हड़ताल की पहेली सुलझा देता। भविष्य में क्या होगा, इसकी ख़ूब समझ थी उसमें। जहाँ नेपाल के लिए भविष्य लॉटरी जैसा मनमौजी था, मुकेश उसे एक नक़्शे की तरह देखता था—एक ऐसा नक़्शा जिसे वह समझता भी था और सुधारना भी चाहता था। पर एक दिन चुपचाप ख़बर आई कि अब वह नहीं रहा। उसे लू लगी थी। यह ख़बर कोयलाडीह से आलम साहब ने भिजवाई थी।

मुकेश की ख़बर सुनकर देव फिर से अपनी कुंडली को कोसने लगा था। "हम जिससे भी सटते हैं, वो चला जाता है," चैटर्जी बाबू के सामने देव का दुख छलका। और चैटर्जी बाबू ने भी कुछ वैसा ही कहा जैसा पटना के अस्पताल में माधवी ने कहा था। "देवानन्द दूबे, तुम्हारा जैसा ओर्डिनेरी आदमी के पास किसी को जिन्दा करने का, किम बा मारने का ताकोत नहीं होता है।"

बन्द-खुला

जेल में क़ैदी मुख्यत: तीन मिज़ाज के थे। साधारण अपराधी, नक्सली और हड़ताली। हड़ताली पूर्वी फ़्लैंक में बन्द थे और नक्सली पश्चिमी फ़्लैंक में, अहाते के उस ओर।

उत्तरी फ़्लैंक में प्रशासनिक इकाई और रसोई थी, जबकि दक्षिणी फ़्लैंक साधारण अपराधियों के लिए था। उनके ठीक पीछे एक छोटे से ब्लॉक में महिला क़ैदियों को रखा गया था।

स्वभाव से नक्सली और हड़ताली बिलकुल अलग थे। जहाँ नक्सली अक्सर जेल व्यवस्था से असन्तुष्ट रहते, लड़ने को तैयार रहते, भागने की योजना बनाते रहते, वहीं रेलवे कर्मचारी शान्त-सभ्य थे। सालों से चली आ रही 'आठ से चार' की रूटीन, और कम पैसों में घर चलाने के दबाव ने उन्हें 'अडजस्ट' करना सिखा दिया था। ज़्यादातर कर्मचारी जीवनभर आटे-तेल के चक्रव्यूह में ही फँसे रहते थे। वैसे तो उन दिनों देश में कई मोर्चे खुले थे, लेकिन उनका ध्यान सिर्फ़ हड़ताल और अपने नेताओं के जौहर पर था।

जब पोखरन में विस्फोट हुआ तो जेल के स्टाफ़ मिठाई बाँटते दिखे। उस दिन जेल की तरकारी में आलू के टुकड़े भी मिले। "वहाँ वैज्ञानिक परमाणु बम फोड़कर देश को विश्वशक्ति बना दिया है और यहाँ हड़ताल करके देश बर्बाद किया जा रहा है," जेल के बाहर चहलक़दमी करते सिपाही ने टोंट कसा। ऐसी ऐतिहासिक घटना के प्रति हड़तालियों की उदासीनता से वह हैरान था।

"परमाणु बम? वो क्या होता है?" अन्दर से गोपाल राव ने पूछा।

"वही जो अमेरिका ने जापान पर फोड़ा था।"

"किसलिए फोड़ा?" गोपाल ने दूसरा सवाल दागा।

इस पर झल्लाए सिपाही ने सलाखों पर डंडा मारा और वहाँ से चला गया। शायद जवाब उसे भी नहीं मालूम था। उसके जाते ही सभी ठहाके लगाने लगे। आस-पास के कमरों में भी हँसी गूँजी। मुकेश की ख़बर के बाद से छाई मनहूसियत कुछ देर के लिए छँटी।

बेवजह की बातों में बेकारी के दिन कट रहे थे। कभी ख़बर मिलती कि डील होने वाली है, जल्द ही हड़ताल टूटेगी। फिर सूचना आती कि हड़ताली बर्ख़ास्त किये जाएँगे। बनते-बिगड़ते उम्मीदों के बीच एक दिन उमेश को पता चला कि उसके परिवार को रेलवे क्वार्टर से निकाल दिया गया है। उसके लिए यह समाचार किसी वज्रपात से कम नहीं था। परिवार में पत्नी और और आठ महीने के बच्चे के अलावा बूढ़ी माँ थी। इस प्रचंड गर्मी में वे कहाँ जाएँगे? कैसे रहेंगे?

उसे यूनियन के बड़े नेताओं ने आगे बढ़कर नेतृत्व करने को कहा था। विश्वास दिलाया था कि अरेस्ट होने पर उसके परिवार को संरक्षण मिलेगा। उनकी पूरी देखभाल

होगी। "लीडर लोग तो कोशिश किये ही होंगे," ऐसा कहकर उसने ख़ुद को सांत्वना दी। लेकिन अन्दर ही अन्दर वह बिखर गया था। उस दिन उमेश ने न खाना खाया, न किसी से बात की। सुबह उसका ठंडा शरीर मिला। मृत्यु शायद हृदयाघात से हुई थी।

पूरे जेल में फिर एक बार मातम पसरा था। मरघट-सा सन्नाटा। चैटर्जी बाबू भी रो रहे थे। गोपाल की आँखें भी सजल थीं। कुछ लोग सदमे में चुप थे, पर ज़्यादातर क़ैदी बेचैन, आक्रोशित थे। धर-पकड़, पिटाई, जेल, अपमान—ये सारी यातनाएँ तो फिर भी सही जा सकती थीं। लेकिन मृत्यु? क्या हड़ताली मर भी सकते हैं? इस सम्भावना पर किसी ने ध्यान ही नहीं दिया था। सुबह से शाम हो गई, उदासी गहराती गई।

सामने अहाते में फैली धूप एक कोने तक सिकुड़ गई थी। सूरज ढलने ही वाला था। तभी एक अधेड़-उम्र सिपाही आया और एक फटा सा रजिस्टर खोलकर नाम पढ़ने लगा। चैटर्जी बाबू का मानना था कि समझौता हो गया है और हड़तालियों को रिहा किया जा रहा है। सत्या को शक था कि उन्हें किसी दूसरी जेल ले जाया जाएगा क्योंकि यहाँ बहुत भीड़ हो गई थी। जो भी हो, जेल में बन्द दो सौ हड़तालियों से सम्बन्धित ये आदेश कल ही आ गया था। अगर कार्यवाही भी कल ही हो जाती तो शायद उमेश आज ज़िन्दा होता।

सिपाही नाम पुकारता जाता, लोग बाहर निकलते जाते और एक दूसरे युवा सिपाही की निगरानी में आगे बढ़ते जाते। हड़तालियों को ले जाने के लिए तीन बसें आई थीं। सब कुछ जल्दी-जल्दी हो रहा था। शायद रात होने से पहले पूरी कार्यवाही निपटानी थी।

अहाते के दूसरी ओर बन्द नक्सलियों को भी इस बात की ख़बर लग चुकी थी। जैसे-जैसे कार्यवाही आगे बढ़ रही थी, नक्सलियों का ग़ुस्सा भी बढ़ता जा रहा था। इधर सेल नम्बर सात में देव भी बेचैन था। सत्या, गोपाल, चैटर्जी बाबू, यहाँ तक कि उमेश का नाम भी पुकारा जा चुका था। धीमे क़दमों से जा रहे हड़तालियों की क़तार भी ख़त्म होने वाली थी। सिर्फ़ देव बचा था। अब सिपाही ने रजिस्टर टटोला, फिर देव पर शंकाकुल निगाहें टिकाईं और नाम पूछा।

"देवानन्द। देवानन्द दूबे," देव ने अदब से जवाब दिया।

"क्या? देवानन्द?" उसके शुष्क-थके चेहरे पर परिहास का भाव खिल उठा। "यहाँ का रजिस्टर में तो नहीं है, शायद बम्बई वाला रजिस्टर में होगा।" इतना व्यंग्य कसकर वह पीछे मुड़ा और गेट पकड़कर हँसने लगा।

"अरे, कैसे नहीं है? एक बार चेक तो कीजिए," आहत देव ने ज़ोर देकर कहा।

लेकिन सिपाही ने तो जैसे कुछ सुना ही न हो। उसने इत्मीनान से, कुछ गुनगुनाते हुए ताला जड़ा, और हँसता हुआ चला गया।

पिछले ढाई-तीन महीनों में देव ने कितना कुछ देखा-सहा था। दंगा, आग, लाश, जंगल, जेल, अस्पताल—शायद सिनेमाघर के अलावा कुछ भी नहीं बचा था। एक-दो अच्छी बातें भी हुईं। मसलन माधवी के लिए उसका प्यार और भी गहराया। अब तक जो सिर्फ़ सहकर्मी थे, वे दोस्त बन गए। उनकी सोहबत में जेल में भी गुलज़ार लग रहा था। लेकिन आज, सबके जाने के बाद, उसे ऐसा लगा जैसे वह कमरा नहीं उसकी समाधि हो।

सूरज ढल चुका था। कॉरिडोर में लटके बल्ब की पीली रोशनी सलाखों से अन्दर आ रही थी। अपनी बेबसी पर देव की आँखें भर आई थीं। पश्चिमी फ़्लैंक में हंगामा बरपा था। नक्सली थाली और कटोरे पीटकर विरोध जता रहे थे। जेल प्रशासन के ख़िलाफ़ नारे लगा रहे थे। उस कोलाहल में देव की सिसकी दब गई थी। उसके साथ हमेशा से ऐसा ही होता आया था। उसकी अभिलाषाएँ, उसका प्रेम, उसके सपने—हमेशा किसी बड़े कोलाहल के नीचे दबते आए थे। किसी 'बड़ी राष्ट्रीय घटना' की परछाईं उसके गाँव-मोहल्ले पर पड़ती और छोटी-छोटी ख़्वाहिशों का सूरज ढक जाता; वो कालचक्र के रथ के नीचे दब जाता।

दो घंटे बाद वही सिपाही लौटा और देव को बताया गया कि शायद उसका नाम ग़लती से छूट गया था। उस सुबह रजिस्टर में नाम चढ़ाते वक़्त जो हाथापाई हुई थी, यह उसी का नतीजा है। लेकिन इस पर वॉर्डन ही कार्यवाही कर सकते हैं, जो परसों दोपहर तक आएँगे। "और करो जेल में नेतागिरी। मिस्टर देवानन्द।" बस इतना कहकर सिपाही ने फिर से ठहाका मारा। जिरह करना व्यर्थ था। देव धीरे से ज़मीन पर बैठ गया और पथराई आँखों से बाहर देखने लगा। बाहर शोर मचा था, पर उसके मन में एक मायूस सन्नाटा कौंध रहा था। कुछ देर में उसे नींद आ गई।

रात एक बजे दो धमाके हुए। ज़ोरदार। देव घबराकर कूद पड़ा। उसकी धड़कन तेज़ हो गई थी। क़मीज़ पसीने से तर थी, गला सूखा था। अहाते के उस ओर आग की लपटें भी उठ रही थीं। एक कमरे का दरवाज़ा भी उड़ गया था। लेकिन इससे पहले कि वो कुछ समझ पाता, तेज़ रौशनी के साथ दो-तीन और धमाके हुए और हो-हो करते क़ैदी भरभराकर अहाते में निकलने लगे। चारों तरफ़ कोलाहल मचा था। फिर कुछ ही मिनटों में साइरन चिंघाड़ने लगा, आँसू गैस के गोले फूटने लगे। सोए पंछी अचानक चीत्कारने-फड़फड़ाने लगे थे।

पिछले एक हफ़्ते से पश्चिमी फ़्लैंक में गर्मी बढ़ती जा रही थी। आख़िर आज की कार्रवाई के बाद विस्फोट हो ही गया था। कुछ क़ैदी सिपाहियों से डंडे-बन्दूक़ छीनने लगे, तो कुछ पेड़ों में छुपकर बैठ गए, और बैरक की ओर से आने वाले रास्ते पर टाली और खपड़े बरसाने लगे। शायद तीर भी चल रहे थे। ईंट, फ़र्रे, रॉड, बेंत—जिसे जो मिलता, वही लेकर कूद पड़ता।

थोड़ी देर में पुलिस की ओर से भी गोलियाँ चलने लगीं। पेड़ पर छिपे दो-तीन क़ैदी वहीं ढेर हो गए। कैसा भयावह दृश्य था। देव पथराई नज़रों से सब देख रहा था। कहीं कोई गुमराह गोली उसकी ओर उड़ती चली आए तो? या कोई पथभ्रष्ट बम उसकी धज्जियाँ उड़ा दे तो? क्या पिता जी से फिर भेंट हो पाएगी? क्या माधवी उसे भूल जाएगी? ये सवाल उसके मन में खदकने लगे। उसका दिल बैठा जा रहा था। तभी एक महिला दौड़ती हुई आई और रॉड से मारकर देव के कमरे का ताला तोड़ने लगी। कॉरिडोर में लगी बत्तियाँ पहले ही फोड़ दी गई थीं; कुछ भी साफ़ नहीं दिख रहा था। देव घबराकर पीछे हट गया। कहीं उसे कोई मारने तो नहीं आया है। "बचना है तो चलो," ताला टूटते ही उस महिला ने देव से कहा।

"हम नहीं जाएँगे। परसों हमको रिलीज कर..."

"रजिस्टर में तो तुम्हारा नाम नहीं है। तुम्हारा केस यहाँ सबको पता चल गया है। चलो मेरे साथ। तुमको कैसा फ़ीयर?" कहकर वह उसकी कलाई खींचने लगी।

"लेकिन आप कौन," देव ने थोड़ी झिझक के साथ पूछा।

"पटना बस वाला देविका याद है?" पटना वाली घटना के अगले दिन देविका को पुलिस ने पकड़ लिया था। फिर दानापुर, हज़ारीबाग़ होती हुई वह भी सदरपुर आ पहुँची थी। और यहाँ क़ैदियों के साथ ऐजिटेट कर रही थी।

देव स्तब्ध था। जिसने पटना में जान बचाई, आज फिर एक बार उसे उपद्रव से दूर लिये जा रही थी। आख़िरकार उसके साथ भी चमत्कार हो ही गया। वह चुपचाप उस करिश्मे के पीछे-पीछे चलने लगा। कभी दबे पाँव, कभी दौड़ते हुए। जब जैसा इशारा मिला। उत्तरी फ़्लैंक से सटे इमली के पेड़ पर चढ़कर वे पीछे की ओर उतरे, फिर अँधेरे में बैरक की दीवार के साथ चलते गए और अन्त में बरगद के चबूतरे पर चढ़कर दीवार फाँद ली। देव और देविका अब आज़ाद थे।

"एक महीना से जेल का रेकी किया था। आज काम आया," देविका कनखियों में मुस्कराई।

"मेरा नाम तो रजिस्टर में नहीं है। लेकिन पुलिस आपको तो खोजेगी।"

"नहीं, क्यूँकि मेरा असली नाम डेब्बी टेलर है। रेलवे स्टाफ़ के लिए मिस डेब्बी। स्टूडेंट और फार्मर्ज के लिए देविका। इसी नाम से हम अरेस्ट हुआ था।"

"मतलब?"

"डैडी जो नाम दिया, उससे नौकरी। और बाबा जो नाम दिया, उससे क्रान्ति।" इतना कहकर देविका हँसने लगी।

"मतलब?"

"इडियट, डेब्बी भी हम ही हैं, देविका भी हम ही हैं। और तुम्हारा सिस्टर भी हम ही हैं।"

रामजीवन

रामजीवन चाचा पिता जी से तीन साल छोटे थे। स्वभाव से हरमुठाह। कभी किसी के अहाते से गन्ना उखाड़ लाते, तो कभी मैदान में चरती गाय दूह लेते। और अगर कोई घर आकर शिकायत करता, तो उस मुद्दई पर छिपकर ढेला भी चलाते। पूरा गाँव उनसे डरता था, और वे सिर्फ़ पिता जी से।

रामदर्शन अपने छोटे भाई पर जान छिड़कते थे। उनकी करतूतों पर पर्दा डालते रहते, उन्हें पिटने से बचाते रहते। उनके हिस्से की मेहनत ख़ुद करते, अपने हिस्से की जलेबी उन्हें खिला देते। पढ़ाते, नहलाते, रात को टटाते पैर दबाते। जब से माँ बीमार रहने लगी थी, भाई की परवरिश की ज़िम्मेवारी रामदर्शन ने अपने ऊपर ले ली थी। आख़िर चारा भी क्या था। माँ बिस्तर पर पड़ी थी, पिता जी खेतों में खटते। और बहन फूलकुमारी अपने ससुराल में मगन थी।

शायद इसीलिए रामदर्शन के अचानक रंगून चले जाने के बाद रामजीवन बिलकुल बदल गए। कुछ हफ़्ते तो वे घर में बन्द रोते रहे। पिता फटकारते, माँ फुसलाती, पर वे तो जैसे निष्प्राण हो चले थे। फिर एक दिन रंगून से लौटा एक किसान पिता जी की चिट्ठी लेकर आया। चिट्ठी रामजीवन के नाम थी। लिखा था—

मेरे फिरने तक पूरे घर का भार तुम्हीं को ढोना है। तुमको हमारा किरिया है। किरिया तोड़े तो हम परदेस में ही मर-खप जाएँगे।

ये उस चिट्ठी का ही प्रताप था कि एक ही झटके में वह उचक्का छोकरा कर्मठ मर्द बन गया। परिवार और कामकाज, दोनों सँभालने लगा। अब वह माँ-बाप की सेवा करते, होली पर बहन को मिठाई-कपड़ा पहुँचाने जाते, कभी-कभार भाभी से भी मिल आते। कुछ ही दिनों में वह समूचे गाँव के आदर्श बन गए। हर पाँच-छह महीने में भाई की चिट्ठी आती, कुछ पैसे मिलते, थोड़ा हौसला मिलता। ज़िन्दगी चलती रही।

उन्नीस सौ तीस आते-आते पूरे बिहार में स्वतंत्रता आन्दोलन की लहर फैल चुकी थी। हर ज़िले, हर गाँव, हर टोले में युवक-मंडल बनने लगे। जेल भरो आन्दोलन हो या जात-पाँत मिटाने की क़वायद—कांग्रेस जो भी आह्वान करती, बिहार के युवक जी-जान से कूद पड़ते।

रामजीवन भी इस लहर से अछूते नहीं रहे। शाहाबाद के कुछ आर्य-समाजियों और समाजवादियों से उनकी संगत हो गई थी। सबने समझाया, गाँव में तुम्हारी इतनी पूछ है, तुम्हें कुछ करना चाहिए। फिर क्या था, रामबृक्ष बेनीपुरी के 'पटना युवक संघ' के तर्ज पर अहिला में 'गंगा युवक समाज' की स्थापना हुई और रामजीवन बने उसके अध्यक्ष।

"जैसे गंगा मैला-गर्दा धो देती है, वैसे ही हम ग़ुलामी का कलंक धो देंगे। जैसे गंगा सबको जोड़ती है, जात-पाँत का फिकिर किये बिना, वैसे ही हम भी पूरा गाँव का समाज जोड़ देंगे," शिवाले पर आयोजित उस पहली मीटिंग में रामजीवन ने अपने संगठन का उद्‌देश्य बताया था। इस उद्‌देश्य के प्रति उनकी वचनबद्धता सम्पूर्ण थी।

26 जनवरी, 1930 को गाँव में भी चरखे वाला तिरंगा फहराकर पूर्ण स्वराज का संकल्प दोहराने की योजना बनी। इस मौक़े पर गाँव की जनता और पुलिस, दोनों गाँव के मठ में पहुँची। लड्डू भी बँटे, लाठियाँ भी चलीं। पर ध्वजारोहण से पहले ही पुलिस रामजीवन को पकड़ ले गई। वे दो हफ़्ते बक्सर जेल में बन्द रहे, लेकिन 'गंगा युवक समाज' का संकल्प कमज़ोर नहीं पड़ने दिया। निकलते ही वे आरा के आर्य-समाजी मित्रों के साथ गूमिया चले गए, बंगम माँझी के 'सफा होर' आन्दोलन में शामिल होने। वहाँ भी पहुँचते ही गिरफ़्तार हुए, चार-पाँच दिनों के लिए जेल गए, और जेल से छूटकर एक नये आन्दोलन के लिए निकल पड़े।

इस बार जाना हुआ पटना, नमक-सत्याग्रह में शामिल होने। अप्रैल का महीना था। पटना में नखास पिंड पहुँचना था। सत्याग्रहियों का जुलूस, जिसका नेतृत्व रामवृक्ष बेनीपुरी कर रहे थे, अपने नियत मार्ग से निकला। बेनीपुरी उनके आदर्श थे। उनकी पत्रिका *युवक* का हर अंक वह पूरे मनोयोग से पढ़ते थे। उस दोपहर जोश और उत्साह से लबरेज़, 'भारत माता की जय' करते वे बढ़े जा रहे थे। लेकिन तभी गुलज़ारबाग़ के निकट पुलिस ने उन्हें पकड़ लिया। मारा-पीटा, लॉरी में लादकर थाने भेज दिया।

पटना वाली घटना में रामजीवन का हाथ टूट गया था। इसलिए कुछ दिन घर पर ही रहना हुआ। इस दौरान महीनों से उपेक्षित परिवार पर थोड़ा ध्यान दिया। खेत-खलिहान का हिसाब लिया, घर की ढहती दीवारों की मरम्मत करवाई। लेकिन हाथ ठीक होते ही ग्राम सुधार और पत्रकारिता का भूत सवार हुआ। तुरहा-मल्लाह लोगों के साथ खादी बेचने लगे और घर से पैसे लगाकर पत्रिका निकालने लगे। 'अहिला दर्पण' पत्रिका में सरकार-विरोधी लेख छापकर एक-दो बार जेल भी गए।

इस बीच माँ चल बसी और बाबूजी अकेले पड़ गए। पर बाबूजी ने कभी भी बेटे का ज़्यादा विरोध नहीं किया। छोटे भाई रामवचन और भतीजे रामजी की दया

से उनकी ज़िन्दगी ठीक-ठाक चल रही थी। खाना, मालिश, धुले कपड़े, रामजी सबकी व्यवस्था कर देते थे। उस कामचलाऊ इन्तज़ाम के दम पर बाबूजी ने जीवन से समझौता कर लिया था।

उस व्यवस्था में शान्ति तो थी, पर उतनी ही अनिश्चितता भी थी। और अनिश्चित शान्ति का दौर अक्सर छोटा होता है। पन्द्रह जनवरी, उन्नीस सौ चौंतीस की दोपहर बिहार में एक भूकम्प आया और वह शान्ति चरमरा गई। हालाँकि अहिला में वैसी तबाही नहीं मची—सिर्फ़ पुराने मठ की दीवारों में हल्की दरारें आई थीं—लेकिन दूबे परिवार हिल गया था। खटिया बिछाकर धूप सेंकते रामवचन के ऊपर मिट्टी की दीवार गिरी और वे चल बसे।

घर में मातम छा गया। क्रिया-कर्म, पूजा-पाठ, दान-दक्षिणा, पिता जी के भेजे पैसों की बदौलत सारे अनुष्ठान विधिवत हुए। पर गृह-शान्ति नहीं लौटी। इस घटना से सबसे ज़्यादा रामजीवन ही आहत हुए। कहने लगे, "गांधी जी ठीके बोले हैं। ई जात-पाँत करने का सजा है। दोसरा आदमी को दुर-दुर किये, तो अपना ही आदमी चला गया। अब प्रायश्चित्त करना ही पड़ेगा।"

और फिर एक दिन उन्होंने घर छोड़ दिया। प्रायश्चित्त करने। मड़ई डालकर गंगा किनारे रहने लगे, बंगाली माई के मन्दिर के ठीक पीछे। जनवरी के कँपकँपाते जाड़े में खादी की चादर लपेटकर सोने लगे। दाना-पानी मल्लाहों के यहाँ से चलने लगा। लगा कि रामजीवन एकदम संन्यासी ही बन जाएँगे।

बाबूजी बेहाल थे—पहले बड़ा बेटा, फिर पत्नी, फिर छोटा भाई और अब...। लेकिन तभी अहल्या माई की कृपा हुई। महीने भर में ही रामदर्शन रंगून से लौटे और भाई को समझा-बुझाकर अपने साथ भद्रा ले गए। "हरिजन-सेवा ही करना है, तो वहीं करना। नेतागिरी भी कर लेना। जात-पाँत भी तोड़ लेना। हम रोकेंगे थोड़ी," पिता जी ने वादा किया था।

देविका

बाईस साल पहले, जब रामजीवन और लता बाउरी का प्रेम परवान चढ़ा, तो रामदर्शन ने अपने वादे को दरकिनार कर भाई को अपने घर और जीवन, दोनों से निकाल फेंका।

"दूबे-कुल का लड़का और बाउरी से प्रेम? खानदान का पगड़ी उछाल दिये।" पर इसके बाद भी रामजीवन घर आते रहे। भाभी और बच्चों से मिलने, होली पर पुआ खाने, दुर्गापूजा पर रसगुल्ला पहुँचाने। लेकिन हमेशा पिता जी की अनुपस्थिति में ही।

फिर कुछ महीने बाद उन्होंने लता से शादी रचा ली और उसके तीन महीने बाद देविका का जन्म हुआ। ख़ूब उत्सव मना। सद्भक्षण संस्कार में लता बाउरी ने सफ़ेद रसगुल्ला और विश्नुपुर की तारिनी देवी का प्रसाद मँगवाया। किसी ने बताया था कि अगर माँ इन दो चीज़ों को खाती हैं तो सन्तान तेज़-तर्रार होगी। वैसे अस्पृश्यता और भुखमरी के साये में जीने वाली लता इन दुर्लभ चीज़ों के बारे में क्या जाने? लेकिन गोद में पड़ी उस नन्ही बच्ची ने उसे दुस्साहसी महत्त्वाकांक्षाओं से भर दिया था।

रामजीवन भी फूले नहीं समा रहे थे। उन्हें उम्मीद थी कि भतीजी का मुँह देखकर भइया भूल-चूक माफ़ कर देंगे। उन्होंने पूरे परिवार के लिए कपड़े लिये—भाभी के लिए विश्नुपुर से छापे वाली साड़ी, भाई के लिए धोती, हरीश के लिए रेडियम वाली घड़ी और दो साल के देव के लिए सूती की गुलाबी क़मीज़। फिर मिठाई-फल बाँधकर घर पहुँचे। वो भी रविवार को, ताकि पिता जी से मुलाक़ात हो सके।

पर जैसे ही रामजीवन घर के अन्दर पहुँचे, रामदर्शन ग़ुस्से में दहाड़ने लगे। माँ पिता जी के पैर पकड़कर कितना रोई। शोर से सहमा देव माँ के पैरों से लिपटकर बिलखा। हरीश ने भी हाथ जोड़कर विनती की। "हम लोग की बुचिया हुई है। जाने दीजिए न पिता जी।" पर पिता जी नहीं पसीजे। तोहफ़ों से भरा थैला बाग़ान में फेंक दिया और ख़ुद को एक कमरे में बन्द कर लिया।

रामजीवन को लगता था कि वे सिद्धान्तों के सहारे ही ज़िन्दगी काट सकते हैं। पर ऐसा हुआ नहीं। जिस भाई की चिट्ठियाँ उन्हें सालों तक गाँव में जीने का हौसला देती रहीं, उसकी दुत्कार ने उन्हें तोड़ दिया। न भाई बचा, न पिता, न गाँव, न परदेस। इस उम्मीद में कि किसी अनजान ठौर में नई शुरुआत करेंगे, उन्होंने भद्रा से अपना तबादला करवा लिया और आसनसोल आ बसे। वहाँ एक-दो बार हरीश भी गया था उनसे मिलने। माँ से पैसे लेकर, पिता जी से छिपकर, छोटी बहन के लिए खिलौने लेकर। लेकिन रामजीवन का दुख ऐसा अथाह था कि वे बीमार रहने लगे और कुछ ही सालों में चल बसे। तब देविका पाँच साल की थी।

लता बाउरी एक बार फिर बेसहारा हो गई। लेकिन उसने पति के परिवार के सामने हाथ नहीं फैलाये। चुपचाप भद्रा लौटी और रेलवे के अफ़सर टेलर साहब के यहाँ

चूल्हा-बर्तन करने लगी। यह बच्ची का दुर्भाग्य ही था कि साल भर में लता भी चल बसी। लेकिन टेलर ने उस छह साल की अनाथ देविका को अपना लिया।

जब रामदर्शन को छोटे भाई की मृत्यु की ख़बर लगी तो उन्होंने टेलर से सम्पर्क किया और बच्ची की परवरिश के लिए कुछ रुपये बाँध दिये। पर उसे अपनाया नहीं। हर महीने, तनख़्वाह मिलते ही, वे सबसे पहले टेलर के बँगले पर पैसा दे आते। पर देविका से कभी नहीं मिलते। उसे सिर्फ़ दूर से ही देखते। टेलर ने ही उसे पाल-पोस कर बड़ा किया, कलकत्ता भेजकर कॉलेज की शिक्षा दी और साथ ही दिया एक नया नाम—डेब्बी टेलर।

"लेकिन रामदर्शन अंकल नहीं जानता था कि जिस भाई को छोड़कर वो रंगून गया था, वो अब बच्चा नहीं रहा। उसको फुसलाना पॉसिबल नहीं था। अंकल का ऑर्डर पर बाबा रेलवे में फिटर का जॉब तो पकड़ लिया, लेकिन यहाँ का ओप्रेस्ड लोग के साथ काम करना भी शुरू किया। उन लोग का राइट्स के लिए फाइट करने लगा।"

"चाचा को अपना सिद्धान्त बहुत प्यारा था," देव ने भी उनके बारे में इतना तो सुन ही रखा था।

"हाँ, अपना फैमिली से भी ज्यादा। कभी-कभी हम सोचता है, अगर हमारा मदर अनटचेबल ओर्फन नहीं होता, तो बाबा उसको इतना प्यार नहीं करता," कहकर देविका उर्फ़ डेब्बी सहसा चुप हो गई। पर देव मुस्कराए जा रहा था। अपनी बहन को निहारते वह सोच रहा था कि उसे बुचिया कहे या नाम से पुकारे। उसके हरीश दादा तो अभी भी लापता थे, पर उसे एक बहन ज़रूर मिल गई थी।

किसका झंडा?

देविका बचपन से ही होशियार थी। उसे जो भी अवसर मिलता, अच्छे से भुनाती। स्कूल की पढ़ाई ख़त्म होने के पहले ही उसने अपने बाबा और मिस्टर टेलर की सारी किताबें पढ़ ली। कलकत्ता के विश्वविद्यालय में तो उसे एक नया आकाश मिला। उन तीन सालों में वह फ़र्राटेदार अंग्रेज़ी के साथ सारगर्भित बांग्ला भी बोलने लगी। साहित्य, इतिहास, अर्थशास्त्र—सभी पर उसने पकड़ बना ली। जब वह किसी विषय पर बोलती—चाहे छात्रसंघ का चुनाव हो, रैली या डिबेट—सुनने वाले मंत्रमुग्ध हो जाते। ऐसे ही एक डिबेट के बाद वह पार्टी के सम्पर्क में आई। या ऐसा कहें कि पार्टी उसके सम्पर्क में आई।

उनहत्तर में जब मिस्टर टेलर स्कॉटलैंड लौट रहे थे, उन्होंने उसे भी साथ चलने का आग्रह किया। पर वह नहीं मानी। तब तक पार्टी की मदद से उसे रेलवे

में नौकरी मिल गई थी। और साथ ही मिला था इंक़लाबी मक़सद। कभी किसानों के लिए, कभी छात्रों के लिए, तो कभी रेलवे कर्मचारियों के लिए। जहाँ भी संघर्ष की सम्भावना बनती, पार्टी उसे वहाँ भेज देती। भीड़ जुटाने, भाषण देने। इसी क्रम में वह पटना गई थी। इसी चक्कर में सदरपुर जेल में दिन काटे थे।

"बाबा हमको देवी बोलता था और माँ को पुजारिन। बोलता 'बाउरी लोग स्टार्टिंग में धर्मराज देव का पुजारी था। मानभूम का सबसे पुराना सेट्लर। पर वो लोग धीरे-धीरे अनटचेबल हो गया। अब तुम ही बोलो, बाबा का बात कौन मानेगा?" हँसते हुए डेब्बी ने यूँ ही पूछा।

पर भला देव इसका जवाब क्या जाने? वह तो बस अपनी बहन को निहारे जा रहा था। सोच रहा था कि इससे मिलकर माधवी क्या सोचेगी। कलकतिया ननद से मिलकर ख़ुश होगी या उससे ईर्ष्या करेगी? कहीं उसके प्रभाव में माधवी ने भी पार्टी ज्वाइन कर लिया तो? कहीं वह भी नेता बन यहाँ-वहाँ घूमने लगी तो? वैसे माधवी में भी नेतागिरी के शुक्राणु तो थे ही; यह तो वह देख ही चुका था।

उसे यूँ हतप्रभ देख देविका ने प्यार से उसके सर पर हाथ फेरा और हँसकर कहा, "माँ भी बाबा का बात सुनकर तुम्हारा जैसा ही सरप्राइज़्ड होता था। अब इसका आंसर तो बाबा ही जानता था। बाबा को हिस्ट्री, ऐन्थ्रॉपोलॉजी, लिटरेचर, ये सब में बहुत इंट्रेस्ट था। मार्क्स, गांधी, प्रेमचन्द, बेनीपुरी—कितना किताब पढ़ता था। जब बाबा मरा तो माँ उसका सारा बुक्स पर ब्राउन कवर लगाकर अच्छा से रखा दिया। हमको बोला, यही तेरा ख़ानदान का पूँजी है।"

"खानदान से एक और चीज आपको मिला है—चोख नाक और गोरा रंग," डेब्बी के चेहरे पर परिचित लकीरें ढूँढ़ रहे देव ने अपना निष्कर्ष सुनाया।

"ठीक बोला। ये दोनों बाबा से मिला। माँ से मिला ब्राउन आइज और लड़ने का ताकत। बाबा से बुक्स का वैल्यू सीखा, माँ सिखाया सेल्फ-रेस्पेक्ट। और टेलर अंकल से मिला सेकंड लाइफ," कहकर डेब्बी चुप हो गई।

"बंगाल, बिहार, इंग्लैंड—तुममें तीनों का मिक्सचर है," अक़्लमन्दी की बात कहकर देव मुस्कराने लगा।

"इंग्लैंड नहीं इडियट, स्कॉटलैंड।"

पौ फटने में ज़्यादा वक़्त नहीं था, पर उस अँधेरे पार्क में बैठे भाई-बहन की बातें अन्तहीन थीं। पार्क के सामने सदरपुर स्टेशन चमक रहा था। सुबह नौ बजे उसकी ट्रेन आने वाली थी।

"हमको भी मैगजीन निकालना है। जैसा बाबा निकालता था—अहिला दर्पण। पर न टाइम है, न मनी।"

"अहिला दर्पण? हाँ, हाँ, ये वाला पत्रिका हम भी देखे हैं। पिता जी दिखाए थे। गाँव में पूरा बंडल रखा है," पर पत्रिका को लेकर पिता जी की क्या राय थी, देव ने यह नहीं बताया।

"देखा है? वाह! पर तुम बताओ, तुमको क्या करना है?"

"हमको तो बस एक बार फिल्म देखना है," और फिर देव ने अपने जीवन की सारी त्रासदी कह सुनाई।

सुनकर देविका हँसने लगी। फिर कुछ गम्भीर होकर कहा, "हम ज्यादा फिल्म नहीं देख पाता है। लेकिन एक बार एक बांग्ला फिल्म देखा था। 'सागिना महतो।' उसमें दिलीप कुमार था।"

"दिलीप कुमार बांग्ला फिल्म में?" देव ने हैरत से पूछा।

"हाँ, फिल्मी दुनिया में तो कुछ भी हो सकता है। लेकिन सगीना महतो में एक जरूरी लेसन है। रियल लाइफ का बारे में। फिल्म में दिलीप कुमार पूअर वर्कर्स का हेल्प करता है लेकिन क्रान्तिकारी लोग उसी को फाँसी देना चाहता है। उसी पर केस चलाता है।"

"क्यों?"

"क्योंकि दिलीप कुमार ऑनेस्ट है, किसी झंडा का गुलाम नहीं है। चाहे अंग्रेज हो या पार्टी, वो किसी का भी अत्याचार नहीं सहता है।"

"हम समझे नहीं।" देव ने थोड़ा लजाते हुए कहा।

"बात सिम्पल है। आदमी को ऑलवेज सही बात के लिए लोड़ना चाहिए। जरूरत पड़े तो अपना खुद का झंडा लेकर चलना चाहिए। तुम भी इंडिपेंडेंट बनो।"

"पर वो कैसे होगा?" पूछते हुए देव के चेहरे पर एक पराजित मुस्कान ढल आई।

"थोड़ा मुश्किल है। आदमी को भीड़ का हिस्सा तो बनना ही पड़ता है। प्रोटेस्ट-रेवोलूशन में कूदना ही पड़ता है, क्योंकि तुम्हारा फैमिली और फ्रैंड्स भी उसमें कूदा है। जैसे तुम पटना में नेपाल के लिए कूदा था। जेल में सत्या राव के लिए कूदा। जैसे माधवी तुम्हारे लिए कूदा था।"

"अगर हम पिता जी की तरह पॉलिटिक्स नहीं करें, फिर भी?"

"क्यों? रामदर्शन अंकल भी तो अपना फ्रेंड के रेस्पेक्ट के लिए फाइट किया था न? आरा का स्कूल में टीचर को पीटा था। अगर वो नहीं लोड़ता तो उसको रंगून नहीं भागना पड़ता। वो रेलवे में नहीं आता। मेरा बाबा मेरा माँ से कभी नहीं मिलता। हमारा फैमिली का पूरा स्टोरी अलग होता। है न?"

"करेक्ट है। फिर?"

"हिस्ट्री, आइडेंटिटी, फैमिली—इन सबसे पीछा छुड़ाना डिफिकल्ट है। पर आदमी प्रेजेंट में जीने का कोशिश तो कर ही सकता है। जो सच है, उसको फॉलो कर ही सकता है।"

"पर सच क्या है?"

"देखो, बस रोड पर ही दौड़ता है, चाहे उसमें कोई भी बैठे। ट्रेन ट्रैक पर ही दौड़ेगा, ड्राइवर कोई भी हो। हम तुम्हारा फैमिली है, सरकार किसी भी पार्टी का हो, प्रोटेस्ट कोई भी करे।"

"बाप रे! तुम तो सिपाही बाबा से भी ज्यादा ज्ञानी हो।"

"उसका पता नहीं, पर हमारा विश है कि तुम भी सच को समझो। अपना खुशी, अपना आदर्श, अपना झंडा, खुद तय करो। तभी कालचक्र का रथ में अपना व्हील लगा पाएगा," देविका ने समझाया।

"कालचक्र? इसके बारे में तुमने कैसे सुना?" आँखें तरेरकर देव ने पूछा।

"क्यों? भूल गया, मेरा बाबा भी अहिला का आदमी था। मेरा नाम देविका दूबे है।" कहकर देविका खिलखिला उठी।

देव में न तो आन्दोलन चलाने का साहस था, न आहूति देने की हिम्मत। जब भी आन्दोलन की आहट मिलती, घर वाले उसे दूर भगा देते। या बचा लेते। जैसे राँची में हरीश ने बचाया था। जैसे पिछली रात देविका ने बचाया था। शायद आन्दोलन को भी उससे परहेज़ था। उसकी क़ुरबानी या शिरकत, दोनों ही उसे क़ुबूल नहीं थी। वरना कम से कम जेल के रजिस्टर में उसका नाम तो चढ़ ही जाता; एक बार उसने भी आन्दोलन की ख़ातिर मुसीबत मोल लिया था, यह बात तो दर्ज हो ही जाती।

सिपाही बाबा उस जैसों को 'स्मॉल पीपल ऑफ़ बिग कंट्री' कहते थे—"इस टाइप का स्मॉल आदमी कुछ ख़ास नहीं कर सकता है। ये न हीरो है, न विलेन। लेकिन गॉड की क़सम, ऐसा ही आदमी से देश चलता है, समाज बचता है। क्योंकि ये अपने घर-परिवार के लिए जीना जानता है। जब देश-दुनिया में मामला गड़बड़ाता है, ये अपने भी बचता है, और रो-गा के परिवार भी बचा लेता है। जब बाकी लोग हो-हल्ला मचाए रहते हैं, ये चुपचाप कालचक्र का रथ में अपना पहिया फिट कर देता है।"

देव सोचने लगा कि उस जैसे 'स्मॉल पीपल ऑफ़ बिग कंट्री' के लिए कौन-सा झंडा सबसे उपयुक्त होगा? किसी पार्टी का? अपनी जाति का? धर्म का? हिन्दी का या इंग्लिश का? अहिला का या कलकत्ता का? अगर देव का बस चलता तो कोई चिन्ह या प्रतीक नहीं, झंडे पर इनसानी चेहरा बनवाता। शायद हरीश दादा का चेहरा। या लाल नेपाल का। या देवानन्द का।

आकाश गुलाबी हो चला था। आस-पास के पेड़ों में बैठे पक्षी फड़फड़ाने लगे थे। इससे पहले कि उजाला हो जाए और फ़रार क़ैदियों को ढूँढ़ती पुलिस उसे पकड़ ले, देविका को निकलना था। अपने अगले गन्तव्य की ओर। किसी अनजाने गाँव में, अनजाने लोगों के बीच, उन्हीं चिर-परिचित समस्याओं के साथ दो-दो हाथ करने।

"हड़ताल ख़त्म होने से पहले ऑफ़िस ज्वाइन कर लो। तुम्हारा न जेल रजिस्टर में कोई रेकर्ड है, न ऑफ़िस रजिस्टर में। तुम टेक्निकली भूत हो, इग्ज़िस्ट ही नहीं करता है। सस्पेंड हो सकता है, पर नौकरी नहीं जाएगा। परमानेंट हो जाओगे।"

पर देव के मन में तो कुछ और ही चल रहा था। "बुचिया, घर चलो," उसके आग्रह में दुख और बेबसी, दोनों भाव थे।

"घर?"

"कब तक भागोगी। एक दिन तो पुलिस को पता चल ही जाएगा कि डेब्बी ही देविका है।"

"हाँ, एक दिन हम पार्टी के लिए यूज़लेस हो जाएगा। या पार्टी हमारे लिए। उस दिन हम अपना ख़ुद का झंडा लेकर घर आ जाएगा। तुम माधवी के साथ सुन्दर-सा घर बसाकर रखना और मेरे लिए उसमें थोड़ा स्पेस रखना।"

फिर डेब्बी ने एक गहरी साँस ली और देव के हाथ में एक गुलाबी रंग का लिफ़ाफ़ा थमाते हुए बोली, "हरीश दा का लेटर है। तुमको देने के लिए बोला था। हम इतना साल से लेकर घूम रहा है। वो भागकर आया था मेरा पास। रामदर्शन अंकल—तुम्हारा पिता जी—वही भेजा था उसको मेरे पास। वो एक साल तक पुरुलिया में छिपा था, स्टूडेंट एक्टिविस्ट लोग के साथ। उसको हम ही भेजा था उधर छिपने। फिर एक दिन वो पुलिस रेड में मारा गया। ही इज़ डेड।" और फिर वो सजल आँखें लिये उठकर चली गई। देव हतप्रभ-सा देखता रहा।

लौटना

"ही इज़ डेड।" एक पूरा जीवन, एक लम्बी खोज, बनती-ढहती उम्मीदें—सब कुछ एक वाक्य से ख़त्म। भद्रा में जिया से हुई उस मुलाक़ात के बाद हरीश के मिलने की थोड़ी उम्मीद जगी थी। लेकिन अब बची थी सिर्फ़ वह चिट्ठी।

सुबह के नौ बजे थे। ट्रेन सदरपुर से ही खुलती थी, इसलिए देव को आसानी से सीट मिल गई। कोयलाडीह पहुँचने तक उसे दो ट्रेन बदलनी थी। यात्रा लगभग चौदह घंटे की थी। शायद हड़ताल ख़त्म होने से पहले वह गन्तव्य तक पहुँच ही जाए; शायद

दफ़्तर के रजिस्टर में हाज़िरी लग ही जाए; शायद तमाम उठा-पटक के बावजूद क़िस्मत सँवर ही जाए। उसकी कुंडली में भी तो पंडित भट्टाचार्य ने यही लिखा था। "बालक के जीवन में असाधारण बाधाएँ आएँगी, लेकिन वे इसे छूकर निकल जाएँगी। क्योंकि लड़के में न कोई गुण है, न दोष है। यह लड़का निरा साधारण है।"

पर खुलने के दो घंटों के अन्दर ही ट्रेन फिर रुक गई। गिरफ़्तार कर्मचारियों के परिवार वालों ने पटरी जाम कर रखी थी। महिलाओं और बच्चों का वैसा ही हुजूम जैसा उस रोज़ कोयलाडीह के इंस्टिट्यूट में था। सम्भव था कि जिनके लिए धरना हो रहा है, वे भी किसी प्रशासनिक चूक की वजह से जेल में बन्द हों। शायद उनके नाम भी जेल के रजिस्टर से ग़ायब हों। या ग़लती से दर्ज हो गए हों। देव सोचने लगा कि क्या उसकी रिहाई के लिए भी किसी ने पटरी जाम किया होगा? आलम साहब, चैटर्जी बाबू, सत्या—क्या इन्होंने पुलिस से जिरह की होगी? अगर माधवी होती तो ज़रूर करती। हरीश दादा तो मार कर लेते।

ट्रेन यार्ड में खड़ी थी, प्लेटफ़ॉर्म के कुछ दूरी पर। सबसे पहले धरनास्थल पर स्टेशन कर्मचारी पहुँचे, फिर डंडे लेकर पुलिस आ धमकी और अन्त में टहलते हुए स्थानीय नेता भी पधारे। तक़रीबन चार घंटे तक भीड़ को समझाया-धमकाया गया, तब कहीं जाकर ट्रेन आगे बढ़ी।

एक घंटे बाद ट्रेन क्यूल पहुँची। शाम के सात बजे थे। देव भूख से बेहाल था और जेब में थे सिर्फ़ दो रुपये देविका के दिये। अगर वह नहीं मिलती तो नौकरी पर पहुँचने का उसका 'चौथा अटेम्प्ट' भी फुस्स हो जाता। उसने पचास पैसे का बिस्कुट ख़रीदा, प्लेटफ़ॉर्म के नल से पेट भर पानी पिया, क्लोरीन की गंध अपने नथुनों में भरी और यात्रा के अगले चरण के लिए तैयार हो गया।

एक लम्बे इन्तज़ार के बाद रात एक बजे दूसरी ट्रेन आई। यात्रियों से खचाखच भरी। इस बार यात्रा खड़े ही तय करनी थी। खिड़की से आती ठंडी हवा दिनभर के झुलसे यात्रियों को सहला रही थी। जिनके पास सीट थी, वे सो रहे थे। बाक़ी खड़े ऊँघ रहे थे, सोते मुसाफ़िरों को देख कुढ़ रहे थे। लेकिन देव की भूखी अँतड़ियों ने उसे जगा रखा था। बस किसी तरह ये रात कट जाए, बचे हुए सात घंटे निकल जाएँ। वह समय से दफ़्तर पहुँच जाए। रजिस्टर में हाज़िरी लग जाए। ट्रेन सरपट दौड़ी जा रही थी।

आख़िर कितना मुश्किल होगा गन्तव्य तक पहुँचना? बक्सर से धनबाद की ट्रेन यात्रा कितने इम्तिहान लेगी? अतीत के कितने परत खोलेगी, वर्तमान के कितने रंग

दिखाएगी? आख़िर कितनी दुश्वार होगी नौकरी पर लौटने की निरीह-सी तमन्ना? कैसा कालचक्र था जिसके वेग से आदमी और देश, दोनों काँप रहे थे? जिसके रथ से उठती धूल ने दिल्ली और अहिला दोनों को ढक लिया था।

अभी देव इन सवालों को टटोल ही रहा था कि कालचक्र ने फिर दिशा बदली; एक ज़ोरदार टक्कर हुई और ट्रेन एक झटके से रुक गई। झटका इतना तेज़ था कि जो भी खड़े थे, गिर पड़े। रैक पर रखे सारे बैग-बक्से फिसलकर यात्रियों पर गिर गए। कुछ सेकंड तक सभी यात्री सदमे में बुत बने रहे। होश आया तो सब ने ख़ुद को टटोला, दूसरों का हाल लिया। कई लोगों को चोटें आई थीं। देव भी गिरा था; पटना वाली चोट में फिर से टीस उठ रही थी।

थोड़ा सँभलने के बाद यात्री उतरे और आगे की तरफ़ दौड़े। देव भी लँगड़ाते हुए भीड़ के साथ बढ़ा। पता चला कि ट्रैक पर लावारिस खड़े इंजन से टक्कर हुई है। इंजन लावारिस था क्योंकि उसे वहीं छोड़कर उसका ड्राइवर हड़ताल पर चला गया था। ट्रेन की तीन बोगियाँ पटरी से फिसल गई थीं। इंजन भी वहीं लुढ़क गया था। किसी मृत मवेशी की तरह। छत नीचे, पहिए ऊपर। देव ने उसे पास जाकर देखा। वह उसका सबसे पसन्दीदा इंजन था—हाथी जैसे चिंघाड़ने वाला गैरट इंजन। उसे इसी इंजन का तो सवारी करना था, पिता जी की तरह ड्राइवर बनना था। कितना जादुई था यह इंजन। जब पिता जी रेलवे को 'जागृत आत्मा' बताते, उसकी कल्पना में इसी गैरट इंजन का छवि तैरने लगती। आज यह तिलिस्म भी टूट गया था।

दुर्घटना बड़ी थी। कई लोग घायल हुए थे। अगले एक-दो दिनों तक वह रूट बन्द रहने वाला था। रात के तीन बज रहे थे। देव की टाँगों में फिर से दर्द उठ रहा था। लेकिन उसने तय किया कि भोर होते ही वह ट्रैक पकड़कर पैदल निकल पड़ेगा। आज तक वह जब भी फँसा, जहाँ भी घिरा, हमेशा किसी और ने उसे बचाया। गाँव, राँची, पटना, सदरपुर—हमेशा किसी और ने उसे सँभाला। लेकिन आज वह अपनी क़िस्मत को हथेली में लेकर ख़ुद ही सँभालेगा। शायद यही मौक़ा था—कालचक्र के रथ में अपना पहिया जोड़ने का। वह हर हाल में नौकरी पर लौटेगा। माधवी को दिया वादा निभाएगा।

जागृत आत्मा

देव चला जा रहा था। किसी स्वचालित यंत्र की तरह। उस लम्बी पदयात्रा के बाद आज पहली बार देव यह समझा कि पिता जी रेलवे को 'जागृत आत्मा' क्यों कहते हैं। इस जागृत रेल का ताल्लुक़ इंजन, ट्रेन, स्टेशन, कर्मचारी, मंत्री, हड़ताली या

यात्रियों से नहीं है। इसका ताल्लुक़ लोहे की उस पटरी से है जो ज़मीन पर बिछी होती है। बेजान, फिर भी जीवन्त। धूप-बरसात, आपदा-आन्दोलन, हर हाल में स्थितप्रज्ञ। परिवर्तन की साक्षी, परिवर्तन से परे। कुछ-कुछ अहिला में बहती गंगाजी की तरह। इस पटरी पर सिर्फ़ ट्रेन ही नहीं, उम्मीदें भी दौड़ती हैं, सपने भी भागते हैं।

इसी पटरी पर दूबे-परिवार का समूचा अस्तित्व बिखरा था—उनका अतीत और भविष्य, दोनों। यही रेल पिछली रात से उसके साथ चल रही थी, उसे रास्ता दिखा रही थी, लँगड़ाते पैर और विचलित मन के बावजूद उसे गन्तव्य तक पहुँचने का हौसला दे रही थी। किसी पहुँचे हुए पीर की तरह, किसी जागृत आत्मा की तरह।

उस सुबह—कोई बारह साल पहले—नेपाल ने समझाया था कि अगर किसी देवता-पितर से कुछ माँगना हो तो उनसे प्यार से बतियाना पड़ता है। आदरपूर्वक छूकर, साफ़ मन से, खुलकर बोलना पड़ता है। आज देव भी इन पटरियों से कुछ कहना चाहता था। वह घुटनों के बल बैठ गया और धूप में तपते लोहे पर अपने दोनों हाथ जमा दिये। आँखें भर आईं, होंठ थर्रा उठे, लेकिन कुछ बोल नहीं पाया। शायद मन-ही-मन धन्यवाद भर दिया। या ढेरों शिकायतें की।

थोड़ी देर बाद वह खड़ा हुआ, आँसू पोंछे और सर उठाकर सामने देखा—कोयलाडीह स्टेशन नज़र आ रहा था। लगभग एक किलोमीटर दूर, घास के मैदान में एक विशाल सफ़ेद धब्बे जैसा। उसके घुटने अकड़ चुके थे, पर वह बढ़ता गया। धीरे-धीरे उस दमकते सफ़ेद धब्बे में चिर-परिचित आकृतियाँ उभरती गईं। प्रतीक्षाकक्ष, स्टेशन-मास्टर का दफ़्तर, टिकटघर, थाना, कैंटीन, सब कुछ दिखने लगा।

कुछ और नज़दीक पहुँचने पर उसे बीस-तीस लोगों का एक उत्साही झुंड दिखा, जो बार-बार अपना स्थान बदल रहा था। कभी टिकटघर के पास, कभी पीपल के चबूतरे के नीचे, तो कभी फल वाले की दुकान के सामने। फिर इस भीड़ में कुछ और लोग शामिल हो गए—दर्जनभर पुलिस और कुछ नेता। जब तक देव प्लेटफ़ॉर्म पर पहुँचा, भीड़ थाने के पास आ जमी थी। अब उस भीड़ में कैंटीन वाला भी शामिल हो चुका था, अपने बाएँ हाथ में लड्डुओं से सजा थाल लिये। वह भी आह्लादित था।

चिलचिलाती धूप और दहकती लू के बावजूद भीड़ का उत्साह बढ़ता जा रहा था। झुंड के बीच में खड़ा गोल चश्मे वाला पत्रकार काग़ज़ के टुकड़े से कुछ पढ़ रहा था। तभी स्टेशन मास्टर ने उसे लपककर गले लगा लिया। "उफ, क्या खबर दिया है आप! और एक दो-दिन हड़ताल चलता तो हम रिजाइन मार देता। माँ कसम, इतना टेंशन लाइफ में कभी नहीं लिया।"

"हम तो पहले ही बोले थे। सिस्टम पर उपद्रवी कितने दिनों तक हावी रह पाएँगे?" लड्डू का आनन्द लेते हुए पत्रकार बोला।

हड़ताल टूट गई है। या टूटने वाली है? पर ऐसे कैसे? पर्चा नहीं, मीटिंग नहीं, कोई जन-सुनवाई नहीं। क्या मैडम का दिल पसीज गया? माँगें मान ली गईं? पिछली शाम, जब वह प्लेटफ़ॉर्म पर खड़ा ट्रेन का इन्तज़ार कर रह था, हड़ताल को लेकर कैसा कोहराम मचा था। और आज दोपहर, इस दूसरे प्लेटफ़ॉर्म पर भीड़ जश्न मना रही है। ऐसे कैसे? देव का सर चकरा गया।

एक झटके में क्रान्तिकारी बयार थम चुकी थी। स्टेशन पर रौनक लौट आई थी। ठहाके लग रहे थे, बधाइयाँ दी जा रही थीं। कल तक जो नुक्कड़ पर आवारागर्दी करते फिरते थे, आज पुलिस और कर्मचारी की वर्दी में खड़े थे। उनकी नौकरी पक्की हो चुकी थी। कर्मचारियों का दर्द समझने वाला पत्रकार व्यवस्था और विवेक की बातें कर रहा था। श्रमिक के आत्मसम्मान की बात करने वाले मिठाइयाँ बाँट रहे थे। देव ने जेल से कोयलाडीह का सफ़र सत्रह घंटों में तय किया था। इस दौरान दुनिया पलट चुकी थी; कालचक्र का रथ उलटी दिशा में दौड़ने लगा था।

पर यह बिखराव बाहरी दुनिया तक सीमित नहीं था; देव की निजी दुनिया भी बिखर रही थी। नेपाल, फ्रैंकलिन और सिपाही बाबा तो पहले ही जा चुके थे। अब उस दुनिया को हरीश भी अलविदा कह चला था। कुछ देर के लिए एक बहन मिली थी, लेकिन अब वह भी जा चुकी थी। बची थी तो सिर्फ़ माधवी और रेलवे की नौकरी। या फिर वह भी...

"खोखा बाबू, तुम ड्यूटी पर है या हड़ताल पर?" झुंड में से एक व्यक्ति ने आवाज़ लगाई।

"ड्यूटी ज्वाइन करना है।"

"आज कर लो, नौकरी बच जाएगा। आज तक का छूट है। हेड ऑफ़िस से मेसेज आया है कि जो कल आएगा, वो सस्पेंड।"

"टाइम कितना हुआ है?" रामजीवन चाचा की घड़ी सदरपुर जेल में ही छूट गई थी।

"दस मिनट पहले एक बजा था। जल्दी भागो।"

देव इतना थक चुका था कि अब उसे अपनी बदहवासी भी महसूस नहीं हो रही थी। भूख इतनी तीव्र थी कि खाने की सारी इच्छा ही समाप्त हो गई थी। सूजे घुटने में इतना दर्द था कि अब दर्द का अहसास भी ग़ायब हो गया था। लेकिन प्लेटफ़ॉर्म पर दस मिनट के विश्राम ने उसकी तकलीफ़ और बढ़ा दी थी। जो क़दम पूरी रात

चलते रहे थे, अब वे जम से गए थे। उसका ऑफ़िस स्टेशन से सिर्फ़ पाँच मिनट की दूरी पर था, लेकिन देव को लगा जैसे वहाँ पहुँचना असम्भव है।

गन्तव्य

कोयलाडीह में सन्नाटा पसरा था। कुत्ते तक छिपे बैठे थे। बाहर चलती लू के कारण घरों के खिड़की-दरवाज़े बन्द थे। हाँ, पुलिस की संख्या में ज़रूर इज़ाफ़ा हुआ था। अब सुरक्षाबल के जवान हर मोड़ पर, हर चबूतरे पर, हर छायादार पेड़ के नीचे खड़े थे। न जाने किसकी हिफ़ाज़त के लिए।

एक राशन दुकान के बन्द दरवाज़े पर 'गाइड' फ़िल्म का पोस्टर लगा था। छब्बीस साल के देव के लिए उल्लास के लगभग सभी स्रोत सूख चुके थे। बस फ़िल्मों से थोड़ा लगाव बचा था। शायद यही वजह थी कि चरम थकावट के बावजूद वह अपने प्रिय अभिनेता को निहारना चाहता था। पोस्टर पर छपी जानकारी पढ़ना चाहता है। लेकिन उस पर भी किसी ने लाल रंग से जल्दबाज़ी में 'इंक़लाब ज़िन्दाबाद' पोत दिया था।

पेंट की दो पतली धाराएँ गेरुआ वस्त्र पहने देवानन्द की आँखों तक बह आई थी। पोस्टर पर छपी ज़्यादातर जानकारियाँ लाल लिखावट के पीछे छिप गई थी। पर देव ने हार नहीं मानी। वह पास गया और अपनी थकी आँखों पर ज़ोर डालकर उन लिपे-पुते अक्षरों को पढ़ने की कोशिश करने लगा। यही तो करता आया था वह आज तक। दबी-ढकी बातों में कैसी रुचि थी उसकी। सबसे कहानियाँ पूछता फिरता। लेकिन कहानी जो बिसरा दी गई है, बातें जो दबा दी गई हैं, उन्हें कौन पूरी तरह समझ पाया है? 'सुजाता, ...शो।' बस इतना ही नज़र आया। कुछ अक्षर मिट गये थे।

पन्द्रह मिनट की मशक़्क़त के बाद वह दफ़्तर पहुँचा। गलियारा ख़ाली था, कर्मचारी ग़ायब थे। शायद कुछ अब भी हड़ताल पर थे, या फिर किसी जेल में। शायद कुछ जंगल में भी छिपे हों, लेकिन अब उसकी सम्भावना लगभग नगण्य थी। गेट के पास चार-पाँच सुरक्षाकर्मी खड़े थे। साँवले, लम्बे और बड़ी मूँछों वाले, हँसी-मज़ाक़ में लिप्त।

"किधर जाना है तुमको?" देव की बेतरतीब वेशभूषा के कारण पुलिस वाले भी उसे सन्देह की दृष्टि से घूरने लगे।

"ऑफ़िस। 4 बजे के पहले रजिस्टर में साइन करना है," देव ने सहमते हुए अपनी बात रखी।

"इतने दिन कहाँ था? चक्का जाम में?"

देव को हँसी आ गई। वह धीरे से बुदबुदाया, 'चक्का जाम? नहीं, यहाँ तो पूरा लाइफ़ का चक्का जाम हो गया है।'

"हँसता है? अभी जाओ इधर से, लंच टाइम चल रहा है। आधे घंटे बाद आना," जवान ने ग़ुस्सा दिखाते हुए कहा।

"लंच टाइम? ये कब शुरू हुआ?" देव को लगा यह दुनिया वाक़ई बदल चुकी थी।

पुलिस वाले ने इस प्रश्न का जवाब देना ज़रूरी नहीं समझा। सिर्फ़ धमकाने के अन्दाज़ में आँखें तरेरी और फिर अपने साथियों की तरफ़ मुड़ गया।

पास ही एक नई झोंपड़ीनुमा दुकान खुली थी। चाय-सिंघाड़े की। देव चुपचाप, कन्धे झुकाकर, बाहर लगे बेंच पर बैठ गया। दूर किसी जुलूस की आवाज़ आ रही थी। या फिर इंक़लाबी नारे उसके कानों में ही घर कर चुके थे? पिछले तीन-चार महीनों से ये रणघोष उसे खदेड़ रहे थे। देव ने अचानक अपनी आँखें मूँद ली और माधवी की आवाज़ की बारीकियों को याद करने लगा।

"क्या लेगा बाबू?" पिचके गाल बूढ़े ने धीरे से पूछा।

"दुकान क्यों खोला? यहाँ से स्टाफ तो गायब है," देव ने आँखें खोलते हुए पूछा।

"अब धीरे-धीरे आ रहा है। और बाहर से जो इतना सारा पुलिस आया है, ये लोग तो खाएगा। आप लोग चाय-सिंघाड़ा नहीं खाएगा तो ये बूढ़ा मानुस दाल-भात कैसे खाएगा?" कड़ाही से नज़र उठाए बिना हलवाई ने अपनी दीनता को रेखांकित किया। फटी-पुरानी धोती, कन्धे पर लाल गमछा, नाक पर चढ़ा गोल चश्मा, चेहरे पर कृतज्ञता भरी मुस्कान। दहकती गर्मी में दहकते चूल्हे के सामने वह उकड़ूँ बैठा था, सिर्फ़ हड्डी और चमड़ी से बने किसी वृत्ताकार जीव की तरह। देव को लगा वहाँ स्वयं गांधी जी बैठे हैं जो अपने ही 'सराप' से त्रस्त एक व्यक्ति को सिंघाड़ा खिलाकर फुसलाने की ताक में हैं। उसे हँसी आ गई।

छब्बीस साल के अपने जीवन में उसने बहुतों को जाना-समझा—हरीश, पिता जी, माधवी, फ्रैंकलिन, नेपाल, सिपाही बाबा, चैटर्जी बाबू—सभी उससे ज़्यादा सक्षम, साहसी और समझदार। लेकिन आज उस बुड्ढे को देखकर उसे महसूस हुआ कि कोई व्यक्ति उससे भी ज़्यादा बेचारा हो सकता है।

तभी उसकी नज़र पास गुलमोहर के नीचे खड़े एक अकेले जवान पर पड़ी। मुँह पर सफ़ेद कपड़ा बाँधे, बीस-पच्चीस साल का युवक, एक पतली सी पत्रिका

से पंखा झल रहा था। अपने घर से दूर, एक अनजाने नगर में खड़ा। पर कुछ ही दिनों में यह पड़ाव भी बिखर जाएगा। वह कहीं और चला जाएगा, किसी और शहर में, किसी नई आफ़त से जूझने। देविका उर्फ़ डेब्बी की तरह।

देव एक-एक करके सबके बारे में सोचने लगा। हरीश दादा हीरो बनना चाहते थे। अंग्रेज़ों से लोहा लेने वाले किसी बेख़ौफ़ क्रान्तिकारी की तरह। या फिर बेदर्द समाज की क्रूरता से बेचैन, इनसान के पिसती इनसानियत के लिए लड़ने वाले किसी अक्खड़ की तरह। लेकिन इस दौर में नायक बनने का जुनून आत्मघाती था। और यह बात ज्ञानी हरीश भी न समझ सका, ज्ञानी रामजीवन भी न समझ सके। शायद नेपाल भी न समझ सका। उसकी जीवनचर्या तो देव को ललचाती थी; भला सिनेमाघर में काम करने वाले को क्या शिकायत हो सकती है? जिसे हर हफ़्ते नई फ़िल्में देखने को मिले? लेकिन एक ही कहानी बार-बार देखकर व्यक्ति ऊब जाता है। नेपाल भी अपनी जीवन की उबाऊ पटकथा से बाहर निकलना चाहता था। एक नई कहानी गढ़ना चाहता था। एक आदर्श कहानी, वह भी इसी दौर में।

शायद ग़लती समय की नहीं, उन बेचैन किरदारों की धधकती ऊर्जा की थी। बेरहम एक ऐसी ऊर्जा जो यह भ्रम पैदा करती थी कि वे 'स्मॉल पीपल' नहीं, 'ख़ास पीपल' है। देश इतने ही बड़े। जो कुछ बड़ा कर सकते हैं। कालचक्र के रथ की दिशा मोड़ सकते हैं।

"आपको सिंघाड़ा देगा? गोरोम है।" बूढ़े ने फिर पूछा।

देव ने सर उठाकर उसके चेहरे को ग़ौर से देखा, फिर कुछ सोचकर, मुस्कराते हुए बोला, "चाय है? आज चाय पीना है।"

आज फिर जीने की तमन्ना है

जुलूस अब उसके नज़दीक पहुँच चुका था। ठीक सामने। उसने जुलूस के विस्तार पर नज़र दौड़ाई—सिर्फ़ ग्यारह लोग, सात पुरुष और चार महिलाएँ। सभी टेलीकॉम विभाग के कर्मचारी। 'गिरती हुई दीवार को, एक धक्का और दो।' यही नारा था उनका।

जुलूस में शामिल एक अधेड़ महिला ने देव को इशारे से उठने को कहा। पर देव हिला तक नहीं। चुपचाप उन्हें देखता रहा।

"रेल का स्टाफ़ हो?"

देव ने बस धीरे से हामी में सर हिलाया।

"तो चलो हम लोग के साथ। नहीं तो सारा जीवन ऐसे ही ख़ाली आकाश में मुंडी उठाके देखते रहोगे।" इस बार महिला थोड़ा झल्लाकर बोली।

पर देव उसी भावशून्य मुद्रा में बैठा रहा। अपनी सहयोगी का यूँ तिरस्कार होता देख एक पुरुष हड़ताली ने हस्तक्षेप किया। "यंग मैन, यू शुड कम। अगर एक हफ़्ता और प्रेशर देंगे, मैडम हमारा सारा बात मान लेगी।"

देव को हँसी आ गई। यह शहर वाक़ई समय से परे है—कभी उससे आगे, कभी उससे पीछे। यहाँ हड़ताल शुरू होने से पहले ही हड़ताल के शुरू होने की ख़बर आ गई थी। और अब हड़ताल ख़त्म होने के बाद भी यहाँ के हड़ताली बेख़बर हैं।

"अट्ठाईस स्टाफ़ वाला टेलीकॉम डिपार्टमेंट का क्या फायदा अगर आपको एक बार भी इन्फ़र्मेशन टाइम पर नहीं मिलता है," देव ने व्यंग्य कसा। आज से पहले उसने इस तरह किसी की उपेक्षा नहीं की थी। अपनी धृष्टता पर वह ख़ुद भी हैरान था।

"क्या मतलब?" खिसियाई महिला ने लगभग डाँटते हुए पूछा।

"मतलब ये कि हड़ताल ख़त्म हो गया है। फुल स्टॉप। कल सुबह छह बजे से काम चालू होगा। नेता लोग का डिसिज़न है। अपना-अपना झंडा लेकर क्वार्टर लौट जाइए।"

हड़तालियों की उस टुकड़ी को यह ख़बर किसी वज्रपात-सी लगी। उनके चेहरे अविश्वास से तन गए। कइयों की आँखें तरल हो गईं। पर शायद उन्हें भी इस बात का कुछ-कुछ अन्देशा था। कई दिनों से ऐसी अफ़वाह थी कि ज़्यादातर नेता हड़ताल के ख़त्म होने के पक्ष में थे। वैसे भी, वे अपना काम कर चुके थे। भाषण दिये जा चुके थे, जेलें भरी जा चुकी थीं। कर्मचारियों के नायक बनने के लिए जो भी शर्तें थीं, वे पूरी की जा चुकी थीं। फिर भी, हिम्मत बटोरते हुए महिला हड़ताली ने देव का प्रतिकार किया।

"हमारा स्ट्राइक बिना नेता के शुरू हुआ है, बिना नेता के चला और आगे भी चलेगा। तुम्हारा जेनरेशन एकदम फालतू है। बस टाइम पास करना जानता है। तुम भी वही करो। तुमको क्या मालूम?"

'तुमको क्या मालूम?' पहले भी यह सवाल उससे कइयों ने पूछा था। और हर बार वह चुप रह जाता था। पर आज वह तनकर खड़ा हो गया और अपनी उँगलियों के पोर पर गिनते हुए बोला, "बहुत कुछ मालूम है—बिना खरीदे किताब पढ़ना, खड़ी फसल से बात करना, कुत्ता लेकर खरगोश मारना, रामलीला करवाना, गंगा से डूबते आदमी को बचाना, देवानन्द जैसा बाल रखना, दंगा में जिन्दा बचकर निकल जाना। और अब तो कालचक्र के रथ में अपना पहिया लगाना भी सीख लिया है। इतने से मेरा जीवन तो आराम से कट जाएगा। बाकी आप कभी मेरा फैमिली से मिलिएगा। वो लोग और भी बहुत कुछ जानता है।"

उस दुर्बल-से दिखने वाले पुरुष से ऐसे जुझारू जवाब की आशा किसी ने नहीं की थी। स्वयं देव ने भी नहीं। जुलूस आगे बढ़ चला, घृणा भरी निगाहों से देव को आँकते हुए।

"चाय बन गया बाबू," बूढ़े ने चुक्का बढ़ाते हुए धीरे से टोका।

देव ने दोनों हाथों से चक्का थामा और कुछ देर तक उसे देखता रहा। ऐसी ढेरों ख़ुशबुएँ थीं जो उसके नाक में घर कर चुकी थीं। खौलते तेल में पड़े सिंघाड़े की ख़ुशबू, बारिश में भीगे यूकेलिप्टस की ख़ुशबू, स्टेशन के नलके पर क्लोरीन की ख़ुशबू, माधवी के बालों से आती मेहँदी की ख़ुशबू। लेकिन चाय की चिर-परिचित सुगन्ध सबसे अलहदा थी—इसमें आत्मीयता भी थी, रहस्य भी था। कुल्हड़ के सोंधी सुगन्ध में सनी उस पहली मीठी चुस्की के साथ ही वह अन्तिम रहस्य भी ख़त्म हुआ। देवानन्द ने अपनी आँखें बन्द कर ली। आज उसने आज़ादी चखी थी।

ऑफ़िस के रजिस्टर में साइन करने का वक़्त हो चला था। पर चाय पीते-पीते देव सोचने लगा था कि क्या साइन करने भर से उसकी सारी मुसीबतें दूर हो जाएँगी। जिस सुखमय जीवन का वादा उसने माधवी से किया था, क्या वह जीवन उसे दे पाएगा? राजधानी की सवारी हो पाएगी? क्या देविका घर लौट पाएगी? और अगर वो आज साइन न करे तो? क्या उसके सारे मनसूबे, सारी योजनाएँ बर्बाद हो जाएँगी?

दो महीने की घुमावदार यात्रा के बाद आख़िर वो गन्तव्य तक पहुँच ही चुका था। फिर भी ऐसी दुविधा? इतने सवाल? पर यह ज़रूरी तो नहीं कि हर सवाल का जवाब मिले। हर दुविधा का निदान हो ही जाए। इतना तो वह जान ही गया था।

चाय का चुक्का ख़ाली हो चुका था। देव ने सिंघाड़े का आख़िरी टुकड़ा मुँह में डाला और फिर अख़बार में सटे आलू को नाख़ून से खरोंचकर चखा। तेल और हल्दी से सने काग़ज़ में 'गाइड' का छोटा-सा विज्ञापन था। नाचती वहीदा रहमान और संन्यासी बने देवानन्द की तसवीर थी। और वो सारी जानकारियाँ थीं जो उस बड़े पोस्टर में 'इंक़लाब ज़िन्दाबाद' के नीचे छिप गई थी—

सुजाता (झरिया), डेली तीन शो—12 pm, 3 pm, 6 pm.

एक बार फिर से—

राजू गाइड का प्यार, रोज़ी डांसर का इकरार,
आज फिर जीने की तमन्ना है,
आज फिर मरने का इरादा है।

उसी वक़्त सड़क पर एक धड़धड़ाती ऑटो आ खड़ी हुई। पीछे लटका खलासी अपनी तर्जनी गोल-गोल घुमाकर सवारी इकट्ठा कर रहा था। "झरिया, झरिया,

झरिया। चलो, झरिया, झरिया, झरिया।" उसकी आँखें देव से मिलीं। शायद वह देव की मंशा भाँप गया था। इस बार उसने देव को दिखाकर तर्जनी नचाई। ओ भइया, "तीन बजे का शो पकड़ा जाएगा। चलो, झरिया, झरिया, झरिया।"

पीछे ऑफ़िस में अचानक हलचल बढ़ गई थी। 'लंच टाइम' समाप्त हो चुका था, कर्मचारी लौट आए थे। देव मुस्कराकर उठा, बूढ़े को जेब में पड़ी चवन्नी दी, और चलने को तैयार हुआ।

माई फ़ैमिली

दोपहर हुई तो देव अपना पुराना बक्सा लेकर बैठ गया। आज कई महीनों बाद उसे थोड़ी फ़ुर्सत मिली थी। उस बन्द बक्से को खोलने की, उसमें क़ैद अतीत को इत्मीनान से टटोलने की, उसमें पड़ी निशानियों को सरियाने की। अब उस बक्से में हरीश से मिली फ़िल्मी पत्रिकाएँ ही नहीं, रामजीवन चाचा के 'अहिला दर्पण' की प्रतियाँ भी सँजोकर रखी थी। पर जैसे ही उसने पत्रिकाओं का बंडल उठाया, उसकी नज़र नीचे दबे एक गुलाबी लिफ़ाफ़े पर पड़ी।

उसे आज भी याद था, जब देविका ने हरीश की वह चिट्ठी उसे सौंपी थी, वह काँप गया था। देव ने एक लम्बी साँस ली और उसे खोलकर फिर से पढ़ने लगा।

मेरे प्यारे देव,

शुभाशीष।

एक साल से तुम्हें चिट्ठी लिखना चाहता था, पर लिख नहीं पाया। देविका ने तुम्हें सारी बातें बता ही दी होंगी। वह तुम्हारी बहन है। जितनी इज़्ज़त मेरी करते हो, उसकी भी उतनी ही इज़्ज़त करना।

तुम्हारे गाँव लौटने के दो दिनों बाद हम सग़ीर को स्टेशन छोड़ने गए थे। हटिया में उसको ख़तरा था। लेकिन ट्रेन आने के ठीक पाँच मिनट पहले हमें आठ-दस बदमाश घेर लिये थे। नागेश्वर राव ही उनको लेकर आया था। उसी समय ये हादसा हो गया।

तुम तो जानते ही हो कि मार-फ़ज़ीहत हम कब का छोड़ चुके थे। लेकिन उस दिन और कोई रास्ता नहीं बचा था। गाड़ी दूसरे प्लेटफ़ॉर्म पर आने वाली थी, पुल के उस पार। सग़ीर को बचाने के लिए हम रॉड भाँजते हुए रेलवे पुल की तरफ़ भागे। नागेश्वर भी पीछे-पीछे दौड़ा, लेकिन स्लिप करके पुल से नीचे पटरी पर गिर गया। मेरा रॉड उससे टच भी नहीं हुआ था। आई स्वेर।

ठीक उसी समय ट्रेन चली आई। सग़ीर ट्रेन से निकल गया, नागेश्वर उसके नीचे आ गया। और हम ख़ूनी बनकर भाग रहे हैं।

पुलिस से तो हमारा पुराना झगड़ा रहा है। अब तो मौक़ा भी मिल गया। बस हमको फँसा दिया। जैसे 'बाज़ी' पिक्चर में देवानन्द को लीना के ख़ून में फँसाया था न? क्योंकि बन्दूक़ पर उसी के हाथ का निशान था, कुछ वैसे ही। सब कोइन्सिडेन्स था (कोइन्सिडेन्स माने संयोग)। जीवन में बहुत कुछ कोइन्सिडेन्स से होता है। हमको बचाने के चक्कर में पिता जी का सारा पैसा ख़र्च हो गया। लेकिन पुलिस पैसा भी ले ली और हमको छोड़ी भी नहीं। तभी से भाग रहे हैं।

"देविका तबे से रो रही है। उसको दूध पिलाएँ, महिला समिति का मीटिंग करवाएँ या आपके लिए चाय बनाएँ? पहले तो चाय छूते तक नहीं थे। अब इतना नशा चढ़ा है तो बाहर जाकर पी लीजिए," बग़ल के कमरे से माधवी की फटकार गूँजी।

"हम पुरनका बक्सा सरिया रहे हैं, नहीं तो चले ही जाते," देव ने सफ़ाई दी।

"फिर खुला आपका बक्सा? अबकी कबाड़ी आया तो इसको बेच देंगे। नहीं तो समिति के ऑफिस में पटक आएँगे।"

"बेच दीजिएगा नेताजी, लेकिन पहले चाय पिला दीजिए।" इतना कहकर वह फिर से चिट्ठी पढ़ने लगा। कुछ अंश अभी भी शेष थे।

आज तुम्हें एक और कोइन्सिडेन्स के बारे में बताना है। नागेश्वर का पिता जी से मिलना भी एक कोइन्सिडेन्स था। तुम्हें यह जानकर हैरानी होगी कि रंगून में दोनों एक सुनार की दुकान पर साथ काम करते थे। 1933 के दंगे में उनका घर और पैसा, सब जल गया था। लेकिन वे ख़ाली हाथ वापिस नहीं आना चाहते थे। इसीलिए उन्होंने अपने मालिक के यहाँ चोरी की योजना बनाई और तय किया कि लूट के एक हफ़्ते बाद एक साथ इंडिया भाग आएँगे। आठ सौ रुपये की चोरी हुई और पूरा पैसा पिता जी के पास रखा गया। लेकिन अगले ही दिन पिता जी वहाँ से भाग चले और नागेश्वर को उसका हिस्सा नहीं मिल पाया। शायद वो डर गए थे। या धोखा देना चाहते थे। क्या पता?

नागेश्वर राव ख़ुद 1942 में भारत लौटा और कुछ साल बाद अपने भांजे के साथ विशाखापट्टनम से भद्रा चला आया। उसका भांजा भी रेलवे में ही काम करता था। यहीं उसको दोबारा पिता जी मिले। फिर हम लोग हटिया चले आए और कुछ दिनों बाद वह भी यहीं चला आया। वो पिता जी को ब्लैकमेल करता था। पैसा माँगता था। कहता था नहीं दिया तो परिवार को

बता देगा। शुरू-शुरू में तो दो महीने में बीस-तीस लेता था, लेकिन फिर हर महीने पचास रुपया लेने लगे।

तुम सोच रहे होगे कि यह सब हमको कैसे पता है। ज्ञात हो कि जब एक दिन हम उसको धमकाकर लिफ़ाफ़े के बारे में पूछे, तो उसने सब बक दिया। बोला कि पिता जी रंगून के बारे में बहुत कुछ ग़लत बताए हैं। नेताजी से मिलने वाली बात भी झूठी थी। और चेवा उसकी नहीं बल्कि ***थी।

किसकी बातों पर विश्वास किया जाए, हम नहीं जानते। ब्लैकमेल करने वाला दंगाई का या इज़्ज़त की ख़ातिर चोरी पर पर्दा डालने वाला बाप का। फ़ैसला तुम पर छोड़ते हैं। मेरे बारे में भी तुमने कई तरह की बातें सुनी होंगी। सच क्या है, तुम्हारा दादा हरिश्चन्द्र दूबे हत्यारा है या बेक़सूर, इसका फ़ैसला भी तुम्हीं करोगे।

तुम्हारे दादा को भागते-छिपते एक साल हो गया है। पता नहीं और कितने दिन भागना पड़ेगा। कभी-कभी लगता है कि आत्मसमर्पण कर दें। लेकिन कौन सुनेगा मेरा बात?

पिता जी और तुम्हारी अक्सर याद आती है। तुम्हारी शादी पर ज़रूर आएँगे। तब तक मामला शान्त हो चुका होगा। फिर साथ मिलकर भद्रा चलेंगे। जिया और नरेश को साथ लेकर काली टॉकीज पर रात वाला शो देखेंगे। जैसे उस दिन 'बम्बई का बाबू' देखा था। अन्त में हम तुमसे वही बात कहेंगे जो उस पिक्चर में नासिर हुसैन देवानन्द से कहता है। "तुम इस घर के चिराग हो। उजाला है तो तुमसे है, अँधेरा है तो तुमसे।"

आशीर्वाद,

हरीश भैया

6.10.1968

चेवा के बारे में जो भी लिखा था, देव ने उसे पढ़ने की बहुत कोशिशें कीं। काग़ज़ को सूरज की तरफ़ उठाकर निब की धारियाँ ढूँढ़नी चाही, लेकिन चेवा की कहानी अब नीले धब्बे में बदल चुकी थी।

कुछ साल पहले, जब देव ने पहली बार वह लिफ़ाफ़ा खोला था, उसे डर था कि वह चिट्ठी किसी भूचाल की तरह उसे झकझोर देगी। लेकिन वैसा कुछ भी हुआ नहीं। पिता जी की बातें सच्ची थीं या झूठी, अब इससे क्या फ़र्क़ पड़ता? हरीश दादा ने नागेश्वर को जान-बूझकर मारा, या फिर यह सिर्फ़ एक हादसा था, इस सवाल का अब क्या मतलब था? हाँ, इतना ज़रूर हुआ कि यथार्थ के जिस मचान पर वह बचपन से खड़ा था, वह उस चिट्ठी के बाढ़ में पूरी तरह टूटकर बह गया।

लेकिन वह मचान तो पहले ही कमज़ोर हो चुका था। पटना के अनुभव ने उसके पाए दुर्बल कर दिये थे। जिया और बेंजामिन से उस भेंट के बाद वह चरमरा गया था। घर-परिवार के जिस आदर्श को वह सीने से लगाकर घूमता था, देविका की कहानी ने उसे ध्वस्त कर दिया था। अब तो उसे नये यथार्थ गढ़ने थे। अपने दम पर।

बस उस चिट्ठी पर लिखी तारीख से देव थोड़ा विचलित हुआ था। तब भी, और आज भी। 6.10.1968। 'चिट्ठी लिखते वक़्त दादा ने किस रंग की शर्ट पहनी होगी? उनके पैरों में चप्पल थी या वे नंगे थे? ख़ाली पेट थे या कुछ खाया था? किसी तक़लीफ़ में थे या उनके चेहरे पर वही बेपरवाह मुस्कराहट थी? और उस दिन मैं कहाँ था?' चिट्ठी पर हाथ फेरते, इन्हीं ख़यालों में वह फिर से खो गया।

उस लिफ़ाफ़े में एक पुरानी, मटमैली सी फ़ोटो भी थी, जिसमें देव निक्कर पहनकर एक स्टूल पर खड़ा था। हरीश और पिता जी के बीच में। हरीश के बग़ल में बुआ और पीछे दीवार पर माँ की तसवीर। फ़ोटो के नीचे सफ़ेद पट्टी पर लाल क़लम से कुछ लिखा था। लिखावट हरीश की थी। हालाँकि सियाही कुछ फैल गई थी, फिर भी उन शब्दों को पढ़ा जा सकता था। देव ने अपनी काँपती उँगली लिखावट पर घुमाई और धीरे से बुदबुदाया, "माई फ़ैमिली।"

आभार

किताब को राजकमल प्रकाशन ने ठौर दिया : अशोक महेश्वरी जी का हृदय से आभार। धर्मेन्द्र जी ग़ज़ब के एडिटर हैं। आदमी तो भले हैं ही। उपन्यास लिखवाने में वे जुटे रहे।

यह मेरा सौभाग्य था कि प्रो. हरीश त्रिवेदी और अनामिका जी किताब के पहले पाठक रहे। दोनों ने हौसला दिया और ड्रॉफ़्ट रिवीजन की दिशा भी समझाई। उपन्यासकार रोहित मनचन्दा ने किताब को क़रीब से पढ़ा और आवरण चित्र सुझाए। लिखने के क्रम में प्रो. सुमन्यु सतपथी और प्रो. जतीन्द्र नायक से लगातार संवाद होते रहे। अनिमेष महापात्रा और ललित का हस्तक्षेप मेरे लिखे में हमेशा रहा है। इस बार भी था।

लिखावट कई चीज़ों को समेटकर सजती है—अफ़साने, अनुभव, कल्पना और दस्तावेज़। अफ़साने बूढ़ों से और रेलवे के सेवानिवृत्त कर्मचारियों से सुने, जिनमें प्रसाद बाबू और पिता श्री मधुसूदन चौबे मुख्य थे। उस दौर को याद कर बुआ कुन्तीबाला का गला रुँध उठता था, और चाचा दिलीप चौबे बच्चे बन जाते थे। माँ होती तो क़िस्से और निकलते। उसकी कहानियाँ दीदी नीता पाठक की यादों से बटोरी। कल्पना की कसीदाकारी को पत्नी इन्द्राणी नीलिमा ने बारीकी से जाँचा। पैराग्राफ़-दर-पैराग्राफ़, लाइन-दर-लाइन, मिज़ाज-दर-मिज़ाज। मेरे लिए यहाँ-वहाँ से कहानियाँ भी बिनीं। यह किताब उनकी भी है, क्योंकि उनके बिना इसका होना असम्भव था।

दस्तावेज़ पटना के सच्चिदानन्द सिन्हा लाइब्रेरी और अभिलेखागार से मिले। पर लोकस्मृति का कोई जोड़ नहीं है।